风起红楼

（增订本）

苗怀明 著

凤凰出版社

图书在版编目（CIP）数据

风起红楼 / 苗怀明著. -- 增订本. -- 南京：凤
凰出版社，2024. 8.（2025. 4重印）-- ISBN 978-7-
5506-4246-1

Ⅰ. Ⅰ207.411

中国国家版本馆CIP数据核字第2024Q1P664号

书　　　名　风起红楼(增订本)
著　　　者　苗怀明
责 任 编 辑　郭馨馨
特 约 编 辑　莫　培
装 帧 设 计　陈贵子
责 任 监 制　程明娇
出 版 发 行　凤凰出版社(原江苏古籍出版社)
　　　　　　发行部电话025-83223462
出版社地址　江苏省南京市中央路165号,邮编:210009
照　　　排　南京凯建文化发展有限公司
印　　　刷　扬州皓宇图文印刷有限公司
　　　　　　江苏省仪征市经济开发区锦华路6号,邮编:211400
开　　　本　890毫米×1240毫米　1/32
印　　　张　13.125
字　　　数　388千字
版　　　次　2024年8月第1版
印　　　次　2025年4月第2次印刷
标 准 书 号　ISBN 978-7-5506-4246-1
定　　　价　68.00元
　　　　　　(本书凡印装错误可向承印厂调换,电话:0514-87825262)

目 录

《红楼梦》：现代中国的一部天书（代前言）

尽管《红楼梦》面世不久就有人因拥林拥薛的意见不合，几乎老拳相加，尽管在光绪年间文人士大夫中就已经流传着"开谈不说《红楼梦》，读尽诗书也枉然"之类的美谈，但《红楼梦》真正获得民族文学经典的崇高地位却是在20世纪，围绕着一部残缺的小说竟然形成一门专学，而且还能与敦煌学、甲骨学一起，并称为现代中国的三大显学，这样的传奇故事也只能发生在20世纪。

在现代中国的学术文化史上，没有哪一部文学作品能像《红楼梦》这样受到如此优厚的礼遇，没有哪一部文学作品能像《红楼梦》这样产生如此深远的影响，没有哪一部文学作品能像《红楼梦》这样受到整个社会如此强烈的关注。同样，也没有哪一部文学作品能像《红楼梦》这样有着如此繁多的谜团，没有哪一部文学作品能像《红楼梦》这样引起人们如此持久激烈的争论。为什么一部小说作品有着如此繁多的难解之谜？为什么研究者越是努力，需要解决的难题却比已经解决的还多？

为什么一部小说作品竟然让如此多的中国人牵肠挂肚，让不少专家和业余爱好者痴迷不已，终生难以自拔？为什么红学界但凡有个风吹草动，都会在社会上引起巨大的反响？从这个角度立论，将《红楼梦》称之为现代中国的一部天书，相信并非夸饰之辞。

现代中国尽管佳作如林，名家辈出，但《红楼梦》仍拥有最多的读者，带着最耀眼的光环。从天下无双到世界一流，从历史教材到百科全书，众口一词的赞誉在各类红学著述中随处可见。

最能体现这一点的莫过于毛泽东的评价。1956 年，他在《论十大关系》一文中谈到中国当时的国情时，曾明确指出，中国"工农业不发达，科学技术水平低，除了地大物博，人口众多，历史悠久，以及在文学上有部《红楼梦》等等以外，很多地方不如人家，骄傲不起来"。将《红楼梦》作为一项可以与其他国家媲美的、值得骄傲的民族文化遗产，毛泽东是以一个国家领导人的身份发表这番言论的，代表着一个国家对这部文学作品的高度评价和肯定。

此外，毛泽东还把是否阅读过《红楼梦》作为一个中国人的基本文化素养。1938 年，他在与贺龙、徐海东这两位军事将领谈话时曾说：中国有三部小说，《三国演义》、《水浒传》、《红楼梦》，不看完这三本书，不算中国人。将《红楼梦》提到如此高度，可谓空前绝后，这也是其他文学作品无法得到的殊荣。《红楼梦》身价如此之高，固然与其自身的艺术魅力有关，不少政治领袖、文化名流的推崇无疑也起着很大的推动作用。

从政治领袖到平民百姓，从专家学者到文学青年，无不对这部小说怀有极大的兴趣，他们以各种方式参与了《红楼梦》的阅读、流传和研究。现代中国的文化名人大多曾撰写过红学方面的著述：王国维、蔡元培、陈独秀、胡适、鲁迅、牟宗三、茅盾、吴宓、李长之……这是一个超豪华的红学研究阵容。其中不少人对《红楼梦》达到了极为熟悉的程度，比如毛泽东至少曾读过不下五遍，于言谈著述中，随手称引；比如茅盾，据说他对《红楼梦》熟悉到可以倒背如流的程度；再如张爱玲，据她本人说，在阅读《红楼梦》的不同版本时，对那些不同的字句不用查对资料，可以凭直觉分辨出来。不少著名作家如巴金、张爱玲更是在创作时充分汲取了《红楼梦》的文学养分……

专家学者的阅读欣赏之外，《红楼梦》还受到社会公众的普遍关注，一百多年来，热度从未消减，且在 20 世纪 50 年代和 70 年代，以《红楼梦》为由头，曾发起过两次声势浩大、举国参与的政治运动，许多人的命运因此而改变。

众多研究者的参与、大量研究著作的出版使红学成为现代中国的一门显学。其发达程度可以从有关组织机构的建立上看出来：遍布全国的各种层次的红楼梦学会，专门的学术研究机构——中国艺术研究院红楼梦研究所，专门的红学杂志《红楼梦学刊》、《红楼》，各类内部印刷流通的定期、不定期的红学刊物。也正是因为参与者众多，但凡红学研究中一个新观点的提出，都会受到媒体和公众的极大关注。

进入大数据时代，情况依然如此，热度不减：遍地开花的各类红学网站、论坛、微信群、公众号，人气兴旺，热闹非凡。毫无疑问，在新的世纪里，《红楼梦》仍将是一部最受关注的文学作品，拥有数量最大的读者群。

这是一部最难读懂的文学作品。从作品本身的解读到作者身世的考辨，从版本的鉴别到续书的真伪，从成书的过程到评点者的确认，围绕这部作品的每一个环节都存在问题，几乎每一个问题都曾引起研究者们的争论。一个个也许永远都没有答案的难题并没有吓退那些探索者，反而激发了他们更大的兴趣，吸引着一代又一代的红学家和红学爱好者。

令人感到遗憾的是，一百多年来，有关《红楼梦》的文献资料发现了很多，但得以解决的问题远没有新发现的问题多。即使是已经发现的材料，解读结果的巨大差异同样令人莫衷一是。《红楼梦》实际上已成为一个巨大的艺术迷宫，大家只能走进去，但无法走出来，当局者固然着迷，旁观者也常常被拖进没有终结的论证里。

在现代中国的学术文化史上，再也找不到一部像《红楼梦》这样争论如此频繁、如此激烈的作品，红学研究就像一个随时会爆炸的学术火药库。这些争论几乎涉及红学研究的各个方面，研究者过于投入、过于情绪化，加上一些非学术因素的干扰，很多争论由学术探讨演变成人身攻击，问题并未得到解决，许多个人间的恩恩怨怨却由此而生，像胡适、蔡元培那样具有谦谦君子之风者极为少见，他们的学术之争早已成为一个不可复制的学术神话。

社会各界的极大关注、文献资料的严重不足、对作品资料解读的巨大分歧、种种人为因素的影响，使一部本该带来审美愉悦的作品变成一部晦涩难懂的天书。鲁迅曾经说过，对这部作品，"单是命意，就因读者的眼光而有种种：经学家看见《易》，道学家看见淫，才子看见缠绵，革命家看见排满，流言家看见宫闱秘事"。

这种情况直到目前依然未改，围绕着《红楼梦》，每年都会有一些千奇百怪的新说出现，从大观园原型的寻找，到曹雪芹诗集的发现，从否定曹雪芹的著作权，到秦可卿出身高贵，不一而足，可谓众声喧哗，盛况空前。近些年来，索隐派红学的影响力越来越大。红学家之间的相互争吵还未平息，宣布发现惊天秘闻的业余爱好者已纷纷登场、著书立说，严肃、规范的红学研究受到指责、嘲讽，八卦式的索隐式研究大行其道，就连胡适当年创建新红学的正当性和意义也已受到质疑。所有这些，构成了一幅红学研究的奇特风景。

在各种喧闹声中，红学研究已不幸沦为一种工具，一种可以达到种种现实目的的工具。所谓红学也正如有的研究者所说的，已变成一门悲剧性的学问。从政治的利用，到经济的开发，再到名利的攫取，几乎从来没有停止过。不管是 20 世纪之初的利用红学研究表达排满思想，还是 1954 年的批评俞平伯运动、1973 年的全民评红运动，不管是系列产品的开发，还是石破天惊式的新说提出，无不搀杂着功利的因素。

即以当下的情况而言，红学研究所受的政治干扰虽然减少，但商业因素的影响却越来越大，许多人包括一些地方政府，对其中蕴涵的商业前景很是看好，千方百计要开发这一资源。红学研究也因此蜕变为一个名利场，骇人的新说不断提出，个个都是语不惊人誓不休的架势，加上媒体的炒作、出版社的热捧，于是一个又一个的红学热点新鲜出炉，呈现出一派繁荣的学术景象。至于这些研究与《红楼梦》到底有没有关系，能否推动学术的发展，没有几个人真正关心。毫无疑问，这些现象本身就很值得研究。

就其在现代中国的显赫地位和巨大影响而言，红学研究是一扇窗口，一扇透视现代中国学术发展轨迹的窗口，一扇透视现代中国人心路历程的窗口。围绕着这部"天书"和它在现代中国的传奇历程，可说的人物和故事实在太多太多，让我们将时针倒转，重温那一段熟悉而又陌生的沧桑岁月……

老佛爷的红楼角色体验

··

清代宫廷里的红楼热

《红楼梦》自面世、流传之日起，便以其亦真亦假、虚实相生的奇妙艺术魅力对读者形成了极大的吸引力。这部优秀的小说在打动读者，赢得无数眼泪的同时，也给读者留下了一个巨大的问号：作品所写人物、事件如此逼真，它在现实生活中有原型吗？如果有的话，该会是谁呢？于是便出现了各种说法，如明珠家事说、张侯家事说、和珅家事说等等。自然，也有不少人把目光投向当时的最高统治者。

在索隐派形形色色的说法中，《红楼梦》影射清廷政治说无疑是最有市场、最有影响力的一种，无论是顺治与董小宛爱情说、雍正皇帝篡位说，还是曹雪芹暗杀雍正说，等等，虽然具体结论不同，但大体的观点和思路则是基本一致的。特别是顺治皇帝和董小宛的爱情故事，浪漫而神奇，借助《红楼梦》的影响，曾轰动一时，尽管后来被证明这不过是一厢情愿的附会。

这里就有一个颇为有趣的问题，清廷的最高统治者们是如何看待这部小说的？他们是否知道自己的长辈已被一些读者列入《红楼梦》中人呢？虽然限于资料，无法确知，但根据一些零星的记载，还是能发现一些蛛丝马迹的。

乾隆带头搞索隐

据说乾隆皇帝就曾看过《红楼梦》，而且对这部作品相当熟悉。赵烈文在其《能静居日记》一书中，曾记载了这样一件事：

> 谒宋于庭丈翔凤于蒋溪精舍，于翁言："曹雪芹《红楼梦》，高庙末年，和珅以呈上，然不知所指。高庙阅而然之，曰：'此盖为明珠家作也。'后遂以此书为珠遗事。"

这段记载的可信度难以考察。不过既然有这个说法，想必还是有一点事实依据的，并非完全捕风捉影之谈，正所谓不可不信，也不可全信。

仅从这条记载来看，有两点值得注意：

一是乾隆皇帝不仅读过《红楼梦》，而且印象好像还挺不错，"然之"两字表明了他的认可态度。

二是乾隆皇帝对《红楼梦》不只是阅读，而且还颇有研究。显然，他也是属于索隐派的，说起来该是后世索隐派的老祖宗。

不过还是从这条记载来看，乾隆认为《红楼梦》一书影射的是明珠家事，并没有把事情往自己家族身上揽。如果真像有些人所说的，该书所写为清廷政治，且有明显的排满思想，这位皇帝是不会看不出来的，要知道这位具有雄才大略的皇帝其智商一点都不比那些索隐者低。如果他真看出了作品背后隐藏着这一问题，依他的性格，肯定会有一场异常残酷的文字狱。但事实上，一切都没有发生，风平浪静。这条记载无疑是值得那些认为《红楼梦》影射宫廷斗争者深思的。

巧合的是，按照这一记载，《红楼梦》是和珅呈送给乾隆皇帝阅读的，之所以说巧合，是因为曾有人认为这部小说影射的是和珅家事。据《谭瀛室笔记》记载：

> 和珅秉政时，内宠甚多，自妻以下，内嬖如夫人者二十四人，即《红楼梦》所指正副十二钗是也。有龚姬者，齿最稚，颜色妖艳，性冶荡，宠冠诸妾。顾奇妒，和爱而惮之，多方以媚其意。……和少子玉宝，别姬所出，最佻伕。龚素爱之，遂私焉。……有婢倩霞，容貌姣好，姿色艳丽。龀龆入府，聪颖过人，喜学内家妆，手洁白，甲长二寸许，幼侍玉宝，玉宝嬖之。龚姬嫉其宠，谮于和妻，出倩霞。玉宝私往瞰之，倩霞断甲赠玉宝，誓不更事他人，郁郁而死。玉宝哭之恸，隐恨龚姬。龚姬多方媚之，玉宝终不释。

其中玉宝、龚姬、倩霞均是《红楼梦》中人物的原型：

> 龚姬即《红楼梦》中袭人，倩霞即晴雯，字义均有关合，而玉宝之为宝玉，尤为明显，不过颠倒其词耳。

《谭瀛室笔记》的这种说法是从护梅氏《有清逸史》一书中来的，据其介绍：

> 《红楼》一书，考之清乾、嘉时人记载，均言刺某相国家事，但所谓某相国者，他书均指明珠；护梅氏独以为刺和珅之家庭，言之凿凿，似亦颇有佐证者，录之亦足以广异闻也。

不过，尽管护梅氏"言之凿凿"，但无论是和珅还是乾隆皇帝，都没有看出这一点，否则，和珅如果知道《红楼梦》写的就是自己家的丑事，无论如何是不会主动把这部作品送给皇帝而自找麻烦；乾隆皇帝如果看出这一点的话，也就不会说"此盖为明珠家作也"，而是另有一套说辞了。可见，假如《红楼梦》真的是在影射和珅家事的话，那可真是彻底失败了，因为就连和珅本人都看不出来。

当然，这只是一种索隐的说法而已，如果查对一下史实，就会发现这一说法根本无法成立。因为到曹雪芹去世的时候，和珅不过是一个十二三岁的孩子。倒推十年，曹雪芹创作《红楼梦》时，和珅不过是一个还在穿开裆裤的幼儿。连身体都没发育好，哪里会有什么二十四房姬妾，哪里会有什么儿子。

笔记野史里所记载的事情虚虚实实，较真不得，所谓姑妄言之，姑妄听之吧。相比之下，慈禧太后和《红楼梦》的关系倒更为真实些，也更让人感兴趣。

慈禧也是红楼迷

这位被尊称为老佛爷的老太婆注定要在历史上重重写上一笔，她是同治、光绪两朝事实上的最高统治者。是她，以极为贪婪、专横而且是愚蠢的方式，亲手把曾创造过辉煌业绩的大清王朝葬送掉。

对这位老佛爷在政治上的是非功过，历史学家们早已有十分精细的研究，轮不到笔者再来热剩饭。这里只谈她的文艺生活，特别是她的《红楼梦》阅读体验。

据史料记载，慈禧太后于公务之余，十分喜欢读小说。《三国演义》、《水浒传》、《西游记》、《封神演义》、《红楼梦》等作品，都曾经披阅过。不过，这也没有什么可奇怪的，在当时，富贵人家的妇女，但凡认识字，对这些家喻户晓的小说作品都不会感到陌生。

显然，对于慈禧太后，值得注意的不是这个。在这些小说作品中，她最爱读的是《红楼梦》，而且达到了十分痴迷的程度，用句时髦的话说，她是不折不扣的《红楼梦》迷。

徐珂在其《清稗类钞》一书中记载了这么一件事：

> 京师有陈某者，设书肆于琉璃厂。光绪庚子避难他徙，比归，则家产荡然，懊丧欲死。一日，访友于乡，友言："乱离之中，不知何人遗书籍两箱于吾室，君固业此，趣视之，或可货耳。"

陈检视其书，乃精楷钞本《红楼梦》全部，每页十三行，三十字。钞之者各注姓名于中缝，则陆润庠等数十人也。乃知为禁中物，急携之归，而不敢示人。

阅半载，由同业某介绍，售于某国公使馆秘书某，陈遂获巨资，不复忧衣食矣。其书每页之上均有细字朱批，知出于孝钦后之手，盖孝钦最喜阅《红楼梦》也。

第二九册 文学

清稗類鈔

商務印書館發行

《清稗类钞》

话说得有鼻子有眼，连抄本的行款都记得那么清楚，好像真有其事。可惜事情过于蹊跷，且没有其他旁证，可信度着实要打上很大的折扣。如果真有这么一件事的话，《红楼梦》传播史上又多了一件佳话。

不过，从情理上推断，这种可能性也不是不存在，那个时代的人看到喜欢的作品，在上面批上两笔，再正常不过。在阅读《红楼梦》方面，老佛爷和其他读者一样，兴许读到高兴处就随便批上两笔。至于这么珍贵的抄本怎么流失到乡下去，庚子逃难倒是一个蛮说得过去的理由。一百多年过去了，抄本仍然没有声息，由于缺乏真凭实据，所以对此事也只能是姑妄听之了。

虽然上述记载不可信，但慈禧太后喜欢阅读《红楼梦》，这一点大概是没有什么问题的，这有其他材料和记载可以作为证据。

在北京故宫长春宫与体元殿外游廊的墙壁上，有18幅十分精美的壁画，它的引人注目之处在其取材于《红楼梦》，描绘了神游太虚、宝钗扑蝶、晴雯撕扇、湘云醉卧等场景。这些壁画创作于光绪年间，而当时这位老佛爷正居住在这里。

显然，壁画的内容是得到她认可的，甚至很可能就是她出的主意。如果她不喜欢《红楼梦》的话，可以想象，没有哪个人敢冒着生命危险，干这件吃力不讨好的事情。要知道当时《红楼梦》在外面已经是禁书，严格遵守法律的话，平民百姓是不能随便读这部小说的。当然，禁令能否得到认真执行则又是另外一回事。

据陈毓罴《〈红楼梦〉与西太后——介绍管念慈的〈锦绣图咏序〉》一文介绍，中国社会科学院文学研究所古代文学研究室的乔象钟收藏有管念慈的写本《锦绣图咏序》。该文是管念慈奉慈禧太后之命而写的，时间在光绪十七年（1891），其中有如下的语句：

> 岁在重光单阏，皇太后驻跸西苑，宫闱之暇，取世传《红楼梦图》，隐其人名地名，缀以曲牌，而各系以词，定其名曰《锦绣图》。

陈毓罴推测，文中所说的"世传《红楼梦图》"，可能是改琦的画作，或是王墀的画作，也有可能是一种游戏用物。由于文章没有进行详细的交代，难以确知。不过有一点是很明确的，那就是慈禧太后在闲暇的时候，时常以《红楼梦》娱乐，由此不难看出她对该书的喜爱程度。

另据曾在慈禧身边服务过数年的德龄回忆，慈禧的文学修养还是颇高的，她在《御香缥缈录》一书中作了这样的介绍：

> 太后对于诗词，很有相当的欣赏；我虽然并不曾看见伊自己写过什么诗词，但往往听见伊在背诵古诗。

慈禧的文化水平很低，能做到这一步已经很不容易。不过相比之下，她对小说更为喜欢，也更有研究：

> 其实太后的诗学也只是很浅薄，倒是对于中国古代的历史和那些比较有名的稗史或传奇等等，伊可说是的确有几分研究，为寻常人所不及。

"为寻常人所不及"，可见这位慈禧太后对古代小说不仅喜欢，而且还曾下过一番功夫。

1950年，朱家溍对清末曾在宁寿宫当差的太监耿进喜进行访问调查，写成《太监谈往录》一文，其中涉及慈禧太后的娱乐爱好。据耿进喜介绍，慈禧太后对戏曲相当精通，甚至还亲自动手编写剧本：

> 老太后可甚么都懂，甚么都会，昆腔、二黄全成。……乱弹的《阐道除邪》里剥皮鬼唱的反调，就是老太后编的词，足唱二刻多。

对于慈禧太后的其他娱乐爱好，耿进喜是这样介绍的：

> 除了一般大事，还有不少礼儿。剩下工夫就传戏了，也有在屋里瞧瞧书的时候，或是斗牌掷色子。再不就靠靠，闭着眼叫太监给念古诗、念闲书。

慈禧太后闲暇时所瞧的书以及太监所念的"闲书"显然包括古代小说在内，《红楼梦》当也在其中。

俗话说，上行下效，慈禧太后如此喜欢《红楼梦》，以之为娱乐，并在住所周围绘制《红楼梦》图画，显然会有不少人受她的影响。在此环境中，宫廷里出现一些《红楼梦》爱好者，也就不足为奇了。

在钱塘九钟主人的《清宫词》中，有这样一篇作品：

> 石头旧记寓言奇，
> 传信传疑想象之。
> 绘得大观园一幅，
> 征题先进侍臣诗。

该诗下有小注：

> 瑾、珍二贵妃令画苑绘《红楼梦大观园图》，交内廷臣工题诗。

钱塘九钟主人即吴士鉴（1868—1933），字䌹斋，浙江杭州人，光绪十八年（1892）进士，曾官至翰林侍读。瑾妃、珍妃都是光绪的妃子。从吴士鉴的上述描述来看，这两位贵妃都是很喜爱《红楼梦》的，先是让画苑绘制大观园图，随后让大臣题诗，说起来还是蛮风雅的。

据《我的前半生》等书籍的记载，清代的最后一个皇帝溥仪也很喜欢《红楼梦》，时常和身边的人谈论这部小说，还曾写过咏《红楼梦》的诗作。由此可见，在宫廷里似乎形成了一种喜爱、谈论《红楼梦》的气氛。

自比贾母为哪般

另据邓之诚《骨董琐记全编》一书记载：

> 闻孝钦颇好读说部，略能背诵，尤熟于《红楼》，时引贾太君自比。

这条记载虽短，但颇值得注意，因为它说慈禧太后"时引贾太君自比"。可见这位老佛爷读《红楼梦》时确实读出了滋味，竟然产生了角色体验。

在《红楼梦》的传播过程中，读者容易产生角色体验的有两个人物，一个是贾宝玉，另一个是林黛玉，自然有如此体验的多是年轻人。

陈其元的《庸闲斋笔记》一书记载了这么一件事：

> 余弱冠时读书杭州，闻有某贾人女明艳工诗，以酷嗜《红楼梦》致成瘵疾。当绵惙时，父母以是书贻祸，取投之火。女在床，乃大哭曰："奈何烧杀我宝玉！"遂死。杭州人传以为笑。

这个可怜的女孩子太投入了，进到作品里却出不来，她可能把自己当作林黛玉了。同样，想当贾宝玉的也为数不少。

不过，以贾母自居的倒不多见。没别的原因，是个年轻人都可以做点贾宝玉、林黛玉的梦，而想要自比贾母可不容易，首先得有一份像样的家业，其次得长寿，能活到贾母这样的年龄，最后，还得熟悉《红楼梦》，有点艺术细胞。这些条件慈禧太后显然都具备。

慈禧太后以贾母自居也不是没有缘由的，两人之间还真是有不少相似之处，比如年龄大，辈分长，劳苦功高，在家族或宫廷里有着至高无上的地位。同为老年人，兴趣自然也有不少相同之处，比如都喜欢看戏，喜欢热闹，让一群年轻人围着自己转，等等。甚至就连称呼都相同，都被人称作老祖宗。

相比之下，慈禧太后尽管管理的是整个国家，但她实际上还赶不上人家贾母。人家贾母操劳了一辈子，甘愿退居二线，放手让年轻人管理家族事务，自己落得清闲，热热闹闹地享几天福，对孩子们也是疼爱有加，努力营造一种亲情融融的家庭氛围。

慈禧太后则不然，她的权力欲极强，牢牢抓住权力不放，不仅弄得国家破败，民不聊生，而且也扼杀了亲情，害了别人，也害了自己。如果她能像贾母那样退居二线，给年轻人空间，让光绪皇帝轰轰烈烈搞一场变法，现代的中国该是一幅多么令人振奋的情景。可惜慈禧太后虽然以贾母自居，但她只学到了贾母的皮毛，对贾母的优点则一点都没有学到，断送了大清王朝，遭到后人唾骂。

慈禧太后

当慈禧太后以贾母自居时，当时的大清王朝同贾府有着较为相似的处境，用冷子兴的话来形容，就是"如今外面的架子虽未甚倒，内囊却也尽上来了"。表面上看起来，大清帝国庞大的政府机构还在运转，军队的人数也是成千上万，但老佛爷心里比谁都清楚，这些玩意儿吓唬一下不知内情的老百姓还可以，对付洋人，对付革命党人，则根本起不了什么作用。当年剽悍骁勇的八旗子弟已经变成了毫无斗志的寄生虫，李鸿章去世后，连个正儿八经和洋鬼子签定条约的人才都没有了，朝中无人的窘困状况正和贾府相似。

不知慈禧太后自比贾母的时候是否想到了这一层，以其智商和智慧，对作品中的危机意识应该是可以感受到的。此时，她已无心像其长辈乾隆皇帝那样，搞点索隐，而是走进作品，扮演其中一个角色，寻求感情的共鸣。

不过，她的这一体验和爱好对其政治作为好像没有什么影响，照样置国家安危于不顾，把自己生日看得比国事都重要。其行为完全可以用最后的疯狂一语来形容。

说起来这位老佛爷还比较幸运，虽然她直接把一个曾经颇有生气的王朝带进了死胡同，但最终没能赶上为大清王朝送葬的仪式。否则，她会对"好一似食尽鸟投林，落了片白茫茫大地真干净"这句话有着更为深刻的体会。

现代红学第一人

王国维和他的《红楼梦评论》

　　谈到 20 世纪的《红楼梦》研究，人们的注意力多集中在开创新红学的胡适等人身上。作为新红学的开山祖师，胡适接受后学者的敬重和景仰自然是当之无愧的。不过，在他之前，还有一位重量级的人物，同样应该得到人们的鲜花和掌声。

　　是他，揭开了现代红学的第一页。没有他的首创之功，很难想象后来新红学的巨大成功。他虽然只写了一篇红学文章，但这篇文章的分量足以使其在 20 世纪红学史上获得不朽的地位。将此人称作现代红学第一人，无疑是非常恰切的。

　　他就是王国维。

从传统红学到现代红学

....

王国维涉足《红楼梦》研究，确实有其个人偶然的因素在。在20世纪涌现的众多专业或非专业的红学家中，没有哪个人天生就是要注定研究红学的，之所以走上红学研究之路，则各有各的个人因素和机缘，一部红学史也因此增添了许多传奇和浪漫色彩。

王国维研究红学的机缘在叔本华这位洋人哲学家，如果不是他对叔本华的生存哲学感兴趣，有着深刻的领悟，也许他就不会在《红楼梦》中找到共鸣，进而写出那篇石破天惊的《红楼梦评论》来。自然，也不是谁看了叔本华的哲学著作都能写出这篇宏文的，这需要足够的天资、深厚的学术功力和敏锐的感悟力。关于这一点，研究者已经有比较充分的探讨，这里不再赘述。

需要强调的是：时势造英雄。一个人再伟大，再先锋，也不能脱离他所处的时代，他走得再远，也只能走到时代所能允许的极限，而不可能再多走一步，否则就是科幻小说中的超人了。不认识到这一点，也就很难解释，从《红楼梦》面世到撰写《红楼梦评论》，在长达一百多年的时间里，学术功力如王国维者不乏其人，为什么就没有人写出这样的文章，单单把机会留给了王国维。

显然，要深入了解这位现代红学第一人，深入理解《红楼梦评论》，就必须对当时的社会文化语境给予一定的关注，特别是当时的红学研究状况。

这里要稍微宕开一笔，对学界关注较少的近代红学发展演进的情况进行简要的介绍。

众所周知，从维新变法到五四新文化运动时期，这是红学发展演进的一个重要时期，即红学研究从传统形态到现代形态的转型期。这一时期也是中国古代小说乃至中国学术的重要转型期。西学东渐与困境反思形成了这一时期的基本文化语境。受西方人文思潮的影响，以梁启超等人提出的小说界革命为标志，以前被视为淫词邪说、不登大雅之堂的小说在这一时期的社会文化地位得到空前的提高，被视作改造国民、再造民魂的文化利器，从文学家族的边缘一下进入中心。

这样，就打破了原有的诗文独大的传统文学格局，形成新的文学秩序。这一文学格局和秩序具有不可逆转性，影响可谓深远，直到今天也没再有太大的改变。在这一时期，无论是小说创作还是小说评论，都进入了一个崭新的发展阶段，即人们通常所说的文学现代化进程。

红学研究正是在这种全新的社会文化语境中孕育成熟的，不过，这是一个渐进的、缓慢的过程，不可能一夜之间发生彻底转变。在此期间，新的研究范式还未正式建立，旧的研究范式仍有较大市场，因此这一阶段的红学研究表现出较为明显的过渡性和杂糅形态，其中既有深深的传统烙印，又有鲜明的时代色彩，传统与现代、新与旧、开明与保守，各种红学观点就这样杂糅在一起，形成了一道独特的人文风景线。

虽然这一时期作为文学样式的小说的社会文化地位得到空前提高，但时人对先前的小说作品并不满意，往往将其作为迷信愚昧、封建专制的样本和靶子来进行批判，能够得到肯定的只有很少几部小说，《红楼梦》正是其中的一部，受到广泛的赞誉。比如林纾在《孝女耐儿传序》一文中称：

> 中国说部，登峰造极者无若《石头记》。叙人间富贵，感人情盛衰，用笔缜密，著色繁丽，制局精严，观止矣。

苏曼殊在《小说丛话》一文中也提出：

> 《水浒》、《红楼》两书，其在我国小说界中，位置当在第一级。

其他如觚庵在《觚庵漫笔》中称《红楼梦》为"小说中之最佳本也"，邱炜蒦在《菽园赘谈》中称"言情道俗者，则以《红楼梦》为最"。遣词用句虽然不同，但对《红楼梦》的高度称许则是基本一致的。

受时代风尚的影响，除大量与先前内容、形式基本相同的评点、评论、诗词外，这一时期人们对《红楼梦》的观照角度和表述方式与以往相比，已有较为明显的变化，评论者们提出了不少新的命题和观点。这主要表现在如下几个方面：

首先，受小说界革命的影响，受严峻政治形势的触动，人们更多地从政治、伦理等角度并结合当时的社会现实来解读《红楼梦》，强调《红楼梦》揭露黑暗、批判现实的社会文化功能，着重挖掘其社会历史方面的意义，因而具有较强的功利色彩。在这种情况下，小说自身的审美特性就被有意无意地淡化或忽略了。这也是当时解读文学作品普遍采用的一个视角，是特定文化语境的产物。

从当时人们对《红楼梦》这部作品分类归属的确认上就可以看出这一点，比如天僇生（王钟麒）在《论小说与改良社会之关系》一文中称《红楼梦》为"社会小说"、"种族小说"和"哀情小说"，侠人则在《小说丛话》一文中称《红楼梦》为"政治小说"、"伦理小说"、"社会小说"、"哲学小说"、"道德小说"。叫法虽然有别，但着眼点和看法则大体相同。天僇生在《中国三大家小说论赞》一文中甚至进而提出"必富于哲理思想、种族思想者，始能读此书"。

基于这种时代色彩极浓的阅读视角，自然能从作品中读出与先前批点家截然不同的种种新意来，如陈蜕庵在《列〈石头记〉于子部说》一文就认为：

> 《石头记》一书，虽为小说，然其涵义，乃具有大政治家、大哲学家、大理想家之学说，而合于大同之旨。谓为东方《民约论》，犹未知卢梭能无愧色否也。

话虽然说得有些夸张，但代表了当时很多人的想法。再如海鸣在《古今小说评林》一文中亦认为"一部《红楼梦》一百二十回，无非痛陈夫妇制度之不良"。显然,先前的评点家们是不会提出这一观点的,也不可能有这种认识。

这种社会历史角度的解读对后世影响很大,至今仍不乏回应者,成为解读《红楼梦》的一个较为常见的视角,比如,毛泽东基本上就是这样来看待《红楼梦》的。对其利弊不可一概而论,需作具体分析。

其次,人们喜欢采用横向比较的方式来谈论《红楼梦》。西方文化的传入不仅改变了人们的思想观念,同时也为人们提供了一个解读《红楼梦》的新视角,那就是中西文学的比较。这一时期的评论者们多喜欢自觉或不自觉地将《红楼梦》置于世界文学的大背景中进行观照,尽管许多比较只是流于表面,还缺乏深度,但毕竟是个可贵的开始和尝试。

先前的评点家们在评论《红楼梦》时,也采用过比较的方法,但只是局限于纵向的比较,将《红楼梦》与前代文学作品,如《西厢记》、《邯郸梦》以及才子佳人小说等进行比较。

横向角度的引入使人们对《红楼梦》有了新的认识。在西方小说及文学观点不断传入国内并产生巨大影响的文化语境中,人们会自然而然地立足本土文学来观照异域作品。比如当时有个叫松岑的在《论写情小说于新社会之关系》一文中就将影响甚大的翻译小说《茶花女遗事》比作"外国《红楼梦》"。林纾翻译外国小说时,在《孝女耐儿传序》等文中,也时常以中国小说来做比照,古代小说在这里是作为批评者的文化背景而存在的。

反过来,人们也会借助异域文学来反观本土作品,比如有人将《红楼梦》与《民约论》、《浮士德》进行比较。不管这种比较是否妥当,评论者们从此多了一种观照的视角,这是毫无疑问的。东西方文学互为镜像,各自的特点由此得到彰显。

再次,基本思路、表述方式和刊布流传渠道也发生了明显的改变,从只言片语逐渐向现代论文形式过渡,文章的篇幅加长,谈论方式也从以前的印象式评述转向系统严密的推理论证,论说色彩增加,逻辑日渐严密。表述形式变化的背后是学人们思维方式的深层变迁,这一变化后来得到学术制度的支持,成为主流,而以评点为代表的传统小说批评则逐渐淡出历史舞台,其后虽时有出现，但已难居主流，不成气候。

　　王国维的《红楼梦评论》即是一篇具有此类开创性质的红学论文，也是第一篇具有现代学术色彩的文学研究论文。同时，这一时期的评红文章大多发表在各类报刊上，较之先前的手工刊印速度要快得多，与读者交流更为方便直接，容易营造一种评论的声势或氛围。

　　同时需要指出的是，这一时期也是索隐派红学正式发展成型的时期，从以前片言只语的简单猜测向较为系统完整的表述发展，并出现了几部有代表性、影响较大的索隐派红学著作，对后来的红学研究有着深远的影响。

　　索隐式研究代表着人们解读《红楼梦》的另一条思路，同时也是具有深厚文化传统和历史渊源的一条思路。从此，索隐派成为红学研究中一支十分活跃的力量，历经打击而不衰，表现出十分顽强的生命力。从索隐派的产生演进可以反观中国人独特的文学观念和思维方式。

石破天惊的《红楼梦评论》

　　王国维的《红楼梦评论》是中国学术史上一篇具有里程碑意义的学术论文，它代表着传统红学到现代红学的转变。这篇论文具有鲜明的时代色彩，与梁启超等人所提倡的小说界革命的内在精神是相通的，同时又显露出作者独特的学术个性。

　　该文于 1904 年 6 月至 8 月间在《教育世界》杂志连载。当时王国维正沉迷于叔本华哲学，他在《红楼梦》中找到了共鸣，于是便进行了以西方哲学理论观照中国小说的可贵尝试。此时是王国维学术研究的一个重要转变期，即由哲学探讨转入文学研究的时期。

　　以《红楼梦评论》为契机，他转入对词曲的研究，《人间词话》《宋元戏曲史》等著作相继面世。其卓然不俗的开拓性研究为中国文学研究开辟了一片新天地，为后学树立了典范。

现代红学第一人

可惜随着家国形势的变化，王国维后来的思想观念和学术兴趣发生了重大转变，由文学再转入史学，其文学研究就此戛然而止，否则，以其深厚的学养和过人的见识，在文学研究上本可做出更大更多的贡献。人生本来就是带着缺憾的，生命短暂，不可能把所有的事情做完，你在这一领域取得了成就，也就意味着在另外一个领域的舍弃。

《红楼梦评论》全文共分五个部分，即：人生及美术之概观、《红楼梦》之精神、《红楼梦》之美学上之精神、《红楼梦》之伦理学上之价值和余论。其中的"美术"相当于当下通常所说的"文学艺术"。

在这篇文章中，作者借用叔本华的哲学观念并结合老庄哲学来解读《红楼梦》，其理论前提是这样的：

> 生活之本质何？"欲"而已矣。欲之为性无厌，而其原生于不足。不足之状态，"苦痛"是也。……人生者如钟表之摆，实往复于苦痛与倦厌之间者也。

> 吾人之知识与实践之二方面，无往而不与生活之欲相关系，即与苦痛相关系。

人生充满欲望，欲望无法满足，因此注定要陷入痛苦。这样一来，只有美术能使人"超然于利害之外，而忘物与我之关系"，"欲者不观，观者不欲"。这是解脱苦痛的一剂良方。美术又有优美、壮美和眩惑之分。在王国维看来，真正能符合这种超然利害物我的标准者只有《红楼梦》这部优秀的小说。

基于这一前提，他提出如下几个主要观点：

一、《红楼梦》的主旨在"示此生活此苦痛之由于自造，又示其解脱之道不可不由自己求之者也"。正所谓苦恼都是自找的，解铃还须系铃人。

二、"书中真正之解脱，仅贾宝玉、惜春、紫鹃三人耳"，其中惜春、紫鹃的解脱是"存于观他人之苦痛"，而贾宝玉的解脱则是"存于觉自己之苦痛"，是"自然的"、"人类的"、"美术的"、"悲感的"、"壮美的"、"文学的"、"诗歌的"、"小说的"。因此，《红楼梦》之主人公所以非惜春、紫鹃，而为贾宝玉者也"。

三、《红楼梦》"与一切喜剧相反，彻头彻尾之悲剧也"，这种悲剧是属于那种"剧中之人物之位置及关系而不得不然"的悲剧，是"悲剧中之悲剧"。作品具有"厌世解脱之精神"，而且其解脱与"他律的"《桃花扇》不同，《红楼梦》的解脱为"自律的"。《红楼梦》的价值正在于其"大背于吾国人之精神"。

四、《红楼梦》的美学价值也符合"伦理学上最高之理想"。

五、"索此书中之主人公之为谁"与"作者自写生平"的观点皆是错误的，因为"美术之所写者，非个人之性质，而人类全体之性质也"。也正是为此，作者给《红楼梦》以很高的评价，称其为"自足为我国美术上之唯一大著述"、"绝大著作"。

总的来看，文章五个部分之间有着较为明确的逻辑关系，层次分明，说理透彻，即先确立基本理论和批评标准，然后再谈其和《红楼梦》的契合关系，并从美学、伦理学的角度给予说明，最后对研究状况进行评述，点出将来的研究方向。从表述方式上看，这是一篇十分规范的学术论文。

不可否认，这篇文章的观点或论述方式也有不少可议之处。其中最大的不足在于以叔本华的理论来套《红楼梦》，束缚住了自己，尽管作者对叔本华的观点也做了一些选择和变通，但较之后出的《人间词话》还是显得有些生硬，毕竟东西方文化的背景与发展轨迹不同，文学创作的情况各异，叔本华的理论并不完全符合《红楼梦》的实际，只能说是部分契合，以欲望的受阻和自我解脱来解释《红楼梦》主要人物的动机和心态颇有牵强附会之处。

这种以外国理论来硬套中国小说的做法在当时具有实验探索的意义，但在当下正受到越来越多的批评。对该文的长处、不足以及形成原因，叶嘉莹先生在《王国维及其文学批评》一书中曾有十分精彩详尽的分析和评述，可参看，此不赘述。

以学术史的眼光来观照，王国维的《红楼梦评论》在当时无疑具有开拓和典范意义。它将西方的哲学理论与中国文学作品结合起来，进行了较为深入的分析和探索，论述系统严密，善用比较，视野开阔，比起先前那些直观、印象式的批评，无论是在内容上还是在表述方式上都给人以耳目一新之感。

王国维从哲学、美学的角度来解读《红楼梦》，与当时政治、伦理式的功利性解读有着明显的不同，对此，他有着很清醒的认识，在《论近年之学术界》一文中说道：

> 观近数年之文学，亦不重文学自己之价值，而唯视为政治教育之手段，与哲学无异。如此者，其亵渎哲学与文学之神圣之罪固不可逭，欲求其学说之有价值，安可得也？

本书作者整理
《王国维文学论著三种》

作者似乎还有纠正时弊的用意在。这固然在当时显得有些不合时宜，但大体代表了学术研究的正确方向，也是作者独特学术个性的展示。

需要指出的是，王国维开创的这种红学研究之路在相当长的一段时间内并未得到正面、积极的回应，其意义和价值要经过一段时间后才会在总结和追述中逐渐显露出来，毕竟新的学术范式的建立需要一个渐进的过程，确实如他本人所批评的，当时人们的着眼点在政治教育，而不在学术本身，还没有形成一个良好的学术氛围。直到五四时期，随着文学研究这门现代学科的建立，人们才逐渐认识到该文的开创意义。

但令人遗憾的是，尽管日后由胡适等人开创的新红学建立在比较科学、规范的基础上，但由于研究者对考证的过分看重和强调，王国维创立的研究范式并未得到很好的继承和发扬，甚至被有意无意地淡化或忽视了。直到当下，红学研究仍存在这一问题。

经过一个世纪的风风雨雨之后，再回首来反观这段历史，对王国维这位先驱者的开拓精神当会有更深的体会和理解。对《红楼梦》这样一部作者、成书、版本等问题都极其复杂的作品来讲，对有关文献资料的梳理和考证无疑是十分必要的，但考证本身并不是最终目的，而是一种重要的手段，其目的是为了更好地理解作品，注重作品本身的思想意蕴和艺术特性才是第一位的。

大师之外的红学风景

....

王国维的《红楼梦评论》之外，这一时期还有一些红学文章也值得关注。比如成之在《小说丛话》一文涉及《红楼梦》的部分，借鉴王国维的悲剧说，作了进一步发挥，提出了一个颇有启发性的观点：

> 所谓金陵十二钗者，乃作者取以代表世界上十二种人物者也；十二金钗所受之苦痛，则此十二种人物在世界上所受之苦痛也。

应该说，这一见解尽管缺少充分的依据，但不失为一种别出心裁的解读，能给人一些启发。同时，作者还对当时的索隐派提出批评：

> 必欲考《红楼梦》所隐者为何事，其书中之人物为何人，宁非笨伯乎？岂惟《红楼梦》，一切小说皆如此矣。

可见作者对小说的艺术特性有着比较清醒、正确的认识。

季新的《红楼梦新评》也是一篇颇有特色的红学论文，刊于《小说海》1915年第1卷第1—2期。这篇文章从作品的题材着眼，将《红楼梦》视作一部解剖中国旧家庭的样本，提出：

> 欲以科学的真理为鹄，将中国家庭种种之症结，一一指出，庶不负曹雪芹作此书之苦心。

应该说这种分析还是很有见地的，具有一定的深度，并带有鲜明的时代色彩。

季新即汪精卫，此时的他还是一位胸怀大志的热血青年，思想敏锐、超前，很难把他和日后的大汉奸放在一起。但人生就是这么残酷，这么富有戏剧性，不到最后一刻，谁都不知道会有什么事情发生。

此外，侠人的《小说丛话》、解弢的《小说话》、张冥飞的《古今小说评林》、海鸣的《古今小说评林》等文章在涉及《红楼梦》时，也不乏精彩之论。这些文章带有化用旧式评点的痕迹，还不是严格意义上的学术论文。

一个值得敬重的人
和一部值得敬重的书

....

蔡元培和他的《石头记索隐》

　　在中国现代文化史上，能得人赞誉者在数量上并不算少，但口碑如蔡元培之好者却不多见，无论是行事、为人还是立言，他无不得到社会各方人士的交口称赞，具有现代圣人的声望和地位。在党派立场截然分明、对立的当时，能获得这种具有共识性的称赞显然是十分不容易的，由此可见蔡元培的高大人格。

　　不过也有一个例外，那就是在红学界，蔡元培基本上是以负面形象登场和被描述的，他屡屡以索隐派代表人物的身份受到红学家们的轮番批评，成为他们批评旧红学的一面靶子，被脸谱化、丑化。大概是为尊者讳的缘故吧，就连蔡元培的传记及相关研究专著对其红学研究也基本上是避而不谈，即使涉及，也不过是轻描淡写地说上几句。

　　相比之下，倒是蔡氏本人对自己的这一研究成就还比较看重，在谈到自己的著述时，常常提及，比如他在1923年秋至1924年间所写的《自书简历》中就特意提到《石头记索隐》，将其与《中学修身教科书》《中国伦理学史》《哲学大纲》《简易哲学纲要》等著作并列。

在 1921 年 3 月 2 日的日记中，他不无得意地提到，法国巴黎大学校长埃贝尔在演讲时，"注重于北大废院存系之办法，对于我个人之著作，尤注意于《石头记索隐》"。

细细想来，这里面是大有问题的。以蔡元培天资、学识之高，并不比哪位红学家低，何以花费如此多的时间和精力去写一部在其他红学家看来属小儿科的著作，何以会犯在红学家看来如此明显的低级错误？既然错误如此低级，为什么在被胡适等人批评、指出之后却并不服气？蔡元培研究《红楼梦》的动机和过程究竟如何？《石头记索隐》到底是不是蔡元培人生的一个污点？

尽管此前有不少研究者涉及这些问题，但似乎并没有很好地解决，不少人往往批评一番草草了事。俗话说：盖棺定论。但盖棺之后的定论能否成为定论，同样需要事实的检验。最起码在笔者看来，红学界有关蔡元培的一些定论是存在问题的，与事实并不完全符合。这里依据相关资料对蔡元培研究《红楼梦》的那段历史进行考察，为读者重新思考上述问题提供一个较为客观、全面的文献基础。

索隐之外的红学风景

....

　　首先需要说明的是，蔡元培的红学研究还是相当丰富多彩的，并非《石头记索隐》一书所能全部概括，也并非索隐一词所能全部涵盖。《石头记索隐》之外，蔡元培还从其他角度对《红楼梦》一书进行过评述，时有精彩见解，可惜这些观点一直为学术界所忽视。为全面、深入了解蔡元培的红学研究情况，这里稍做介绍。

　　应该说，蔡元培的有些观点在当时还是颇有新意的，比如他在 1920 年 6 月 13 日的《在国语讲习所演说词》中曾有一段专门谈论《红楼梦》的文字：

　　　　许多语体小说里面，要算《石头记》是第一部。他的成书总在二百年以前。他反对父母强制的婚姻，主张自由结婚；他那表面上反对肉欲，提倡真挚的爱情，又用悲剧的哲学的思想来打破爱情的缠缚；他反对禄蠹，提倡纯粹美感的文学。他反对历代阳尊阴卑、男尊女卑的习惯，说男污女洁，且说女子嫁了男人，沾染男人的习气，就坏了。他反对主奴的分别，贵公子与奴婢平等相待。他反对富贵人家的生活，提倡庄稼人的生活。他反对厚貌深情，赞成天真烂漫。他描写鬼怪，都从迷信的心理上描写，自己却立在迷信的外面。照这几层看来，他的价值已经了不得了。

　　　　这种表面的长处还都是假象。他实在把前清康熙朝的种种伤心惨目的事实，寄托在香草美人的文字，所以说"满纸荒唐言，一把辛酸泪"。

他还把当时许多琐碎的事，都改变面目，穿插在里面。这是何等才情！何等笔力！……他在文学上的价值，是没有别的书比得上他。

从上面这段文字可以看出，蔡元培并非像一般人所想象的那样钻牛角尖，他对《红楼梦》一书的思想、艺术价值有着相当全面、深刻的认识。

像这样的论述还有不少。在 1899 年 6 月 12 日的日记中，蔡元培将《红楼梦》与《茶花女》进行比较：

> 点勘《巴黎茶花女遗事》译本，深人无浅语，幽娇刻挚，中国小说者，惟《红楼梦》有此境耳。

1916 年 12 月 27 日在《在北京通俗教育研究会演说词》中，他指出：

> 《石头记》一书，世人多视为言情小说，其实为政治小说。书中述男女交际，皆取放任主义。

1917 年 4 月 8 日在《以美育代宗教说——在北京神州学会演说词》中，他说道：

> 《石头记》若如《红楼后梦》等，必使宝、黛成婚，则此书可以不作；原本之所以动人者，正以宝、黛之结果一死一亡，与吾人之所谓幸福全然相反也。

上述观点在红学研究已有多年丰厚积累的今天看来也许算不了什么，但在当时可以说是相当精彩的，并不是谁都能提出这样的见解。从社会文化视角评述作品，强调作品所体现的批判现实精神，由此给予《红楼梦》很高的评价，这也是当时的一种时代风气，自有其价值和意义，这是应该给予充分肯定的。

此外，蔡元培还将《红楼梦》与外国文学作品《茶花女》进行比较，表现出较为宽广的学术视野，可以说是早期比较文学研究的尝试，这在当时也是难能可贵的。

值得注意的是，蔡元培实际上是将《红楼梦》的内涵分成了两个层面：一个是思想艺术层面，即他所说的"表面的长处"；一个则是内在的层面，即他所说的"把前清康熙朝的种种伤心惨目的事实，寄托在香草美人的文字"。这样的区分还是有一定道理的。当然，他的着力点在后一个层面，后人对其《红楼梦》研究的印象也在后一个层面。

　　既承认《红楼梦》自身的思想艺术价值，同时又强调其背后所隐含的政治内容，熔艺术分析、索隐于一炉，具有从传统旧学到现代学术的过渡色彩，这就是蔡元培红学研究的特色所在。

　　即使没有《石头记索隐》一书，仅靠上述一些有关《红楼梦》的言论，蔡元培在红学史上也是不容忽略的。

也是以治经史的功夫研究《红楼梦》

　　总的来看，蔡元培研究《红楼梦》的态度是十分严肃、认真的。《石头记索隐》一书篇幅虽然不算太长，只有四万多字，但它可以说是一部花费了大量时间、精力的心血结晶，鲁迅在《小说史大略》一书中称其"征引繁富，用力甚勤"，其后在《中国小说史略》一书中称其"旁征博引，用力甚勤"。可见鲁迅虽然不同意蔡元培《石头记索隐》的观点，但对其严肃、认真的研究态度还是给予肯定的。

　　为写作《石头记索隐》一书，蔡元培前前后后总共用了二十多年的时间，虽然其一生著述甚多，但花费如此多时间的，似乎仅此一部。

　　据现有资料来看，蔡元培最早研究《红楼梦》当始于光绪二十年（1894）。在这一年9月6日的日记中，他这样写道：

　　　　阅《郎潜纪闻》十四卷、《燕下乡胜录》十六卷竟，鄞陈康祺（钧堂）

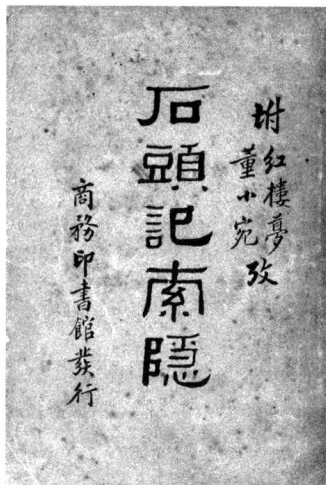

《石头记索隐》

著，皆取国朝人诗文集笔记之属，刺取名记国闻者。

这里的《燕下乡胜录》当为《燕下乡脞录》，即《郎潜纪闻二笔》，在该书的卷五记载了徐柳泉的一段话：

> 小说《红楼梦》一书，即记故相明珠家事。金钗十二，皆纳兰侍御所奉为上客者也。宝钗影高澹人，妙玉即影西溟先生。妙为少女，姜亦妇人之美称，如玉如英，义可通假。妙玉以看经入园，犹先生以借观藏书，就馆相府。以妙玉之孤洁而横罹盗窟，并被以丧身失节之名，以先生之贞廉而瘐死圜扉，并加以嗜利受赇之谤，作者盖深痛之也。

显然，这段话引起了蔡元培探讨《红楼梦》的兴趣。他本人也承认这一点："余之为此索隐也，实为《郎潜二笔》中徐柳泉之说所引起。"（《石头记索隐》第六版自序）将这段话与《石头记索隐》对比可知，其对蔡元培的启发既有观点层面的，也有方法层面的，特别是后者，为历来的研究者所忽略。

至于这一年蔡元培是否已经开始动笔，还难以确知。不过，其后他一直在思考这一问题，这可以从其1896年6月17日、9月4日的日记中看出来。在9月4日的日记中，他对清代的《红楼梦》评点进行了评述："近日无聊，阅太平闲人所评《红楼梦》一过。……闲人评《红楼》，可谓一时无两，王雪香、姚梅伯诸人所缀，皆呓语矣。"

到光绪二十四年（1898），蔡元培已经写出了一部分初稿。在1898年7月27日的日记中，他写道："前曾刺康熙朝士轶事，疏证《石头记》，十得四五，近又有所闻，杂志左方，用资印证。"

在此后的十多年间，该书的写作时断时续，即蔡氏本人在其《传略》一文中所说的："深信徐时栋君所谓《石头记》中十二金钗，皆明珠食客之说。随时考检，颇有所得。"

1913年至1916年间，蔡元培游学欧洲，时间较为宽余，于是又继续该书的写作。在1914年10月2日致蒋维乔的书信中，他介绍说："现在着手于《红楼梦疏证》。"可见他最初所定的书名是《红楼梦疏证》。

第二年，虽然还没有全部完成，他已经决定将其先在杂志上刊出，书名也从《红楼梦疏证》变成了《石头记索隐》。在 1915 年 4 月 27 日致蒋维乔的书信中，他这样写道：

> 《石头记索隐》本未成之作，故不免有戛然而止之状。加一结束语，则阅者不至疑杂志所载为未完，甚善。特于别纸写一条，以备登入。

1916 年，《石头记索隐》刊发于《小说月报》第七卷第一至六号。

在《小说月报》刊载的同时，蔡元培还同商务印书馆商量出版单行本之事。起初，他想自办发行，自印自售。老朋友张元济则建议他采取租赁版权的办法，他在 1916 年 11 月 22 日致蔡元培的书信中写道：

> 敝见著作权仍为尊有，照租赁著作权章程（附呈一分），版税照定价十分之一，似比自印自售较为简净，未知尊意以为何如？

这一建议为蔡氏所接纳。当时，蔡元培还想再润饰修订一番，但由于王梦阮、沈瓶庵《红楼梦索隐》的出版，张元济出于商业考虑，劝说他加快出版速度。在 1916 年 11 月 22 日致蔡元培的书信中，他劝说道：

> 现在上海同业发行《红楼梦索隐》一种，若大著此时不即出版，恐将来销路必为所占，且驾既回国，料亦未必再有余闲加以润饰，似不如即时出版为便。

为了和《红楼梦索隐》竞争，张元济还决定将孟森的《董小宛考》一文附在书后。

1917 年 9 月，商务印书馆出版了《石头记索隐》的单行本。该书出版后，很受读者的欢迎，并给予很高评价，有个叫王小隐的在《读红楼梦剩语》一文中写道：

> 民国五年蔡孑民先生作了部《石头记索隐》说《红楼梦》是历史小说，暗射清初政治上的事情——都能够说出凭据来，识见要算加人一等的了——从此《红楼梦》的读法，就开了个新纪元，都要拿他来考证掌故。

该书后来多次重印，到 1919 年 7 月时，已印行四千部，还要加印一千五百部。在 1919 年 7 月 17 日的日记中，蔡元培这样写道："得商务印书馆函，索《石头记索隐》印花一千五百纸（前已印过四千部）。"

到 1922 年时，已出到第六版。屡屡再版，拿到的版税自然也比较可观，据蔡元培 1923 年 10 月 10 日的日记，此时"《石头记索隐》版权费已积有二百余元"。而这已是在他与胡适的论战之后，可见这场论战对该书的销路并没有多大的影响。

其间蔡元培仍不断补充材料，进行修订，这在其 1918 至 1919 年间的日记中屡有记载，但这些内容后来似乎没有公开刊布，他本人也感到遗憾，在《传略》一文中表示了惋惜之情："此后尚有继续考出者，于再版、三版时，均未及增入也。"不过由此也可见其撰著的认真态度。

至于蔡氏写作该书的动机和缘起，据他本人在 1898 年 9 月 12 日的日记说是：

> 余喜观小说，以其多关人心风俗，足补正史之隙，其佳者往往意内言外，寄托遥深，读诗逆志，寻味无穷。

研究者一般认为有其政治用意在。不过对这一问题较难确认，因为蔡氏本人并没有明确这样说，虽然他在《石头记索隐》一文中认为《红楼梦》"作者持民族主义甚挚，书中本事，在吊明之亡，揭清之失。而尤于汉族名士仕清者，寓痛惜之意"，但这并不等于他本人也一定持这种思想来研究《红楼梦》。

再说其写作过程前前后后持续了二十多年，而且相当多的部分写于清朝灭亡后，即使当初有这种政治意图，到后来也会随着改朝换代而淡化，无此必要了。

因此，与其说蔡氏写作目的有政治寓意在，倒不如说更多的是出于个人爱好。1935 年 8 月 3 日在《追悼曾孟朴先生》一文中，他承认"我是最喜欢索隐的人"。

此外，与索隐派的其他人相比，蔡元培的《红楼梦》研究更为认真，他还将其索隐式研究上升到理论层面，总结出了一套较为有效的索隐方法，即他本人在《石头记索隐》第六版自序中所说的：

> 知其所寄托之人物，可用三法推求：一、品性相类者；二、轶事有

征者；三、姓名相关者。

经过这种索隐法梳理之后，正如蔡氏本人在《石头记索隐》中所言："一切怡红快绿之文，春恨秋悲之迹，皆作二百年前之《因话录》《旧闻记》读可也。"

也正是因为《石头记索隐》有如此大的社会影响及学术上的代表性，当胡适等人着手创建新红学，开始对先前的旧红学进行清算的时候，拿蔡元培来做靶子自然是顺理成章的事了。因此，胡适这种批评对象的选择并非如有人所说的借此成名之类，两人之间的红学论争自有其必然性，这是中国现代学术建立过程中的一个必经步骤。

由于蔡、胡两人的身份都比较特殊，同为公众人物，自然很容易受到关注，其影响也超出了红学范围。胡适与蔡元培围绕《红楼梦》展开的论战，不仅是红学史上的一次重要事件，它还意味着新、旧学术的一次正面交锋，在现代学术史上极具象征意义。

索出了什么隐情

红学索隐派的形成代表着20世纪初红学研究的另一条发展道路，一条与王国维的《红楼梦评论》迥异的道路，它是中国古代小说批评在新的时代文化语境中所结出的一枚畸形果实。在这一时期，索隐式研究已经由原先只言片语式的简单猜谜发展成较为系统完整的论述，篇幅动辄上万字，甚至达十数万字，形成了一套独特而稳定的索隐式红学研究理论和方法。较之王国维等人的红学研究，索隐派的观点在社会上有着更为广泛的影响，这种状况直到今天仍是如此，这无疑是20世纪红学史上一个十分值得关注的现象。

在这一时期的索隐诸家中，以蔡元培最具典型性。《石头记索隐》受《郎潜纪闻》一书的启发，将《红楼梦》视作一部"清康熙朝政治小说"，认为"作者持民族主义甚挚，书中本事，在吊明之亡，揭清之失。而尤于汉族名士仕清者，寓痛惜之意"。由于小说作者"虑触文网，又欲别开生面，特于本事以上加以数层障幕"，故需要"阐证本事"。

总的来看，蔡氏所阐证的本事并没有多大新意，不过是作品人物某某影射历史人物某某之类，如贾宝玉影射胤礽、林黛玉影射朱竹垞、薛宝钗影射高江村、探春影射徐健庵、王熙凤影射余国柱等。

统观全书，尽管作者写作态度严肃认真，即他在《石头记索隐》第六版自序中所说的，"自以为审慎之至，与随意附会者不同"，"于所不知则阙之"，并总结出一套"三法推求"法，即品性相类法、轶事有征法和姓名相关法，但细究起来，其基本方法无非是比附、谐音或拆字，前两种不过是比附，后一种则为猜谜。

比如他认为探春影射徐健庵，其证据是"健庵名乾学，乾卦作☰，故曰三姑娘。健庵以进士第三名及第，通称探花，故名探春。健庵之弟元文入阁，而健庵则否，故谓之庶出"。《红楼梦》第二十七回，探春嘱托贾宝玉买些"朴而不俗、直而不拙的"轻巧玩意儿之事则是影射徐健庵"尝请崇节俭、辨等威，因申衣服之禁，使上下有章"之事。上述引文包含了蔡氏所说的三种方法，读者自不难看出其牵强附会处。

蔡元培的基本前提是错误的，他想把"一切怡红快绿之文，春恨秋悲之迹，皆作二百年前之《因话录》《旧闻记》读"，无视作品想象虚构的文学特性，加之方法不当，多为牵强附会，这样得出来的结论也就显得颇为荒唐，是靠不住的。比如他因小说中多用"红"字，遂认为是在影射"朱"字，"朱者，明也，汉也"。因此，贾宝玉的爱红之癖，蕴涵着"以满人而爱汉族文化"的意思。

费了这么大劲，拐了那么多弯，才揭出如此谜底，不仅一般读者想不到，恐怕就连作者曹雪芹本人也想不到，只有蔡元培本人清楚。其牵强附会之迹是十分明显的。1921年，蔡元培受到胡适等人的尖锐批评，蔡、胡之间为此展开了一场论战，结果胡适占了上风。这是红学史上的一个标志性事件，从此胡适等人开创的考证派新红学取代索隐派，成为红学研究的主流，索隐派红学此后一直处于边缘状态。

蔡元培并非顽固不化的保守者，而是开风气之先的时代领军人物，他何以走上索隐之路，而有着类似文化背景的胡适何以能成为新红学的开创者，这无疑是一个值得深思的问题。其中既有时代影响的因素，也是个人学术个性的显露。

蔡元培是中国近现代文化学术史上一位具有代表性的重要人物，他曾是前清进士、翰林院编修，后来成为开一代新风的现代教育家、政治家、学者。他顺应历史潮流，从一个典型的传统文人转变为一位新型知识分子。他既保持了传统文人的特色，又具有现代学人的品格，传统与现代，保守与先锋，都在他身上留下了深深的烙印，体现了这一时期过渡转型的特点。

就其学术研究而言，也具有这一特点。一方面，他积极汲取西方人文思想，游学德国、法国，主张以美育代宗教，成为中国现代美学的奠基人；另一方面，他又沿袭传统的治学模式，以索隐的方式解读《红楼梦》。从蔡元培的身上，可以看出中国近现代学人面对学术转型的选择，可以看出中国近现代学术发展演进的复杂性与艰巨性。

蔡元培的索隐同道

在当时比较有影响的索隐之作除蔡元培的《石头记索隐》之外，还有王梦阮、沈瓶庵二人合写的《红楼梦索隐》。王氏生平不详，待考，沈氏则为中华书局编辑。该书的索隐提要 1914 年曾在《中华小说界》第 1 卷第 6—7 期连载，1916 年由中华书局附载于作品中一起印行，书前有《序》《例言》和《提要》，索隐文字则分回分段附在正文之中。该书篇幅较大，有数十万字。

作者认为《红楼梦》"大抵为纪事之作，非言情之作，特其事为时忌讳，作者有所不敢言，亦有所不忍言，不得已乃以变例出之"，这是他们立论的基本前提。因此，他们要"苦心穿插，逐卷证明"（《红楼梦索隐》提要）、"以注经之法注《红楼》"（《红楼梦索隐》例言），将《红楼梦》变为"有价值之历史专书"。

他们所发掘的真事就是传说中顺治、董小宛的爱情故事，"是书全为清世祖与董鄂妃而作"，"诚千古未有之奇事，史不敢书，此《红楼》一书所由作也"。具体说来，就是贾宝玉影射顺治皇帝，林黛玉影射董小宛。

至于该书所采用的索隐式研究法，与蔡元培《石头记索隐》一书大同小异，甚至更为复杂，为自圆其说，更发明化身、分写、合写之说，这一方法为后来的索隐派广泛采用。总的来看，多为捕风捉影之谈、随意捏合之言，少合情合理、自然切实之论，与其他索隐家相比，无非索隐所得的具体结论不同而已。

《红楼梦索隐》

不过，《红楼梦索隐》一书在当时很有市场，在很短的时间里就重印了十三次，一时成为畅销书，由此可见其在社会上引起的轰动程度。后来，著名历史学家孟森曾撰《董小宛考》一文，明确指出：

> 顺治八年辛卯正月二日，小宛死。是年小宛为二十八岁，巢民为四十一岁，而清世祖则犹十四岁之童年。盖小宛之年长以倍，谓有入宫邀宠之理乎？

该文征引大量文献资料，以无可辩驳的历史事实证明顺治、董小宛之间的所谓浪漫爱情故事纯属虚构，并非信史。此后，顺治、董小宛爱情故事说才渐渐偃旗息鼓。

此外，邓狂言的《红楼梦释真》（上海民权出版社 1919 年版）也是当时一部较有影响的索隐派著作。该书篇幅更巨，约 27 万字。在《石头记索隐》《红楼梦索隐》的基础上继续发挥，认为《红楼梦》是一部写种族斗争的小说，是一部"明清兴亡史"。对作者问题也提出新的看法，认为前八十回的作者为吴梅村，后四十回的作者为朱竹垞。与前面二书相比，涉及范围更广，其牵强附会处也更明显。

需要说明的是，尽管这些索隐派著作面世后曾引起较大的社会反响，但在当时还是有不少头脑清醒之士著文反对这种以谐音、拆字、猜谜为主要手段的索隐式研究法。比如顾燮光在《檩堪墨话》中指出《红楼梦索隐》是"附会穿凿"，并从顺治与董小宛年龄的差别来指出这种附会之错误。张冥飞亦持类似观点，他在《古今小说评林》一文中对《红楼梦索隐》的评价是："牵强附会，武断舞文，为从来所未有，可笑之至也。"海鸣更是在《古今小说评林》一文中从整体上对这种索隐式研究法进行批评：

> 《红楼梦》是无上上一部言情小说，硬被一般习钻先生挥洒其考证家之余毒，谓曰暗合某某事。于是顺治帝也，年大将军也，一切鬼鬼怪怪，均欲为宝玉等天仙化人之化身，必置此书于龌龊之地而后快，此真千古恨事也。

严谨科学的学术探讨与捕风捉影式的猜谜索隐并行，各门各派的红学观点共存，同样都有着自己固定的读者群和拥护者，呈现出多元化的态势，这正是此一时期独特的文化景观。经过一百多年的酝酿孕育，在众多研究者的参与下，红学逐渐发展成为一门具有现代科学意义的学科。不过，其最后的完成还要到五四新文化运动之后。

未能忘情于红楼

蔡元培和胡适争论的过程，后文将专门考察，这里不再赘述。笔者着重强调的是，发生争论之后，胡适得到学界较多的支持，蔡元培则明显居于下风。不过，蔡元培后来虽然不再撰文直接反驳，但这并不意味着他已经认同了胡适的观点。相反，他还颇为坚定地保留着自己的意见。

1926 年，蔡元培在为同乡寿鹏飞《红楼梦本事辨证》一书写序时表明了这一点："先生不赞成胡适之君以此书为曹雪芹自述生平之说，余所赞同。"

1937年在阅读《雪桥诗话》一书时，他联想到《红楼梦》中的一些人物，基本上仍是延续《石头记索隐》的思路（1937年3月20日日记）。

在止笔于1940年2月的《自写年谱》中，他再次声明："我自信这本《索隐》，决不是牵强附会的。"

对此，胡适感慨颇多，1961年2月18日，他在与胡颂平的谈话中这样评说蔡元培：

> 他对《红楼梦》的成见很深，像寿鹏飞的《红楼梦本事辨证》，说是影射清世宗与诸兄弟争立的故事，我早已答复他提出的问题。到了十五年，蔡先生还怂恿他出这本书，还给他作序。可见一个人的成见之不易打破。

在1961年2月16日的日记中，胡适还写道：

> 半夜看会稽寿鹏飞（字槊林）的《红楼梦本事辨证》。（商务民十六年六月初版，十七年六月再版——比俞平伯的《红楼梦辨》销的多多了！）寿君大不满于我的"自述生平"说，而主张此书为专演清世宗与诸兄弟争立事。其说甚糊涂，甚至于引胡蕴玉《雍正外传》一类的书！但书首有蔡孑民先生的短序，题"十五年六月三十日"，其中说："先生不赞成胡适之君以此书为曹雪芹自述生平之说，余所赞同。"此序作于我《答蔡孑民先生的商榷》（十一.五.十）之后四年。

胡适显然对蔡元培的执着感到有些不解，他显然没有意识到，自己并没有真正说服蔡元培。人都是这样，在说着别人固执的时候，自己也许更固执。

蔡元培虽然并不认输，但他对新红学的印象也相当不错，这可以从他与胡适日后的密切交往中看出来。

最能说明这一点的一件事是发生在此间的一个小插曲。在两人论争期间，蔡元培帮胡适借到了其久寻不遇的《四松堂集》刻本，为胡适解决了有关曹雪芹生平的一些问题，胡适为此很是兴奋，在《跋〈红楼梦考证〉》一文中写道："我寻此书近一年多了，忽然三日之内两个本子一齐到我手里！这真是'踏破铁鞋无觅处，得来全不费工夫'了。"

不仅如此，蔡元培还对考证派另一位主要人物俞平伯的著作表示欣赏，在 1923 年 4 月 5 日的日记中，他还这样写道："阅俞平伯所作《红楼梦辨》，论高鹗续书依据及于戚本中求出百十一本，甚善。"

同样，胡适也把《雪桥诗话》借给蔡元培，让他了解其中所载曹雪芹情况。两人的这种雅量和胸怀是后世许多学人无法企及的，堪称典范之举。蔡元培日后回忆到这件事时，颇有些今昔之叹，如他在 1937 年 4 月 11 日的日记中这样写道："忆在北平时，曾向胡适之君借阅初、二集，然仅检读有关曹雪芹各条，未及全读也。"

坚持个人的意见，同时也不排斥其他人的见解，蔡元培的治学态度还是颇为开明的，认识到这一点，才能见其全人。老实说，这种胸怀不是谁都有的，能遇到这样的对手，对胡适来说，也是一种荣幸和福分。反观后来的红学界，为一点鸡毛蒜皮的小事，动不动就吵得鸡飞狗跳，反目成仇，难免让人生出今不如昔之叹。

尽管蔡元培的许多具体红学观点在今天看来是站不住脚的，但他决不该受到嘲笑，以他在当时的身份和声望，能花费如此多的时间和精力来为《红楼梦》写一部专著，这本身就是一件值得大书特书的事情，可谓开风气之先，它客观地扩大了《红楼梦》在社会上的影响，对后来的《红楼梦》研究具有可贵的倡导和启发意义。

何况他的研究态度是十分严肃、认真的，其方法上的错误也是有根源的，并非其个人的资质和学识存在问题，这是中国学术从传统到现代的转型过程中必然出现的一个现象。

胡适的许多红学观点后来也被证明是错误的，但这丝毫无损于其在红学史上的开创地位。可见观点的正确与否并不是最重要的。人们能以此标准评价胡适，也就应该以此眼光来评价蔡元培。

这不是翻案不翻案的问题，为前人翻案是种将事情简单化的做法，还往往容易被人理解成哗众取宠，并不足取。在笔者看来，能够全面掌握相关材料，见及全人，给其一个客观、公正的说法，也就够了。

老实说，后人不仅不该嘲笑蔡元培，相反，还应该向其表示敬意。《石头记索隐》之外，蔡元培对《红楼梦》还有一些在今天看来也颇为精彩的评述。放在红学史的大背景下进行观照，说蔡元培是现代红学的先驱者，这个评价应该还是比较公正、客观的。

从索隐到考证

....

对胡适一段学术历程的考察

胡适是新红学的开山祖师，其红学研究以考证为特色，他在红学史上的显赫学术地位是在与索隐派的竞争交锋中获得的，这在如今已经成为一个基本学术常识。但是人们很少知道，胡适远在开创新红学之前，就已经在《红楼梦》上下过不少功夫，只不过他所做的是索隐式研究，像很多索隐派红学家那样，否认曹雪芹的著作权，深挖其中的微言大义。胡适本人生前没有提及此事，相关材料由于历史原因一直没有公布，外人自然无从得知。

自 20 世纪 80 年代以来，随着胡适研究的不断升温，大量珍贵资料被陆续披露，这使得先前围绕胡适产生的不少迷雾和疑问得到澄清和解决。就胡适的《红楼梦》研究乃至中国古代小说研究而言，《藏晖室笔记之一：小说丛话》无疑是一件十分珍贵的学术文献资料，它对了解胡适研究古代小说的动机、心态及其早年学术道路皆很有帮助。

先前学界在谈到胡适的红学研究时，多从五四新文化运动和整理国故运动讲起，对胡适早期学术思想的转

变过程谈论甚少，这不能不说是一个遗憾。如今情况则
有所不同，借助《藏晖室笔记之一：小说丛话》及胡适
早年日记、书信、著作等相关材料，可以对胡适早年的
学术思想进行比较全面深入的探讨。

从索隐到考证，从表面上看，不过是一位现代学人
的一段学术历程。但是，由于胡适生活在一个极为特殊
的历史文化时期，加上其在现代学术史上具有风向标、
里程碑意义的特殊影响和地位，这段极具个人色彩的学
术经历无疑也可看作中国近现代学术转型的一个缩影。

胡适曾是索隐派

．．．．．．．．．．．．．．．．．．．．．．．．．．．．．

由于学界对《藏晖室笔记之一：小说丛话》一文不是特别熟悉，这里稍作介绍。为行文方便，以下皆简称《小说丛话》。

《小说丛话》一文由耿云志主编的《胡适遗稿及秘藏书信》一书首先予以影印披露，后由曹伯言整理，收入《胡适日记全编》一书中。据曹伯言先生在《胡适日记全编》一书中的介绍：

《胡适遗稿及秘藏书信》

> 本文系未刊稿，无写作日期。所用的笔记本、封面题字、行文款式、无标点符号等，与《藏晖室日记》庚戌第二册大体相同，题为《藏晖室笔记之一：小说丛话》，与他在中国公学时主编《竞业旬报》，写《无鬼丛话》、"文苑丛谈"等颇一脉相承，其中关于《红楼梦》的看法，与他后来的观点迥异。从这些方面看来，本文当是他出国留学前在上海时期所作。

根据笔者对黄山书社影印本相关内容的比照考察，认为曹伯言对该文写作时间的推断是基本可信的，也就是说，《小说丛话》一文大体写于1910年6月左右，该文在胡适生前未曾公开发表。

《小说丛话》采用札记体形式写成。全文共十四则，从内容上看，前八则谈《红楼梦》，第九则谈《金瓶梅》，第十到十二则谈《三侠五义》，最后

两则谈公案小说与侦探小说。不过全文的段落顺序与分则序号并不一致，显然分则号是后加的。按段落自然顺序，其则号依次为：四、一、二、七、五、六、三、八、九、十、十一、十二、十三、十四。不过这也正符合札记体的写法，先是有感而发，即兴发挥，写出一个个片段，然后再进行组织编排，连缀成一个整体。行文字体较潦草，时有涂改增删。

从中国古代小说研究史的角度来看，这无疑是一篇十分重要的学术文献，限于论题，这里只谈其中关于《红楼梦》的部分，即《小说丛话》中的前八则。

就该文谈及《红楼梦》的部分来看，此时的胡适虽然不过是一个二十来岁的年轻学子，但他对作品还是比较熟悉，而且是下了一番功夫的。其主要观点可以归纳为如下几点：

一是在作者问题上，他否认《红楼梦》的作者是曹雪芹，这与其日后观点迥然不同。如《小说丛话》第一则就明确指出：

> 《石头记》著者不知何人，然决非曹雪芹也。

随后他举出两条证据：一是在小说第六十九回"胡君荣听了，早已卷包逃走"一句后有太平闲人的评语："作者无名氏，但云胡老明公而已。"二是作品在第一回只提到曹雪芹进行披阅和增删，并没明说他就是作者。

不过有一个观点他此时即已提出，后来保留并加以发挥，那就是自传说，尽管话没有像后来说得那样明确、透彻。他指出：

> 《石头记》之作者即贾宝玉，贾宝玉即作者之托名也。……夫曰假宝玉，则石而已。石头所自记，故曰《石头记》；石头所自记，即假宝玉所自记也。

至于那位胡老明公，胡适推测是位满洲人，其根据依然有二：一是"作者既为宝玉，而书中之宝玉实为满人，此阅者所共认者也"；二是"'胡老明公'云者，犹言'胡儿中之明眼人'也，则自承其为胡人矣"。

对曹雪芹与《红楼梦》的关系，他先是否认曹雪芹的著作权，随后又指出：

（曹雪芹）能费如许工夫，用如许气力，为《石头记》添毫生色，雪芹实为作者一大知音，然则虽谓此书为曹雪芹作也可。

显然，在作者问题上，他没有把话说得太死。

二是在内容本事问题上，胡适认为《红楼梦》是一部隐含重要史实的政治小说。具体来说，有如下一些观点：

他提出"《石头记》一书，为满洲人而作也"，认为作品中有不少情节为"满汉民族关系重要之点"，"全书以仁清巷起，以仁清巷收，亦可见其为满清作也"，并结合作品具体关目加以证明，比如秦可卿给王熙凤托梦，劝其在祖坟周围多置田庄房舍，为家族预备后路这段话。他认为这是符合史实的：

> 所谓祖茔者，满洲三省也。作者悬知两族逼处，终有决裂之一日。而满洲土著，从龙入关，十室九空矣。其人游惰好闲，又尽堕其宗祖骑射之风，一旦受汉人驱逐，势必不能自存，故作者为画策如此。

关于焦大一段，他认为："焦大者，骄大也。此必开国大功臣，如吴三桂、洪承畴之伦"，焦大那段牢骚话"真为开国诸贰臣逆臣同声一哭"，"既引狼入室矣，乃始憎恶其虎狼之行，而丑诋之，直谏之，其一不识时务之尤者矣，终亦必以马粪喂之而已耳"。

第七十四回探春那段话，他认为"可作一篇明史论读。作者深慨明室之亡，故作此极伤心之语，盖亦针对满清而发也"。

三是在思想蕴涵问题上，他认为《红楼梦》是一部揭露黑暗，批判现实的家庭小说、社会小说和政治小说，并加以具体说明：

> 《石头记》家庭小说也，社会小说也，而实则一部大政治小说也。故曰政，曰王，曰赦，曰刑，曰史，曰礼。为政而权操于内，故其妇曰王，其侄亦曰王。外赦而内刑，言不相孚也。史之为言已成陈迹也，李之为言礼也、理也。刑足以破家，即足以亡国，作者之意深矣。非礼与理，其孰能善其终哉！

此外，他还指出：

> 《石头记》专写一极专制之家庭，实则一极专制之国家也。七十一回以后，便纯是一极阴惨的专制国。

> 《石头记》无一自由之人。

观点和用语有较为明显的时代色彩，反映了胡适当时对《红楼梦》的认识水平。

四是在人物评价问题上，他对尤三姐给予很高评价，并指出其现实意义：

> 尤三姐者，其才足以自卫其自由，故能儿抚珍、琏，土苴富贵，处流俗而不污，临大节而不夺。呜呼，吾愿普天下女子之爱自由者，勿学黛玉之痴，宝钗之谲，凤姐之恶，迎春之愚；吾愿普天下爱自由之女子瓣香一光明磊落皎然不污之尤三姐，足矣，足矣。

这倒是一个颇为值得注意的观点。

显然，从上述四点来看，胡适此时的红学研究并无多少个人特色而言，其观点基本上可以在此前或当时人们的论述中找到源头。

关于作者问题，虽然已有人指出是曹雪芹，但否认曹雪芹著作权的也大有人在，可谓众说纷纭，正如程伟元在《红楼梦》序中所说的：

> 作者相传不一，究未知出自何人。

如陈镛在《樗散轩丛谈》中说作者是"康熙间京师某府西宾常州某孝廉"，有的说作者是曹一士，有的说是纳兰性德，有的如李慈铭干脆在其《越缦堂日记补》中说是贾宝玉，胡适由张新之批语推演而来的"胡老明公"之说不过是诸说之一。

关于《红楼梦》的内容本事，认为小说隐含重要史实，写满人或降清贰臣的也不乏其人。比如周春在《阅红楼梦随笔》中认为小说是"序金陵张侯家事也"，梁恭辰在《北东园笔录》、陈康祺在《燕下乡脞录》中则认为是写明珠家事，《谭瀛室笔记》一书认为是写和珅家事，《醒吾丛谈》、孙静庵《栖霞阁野乘》则认为是写"国朝第一大事"，胡适所云"为满洲人而作"、

"深慨明室之亡"自然也是参考诸说而来。

关于小说的性质，认为《红楼梦》是家庭小说、社会小说、政治小说更是当时十分流行的看法，几乎是学界的一种共识，比如天僇生就在《论小说与改良社会之关系》一文中称《红楼梦》为"社会小说"、"种族小说"和"哀情小说"，侠人则在《小说丛话》一文中称《红楼梦》为"政治小说"、"伦理小说"、"社会小说"、"哲学小说"、"道德小说"，具体称谓不同，思路则基本一致。至于对尤三姐的评价，不过是依据这一思路的即兴发挥，在当时虽有一些新意，但并无突破、深度可言。

可见，与同时代其他人对《红楼梦》的评述比起来，胡适的红学见解可以说是同大于异，具有鲜明的时代色彩。他不过是把别人的观点融进自己的阅读体会，贯穿在一起而已。不过，从这些论述中可以看出如下一些值得关注的现象：

胡适关于《红楼梦》的一些见解是相互矛盾的，比如在作者问题上，他一方面认为作者不是曹雪芹，是胡老明公；另一方面又指出，"《石头记》之作者即贾宝玉"；同时还说，作者是曹雪芹也可。再比如，他一方面认为该书为满洲人而作，另一方面又说作者"深慨明室之亡"，为那些逆臣贰臣写心。

之所以产生这些矛盾，一是与他当时所掌握的材料十分有限有关，他没有像后来那样广泛搜集材料，据以立论，不过是阅读作品及一些常见材料后发表一些感想。二是与当时的社会文化氛围有关。在他写作《小说丛话》时，索隐之法颇为风行，小说界革命正发挥着影响，从政治角度解读文学作品成为一种时尚。

在研究方法上，尽管他在提出一个观点后，都要举出一些例证。但这些例证实际上并不能有效地证明自己的观点，其中有不少牵强附会处，甚至有些地方使用了索隐派常用的类似猜字谜的手法，比如将胡老明公解作"胡儿中之明眼人"，比如将贾母、贾赦、贾政、王夫人、王熙凤、邢夫人、李纨等人的姓氏解作：

> 为政而权操于内，故其妇曰王，其侄亦曰王。外赦而内刑，言不相

孚也。史之为言已成陈迹也，李之为言礼也、理也。刑足以破家，即足以亡国，作者之意深矣。非礼与理，其孰能善其终哉！

这正是他日后所批评的蔡元培式的研究方法。

自然，依据胡适当时所掌握的文献资料、治学方法，他对《红楼梦》的认识也只能达到这种程度，可以说，只要对《红楼梦》多下些工夫都可以做到这一点。显然，此时胡适和蔡元培在《红楼梦》的研究上基本是站在同一起点的，他此时的观点与《石头记索隐》可以说是大同小异。

从索隐到考证，显然还有一段必走的治学道路，还有几道必经的学术门槛，其中数年的留学生涯对胡适学术思想的转变无疑起着十分重要的作用，此时也正是中国现代学术的转变、酝酿期。

幼时酷嗜小说

从胡适相关著作、日记、书信等材料来看，阅读小说是其平生一大爱好，而且这种阅读经历和体验对其思想观念的形成产生着潜移默化的影响。他在1916年3月6日的日记中写道：

> 余幼时酷嗜小说，家人禁抑甚力，然所读小说尚不少。后来之文学观念未必非小说之功。

据胡适在《四十自述》一文中回忆，他从9岁时起即开始读古代小说，在其离开家乡到上海求学之前，包括弹词、传奇及笔记小说在内，已经读过三十多部，从"最无意义的小说"到"第一流作品"统统都看，不过此时由于年龄、阅历、见识之故，他"还不能了解《红楼梦》和《儒林外史》的好处"。

在其1916年3月6日的日记里，他则这样说：

> 余以一童子处于穷乡，乃能得读四五十种小说。

前后所说阅读的小说数量虽不一致，但胡适在离开家乡前读了不少小说，应该是没有问题的。

在上海求学期间，胡适深受社会文化风气的影响，除中国小说外，他还阅读了一些外国小说，如《滑稽外史》、《块肉余生》、《耐儿传》、《冰雪因缘》、《贼史》等。在编辑《竞业旬报》时，他还进行小说创作，写有章回小说《真如岛》，原准备写四十回，结果因《竞业旬报》的停刊，只写到第十一回。在《无鬼丛话》等札记中，他还对《西游记》、《封神演义》等小说进行评述，不过多为社会批判角度的即兴之言，缺少学术意味，其观点具有鲜明的时代色彩。

此时，胡适对中国小说虽有一些个人见解，但基本还是出于个人兴趣。《小说丛话》可以说代表了他在这一时期思考的最高水准。

尽管此时王国维的《红楼梦评论》已经公开刊布，一些人开始对小说进行比较有系统的论述，但将小说作为学术研究课题的风气还没有形成，这要等到现代学术制度的建立，等到胡适从美国学成回国之后。

脱胎换骨的留学生涯

留学美国是胡适人生道路的一个重要转折点，几年的异域生活使他的思想观念、个人兴趣发生了显著的改变，可以用脱胎换骨一词来描述他的这一改变。西方思想的影响、严格的学术训练，使他能够在中国引领时代潮流，开辟学术研究的新天地。能成为新红学的开山祖师，胡适的成功并非偶然。

留美学习期间，胡适于英文之外，又学习了德文和法文，并选修了相关的文学课程，这使他得以系统、深入地阅读西方小说，其间他阅读了《双城记》、《侠隐记》、《续侠隐记》、《小人》、《辟邪符》、《十字军英雄记》等作品。阅读之外，他还进行小说的翻译，曾翻译《柏林之围》、《最后一课》等作品。

显然，胡适此时对西方文学的了解已经与一般爱好者不同，达到了研究的层次。这一文学素养对他日后的文学研究无疑有着很大的帮助，正如他本人在《胡适口述自传》一书中所说：

> 对英、法、德三国文学兴趣的成长，也就引起我对中国文学兴趣之复振。

在此知识结构下再来观照中国小说，自然会有新的解读视角。

由于身处异域，胡适此时阅读的中国小说作品倒是不多，也正是为此，阅读时生出一种亲切感，如他在1911年6月7日的日记中写道：

> 下午看《水浒》。久不看此书，偶一翻阅，如对故人。此书真是佳文。余意《石头记》虽与此异曲同工，然无《水浒》则必不有《红楼》，此可断言者也。

这种从小说传承角度着眼的解读显然比先前要深入一步。

同时，在研读这些西方文学作品时，胡适还不时地以中国本土小说为参照，据其1911年4月20日的日记记载，他在读到《警察总监》曲本时，将其与《官场现形记》进行比较，认为前者"写俄国官吏现状"，较之后者"尤为穷形尽相"。

据1911年8月17日的日记，他在读到《五尺丛书》的"Tales"时，觉得"如吾国之《搜神》、《述异》，古代小说之遗也"。

在1912年12月16日的日记中，他认为《天路历程》"如《西游记》，为寓言之书"。

值得注意的是，在1915年7月10日的日记中，他还把托尔斯泰的小说《安娜·卡列尼娜》与《红楼梦》进行对比：

> 连日读托尔斯泰（Lyof N.Tolstoi）所著小说《安娜传》（Anna Karenina）。此书为托氏名著。其书结构颇似《石头记》，布局命意都有相似处，惟《石头记》稍不如此书之逼真耳。

阅读、翻译、评述、创作……丰富的艺术实践使胡适对中西小说的特点有着十分真切的了解，这种了解比起当初梁启超等人那种走马观花、浮光掠影式的印象要深刻得多。

同一种艺术形式在不同地域间文化地位的显著差别不能不对他的小说观念产生影响，他日后选择古代小说作为学术研究对象，将古代小说纳入学术殿堂，并非大胆、勇气之类词语所能概括。因为他明白文化潮流、趋势之所在，他的大胆、出格之举在西方不过是常态。

由于对异域文学景观的真正了解，他也不再不切实际地把小说作为救国利器、改造国民的工具之类，而是从语言这一最为根本的地方着手。胡适在翻译小说的过程中，也必定对中西小说在语言使用上的巨大差别有着深切感受，这对其日后提倡白话文学、活文学有着重要的影响。有了异域文学的参照，语言使用这一问题便显得更为突出。

显然，几年留学生活对胡适的学术生涯有着极为深远的影响，使其小说观念发生根本改变，其日后提倡白话文学，将小说作为学术研究对象等种种做法皆是萌芽于此。这段留学生涯所得到的严格学术训练和丰富见闻使他能够超越维新时期和辛亥时期的国内学人，在文学观念、研究方法上有新的突破。他回国后与其他学人展开的新文化运动及整理国故运动注定要揭开中国学术文化史的新一页。毕竟时代在发展，文明在进步，中国也不能例外。

由此可见，胡适开风气之先、成为新红学的开山宗师并非偶然和运气所致，自有其内在因素。否则，就难以理解，胡适在留美学习的数年间，国内比胡适学术功力深厚的学者大有人在，为什么没有引发如此深刻的变化。时势造英雄，此话固然不错，但在时势俱备的情况下，不是谁都可以成为文化英雄的，这正如胡适本人在《庐山游记》一文中所说的：

> 学问是平等的，思想是一贯的，一部小说同一部圣贤经传有同等的学问上的地位。

这话不是谁都可以说得出来的。明乎此，才能更确切地体认胡适在中国现代学术中的贡献和意义。

文学观念的转变仅仅是一个前提，其作用在确认通俗文学的学术研究价值。但是要使这种研究纳入现代学术谱系中，得到学界的广泛认可，则必须有足够的研究实绩。对胡适来说，这些条件经过几年的不断努力他都具备了。

尽管这一说法有事后诸葛之嫌，但这种追述是有意义的，它可以使我们在近一个世纪后更为真切地把握学术文化演进的脉络，而不是简单地将文化现象解释为必然或偶然。

杜威教授的决定性影响

留美期间，在丰富的文学艺术实践之外，胡适还在康乃尔大学和哥伦比亚大学这两所著名的学府里受到了正规而严格的学术训练。哲学、英国文学、经济、政治理论，这些主修、副修课程也许与他日后的学术研究关系并不密切，但这种文化素养和学术训练对一位正在成长中的年轻学者来说是十分必要的，特别是学术研究方法上的启发和影响。

在两所大学的诸多教授中，对胡适影响最大的是著名哲学家杜威，用他本人在《胡适口述自传》一书中的话说，杜威"当然更是对我有终身影响的学者之一"，对自己其后一生的文化生命有着"决定性的影响"。

为了能向杜威请益，胡适从康乃尔大学转到哥伦比亚大学，专攻哲学。杜威的实用主义哲学对其终生治学都有着深远的影响，胡适本人日后也曾一再强调这一点。不过需要说明的是，胡适对杜威的哲学并非照单全收，而是根据个人的需要和体会有所选择。

具体到学术研究层面来讲，实用主义哲学至少在两个方面对胡适日后的学术研究有着极为重要的影响：

一是其怀疑精神。没有经过材料和事实检验的结论和成说都是值得质疑的，其治学八字口诀"大胆假设，小心求证"就是十分形象的说明。

二是实证思路。对文学研究来说，艺术层面的分析有很多主观性和不确定性因素，最能检验真伪是非的莫过于作品的传记式研究。

可见胡适后来研究古代小说，着力关注作者家世生平、版本等，并非无因。这不过是一种适合个人价值判断和治学兴趣的学术选择，倘若以此断言胡适没有审美鉴赏力、缺少学识之类，只能是不明知人论世道理的误解和歪曲，事实上一直有人在这么评价胡适，以此否定他在红学史上的地位。

可以说，从杜威身上，胡适学到了一套完整有效的学术研究方法，这种方法对不同学术领域的研究具有普遍适用性，但这只是一种理论层面的东西，属于纸上谈兵，要将其应用到具体研究对象上，为国内学人所接受，还需要一个转化、变通的过程。

为此，胡适从本土找到了一种重要的学术思想资源，那就是乾嘉考据之学。他发现了两者的契合之处，并将其巧妙有机地结合在一起，形成了一套针对中国文史的研究方法，他本人也在《胡适口述自传》一书中不无自得地说：

> 在那个时候，很少人（甚至根本没有人）曾想到现代的科学法则和我国古代的考据学、考证学，在方法上有其相通之处。我是第一个说这句话的人。

可以说，胡适借助实用主义哲学做了一种将乾嘉考据之学升华为学术研究方法的工作，这套方法既不是杜威实用主义的原样翻版，也不是乾嘉考据学的简单复制，它是属于胡适的。以往研究者在谈到胡适的学术研究时，往往过分强调杜威的影响，忽视了其受本土学术文化影响的一面。确如周质平先生在《胡适与中国现代思潮》一书中所言：

> 无论胡适在小说考证中，用了多少"实用主义"，反映了多少"科学精神"，他的考证依旧只是一门"国学"，而非"西学"；是乾嘉之学在二十世纪的变相复兴。

对这一方法的价值、意义及其日后被国内学界广泛接受的原因，杨国荣先生在《胡适与实用主义》一文中有较为贴切深入的分析：

> 首先，通过融入朴学严于求是、注重明理等治学原则，实用主义的偏向受到了某种限制，它使胡适的方法论思想呈现出有别于西方实证主义的特征。其次……近代西方的"科学实验态度"（胡适语）一旦与朴学方法相沟通，便开始获得了某种传统的根据，从而不再仅仅是一种异己

之物。……最后，西方近代科学方法与传统治学方法的会通，同时也使后者受到近代的洗礼，从而推进了方法论的近代化。

在学习、掌握了这套研究方法后，胡适首先将其应用于以《红楼梦》为代表的古代小说研究。这一研究对象可以说是精心挑选的，也是很有意义的。一者，它给予通俗文学以主流的学术地位，可以体现一种全新的学术文化观；二者，它可以为现代学术研究提供具体形象的范例。

就红学史而言，对在国民中流传极为广泛的《红楼梦》进行严肃的学术研究，不仅是胡适这一研究方法、观念的最佳体现，而且也可以借助《红楼梦》的深厚群众基础来扩大影响。可以说，胡适得出什么结论并不是最为重要的，重要的是他将《红楼梦》作为一项严肃的学术课题来对待，以及在这种研究过程中所体现出来的态度和方法。

全新的学术道路

1917 年，胡适学成回国，任教于北京大学。此时，蔡元培主政北大，与陈独秀等人锐意改革，他在《就任北京大学校长之演说》中明确提出：

大学者，研究高深学问者也。

一种全新的现代学术制度在逐渐建立和完善中，一批具有新思想的知识分子聚集在这里，昌明新知，切磋学术，形成一种良好的学术文化氛围，所有这些为胡适在学术上的创新提供了基本保障和用武之地。其后，以提倡白话为口号的五四新文化运动的成功为他研究白话小说提供了社会舆论的广泛支持，否则，个人超前的观念得不到制度的保障和社会的认可，是很难取得成功的。

从红学史的角度来看，可以说造英雄的时势已经具备，胡适也到了完成其具有标志性意义的从索隐到考证的学术转变的时候了。

这里以蔡元培为参照，分析比较其与胡适在红学研究上的差异，以见胡适《红楼梦考证》的价值与意义之一斑。

长期以来，蔡元培在红学史中一直被视作索隐派的代表人物，以近乎"反派"的角色出现，但这种简单化、脸谱化的方法并不可取，因为它不能解决多少实际问题，毕竟在学术道路的选择上有很多复杂的时代和个人因素。因此，在那个动荡、多元、正处于文化转型期的年代里，无论是哪种选择都不会让人感到惊讶，选择背后都有充分的理由。

在研究《红楼梦》这一问题上，蔡、胡二人曾处在同一起跑线上，但几年过后，他们却成为论辩对手，何以如此，这才是笔者特别关注的。

《胡适日记全编》
（1910—1914）

可以说，蔡元培进行红学研究的态度十分认真，尽管《石头记索隐》一书只有四万来字，但从光绪二十年（1894）最早酝酿到 1916 年在《小说月报》连载、1917 年出版单行本，前前后后总共用了二十多年的时间。该书正如蔡氏在《石头记索隐》第六版自序中所言：

> 余之为此索隐也，实为《郎潜二笔》中徐柳泉之说所引起。

当胡适写作《小说丛话》时，蔡元培的《石头记索隐》已经完成了一部分。将两者比较可知，虽然它们内容详略不同，关注点有异，但见解、水准大体相似。

> 作者持民族主义甚挚，书中本事，在吊明之亡，揭清之失。而尤于汉族名士仕清者，寓痛惜之意。

《石头记索隐》中的这一说法与"可作一篇明史论读。作者深慨明室之亡，故作此极伤心之语，盖亦针对满清而发也"何其相似，并没有本质的差别。但此后，两人随着生活经历的改变，在红学研究上产生了越来越大的分歧。

据蔡元培本人在其 1898 年 9 月 12 日日记中的介绍，他写作《石头记索隐》的缘起和动机是：

> 余喜观小说，以其多关人心风俗，足补正史之隙，其佳者往往意内

言外，寄托遥深，读诗逆志，寻味无穷。

他也曾在 1935 年 8 月 3 日《追悼曾孟朴先生》中说过：

> 我是最喜欢索隐的人。

从研究思路看，蔡元培这种"读诗逆志，寻味无穷"的索隐式研究法也并非纯粹捕风捉影之谈，而是有其深厚文化渊源的，在中国文学研究中具有一定的适应性，特别是在诗文的研究中。

这类作品的创作讲究"意内言外，寄托遥深"，因此以逆志之法探究自有其依据。但是这种研究方法也有其局限性，用在小说、戏曲这类叙事文学作品中，除少数一些作品如《儒林外史》《孽海花》等，其抵牾之处便显露无疑，蔡元培未能加以灵活变通，直接应用于《红楼梦》，便不可避免地走向牵强附会。

更为重要的还是研究方法和思路的问题。蔡元培虽然受旧学影响很深，但他与那些没有出过国门、抱残守缺的守旧派人士不同，属于得风气之先者。他曾多次到日本、德国、法国等国家访学，通晓日文、英文、德文、法文，曾在莱比锡大学旁听哲学、心理学、文学、美术等课程。这种经历对其思想自会产生影响，其提倡美育代替宗教等观点皆可由此找到渊源。但是，蔡元培的兴趣主要在哲学、美学方面，在文史领域没有下更多的功夫。

再者，其日常事务繁忙，即使是他十分看重的《石头记索隐》，也是断断续续写成。因此，他未能在学术研究方法上进行更为深入的思考。

这样，虽然他思想开明，支持新学，但在治学上基本还是延续旧学的路子，重点挖掘作品中的微言大义。其思路属于"主题先行"，先是受《郎潜二笔》徐柳泉之说启发，觉得有道理，然后就像胡适在《红楼梦考证》改定稿一文所说的：

> 去收罗许多不相干的零碎史事来附会《红楼梦》里的情节。

其结论在自己看来有理有据，在别人眼里，则十分牵强。这与胡适的研究思路正好相反。胡适的思路则是《红楼梦考证》改定稿一文所说的：

运用我们力所能搜集的材料，参考互证，然后抽出一些比较的最近情理的结论。这是考证学的方法。我在这篇文章里，处处想撇开一切先入的成见；处处存一个搜求证据的目的；处处尊重证据，让证据做向导，引我到相当的结论上去。

这样虽然从表面看来，都是探讨作品的意旨，都是"猜谜"，一个是猜曹家的谜，一个是猜别人的谜，但由于研究思路和采用方法的不同，可信度自然各异。

胡适对此很是自信，在《红楼梦考证》改定稿一文中明确说道：

我的许多结论也许有错误的……也许有将来发现新证据后即须改正的。但我自信：这种考证的方法，除了《董小宛考》之外，是向来研究《红楼梦》的人不曾用过的。

在经过一番论辩之后，胡适明显占据上风，这种胜利是通过读者选择的方式取得的，尽管蔡元培并没有认输。但是大家经过比较甄别，大多站在了胡适这边。胡适创建新红学的意义因研究者论述较多，谈得比较深入，不再赘述。

这里需要指出的是，蔡元培的红学研究也并非毫无意义，从学术史的角度看，在红学成为一门专学的初始阶段，他将读经解诗的传统治学方式应用于小说研究，这是一种十分可贵而且值得尊敬的尝试，毕竟各种方法尝试之后才知道哪种更为适用、有效。在索隐式研究已经被证明行不通的今天，还有人利用胡适考证中存在的一些问题延续这种思路，这倒是需要认真反思的。

通过与蔡元培的论战，胡适一派获得了红学研究中的主流地位，胡适因此成为新红学的开山祖师。

同时还需要指出的是，胡适的研究也正契合了红学研究这一专学的内在发展需要。作为一门具有现代学科意义的专学，其形成需要较为坚实的文献基础，胡适的考证之学虽然在他本人是一种学术方法的演练和示范，但实际上起到了正本清源、奠定文献基础、创建专学的开创作用，后人所看重的也正是此点。

正是胡适的大力提倡和示范，培育形成了一种重视红学文献的学术风气，其后大量红学文献被挖掘出来，并受到学界的高度重视。他本人也搜得了甲戌本《红楼梦》、稿本《四松堂集》等重要红学文献。从这一角度来看，新红学的开创可以说是有意而为的，如果没有胡适，这一过程将会延缓很多。

从索隐到考证，胡适完成了从一般文学爱好者到专业研究者的根本转变。他的这段学术历程，可以看作近现代学术史的一个缩影，由此也可更为清晰地了解现代学术转型的复杂渐变过程。而胡适能成为学术界的领军人物，成为新红学的开山第一人，绝非偶然和运气，这是他个人不断努力的结果，个人的自觉努力与历史的内在需要、演进达到契合，相互作用，成就了一个新的学术时代，也成就了一位优秀的学人。

也开风气也为师

....

胡适的新红学之路

　　在中国现代学术文化史上，胡适是一位无法替代的重量级、领袖级人物，他整整影响了几代学人，其人其事有太多的可说之处。无论是其在学术文化领域的开风气之先，还是其较为丰富的社会活动，乃至其广泛的交游，都是值得深入探讨的话题，受到研究者们越来越多的重视，对胡适的研究逐渐成为一门颇受社会关注的专学，这门专学将来不管是叫胡学还是胡适学，都不会让人感到惊奇。

　　不管是否喜欢胡适其人，不管对其学术成就究竟做如何评价，谁都无法否认他在中国现代学术文化史上的巨大影响，这种影响直到现在还依然能感受到。对在诸多学术领域有着广泛建树的胡适来说，《红楼梦》研究不过是其中的一个方面。仅仅是这一领域，胡适身上仍有许多可说之处。

时势造英雄

　　胡适是新红学的开山祖师，这一说法早已成为学界的共识，基本没有什么人明确反对。但这里有一个问题：在当时的学界，功力深厚、能啃硬骨头的高手并不少，何以创建新红学的重任和荣誉会落到这位年轻人的肩上？这是偶然还是必然，其中有多少运气的成分？相信这是一个许多人感兴趣的话题。

　　要回答这个问题并不太容易，因为既要充分考虑胡适的个人因素，更要审视当时的社会文化语境。前文已经谈到，胡适在出国之前，其红学观点和当时的多数人一样，没有多少高明之处，他甚至还是一位索隐派。

　　但是留学美国的几年生活彻底改变了他，他不仅受到正规严格的学术训练，更受到西方人文思潮的熏陶。无论从学养还是从功力方面来看，他都已具备了一名优秀学者的素质。而在当时的国内学界，具备如此个人素质者并不多见，这就使他与蔡元培走上了不同的红学研究之路。

　　但是仅具备个人素质是远远不够的，新红学的开创还需要时代为胡适提供适合的社会文化氛围和条件。可以想象，如果《红楼梦》还是被官府查办的禁书，被斥为淫词邪说，如果整个社会还在把小说当作茶余饭后的谈资，新红学是无法创建的，一门不被学界和社会承认、接纳的学问注定是无法生存的。因此，从这个意义上来说，时势造英雄，胡适是那个时代造就的文化英雄。不了解这一点，就无法理解新红学何以在胡适手上诞生。

总的来看，由胡适、俞平伯、顾颉刚等人创建的新红学在红学史上具有里程碑意义，它标志着红学研究从传统学术向现代学术的转变，尽管其中还存在着种种不足和遗憾。同时，它又是中国现代学术的一个有机组成部分，体现着现代学术的实绩与特色，与其他学科的转型、创建进程同步展开。

新红学既是一百多年来红学研究自身发展演进的必然结果，又是特定时代各种文化因素催生的产物，它的产生由晚清时期梁启超等人发起的小说界革命启其端，与五四新文化运动及随后进行的整理国故之举有着十分密切的关系，其丰硕的学术成果也可以看作这些文化运动的深化与收获。

因此，探讨新红学、了解胡适的心路历程，必须在这个大的时代文化语境中来进行，不少问题也只有在这个语境中才能得到更为合理、准确的解释。

新红学产生的时代摇篮

在五四新文化运动时期，采用白话形式的中国通俗小说继梁启超等人发起的小说界革命之后再次成为社会关注的焦点。不过这两次运动的目的、宗旨及策略有所不同，对待通俗小说的态度和方式也有一定的差异。

小说界革命的提倡者多属政治人物，他们虽然将小说提到空前之高的地位，但其着眼点并不在文学本身，而在政治变革与重铸民魂，梁启超在《论小说与群治之关系》一文中说得很明确：

> 欲新一国之民，不可不先新一国之小说。故欲新道德，必新小说；欲新宗教，必新小说；欲新政治，必新小说；欲新风俗，必新小说；欲新学艺，必新小说；乃至欲新人心，欲新人格，必新小说。

梁启超的这段话基本上代表了当时文化阶层对小说的立场和期许。文学创作无疑是一个国家或民族社会文明程度的一种征候式标记，从这个角度来讲，梁启超等人的观点有其合理性，但他们将小说提得过高，反而容易沦为空谈，无法落到实处，尽管其后小说创作出现了许多新的变化，涌现出一大批与传统小说迥异的新小说，但其创作实绩及达到的社会效果离当初首倡者的预期显然还有很大的距离。况且当时梁启超等人的着眼点在小说创作上，还未涉及相关的学术研究问题。

不过，梁启超的首倡之功是十分重要的，应该给予充分肯定。小说界革命它提高了小说在文学家族的地位，重构了文学格局，解决了学术研究中极为重要的对象价值问题，为中国小说进入学术殿堂、为新红学的产生作了舆论上的准备。

新文化运动的发起、参与者如陈独秀、胡适、钱玄同、刘半农等多具学者身份，他们自然也有通过文学革命达到改造社会、重铸民魂的雄心，早年也曾直接或间接地受到小说界革命的影响，其思路与梁启超等人有一脉相承之处，可以看作是对前者的继承和深化。也正是为此，他们才有了一个较高的起点，不必再为提高小说这一文体的地位而费口舌。

相比之下，新文化运动者的发起、参与者比小说界革命的提倡者更为务实，或者说是更讲究策略，他们选择文学作切入点，以语言为突破口，口号和目的都十分集中而明确，那就是要废除文言，建立使用白话的新文学，使白话文学成为文学正宗。正如胡适当年在《论文学改革的进行程序》一文中所说的：

> 我的意思，以为进行的次序，在于极力提倡白话文学。要先造成一些有价值的国语文学，养成一种信仰新文学的国民心理，然后可望改革的普及。

显然，语言的变革并非简单的交流工具的置换，它通常会引起附着在这些语言工具上的一系列思想观念的转变，特别是在中国，文言与白话往往意味着文化形态的种种差别。尽管此前已有人提倡采用白话，创办白话报刊，但皆着眼在开启民智，未能从文化层面着眼。对此，陈独秀有着十分清醒的认识，他在《答张护兰》一文中说道：

> 旧文学与旧道德，有相依为命之势。

由于这一观点不带政治党派色彩，容易得到认同，因而受到较为广泛的支持，最后获得了成功。1920 年，当时的教育部通令全国，国民小说教材逐渐采用白话文，先从一、二年级开始。这样，白话正式成为政府认可的语言，从此翻开了中国文学的新篇章。

需要说明的是，新文化运动的发起、参与者们不仅着眼于文学创作，同时也注意到学术研究问题，并予以落实。陈独秀在《三答钱玄同》一文中的这句话很有代表性：

> 对于历代的文学，都应该去切实研究一番才是。（就是极淫猥的小说弹词，也有研究的价值。）

也正是因为上述这些缘故，古代通俗小说作为白话文学的重要范本在这一时期受到充分的重视和赞扬，被称为"活文学"或"平民的文学"。与 20 世纪之初一样，尽管新文化运动的发起者和参与者对古代通俗小说从语言的鲜活生动方面给予了充分的肯定，但在思想内容上给予较高评价的小说作品依然很少。《红楼梦》就是少数几部得到肯定的作品之一。这是红学成为一门具有现代学科性质的专学的重要文化基础。

尽管陈独秀、钱玄同等人的观点颇有差异，但他们的有些看法还是基本接近的，即多从白话语言的使用方面对《红楼梦》给予肯定，对其思想内容也有相当的注意。无论是小说界革命还是新文化运动，皆对《红楼梦》给予特别的关注，由此也可看出《红楼梦》在知识阶层心目中的崇高地位，其后有众多学者涉足《红楼梦》、推动红学成为显学也不是没有因由的。不过陈独秀等人对《红楼梦》的评论多为即兴之言，还缺少严谨的论证和足够的学术性，真正能代表当时研究水准的是吴宓、佩之等人。

需要指出的是，这些新文化运动的发起、参与者们还与那些具有开明思想的出版商积极配合，进行古代小说的普及宣传工作，以巩固扩大五四新文化运动的社会影响。比如亚东图书馆 1920 年起陆续推出的系列校点本小说，就得到了胡适、陈独秀、钱玄同等人的大力支持，他们纷纷为这些小说写序。尽管其中有些文章学术性不强，但并非毫无意义，它为新红学的创建奠定了一种良好的话语氛围，起到了一种造势的作用。

新红学的建立与随后展开的整理国故运动有着直接的因果关系。尽管学术界对整理国故及胡适的突然转向还有种种不同的评价，但它对中国古代小说的研究来说，无疑是一个利好信息。如果说当初大家还处于喊口号、设计蓝图阶段的话，整理国故则是将各种口号变为现实。

整理国故与当初的文学革命看似反差极大，有开倒车之嫌，实则有着内在的逻辑关系。以《红楼梦》研究为代表的古代小说研究正是整理国故运动的一个重要实绩，选择古代小说为突破点自然也并非偶然，而是胡适有意采用的一个文化策略，目的在扩大学术研究的范围，将以前为学者所歧视或忽视的民间文学纳入学术殿堂，应该说这正是新文化运动思路的延续和深化。经过胡适等人的提倡和示范，以小说、戏曲为代表的民间通俗文学研究从此像经史一样成为专学，而这正是中国现代学术与传统学术的重要区别和特色。

1917年北京大学开设小说课程在中国小说研究史上无疑是一个标志性事件，胡适、刘半农、周作人破天荒地成为中国历史上第一批小说课教员。以北京大学在当时学界和社会上的影响和地位，它无疑意味着小说研究的被认可，得到了学术制度上的保证，此举既为研究者创造了良好的学术环境，同时又保证了学术薪火的延续，这是古代小说正式走上学术殿堂的开始。

随后，不少大学纷纷效仿，由此形成了古代小说研究的基本格局，研究人员大多集中在各个高校，研究成果也多为讲义或讲义的延伸之作。《红楼梦》研究也因此作为古代小说研究的一个极为特殊的组成部分走进大学讲堂。

先驱者的首倡示范、学术制度的可靠保障、媒体的宣传造势、社会舆论的广泛支持，使得以小说、戏曲研究为代表的通俗文学研究成为具有现代学科性质的专学，并得到社会各界的普遍认可和学界的积极回应。时代文化思潮将古代小说研究推向学术前台，成为一种学术时尚，真正有系统、成规模的包括红学在内的小说研究从此开始。

尽管新文化运动的发起、参与者后来大多从事其他职业或进行其他学科领域的研究，除胡适之外，对小说研究已不再关注，但他们的提倡得到了年轻一代的积极回应，不少年轻学人如郑振铎、阿英、俞平伯、孙楷第等从此陆续参与进来，将通俗文学的研究作为终身从事的职业，成为正式进行古代小说研究的第一代学人。《红楼梦》研究能得到学界如此热切的关注，并成为一门专学，无疑也是得益于这种有利的学术条件。

胡适比王国维幸运

在新红学的创建过程中，胡适的贡献是巨大的，无可替代的，其首倡开拓之功在红学史乃至现代学术史上都是应该重重写上一笔的。其贡献不仅表现在具体学术观点上的创新，更表现在对研究范式的确立及研究风气的提倡上。尽管胡适有关红学的一些学术观点后来被证明是错误的或有问题的，但其研究思路与方法却得到了延续和继承。

中华人民共和国建国之初，大陆地区在官方主持下曾开展过一场声势浩大的旨在清除胡适影响的运动，但结果是失败的，因为胡适的一些具体学术观点可以批判，但其基本方法和结论却是无法消除的，具有广泛的适用性，它已经为研究者甚至是批评者不知不觉间采用，结果就出现了立足胡适批胡适的奇特现象。"文革"之后，胡适研究很快成为学术热点，其在红学史的地位也再次得到确认。

可见，胡适在红学史上的地位是不可动摇的，历史只可遮蔽一时，但不能永远掩盖。对此，胡适本人也有很清醒的认识，他在《胡适口述自传》一书中这样说道：

> 在许多方面，我对《红楼梦》的研究都是前所未有的。
>
> 这项前所未有的研究的重要性是多方面的。

胡适研究《红楼梦》并非即兴之举，而是有着多方面的考虑，这与王国维当初撰写《红楼梦评论》时的情况有所不同。

相比之下，王国维的研究尽管也有学术自觉的成分在，但更多是出于个人兴趣，他的研究与当时的社会文化环境相比具有相当的超前性，在当时还不存在从学术角度研究《红楼梦》的文化氛围，因而《红楼梦评论》发表后，在相当长的一段时间内未能得到正面积极的回应，在学界产生的影响也有限。

而胡适写《红楼梦考证》已在十数年后，此时新文化运动已取得相当成功，白话文学为文学正宗的观念已为学界普遍接受，具有广泛的社会影响。因而其文章发表后能迅速得到学界积极的回应，一时成为学术热点。

从初稿到改定稿

胡适正式开始研究《红楼梦》是在 1921 年，此前在酝酿和发起文学革命时，对《红楼梦》也曾有涉及，不过多是和其他小说如《西游记》、《金瓶梅》等放在一起来谈的，并没有专门进行研究。不过，在只言片语的论述中，也提出了一些值得注意的观点，比如在《文学改良刍议》一文中，胡适认为这些小说是"活文学"、"第一流之文学"，宣称：

　　吾惟以施耐庵、曹雪芹、吴趼人为文学正宗。

他对《红楼梦》等白话小说给予了很高的评价。总的来看，多是为张扬白话文学的泛泛之论，还缺乏系统深入的研究。

《红楼梦考证》是胡适为配合亚东图书馆的新标点本小说出版而撰作的，但其目的并不仅限于此。总的来看，有两点是很明确的：

一是要为白话小说张目，以乾嘉学派治经史的功夫研究小说，将其纳入学术殿堂，即他本人在《红楼梦考证》改定稿中所说的"引起大家研究《红楼梦》的兴趣"。

二是为整理国故探索和示范一种切实可行的学术研究方法，即他本人在《红楼梦考证》改定稿中所说的：

　　把将来的《红楼梦》研究引上正当的轨道去，打破从前种种穿凿附会的"红学"，创造科学方法的《红楼梦》研究。

此前，胡适已对《水浒传》、《儒林外史》等小说进行了较为深入的研究。不过相比之下，他花在《红楼梦》这部作品上的精力和时间是最多最长的，因而所取得的成就及产生的影响也是最大的。

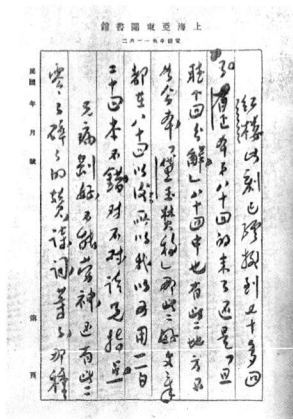

汪原放致胡适信札

1921 年 3 月 27 日，胡适完成《红楼梦考证》初稿。他是何时开始动笔的，现已难以确知。在其内容极为丰富的日记中，这一段时间即从 1920 年 9 月 18 日到 1921 年 4 月 26 日之间恰恰是空白。

不过，从胡适和亚东图书馆编辑汪原放的往来书信中可以得到一点线索。1920 年 12 月 4 日，汪原放给胡适写信，请他为即将付排的《红楼梦》写一篇序言。由此可知，《红楼梦考证》初稿动笔的上限应当是 1920 年 12 月 4 日。1920 年 12 月 11 日，汪原放致信胡适，催促胡适写作此文。这说明胡适此时还没开始动笔。《红楼梦考证》初稿的写作时间当在 1920 年 12 月至 1921 年 3 月 27 日间。

与后来的改定稿相比，《红楼梦考证》的初稿显得比较粗陋，这主要表现为资料的缺乏。在初稿中，胡适提出了许多设想，但由于缺少充分资料的有力支撑，显得分量不够，而且还存在一些疏漏，比如他认为曹雪芹是曹寅的儿子等。

不过同时也要看到，初稿已设计好研究的整体框架，即在批驳前人观点的基础上，对《红楼梦》的作者和版本进行考察，改定稿仍然沿用了这个框架，只是在局部进行丰富和补充。胡适本人也是这样看的，他在口述自传中说：

> 我的第一篇《红楼梦考证》是在一九二一年三月出版的。出版之后我立刻又获得了许多新材料，在许多细节上又加以补充改写。

可见胡适本人也认为改定稿是在"许多细节"上的"补充改写"。

胡适的《红楼梦考证》初稿是怎样写成的呢？是独自搜集资料完成，还是在他人研究基础上发挥而成？之所以提出这个问题，是因为前几年有研究者提出，胡适在写作《红楼梦考证》初稿时，受到日本汉学家盐谷温《中国文学概论讲话》一书的影响，并由此引起一场小小的争论。这里对此问题稍作探讨。

问题首先是由曹震提出的，他在《胡适·盐谷温·〈红楼梦〉》一文中提出：

> 比较初稿与改定稿，我们可以发现，两者详略差异极大，造成这种差异的真正原因是：胡适初稿之时，很可能借用了一位日本学者的研究成果。《考证》初稿时依据的大部分材料，很可能是现成的，来自于日人盐谷温的《中国文学概论》之小说一章。

> 我相信，胡适先生的《红楼梦考证》初稿正是在这一二千字的基础上发挥而成的。

> 综观胡适《考证》初稿，"其所以斥人者甚是"，但其积极之立论未免单薄，且多主观武断。究其因，实在是因为材料泰半袭自日人成籍。或许胡适自有隐衷，出版在即，时间仓促，当是一大缘故。

该文意在解释《红楼梦考证》初稿与改定稿差异较大的原因，起初用"很可能"一词，是推测的口气，后面则说得颇为肯定。

遗憾的是，该文作者没有对自己的这一观点进行论证，省略了论证过程，因而显得缺少说服力，随后胡文辉的《也谈〈红楼梦考证〉与盐谷温》、程巢父的《与曹震论盐谷温及新红学书》对此进行了探讨，并提出了反面的意见。

胡文辉提出了两点反对的理由，一是胡适、盐谷温所使用的相同的两则材料较为常见："《随园诗话》和《曲园杂纂》都绝不是什么冷门的书，胡适自己找到这两条材料又何足奇？"二是胡适不大可能看过盐谷温的书："在'理论'上说，胡适仍有看到盐谷温原书日文版的可能。但在实际上，这种可能几乎是不存在的，至少我相信是不存在的。"

程巢父的观点同胡文辉较为接近，他指出：

袁枚、俞樾等都是学术界耳熟能详的清代儒林文学人物，他们各有哪些著作，是些什么内容，胡适、顾颉刚等了如指掌，还用得着通过一个日本学者去间接地获取信息么？

随后，他以胡适与青木正儿等日本汉学家的通信情况为例进行反驳，认为盐谷温的书"算不得什么重要著作"，"像胡适这样的学者，是不会从这种（概论讲话性）读物里去捡便宜做学问的"。

稍后，曹震对胡文辉的文章进行回应，发表《再谈〈红楼梦考证〉与盐谷温——兼答胡文辉先生》一文。在文中他坚持自己的观点：

现在我仍认为，胡适作《考证》初稿是受了盐谷温博士大作的影响与启发。

对自己的观点，曹震仍没有进行论证，只是提出"1918 年盐谷温原作出版后，胡适不是没有可能看到盐谷温著作的"。

这场争论的过程大体如上所述。笔者认为对这一问题应该从两个方面来看。首先从正面来看，胡适的《红楼梦考证》初稿是否借鉴了盐谷温的《中国文学概论讲话》，两者之间有没有相同或相似之处，胡适的材料是自己搜集而来，还是取资于盐谷温的著作。

经过比较，还是能发现两者的相同或相似之处的，比如两人都根据《随园诗话》，认为曹雪芹是曹寅的儿子。两人都对《红楼梦》作者、本事诸说进行了概括，重点引述了三家意见。此外，两者使用的材料也有不少相同之处，比如都使用了《随园诗话》、俞樾《小浮梅闲话》等材料。胡适的《红楼梦考证》初稿在时间上要晚于盐谷温的著作，这也是毫无疑问的。

从反面来看，仅靠上述所列举的这些相同或相似之处还不能得出胡适取资盐谷温著作，在后者著作基础上发挥而成的结论，因为还存在着英雄所见略同的情况。

在学术史上，学者各自独立研究得出相同结论的现象是相当常见的。就研究资料而言，两人共同使用的资料都较为常见，很难说胡适从盐谷温处取资。何况，胡适当时是否看到盐谷温的《中国文学概论讲话》还不能确定。

因此，只能从理论上说，存在着胡适借鉴盐谷温成果的可能性，由于缺乏足够的证据，只能说是有可能性而已，而不能说得过实，或作进一步的发挥。

事实上，从反面可以举出更充分、更有力的证据。

以胡适做学问的风格和为人，他在借鉴别人的研究成果时，一般都会加以说明，不会掠人之美的。比如他在《〈三国志演义〉序》、《〈西游记〉考证》、《百二十回〈忠义水浒传〉序》等文章明确点出鲁迅的启发和影响。在《红楼梦考证》改定稿中屡屡提及顾颉刚和俞平伯的贡献，后来在各种回忆文章中还时常提起。何以他单单借鉴盐谷温的成果就不加以说明呢？以胡适的为人和性格来看，他是不会这样做的。1936 年 12 月 14 日，胡适在给苏雪林的书信中对盐谷温作过这样的评价：

> 现今盐谷温的文学史已由孙俍工译出了，其书是未见我和鲁迅之小说研究以前的作品，其考据部分浅陋可笑。

这段话正说明胡适没有取资盐谷温的研究。否则，胡适借鉴了人家的研究成果，又说人家的考据部分"浅陋可笑"，这就不是"有失公允"的事情，而是品行恶劣的问题了。我们对胡适应该有这份信任。

同样能说明这一问题的一个例证是，胡适于 1920、1921 年间与日本汉学家青木正儿通信论学，对古代小说特别是《水浒传》谈论颇多，其间他完成了《红楼梦考证》的初稿，但始终未提及《红楼梦》，也未谈到盐谷温。

1921 年 5 月 19 日，胡适在给青木正儿的书信中说：

> 《红楼梦》已出版，我已叫亚东图书馆寄两部送你，不知已收到否？《红楼梦考证》是匆匆做的，我狠盼望你与《支那学》同人切实批评。

如果胡适借鉴了盐谷温的著作，他在说"《支那学》同人切实批评"这句话时，按说是应该提及盐谷温，而不会如此沉默的。借鉴又不是抄袭，胡适何致于如此遮掩？至于曹震说胡适"自有隐衷"，这同样是无法证实的问题。

从顾颉刚的反应来看，他应该也是不认可胡适借鉴盐谷温观点的。1921 年 6 月 24 日，他在给俞平伯的信中说：

我前天买到绍虞译的日本盐谷温《中国小说史略》，内《红楼梦》一条，差不多把适之先生《考证》里所搜得的材料也搜辑完全，实是不容易；但他说"雪芹为举人"，就很可证明你的话，明白上了高鹗续作的当了。所以批评及续作很容易淆乱事实，在盐谷温这般留心的人尚要上当，何况他人呢！

盐谷温虽是上高鹗的当，但他颇有"宝玉即雪芹"的观念，这尚可说他是个善读者。但他还说"高鹗娶诗人张船山之妹，亦有诗才之人"，这恐怕是齐东野人之语了。

从这段话里可以看出，顾颉刚此前没有看到过盐谷温的著作，而且他看到郭绍虞的译本并与胡适的《红楼梦考证》初稿进行比较后，只是认为两人搜集的资料有很多相同，但并没有指出其间的借鉴关系。

在写此信时，顾颉刚和胡适正频繁地通信谈论红学。两人还见过面，他对胡适研究红学的情况应该说是十分了解的。如果胡适的初稿系在盐谷温成果基础上发挥而来，顾颉刚当会了解这一情况，这样，他在给俞平伯的信中就不会用这种第一次看到该书的语气了。

大体说来，胡文辉和程巢父的反驳还是比较有说服力的。综合各方面的材料来看，胡适的《红楼梦》研究应该是独立完成的，借鉴盐谷温成果的可能性不大。他的改定稿之所以会比初稿有很大的改观，一方面与他本人的努力有关，另一方面则与顾颉刚、俞平伯这两位学术功力深厚的学生加盟有关。

亦师亦友治红学

与王国维十几年前的孤军奋战不同，胡适的《红楼梦》研究得到了其学生顾颉刚、俞平伯等人在资料、观点方面的大力支持。胡适在其口述自传中曾专门提及这一点：

在寻找作者身世这项第一步工作里，我得到了我许多学生的帮助。

这些学生后来在"红学"研究上都颇有名气。其中之一便是后来成名的史学家顾颉刚；另一位便是俞平伯。平伯后来成为文学教授。这些学生——尤其是顾颉刚——他们帮助我找出曹雪芹的身世。

三人以胡适为核心，形成了一个较为松散的《红楼梦》研究小组，相互间推敲辩难，书信频繁往来，大家合作得十分融洽，可惜这一良好的研究风气和传统未能为后来的红学研究者所继承，大量缺乏公平、宽容精神的争吵使红学研究领域几乎成为一个学界的演兵场和弹药库，融洽愉快且富有成效的合作研究越来越少见。

三人的探讨在胡适《红楼梦考证》初稿的基础上进行。1921年3月27日，胡适写成《红楼梦考证》初稿，但他并不满意，因为有关作者的材料太少，有些问题模糊不清。于是，他写信给仅比自己小两岁的学生顾颉刚，请他帮忙查找材料。顾颉刚接到来信，立即到图书馆查书。

从此，两人书信不断，开始长达数月的红学探讨。其间，俞平伯受两人的感染和影响，也加入进来，他们形成了一个研究《红楼梦》的三人小组。

经过几个月的精心打磨，取得了可喜的成果，大量资料被挖掘出来，有关作者、版本、续书方面的观点经过三人的推敲和驳难，更具说服力。

1921年11月12日，胡适写成《红楼梦考证》改定稿，与原稿相比，改定稿无论是在材料上，还是在立论上，都有了十分明显的提高。虽然文章最后署名为胡适，但它可以说是三人合作的结果，顾颉刚、俞平伯对该文做出的贡献是十分显著的。

这场红学讨论在帮助胡适完成《红楼梦考证》改定稿的同时，还催生了俞平伯的《红楼梦辨》。三人在这场讨论中结下了深厚的友谊，作为学生的顾、俞二人，更是从此得到了学术上的训练，体会到治学的乐趣，成为在各自领域颇有建树的著名学者。

这段经历对三人来说都是一份十分美好的

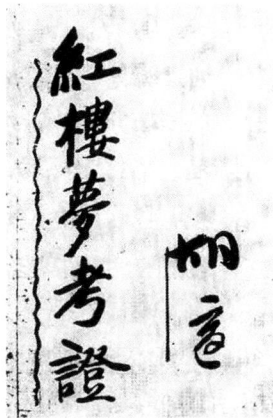

胡适《红楼梦考证》

人生记忆，中国现代学术史也因此增加了一段佳话。

1921 年 4 月 2 日，胡适给顾颉刚写了如下一封信：

> 颉刚兄：
>
> 近作《红楼梦考证》，甚盼你为我一校读。如有遗漏的材料，请为我笺出。
>
> 你若到馆中去，请为我借出：
>
> 昆一，《南巡盛典》中的关于康熙帝四次南巡的一部分。
>
> 潜三，《船山诗草》八本。
>
> 你若此时不能到馆，且不必亟亟。附上我的借书证。
>
> 适。十、四、二

这是胡适与顾颉刚谈论红学的第一封信。胡适何以要找顾颉刚来帮他校读文章、借阅书籍而不找其他人，两人此前是什么关系？研究新红学的开创，对此不能不有所了解。这里稍作介绍。

胡适虽然和顾颉刚只差两岁，属于同龄人，但他们却是不折不扣的师生关系。这种关系是胡适自 1917 年到北京大学任教时开始的。当时顾颉刚是北京大学文科中国哲学门的学生，此前的哲学课由陈汉章讲授。年轻的胡适是在同学们满是怀疑的目光中接替陈汉章的。对此，顾颉刚在《〈古史辨〉第一册自序》曾有生动的描述：

> "他是一个美国新回来的留学生，如何能到北京大学里来讲中国的东西？"许多同学都这样怀疑，我也未能免俗。他来了，他不管以前的课业，重编讲义，辟头一章是"中国哲学结胎的时代"，用《诗经》作时代的说明，丢开唐、虞、夏、商，径从周宣王以后讲起。这一改把我们一班人充满着三皇、五帝的脑筋骤然作一个重大的打击，骇得一堂中舌挢而不能下。

顾颉刚很快就听出了门道，认为胡适"讲得的确不差，他有眼光，有胆量，有断制，确是一个有能力的历史家"，并向同学傅斯年推荐，两人对胡适"非常信服"。

这种师生关系对顾颉刚来说十分重要，它对其日后的学术研究产生了多方面的影响。据刘俐娜在《顾颉刚学术思想评传》一书中的归纳，胡适对顾颉刚的影响主要体现在思想方法层面，即"不迷信任何人的怀疑精神"、"追根寻源的历史方法"。

师生关系之外，胡适和顾颉刚之间还有着相当不错的个人交情。1920年，顾颉刚大学毕业，在胡适的帮助下，顾颉刚在北京大学图书馆任编目员。但这一职位的薪水不够养家之用，于是胡适又伸出了援助之手。据顾潮《历劫终教志不灰——我的父亲顾颉刚》一书介绍：

> 这个难题让胡适为之化解了，他愿意每月贴父亲30元，请父亲在图书馆工作的同时，助其编书。
>
> 如果父亲没有得到胡适的津贴，确是很难在北京立足的。

对此，顾颉刚很是感激。此后，两人交往甚密，谈学论文，书信不断，这种亦师亦友的关系一直保持到1948年胡适离开大陆才中断。对胡适来说，他之所以愿意帮助顾颉刚，一方面是出于师生之情，另一方面则出于对顾颉刚的赏识。他曾在1922年4月12日的日记中这样评价顾颉刚：

> 颉刚近年的成绩最大。他每做一件事，总尽心力做去；这样做的结果，不但把那件事做的满意，往往还在那件事之外，得着很多的成绩。同辈之中，没有一人能比他。

这是胡适内心的真实想法。他对顾颉刚的评价印证到顾颉刚帮他查找《红楼梦》资料这件事上无疑是十分贴切的。

有了这样亦师亦友的关系，胡适才会在1921年4月初找顾颉刚帮忙校读文章、借阅书籍和查找资料，因为顾颉刚有这个便利，也有这个能力。虽然无意于研究红学，也没有专门的研究著作，但顾颉刚仍然是红学史上的重要人物，成为新红学的开创者之一，这固然与他本人的严谨、认真有关，更为重要的是胡适的提携。

接到胡适的书信后，顾颉刚十分重视，当天就到北京大学图书馆去查阅资料。由于没有找到胡适所需要的资料，顾颉刚决定第二天到京师图书馆去找。从此两人开始了3个多月的红学交流，这种交流虽然也有面谈，但主要是通过书信方式进行的。其间，顾颉刚还和好友俞平伯保持着较为密切的联系，相互以书信形式探讨《红楼梦》的有关问题。在新红学的开创过程中，顾颉刚不仅是一位重要成员，同时还起着联络的作用，胡适、俞平伯之间的红学意见主要是通过他相互传达的。

据笔者对《胡适红楼梦研究论述全编》、《俞平伯论红楼梦》、宋广波《胡适红学年谱》等书所收三人往来书信的统计，1921年4月至10月间，三人共写论红书信56封，其中胡适致顾颉刚13封，俞平伯致顾颉刚18封，顾颉刚致胡适16封，顾颉刚致俞平伯9封。相比之下，顾颉刚写得最多。

对当时三人相互探讨红学的情景，顾颉刚在《〈古史辨〉第一册自序》一文中有较为详细的介绍：

> 《红楼梦》问题是适之先生引起的。十年三月中，北京国立学校为了索薪罢课，他即在此时草成《红楼梦考证》，我最先得读。……他感到搜集的史实的不足，嘱我补充一点。那时正在无期的罢课之中，我便天天上京师图书馆，从各种志书及清初人诗文集里寻觅曹家的故实。果然，从我的设计之下检得了许多材料。把这许多材料联贯起来，曹家的情形更清楚了。我的同学俞平伯先生正在京闲着，他也感染了这个风气，精心研读《红楼梦》。我归家后，他们不断的来信讨论，我也相与应和，或者彼此驳辨。这件事弄了半年多，成就了适之先生的《红楼梦考证》改定稿和平伯的《红楼梦辨》。

顾颉刚

无论是胡适的《红楼梦考证》改定稿和俞平伯的《红楼梦辨》，顾颉刚都付出了许多劳动。

在三个多月的时间里，顾颉刚帮胡适查到了许多珍贵资料，这里依照与胡适通信的先后将其归纳如下：

书信日期	所查资料
1921 年 4 月 4 日	国子监碑文中有关高鹗的记载、张船山赠高鹗的诗、《诗人征略》中有关曹寅的记载、《四库全书总目》、《楝亭书目》、《观古堂书目》、葵愚道人《寄蜗残赘》。
1921 年 4 月 12 日	《有怀堂集》、同治十三年修《上江两县志》、光绪六年续纂嘉庆本《江宁府志》、雍正本嘉庆本《扬州府志》、《楝亭五种》、叶昌炽《藏书纪事诗》、宋荦《绵津诗抄》《江左十五子诗选》、沈德潜《国朝诗别裁》、《丙辰札记》中有关曹家家世的资料。
1921 年 4 月 16 日	《天津图书馆书目》中有关《楝亭集》的记载、《江南通志》、《苏州府志》。
1921 年 4 月 19 日	《八旗氏族通谱》、《楝亭诗抄》中有关曹家的资料。
1921 年 4 月 20 日	《八旗通志》、叶燮《己畦集》中有关曹家的资料。
1921 年 4 月 23 日	《仪真县志》、徐乾学《憺园集》中有关曹家的资料。
1921 年 4 月 26 日	《楝亭集》、《施愚山集》中有关曹寅的资料。
1921 年 5 月 26 日	章实斋《信摭》中有关曹寅的记载。
1921 年 6 月 23 日	铁保《梅庵诗抄》、袁枚《随园诗话》。
1921 年 7 月 10 日	《中国人名大辞典》、李文藻《琉璃厂书肆记》、丁日昌《持静斋书目》相关资料。
1921 年 7 月 18 日	钱泰吉《甘泉乡人稿》、江顺诒《读红楼梦杂记》。
1921 年 9 月 6 日	王朝璩《楝亭词抄序》、《梦痴说梦》。

由上述表格不难看出顾颉刚当时对《红楼梦》研究问题之重视，也可由此看出其勤奋程度及深厚的文献功力。而且更为重要的是，顾颉刚并不是简单地为胡适查找材料，他还常常对找到的材料进行梳理、分析，提出许多有价值的观点，订正《红楼梦考证》初稿中的疏误，其中有不少被胡适采纳。

三个多月的红学研究无疑是紧张、辛苦的，但对顾颉刚来说则是快乐的，他不仅得到了探讨学术的乐趣，同时也得到了严格的学术训练，影响到其日后的学术研究。他在《〈古史辨〉第一册自序》中曾表达了这种感受：

我从他们和我往来的信札里，深感到研究学问的乐趣。我从曹家的故实和《红楼梦》的本子里，又深感到史实与传说的变迁情况的复杂。……从此以后，我对于无论哪种高文典册，一例地看它们的基础建筑在沙滩上，里面的漏洞和朽柱不知道有多少，只要我们何时去研究它就可以在何时发生问题，把它攻倒。学海无涯，到这时更望洋兴叹了。

在探讨过程中，顾颉刚还产生了写文章的念头，1921 年 4 月 12 日的书信中曾有这样的打算：

把历次所得，集成一篇《曹寅传》，放在先生办的《读书杂志》里。

我拟编一考证《红楼梦》的年表，年岁下分为四格：第一格为当时政事，第二格为曹家事及与曹家有关系的事，第三格为存疑，第四格为杂记。将来如有新发见，就可记在上面。

对此，胡适在 1921 年 4 月 13 日的书信中表示"极赞成"。

在 1921 年 5 月 26 日的书信中，顾颉刚又有新的想法：

我拟细看《红楼梦》一遍，做一篇《高鹗续作〈红楼梦〉的线索》，说明他续作取材的所在。日来颇有所得，等看完时当详细奉告。

可惜顾颉刚后来因其他事情耽搁，未能动笔，否则他很可能也会写成一部专著，就像俞平伯的《红楼梦辨》那样，与《红楼梦考证》一起构成新红学的开山之作。好在他写给胡适、俞平伯的书信都保存了下来，其当年探讨《红楼梦》的情景今天仍可摹想而得之。

在 20 世纪红学史上，再也找不到这么一位奇特的人物，他无意于红学研究，却成为新红学的开创者之一；他没有专门的红学研究著作，却是公认的红学家。这正应了一句老话：有心栽花花不开，无心插柳柳成荫。20 世纪以来的一百多年间，刻意要做红学家的人并不少见，有的人如江青甚至标榜自己是半个红学家，但无意于红学而成为红学家者则极为少见，顾颉刚就是其中的一个。

涉足《红楼梦》研究，对顾颉刚来说，是一份难得的人生机缘，它既是人与人之间的缘分，也是人与书之间的缘分。

在 20 世纪红学史上，富有戏剧性的事情经常发生，顾颉刚的红学研究经历就是比较典型的例证。他涉足红学研究的时间虽然不长，只有短短几个月的时间，但对其本人来说，却有着特别重要的意义，这段学术经历成为他人生中美好的回忆，对其日后的学术研究也有着潜在的影响。对20世纪红学史来说，这段因缘带来的并不仅仅是佳话。

直到晚年，顾颉刚仍关注着红学的发展，比如对20世纪70年代真伪难辨的曹雪芹佚诗，就相当关心。尽管其观点不一定完全正确，但那份情怀让人感佩。正是因为老先生的这份情怀，以及他早年对新红学创建的特殊贡献，当中国红楼梦学会成立时，特聘请他担任顾问。

俞平伯在《红楼梦辨》一书的引论中曾表示该书是"我和颉刚两人合做的"，《红楼梦考证》改定稿也可以说是胡适和顾颉刚两人合做的。今天在阅读这两部新红学的开山著作时，对顾颉刚这位幕后英雄是应该献上一份敬意的。

《红楼梦考证》考出了什么

就《红楼梦考证》改定稿本文的内容看，胡适主要对两个问题进行了探讨，一个是作者及家世问题，一个是作品版本问题。这些问题可以说是《红楼梦》的基本问题，是研究《红楼梦》的必经之路，由于此前诸说纷纭，莫衷一是，就像胡适在该文中所说的：

> 向来研究这部书的人都走错了道路。

因此，必须从最基本的问题入手，澄清前人的种种谬传，进行正本清源的工作。

在作者及家世问题上，胡适依据作品本文，并征引《随园诗话》、《小浮梅闲话》、《昭代名人尺牍小传》、《扬州画舫录》、《有怀堂文稿》、《丙辰札记》、《耆献类征》、《江南通志》、《上江两县志》、《圣驾五幸江南恭录》、《楝亭诗抄》、《四库全书总目》、《八旗氏族通谱》、《雪桥诗话》、《八旗人诗抄》、《八旗文经》、《居常饮馔录》、《雍正朱批谕旨》、《曝书亭集》等近二十种资料，得出六条结论，确认了曹雪芹的作者地位，弄清了曹家家世的来龙去脉，认定《红楼梦》"是一部隐去真事的自叙"。

在作品版本问题上，胡适依据有正本、程甲本、程乙本这三种版本，征引程伟元、高鹗等人序文以及《小浮梅闲话》《郎潜纪闻》《进士题名碑》《御史题名录》《八旗文经》五种资料，考清高鹗的身世，确认通行本《红楼梦》的后四十回为高鹗所补。

为解决《红楼梦》的作者和版本问题，依据数种作品版本，查阅二十多种资料，反复推敲，才得出较为妥帖的结论，这确实如胡适本人在该文中所说的，"是向来研究《红楼梦》的人不曾用过的"。

自《红楼梦》问世之后，有关《红楼梦》作者、版本问题有不少传闻，众说不一，尽管也有不少曹雪芹为作者的记载，但皆不能得到确认，直到王国维写作《红楼梦评论》时，还在感叹：

> 作者之姓名（遍考各书，未见曹雪芹何名）与作书之年月，其为读此书者所当知，似更比主人公之姓名为尤要。顾无一人为之考证者，此则大不可解者也。

> 作者之姓名与其著书之年月，固当为唯一考证之题目。

清代中后期，考据之学十分发达，依当时学界的研究水平，经过一番努力，不是不能找到这些资料，也不是没有能力解决这一问题，因其时间距作品面世很近，很多文献资料还未散失，也许有些问题可以得到更为完满的解决。

但问题的关键在于，没有人愿意来做这件事，如果只是在笔记里随意写上一两条有关小说的传闻掌故作为消遣娱乐还是可以的，但若像胡适这样用治经史的功夫下大力气来做，就不行了。不仅自己觉得不值得，而且还会面对外界舆论的巨大压力。由此前后比照，不难体会胡适开风气之先的可贵精神，并可感受到五四新文化运动和整理国故所带来的良好学术文化氛围。

胡适在《红楼梦考证》一文中，十分注意对研究方法的强调，这也是他一生所津津乐道的，他在《介绍我自己的思想》一文中指出：

> 《红楼梦考证》诸篇只是考证方法的一个实例。

在晚年的多次演讲中，他还经常拿《红楼梦》的研究为例来阐释其治学精神与研究方法。正是为此，他在这篇文章的开头部分用了很长的篇幅来对先前的《红楼梦》研究进行总结和归纳，并对索隐派诸说提出相当尖锐的批评，认为：

> 向来研究这部书的人都走错了道路。……收罗许多不相干的零碎史事来附会《红楼梦》里的情节。他们并不曾做《红楼梦》的考证，其实只做了许多《红楼梦》的附会。

胡适将矛头直接指向王梦阮、蔡元培等人。

在正本清源的基础上，胡适提出自己所认可的研究方法和研究范围，即：

> 根据可靠的版本与可靠的材料，考定这书的著者究竟是谁，著者的事迹家世，著书的时代，这书曾有何种不同的本子，这些本子的来历如何。

其具体研究方法则是：

> 运用我们力所能搜集的材料，参考互证，然后抽出一些比较的最近情理的结论。这是考证学的方法。我在这篇文章里，处处想撇开一切先入的成见；处处存一个搜求证据的目的；处处尊重证据，让证据做向导，引我到相当的结论上去。

后来胡适将其进一步概括为"大胆的假设，小心的求证"。在《红楼梦考证》一文中，胡适基本上做到了这一点，这一从研究实践中总结出来的研究方法也是具有相当的适用性的。

不少研究者在谈及胡适的研究方法时，多指出他受到美国哲学家杜威实用主义哲学和乾嘉学派的双重影响。结合胡适一生的学术实践来看，确实如

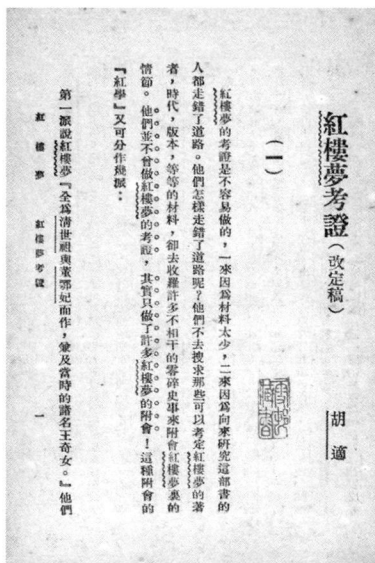

胡适《红楼梦考证》

此。他本人在《胡适口述自传》一书中也承认，杜威在其一生的学术文化生命中有着"决定性的影响"：

> 我治中国思想与中国历史的各种著作，都是围绕着"方法"这一观念打转的。"方法"实在主宰了我四十多年来所有的著述。从基本上说，我这一点实在得益于杜威的影响。

而乾嘉学派的治学方式对胡适来讲，是作为一种学术素养和知识背景而存在的。无疑，从研究对象的选择、研究思路的确定到具体操作方式等方面，两者虽然产生演变的文化背景不同，但相互之间确实有着某种契合，就像胡适本人在《胡适口述自传》一书中所讲的：

> 杜威对有系统思想的分析帮助了我对一般科学研究的基本步骤的了解。他也帮助了我对我国近千年来——尤其是近三百年来——古典学术和史学家治学的方法，诸如"考据学"、"考证学"等等……在那个时候，很少人（甚至根本没有人）曾想到现代的科学法则和我国古代的考据学、考证学，在方法上有其相通之处。

这样，以《红楼梦》研究为个案，胡适在杜威哲学思想的观照下，将前人的考据学、考证学方法进行了系统完整的总结，将其上升到方法论的高度给予强调。

这套方法在今天看来也许很平常，但对刚开始起步，还处于草创期的古代小说研究来说，却是十分必要的，具有明显的指导意义。《红楼梦考证》一文实际上也就成为一种可资参照的论文样本，对后世的小说研究影响至深。

红学文献的深入挖掘

《红楼梦考证》改定稿发表后，胡适仍继续关注着红学领域的新进展，走在红学研究的最前沿。

1927年，他为亚东图书馆提供底本，支持其刊行程乙本，并为新版《红楼梦》写序，即《重印乾隆壬子本红楼梦序》。

总的来看，胡适的主要精力在红学新文献的开掘，这是其兴趣和优势所在，而且他也具备这个能力和条件。

在胡适这一时期所接到的诸多信函中，有不少是谈论《红楼梦》的，有的是熟人朋友，有的则是素不相识的普通读者。书信内容或谈自己阅读《红楼梦考证》后的感想，或向胡适提供新的资料和线索，特别是后者，对红学的持续发展起着积极的推动作用。

以胡适当时在学界的显赫地位与巨大影响，他实际上已成为连结红学乃至中国古代小说研究的枢纽核心性人物，各种重要的学术信息纷纷向他那里集中。这给他带来了好运气，使他得以获见种种重要的新材料。

新红学建立在丰富资料所构筑的文献基础上，此后它同样需要更为丰厚的文献资源进行补充和完善，以开掘新的生机和发展空间。红学研究的内在需要促使研究者们注意挖掘新的文献资源。就对中国现代学术整体发展的贡献而言，以《红楼梦》为代表的通俗文学形成现代学科后，对文献资源的内在需要大大拓展了文献搜集的范围，以前一些不为学界注意的边角余料也由此受到空前的重视，获得了学术研究的重要意义。这样，两者的相互推动就形成了红学研究中学术研究与文献发掘的良性互动循环。

也正是由于这个缘故，以甲戌本《红楼梦》为代表的红学新文献的不断出现，固然给学界带来了巨大的惊喜，但细细想来，也并不让人感觉到特别意外。

可以想见，如果没有新红学的巨大影响，没有红学研究对文献的内在需要，即便有新的文献资料被发现，也不会在学界产生如此大的影响，戚序本当初的刊行就证明了这一点。无疑，这些新文献资料的发现给新红学带来新的活力，推动了红学的发展，也带来了一系列繁难的问题，不少问题直到现在仍未能得到妥善的解决。

胡适在《红楼梦考证》改定稿一文中，虽然利用二十多种文献资料为曹雪芹的家世生平以及版本情况勾勒出一个粗略的轮廓，但限于资料的缺乏，仍有不少问题需要解决。

就在该文刊布不久，1922 年 4 月，胡适见到了他渴望已久的《四松堂集》，巧合的是，他竟然在三天之内一下见到了两种版本：一个是自己购买的稿本，一个是蔡元培帮他借到的刻本。

在稿本中，胡适发现了两首当初写《红楼梦考证》时没有见到的诗：它们都与曹雪芹直接相关，即敦诚的《赠曹芹圃》和《挽曹雪芹》，由此得知曹雪芹名号、生卒年、晚年境遇等方面更多的珍贵信息。

随后，胡适在《跋红楼梦考证》一文中披露了这些发现，认为新的发现提供了四条重要信息：

> 曹雪芹死在乾隆二十九年甲申（一七六四）。
> 曹雪芹死时只有"四十年华"。
> 曹雪芹的儿子先死了，雪芹感伤成病，不久也死了。
> 曹雪芹死后，还有一个"飘零"的"新妇"。

《四松堂集》的发现使人们对曹雪芹的生平经历有了更多、更详细的了解。

甲戌本的发现

其间，最有价值、影响最大的当数甲戌本《红楼梦》的发现，胡适在 1927 年 8 月 12 日写给钱玄同的书信中称之为"近来一大喜事"。

说起来胡适购藏甲戌本的过程颇有些戏剧意味，如果不是那位卖书人有耐心，很可能就失之交臂了。

1927 年 5 月，胡适结束了其在欧美的行程，回到上海。不久就接到一封来信，信件的内容如下：

> 兹启者：敝处有旧藏原抄脂砚斋批红楼，惟只存十六回，计四大本。因闻先生最喜《红楼梦》，为此函询，如合尊意，祈示知，当将原书送闻。手此。即请

适之先生道安

胡星垣拜启　五月二十二日

看到这封信，胡适觉得信中所说的批点本可能没多大价值，而且自己收集的资料已经够多，所以也就没有当回事，连信都没有回。

有意思的是，那位胡星垣看上了这个买主，一心想把书卖给胡适。不久，他把书送到胡适和徐志摩合办的新月书店里。胡适一看，认为这是海内最早的《石头记》抄本，遂用重价把这套书买了下来。至于到底花了多少钱，胡适没有明说，别人也无从知道，不过从其使用"重价"一词来看，想必不是一个小数目。

那位胡星垣为什么执意要将这套抄本卖给胡适？估计有两个因素：一是他可能看过胡适的《红楼梦考证》，深知胡适会明白该抄本的重要价值，将书转让给他，也算是对红学研究的一种支持。二是他知道胡适会喜爱这个抄本，而且也出得起钱。可以想象，如果胡适没有红学研究的经历，在社会上没有较大影响的话，胡星垣也不会把书卖给他。

后来胡适在回忆这件事时，还觉得有些"后怕"。他在《跋乾隆甲戌〈脂砚斋重评石头记〉影印本》中作了这样的假设：

> 如果报纸上没有登出胡适之的朋友们开书店的消息，如果他没有先送书给我看，我可能就不回他的信，或者回信说我对一切"重评"的《石头记》不感兴趣，——于是这部世界最古的《红楼梦》写本就永远不会到我手里，很可能就永远被埋没了。

虽然很有戏剧性，但确实在现实生活中发生。在20世纪红学史上，像这样的事情还有不少。

有的研究者据此觉得胡星垣的行为反常，动机有问题，进而怀疑这是一个骗局，即有人伪造了一种《红楼梦》的抄本来欺骗胡适。比如欧阳健在《红楼新辨》《红学辨伪论》等书中怀疑这种巧合色彩较浓的奇遇有假，并提出程本早于脂本、脂本为赝品的观点。但这一说法缺少足够的证据，难以成立。

甲戌本虽然只残存区区十六回，但它的发现无疑是红学史上的一个重大事件，毫不夸张地说，红学研究史从此又翻开了新的一页，正如胡适后

也开风气也为师

来在《跋乾隆甲戌〈脂砚斋重评石头记〉影印本》一文中所总结的:

> 我们现在回头检看这四十年来我们用新眼光、新方法,搜集史料来做"《红楼梦》的新研究"的总成绩,我不能不承认这个脂砚斋甲戌本《石头记》是最近四十年内"新红学"的一件划时代的新发现。

甲戌本《红楼梦》的发现对胡适、俞平伯等人无疑是一个意想不到的好消息。它带来了前所未见的丰富信息,如大量的异文、脂砚斋等人的批注等,修正了胡适、俞平伯等人先前的一些推测,比如对戚本抄录年代的怀疑、将戚本透露的后几十回情节当作《红楼梦》的一种续书、将曹雪芹卒年定为甲申年等,更为重

甲戌本《红楼梦》

要的是,它证实了胡适等人先前提出的一些重要红学观点,为其提供了极具说服力的版本依据,对此胡适有着十分清楚的认识。他在 1927 年 8 月 12 日《与钱玄同书》中这样说道:

> 许多可贵的材料,可以证明我和平伯、颉刚的主张。

这主要体现在如下两个方面:

一是《红楼梦》的自传说。虽然胡适在《红楼梦考证》改定稿中将曹雪芹的家世与《红楼梦》里的故事情节进行比较,但只对上很小一部分,以至于面对蔡元培的诘问,无法为自己辩护,只好避而不谈。

这样,甲戌本中大量与曹雪芹关系密切的批语,特别是感同身受,如说家史,如俞平伯《脂砚斋评〈石头记〉残本跋》一文中所概括的"抚今追昔,若不胜情"的那些,就为胡适的自传说提供了更多更具说服力的依据。

对此,胡适自然感到很高兴,他在《考证〈红楼梦〉的新材料》一文中

写道：

> 此等处皆可助证《红楼梦》为记述曹家事实之书，可以摧破不少的怀疑。

> 《红楼梦》是写曹家的事，这一点现在得了许多新证据，更是颠扑不破的了。

二是秦可卿的自杀说。俞平伯曾在《红楼梦辨》一书中设立专章讨论这一问题，根据不同文本间的文字差异细究，认为秦氏之死"最为隐曲，最可疑惑，须得细细解析一下方才明白"，经和顾颉刚往复讨论，认为"秦可卿底结局是自缢而死，却断断乎无可怀疑了"。他的这一推测也同样为甲戌本的批语所证实。其他如曹雪芹的家世生平、《红楼梦》的作品原貌、创作修改过程、《红楼梦》现存各版本间的关系等问题也因甲戌本的出现而变得充实丰满，并逐渐明朗起来。

甲戌本的发现使《红楼梦》的研究大大向前推进了一步，同时也促使研究者开始密切关注《红楼梦》的版本问题，这正如胡适在《影印乾隆甲戌〈脂砚斋重评石头记〉的缘起》一文中所云：

> 自从《考证〈红楼梦〉的新材料》发表之后，研究《红楼梦》的人才知道搜求《红楼梦》旧抄本的重要。

得到甲戌本后，胡适曾让俞平伯为其题跋，以作纪念。俞平伯在跋语中，称甲戌本为"《石头记》之第一本"，但同时也表示："此书之价值亦有可商榷者，其非脂评原本乃由后人过录。"最后，俞平伯还特别说明："以适之先生命为跋语，爱志所见之一二焉，析疑辨惑，以俟后之观者。"

从俞平伯的《秋荔亭日记》来看，1930 年到 1931 年间，他曾借阅过该书。其间还将其转借给浦江清。如其 1931 年 1 月 3 日的日记云：

> 江清假脂本《红楼梦》去。

从这一年的 3 月 26 日起，俞平伯开始将甲戌本中的批语过录到自己所藏的《红楼梦》上。他在这一天的日记中写道：

> 是晚始节抄脂砚斋评在我的《红楼梦》上（第一卷毕）。

俞平伯抄写的速度还是比较快的。据其 3 月 28 日的日记，这一天他已抄写完毕：

> 抄《石头记》凡三卷毕。

另据魏绍昌《谈亚东本》一文介绍：

> 承汪原放见告，胡适曾要罗尔纲（罗尔纲早年在北大求学时代，寄住在北京胡宅，做过胡适的秘书工作）手抄过一部《石头记》残稿本，用毛边纸墨笔书写，批注用朱笔过录，外装一纸匣，封面题笺由胡适自书《石头记》三字。后来胡适存放在亚东图书馆，已在"文革"运动中抄失。此抄本根据的究竟是什么版本，有多少回，汪原放回忆不起来了。一九五四年汪原放且曾借给我看过，当时未多加注意，现在也记不清楚了。此抄本或者就是残存十六回的"甲戌本"，也未可知。

魏绍昌亲耳听到汪原放之言，自己又见过这部抄本，可见是真有其事。在 1949 年之前，胡适所能见到的脂本只有三种：戚序本、甲戌本和庚辰本。从魏绍昌的描述来看，甲戌本的可能性最大。如果罗尔纲所抄的是甲戌本，为什么会存放在亚东图书馆呢？这也是有线索可寻的。

胡适得到甲戌本后，曾于 1927 年 8 月 11 日给钱玄同去信，告知这一消息：

> 近日收到一部乾隆甲戌抄本的《脂砚斋重评石头记》，只剩十六回，却是奇遇！

钱玄同得知消息后，曾于 1928 年 4 月 6 日给胡适去信，提出了如下一个建议：

> 你的那部残本《脂本红楼梦》，我希望你照原样叫亚东排印出来（不标点都行），好让我们开开眼界。你愿意吗？

是不是胡适采纳了钱玄同的建议，让罗尔纲抄了一个副本供亚东图书馆排印呢？从上述抄本存放在亚东图书馆一事来看，这种可能性是存在的。

胡适虽然十分珍爱这个抄本，但并不像旧派藏书家那样秘不示人，从其与周汝昌只见过一面就慨然借书的行为来看，他是愿意让研究者看到该书的。他与亚东图书馆有过多年密切的合作，汪原放在点校小说方面有着十分丰富的经验，由他们出版无疑是一个很好的选择。

应该说这一推断还是比较有道理的，后来可能由于某种原因，未能排印出版，所抄录的副本遂一直存放在亚东图书馆。事情的真相究竟如何，有待更多资料的发现。

好运连连

继甲戌本发现之后，1933年，胡适在北京又见到了另一种"很值得研究"的《红楼梦》旧抄本，即庚辰本。该抄本为徐星署所藏，胡适是通过王克敏转借的。

这个抄本"有许多地方胜于戚本"，"尚保存原书残缺状态"，有了这个珍贵抄本所提供的内容丰富的异文、批语，在与甲戌本仔细对读之后，胡适对《红楼梦》的原貌、版本、批点、探佚等问题有了新的更为深入的认识。

他在《跋乾隆庚辰本〈脂砚斋重评石头记〉钞本》一文中指出：

> 脂砚斋即是《红楼梦》的主人，也即是他的作者曹雪芹。

> 凡最初的钞本《红楼梦》必定都称为"脂砚斋重评《石头记》"。

> 所谓"脂砚斋评本"即是指那原有作者评注的底本。

尽管这些结论还有不少可商榷处，但它为以后的研究提供了一个基本的起点和平台。由此也可看出，在《红楼梦考证》发表后的十数年间，胡适仍然活跃在红学研究的最前沿，保持着开创风气，引领潮流的领先地位。

红学文献的发掘与学术研究正是这样一直呈现出十分良好的互动关系。短短几十年间，在红学研究的推动下，文献资料的发现已相当可观，基本具备了一门专学所需要的文献基础。自甲戌本、庚辰本后，《红楼梦》的旧抄本历年屡有发现，到 20 世纪 80 年代已发现有十多种，极大地促进了红学的研究。

甲戌本、庚辰本等新材料的发现，如胡适在《跋乾隆甲戌〈脂砚斋重评石头记〉影印本》一文中所说的：

> 给《红楼梦》研究划了一个新的阶段。……走上了搜集研究《红楼梦》的"原本"、"底本"的新时代了。

但不可否认，这些发现同时也给红学研究者带来了一系列新的繁难问题，比如脂砚斋究竟何人，其与曹雪芹的具体关系如何，曹雪芹的生卒年，《红楼梦》的创作、修改过程、各版本间的承续关系等，

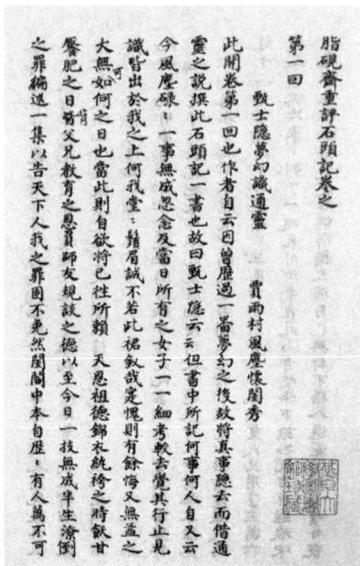

庚辰本《红楼梦》

甚至可以这样说，新材料发现所带来的诸多新问题远比已解决的问题要多。

同时，甲戌本、庚辰本等旧抄本的发现还使新红学原有的一些缺陷有无限被放大的危险，特别是胡适所创的自传说，这些材料的发现使他受到鼓舞，更加坚信自己的立场，终生都没有作大的修正。而其他研究者也大多沉浸在新资料发现后的喜悦中，有意无意地忽视了这一问题。

这些以旧抄本为代表的新材料所带来的诸多繁难问题极大地吸引了研究者的注意力，促使他们花费很多时间和精力进行梳理和考证，无暇顾及小说文学、文化特性的研究，并由此形成了考证派红学一枝独秀的奇特研究格局，其他文学、文化类的研究虽然也有不少，但始终没有得到应有的充分的重视，这既是红学研究的一大特色，也不能不说是红学史上的一大缺憾。

不过由此也可见出，这一奇特现象并非一朝一夕形成的，它是由其诸多外在、内在的社会文化因素促成的。在对 20 世纪红学研究进行回顾总结的同时，揭示这一问题是有其现实意义的。

何为“新红学”

至此，有必要对“新红学”一词进行一些必要的界定。

新红学既然已经成为学界公认的学术派别，既然是一个被经常使用的专有学术术语，自当包含其独特的学术理念和研究方法。

但令人感到遗憾的是，虽然使用这一术语者众多，但对其具体所指进行深入探讨者甚少，冯其庸、李希凡主编的《红楼梦大辞典》一书虽为此设有专门的条目，但也只是泛泛而谈，不够全面准确。

周汝昌在《红学·史学·文化学》一文中对“新红学”一词的语源是这样考察的：

> “新红学”者，原本是在“批胡运动”中新加的一种“恶谥”，并非好话，可是看《胡适口述自传》时，发现胡先生也采用了这个“新”名词，而且好像还有得意之色。

但这个看法是错误的，因为早在“批胡运动”之前就已经有人开始使用“新红学”一词了。

一般认为顾颉刚是最早使用“新红学”一词者，他在 1923 年 3 月 5 日所写的《红楼梦辨》序中明确提出：

> 我希望大家看着这旧红学的打倒，新红学的成立，从此悟得一个研究学问的方法。

这里他是把新红学作为旧红学的对立面并列提出的。旧红学显然是指先前王梦阮、蔡元培等人的索隐派红学，新红学则是指胡适、俞平伯等人发起的红学研究，其后“新红学”一词被普遍接受和使用。

从后来学界对该术语的使用和认知情况来看，“新红学”一词的内涵有广义与狭义之别。广义的新红学主要指时间上的新，具体来说是指五四新文化运动之后所展开的《红楼梦》研究，即《红楼梦大辞典》所说的：

> 胡适、俞平伯和顾颉刚以后的红学为新红学。

除胡适、俞平伯等人和索隐派的研究外，它还包括其他学者的研究，而此意义上的旧红学不仅指王梦阮、蔡元培等人的索隐派红学，也包括王希廉、张新之、姚燮等人的评点派红学。

狭义的新红学则主要是指研究思路和治学方法的新，具体说来，是指以胡适、俞平伯等人为代表的关注作者、版本问题，注重文献资料，以考证为特色的《红楼梦》研究。它只包括以此类思路和方法进行的《红楼梦》研究。

广义者较为宽泛，狭义者则为专称。事实上，学界经常使用的是后一种，本书中的"新红学"一词也是基于这种认知而使用的。

新红学面临的批评和挑战

新红学在为学界普遍接受的同时，也受到了不少持不同意见者的批评和反驳，除了蔡元培的辩驳和其他一些流于情绪、缺乏学理的批评之外，其中不乏头脑清醒之士的精彩言论。这种批评从《红楼梦考证》一文发表开始，一直持续到当下。

归纳起来，反对者的主要观点大体有二：

一是对红学考证的反对。早在胡适、蔡元培二人进行论战时，就有人提出第三种意见，如吴俊升在《我读红楼梦的见解》一文中所说的：

> 索隐或考证反有妨欣赏之目的。

怡墅在《各家关于红楼梦之解释的比较和批评》一文也提出：

> 忠告诸位爱读《红楼梦》的人：我们若想真正了解《红楼梦》，必须去读《红楼梦》，从《红楼梦》里去了解《红楼梦》，必须打破各种《红楼梦》考证的论调……胡适之的洋洋数万言的《红楼梦考证》也一样是不必读。

还有不少人将胡适所代表的考证派与蔡元培等人的索隐派等量齐观，只是将其作为红学研究中的一个派别而已。此说将考证一笔抹杀，固然有些偏激，不过其立场与着眼点在对作品文学层面的欣赏和阅读，倒也指出了作者家世生平考证对文学研究的有效性及对文学欣赏构成的干扰等问题，确实是值得研究者警惕和注意的，可惜在当时，甚至即便是在现在，都未必有人能听进去。

二是对自传说的批评。这些不乏精彩之论，确实点出了新红学的致命缺陷。其中比较有分量的是黄乃秋的《评胡适红楼梦考证》和怡墅的《各家关于红楼梦之解释的比较和批评》两篇文章。

前者认为胡适的《红楼梦考证》一文存在的问题是：

> 其所以斥人者甚是，惟其积极之论端，则犹不免武断，且似适蹈王梦阮、蔡孑民附会之覆辙。

因为胡适的考证"与立论之根本相抵触"，"立论证据之不充"，"大背于小说之原理"。虽然黄乃秋所谈《红楼梦》后四十回问题不够严谨，但他对胡适自传说的批评还是很有力度的，比蔡元培的反驳更有说服力。

后者认为"小说非历史"，"历史小说亦非历史"，"小说除掉'闻见悉所亲历'以外，须加以艺术上的锻炼"，"小说在'闻见悉所亲历'以外，更须有想像力"。在此基础上，作者提出：

> 《红楼梦》经不起考证。

> 要了解《红楼梦》只有一条路：就是去读《红楼梦》！

此说可谓合情合理，可惜这样的声音虽然可贵，但在当时未引起学界的回应，到后来更是变得微弱。

胡适对《红楼梦》的酷评

1948年12月5日，胡适于匆匆忙忙中，黯然登上南下的飞机，离开了他生活了多年的北平。这一去，就再也没有回来。

由于走得仓促，且又是坐飞机，胡适无法带走他那些积攒了多年的 102 箱珍贵图书和资料，可以想象他当时悲凉、伤感的心境。万般无奈之下，他只好挑选一部书作为纪念，自然这应该是一部让胡适感到最为珍贵、最有价值的书籍。最后，他选中了那套甲戌本《红楼梦》。仅此一端，不难想象胡适的红学情结。

对于此事，胡适 1959 年 12 月 27 日在一次名为《找书的快乐》的演讲中曾谈起过：

> 收集了这么多书，舍弃了太可惜，带吧，因为坐飞机又带不了。结果只带了一些笔记，并在那一二万册书中，挑选了一部书，作为对这一二万册书的纪念，这一部书就是残本的《红楼梦》。

1960 年 12 月 17 日，在和胡颂平的谈话中，胡适再次提及此事：

> 那晚看看一百二十箱的书籍，全都不能带了。想来想去，还是带了这部廿六回的《石头记》抄本。这是我的宝贝。我带了这一部出来。

这段话有两个错误：一是"一百二十箱"应作一百零二箱，二是"廿六回"应作十六回。前者可能是胡适记错了，后者则可能是胡颂平记错了。

对甲戌本的重视意味着对红学研究的重视，尽管这不过是其一生多个研究领域中的一部分，但胡适的重视和珍爱程度由此可见。

对《红楼梦》念念不忘，按说应该对这部小说十分喜爱，有着极高的评价才是。但这位新红学开山祖师对《红楼梦》艺术的评价可谓出人意料，用句时下较为流行的话来说，堪称"酷评"。

1960 年 11 月 20 日，在给苏雪林的书信中，胡适这样写道：

> 我写了几万字考证《红楼梦》，差不多没有说一句赞颂《红楼梦》的文学价值的话。大陆上共产党清算我，也曾指出我只说了一句"《红楼梦》只是老老实实地描写这一个'坐吃山空'、'树倒猢狲散'的自然趋势，因为如此，所以《红楼梦》是一部自然主义的杰作"。

> 其实这一句话已是过分赞美《红楼梦》了。

在那一个浅陋而人人自命风流才士的背景里，《红楼梦》的见解与文学技术当然都不会高明到那儿去。

　　我向来感觉，《红楼梦》比不上《儒林外史》；在文学技术上，《红楼梦》比不上《海上花列传》，也比不上《老残游记》。

新红学战胜索隐派，获得主流地位。受其影响，当大家使用各种最动听、最漂亮的词语来赞美《红楼梦》时，胡适却对《红楼梦》做出这样的评价来，着实有些令人吃惊。显然，这些评价会引起争议，有些研究者据此指责胡适缺少审美眼光、见识低下等。但问题会如此简单吗？胡适真的是在胡说八道吗？

毫无疑问，胡适对《红楼梦》的评价之所以与其他研究者之间存在如此大的反差，是因为他使用的评价标准和别人不一样，显然，胡适是从现代人的眼光来看《红楼梦》的。

从《红楼梦》产生到胡适研究红学，其间有一百多年的时间。在这一百多年的时间里，无论是整个社会的思想认识，还是文学创作，都发生了巨大的改变。以后人的立场来评价《红楼梦》，自然会觉得见解不高明，艺术技巧也有问题。

这样的立场显然是无法得到多数人的同意的。毕竟曹雪芹生活在一百多年前，应该将其与前代作家或同时代作家放在一起比较，而不能将其与后来的作家作品相比。

胡适的观点未必正确，不过，从他的酷评中还是能得到一些启发的。这主要表现在：

他点出了文学史上一个较为普遍的发展规律，那就是后来居上，后出转精。说《红楼梦》在文学技术上不如《海上花列传》、《老残游记》，并非胡说八道，细细想来，还是有一定道理的。

固然，《海上花列传》、《老残游记》在整个艺术成就上不如《红楼梦》，但也不可否认，这两部小说在艺术技巧方面也有胜出《红楼梦》的地方。比如两书对生活场景的描写、细节的刻画方面，都有值得称道之处。如果一部小说出现之后，后来的小说再也没有发展，那才可怕。

由此还可以想到《红楼梦》的众多续书。在一些研究者看来，这些续书基本上是狗尾续貂，没有多大的文学价值。但他们忽视了另一个方面，那就是这些续书在续补《红楼梦》人物、情节的同时，还特别注意学习该书的写作技巧，有些续书学得还有模有样，在艺术上并非一无可取。

从红楼续书的大量出现可以看出经典小说在古代小说创作中的示范和推动作用。这些续作大多刻意模仿原作的写法和风格，尽管模仿得不一定像，但它客观上使原作高超的艺术手法得到普及，从整体上提高了古代小说的创作水平。

只要将这些红楼续书与先前的才子佳人小说进行比较，就可以很明显地看到《红楼梦》带给中国古代小说的新变化。在这种背景下，《海上花列传》《老残游记》有胜出《红楼梦》处，也就不让人感到意外。

从胡适对《红楼梦》的评价中，还可以得到另外一个启发，那就是应该客观、公正地为《红楼梦》这部小说定位。胡适的酷评尽管许多人不赞成，但其冷静、沉稳的精神和态度则是值得后人学习的。

进入 20 世纪，红学逐渐成为一门专学，并且与甲骨学、敦煌学一起被称作 20 世纪的三大显学。曹雪芹和他的小说终于获得了迟到的鲜花和掌声。高度评价《红楼梦》的思想、艺术成就，这是无可非议的，但问题在于，有不少人把《红楼梦》抬到一个离奇的高度，人为地将这部小说神化，仿佛有了一部《红楼梦》，就可以了解中国社会文化的各个方面，就可以解决所有的难题，其他书籍都没存在的必要似的。

先哲曾经讲过，真理往前再走哪怕是一小步，都会变成谬误。在各种无节制吹捧《红楼梦》的喧闹声中，我们尤其需要像胡适这样保持清醒的头脑。《红楼梦》再伟大，它还是一部小说，是一部文学作品，而不是别的。是先有《红楼梦》，然后才有红学。看起来十分简单的常识，但在红学研究异常发达，红学专著出版近乎疯狂的今天，反而不容易看明白。

命运因红学而改变

1990 年秋，90 高龄的俞平伯老人已经走到了人生的最后一站，他静静地躺在床上，没有人知道这位饱经沧桑的老人此刻在想什么。他的儿子俞润民坐在床边的一张椅子上，静静地陪伴着他……

忽然，老人指着书桌，发出低微的声音："小条。"

俞润民等走到书桌前，看到一张小纸条，上面写道：

后四十回小书，拟在美洲小印分送，然后再分布大陆，托栋栋分布。

直到生命的最后一刻，老人仍对《红楼梦》念念不忘。

这部小说已与老人的生命深深地融为一体，它给老人带来了人生中难得的快乐，也让老人为之吃尽了苦头。

一部曾被官府查禁、被正统文人斥为淫词邪说的小说作品竟然在 20 世纪风光无限，围绕它的研究竟然成为一门专学，并且与甲骨学、敦煌学一起成为 20 世纪中国的三大显学，曹雪芹当年著书黄叶村时恐怕连做梦都想不到这样的殊荣和文化奇迹。

更为重要的是，这部小说在 20 世纪仿佛具有一种神奇的魔法力量，接触、研究过它之后，个人的命运往往因之发生奇特的改变。俞平伯不过是其中较为典型的一个。

追述老人一生研究红学的历程，感慨良多，很难用一个准确的词语来定性，来概括。让我们回到老人的年轻时代，还原一段具有传奇色彩的历史。

命中注定的红学之缘

....

　　说起来，俞平伯与《红楼梦》并没有特别的缘分，日后成为红学家颇有些偶然。原因很简单，他小时候虽然读过这部小说，但并不怎么喜欢。

　　他在《红楼梦辨》的《引论》中曾提及这一点：

　　　　我从前不但没有研究《红楼梦》底兴趣，十二三岁时候，第一次当他闲书读，且并不觉得十分好。那时我心目中的好书，是《西游》《三国》《荡寇志》之类，《红楼梦》算不得什么的。我还记得，那时有人告诉我姊姊说："《红楼梦》是不可不读的！"这种"像煞有介事"的空气，使我不禁失笑，觉得说话的人，他为什么这样傻？

　　并不因自己研究红学，就说自己小时候如何喜爱《红楼梦》，如何与这部小说有缘之类，实话实说，平静、从容，这是俞平伯先生一贯的行文风格。

　　一个十多岁的男孩子喜欢打打杀杀的《三国演义》、《西游记》、《荡寇志》，而不喜欢儿女情长的《红楼梦》，这太正常不过了。相反，如果这个年龄的少年沉迷于《红楼梦》，置《三国演义》、《西游记》于不顾，那倒有些反常，难以理解了。当然，这样的情况也不是没有，但只是极少数。

　　对《红楼梦》产生兴趣和好感，是在进入北京大学后。俞平伯在北大读书期间，正赶上五四新文化运动。当时，胡适、刘半农等人提倡白话，宣传文学改良，将白话文学抬到文学正宗的位置上。

这些人都是俞平伯的师长，受其影响，俞平伯积极参加各项活动，尽管他将更多的精力和兴趣放在新诗的创作和研究上，但对小说也给予了较多的关注。他当时所选的研究方向就是小说，并受到胡适、周作人、刘半农的直接指导。在这种文化氛围中，俞平伯开始对白话文学的代表作品《红楼梦》产生兴趣和好感。

青年时期的俞平伯

1919 年，俞平伯从北京大学毕业，1920 年 1 月，他即坐上客轮，准备到英国留学。在一个多月的漫长旅途中，阅读《红楼梦》，和同行的傅斯年谈论《红楼梦》成为他最好的消遣方式。这是他研究《红楼梦》的先声。

对这段旅途经历，他在《红楼梦辨》中是这样回忆的：

> 一九二〇年，偕孟真在欧行船上，方始剧谈《红楼梦》，熟读《红楼梦》。这书竟做了我们俩海天中的伴侣。孟真每以文学的眼光来批评他，时有妙论，我遂能深一层了解这书底意义、价值。

这还可以从俞平伯当时的日记中得到印证，在《国外日记　甲集》中有如下内容：

> 1月11日：早看《红楼梦》。
> 1月14日：写信后和孟真谈。
> 1月18日：夜和孟真在船头上谈。
> 1月28日：夜和孟真谈。
> 2月2日：夜，和孟真在甲板上谈。
> 2月9日：在床上看《红楼梦》及《词选》。

可见俞平伯是一边读《红楼梦》，一边同傅斯年谈《红楼梦》的。但即便如此，也只能说俞平伯已成为一个红学爱好者，他并没有打算专门研究《红楼梦》。正如他本人所言：

> 虽然如此，却还没有系统的研究底兴味。

不过从此之后，冥冥之中，他已和《红楼梦》结下了不解的缘分。

俞平伯此行是到英国留学的，按原来的计划，在英伦完成学业，怎么也得在那里待上三四年。谁知刚到英国没几天，俞平伯忽然做出了一个令人吃惊的决定，那就是要打道回府，而且决心很坚定，连好友傅斯年追到法国马赛都无法劝阻。傅斯年在1920年8月1日给胡适的书信中对当时的情景是这样描述的：

> 平伯忽然于抵英两星期后回国。这真是再也预想不到的事。他走的很巧妙，我竟不知道。我很怕他是精神病，所以赶到马赛去截他。在马赛见了他，原来是想家，说他下船回英，不听，又没力量强制他下船，只好听他走罢。这真是我途中所最不快的一种经历。

这样，计划中的留学生活就变成了一趟行程十分匆忙的欧洲个人旅行。

俞平伯到底是因为什么原因而回国，是不适应当地的生活还是故土难舍，或是有其他什么原因，从其当时的日记中看不出来，就连他的儿子俞润民在说到这件往事时都弄不明白。他在《德清俞氏——俞樾　俞陛云　俞平伯》一书中这样说道：

> 在英伦住了不久，不知是什么原因，他又整理行装，登船回国。

倒是俞平伯的好朋友傅斯年说得比较明白，他在1920年8月1日给胡适的书信中说得很明确，是因为俞平伯"想家"。对此，他还进行了分析：

> 一句话说，平伯是他的家庭把他害了。他有生以来这次上船是第一次离开家。他又中国文先生的毒不浅，无病呻吟的思想极多。他的性情又太孤僻，从来不和朋友商量，一味独断的。所以我竟不曾觉察出他的意思来，而不及预防。

傅斯年是俞平伯的好朋友，写信的时间离俞平伯回国的时间也很近，所以他的话还是比较可信的。在这封信中，他还对俞平伯回国后的事业做了一番分析：

> 平伯此次回国，未必就是一败涂地。"输入新知"的机会虽断，"整理国故"的机会未绝。旧文学的根柢如他，在现在学生中颇不多。况且

整理国故也是现在很重要的事。……我写信劝平伯不要灰心，有暇还要多读西书，却专以整理中国文学为业。天地间的人和事业，本不是一概相量的，他果能于此有成，正何必羁绊在欧洲，每日想家去呢！

傅斯年虽然不同意俞平伯回国，但对其执意离开的行为还是表现出理解的态度。正如他所分析的，俞平伯回国后，果然在整理国故上有所建树，其中第一个成果就是《红楼梦辨》。正是这部著作奠定了俞平伯在红学史的地位，也给他日后的命运带来了许多变数。

俞平伯本人是怎样来看自己的回国之举呢？他晚年在追忆这段往事时，曾有这样的表述：

> 时余方弱冠，初作欧游，往返程途六万许里，阅时则三月有半，而小住英伦只十二三日，在当时留学界中传为笑谈。岂所谓"十九年矣尚有童心"者欤，抑亦所谓"乘兴而来，兴尽而返"者耶。老傅追舟马赛，垂涕而道之，执手临歧如在目前，而瞬将半个世纪，故人亦久为黄土矣。

可以想象到的是，如果俞平伯在英国留学几年，他的思想与知识结构肯定会发生较大的变化，即使将来研究《红楼梦》，其观点和方法也必定与先前不同，而且更为重要的是，这样一来，他也就无法参加胡适和顾颉刚的红学讨论。

没有这场讨论，他就不可能写出那部著名的《红楼梦辨》，因而也就无法成为新红学的第一批开创者了。没有《红楼梦辨》的俞平伯，其人生将是另外一种景象。至于究竟是什么样的景象，恐怕没有谁能说得清楚。

就俞平伯本人来说，他当初在萌发思乡回国的念头时，肯定没有想到，他这一回国，将会有什么样的机缘在等待着他，自然，也更无法预料，他将从此和《红楼梦》结下终身的缘分。

假如俞平伯此时能提前预知《红楼梦》这部小说将来给他带来的命运改变，他是选择留在英国还是要动身回国呢？

剧谈《红楼》为消夏

回国后，俞平伯在浙江第一师范学校任教半年。1921 年，他重返北京，为留学考试做准备。正是这趟行程，使他从此成为红楼梦中人，《红楼梦》这部小说注定要伴随其坎坷复杂的一生。此时，俞平伯还不过是一个 20 来岁的小青年。

俞平伯在北京期间，正赶上胡适和顾颉刚的红学讨论。当时，两人通讯频繁，相互切磋，好不热闹。俞平伯受此感染和影响，也加入了进来，三人形成了一个松散的研红小组，大家频繁通讯，相互切磋交流，兴致很高。

新红学正是在这种轻松、愉快的良好氛围中建立起来的，如果说新红学还有学术传统的话，这就是它的基本传统，可惜后来并没有得到很好的继承。八十多年后，在纷繁喧闹、充满火药气的红学"大跃进"年代里重温这段历史，不能不让人感慨万千。

在这个三人小组中，顾颉刚是个联络中心，胡适、俞平伯的信都是写给他的，两人之间的交流除少数直接的面谈外，也往往通过顾颉刚转达。可以说，俞平伯探讨《红楼梦》主要是和顾颉刚进行的。

俞平伯对胡适、顾颉刚两人之间的讨论十分了解，在与顾颉刚通讯之前，两人已当面进行过多次探讨，只不过没有形成文字而已。顾颉刚在《红楼梦辨》序中曾提到这件事：

> 平伯向来欢喜读《红楼梦》，这时又正在北京，所以常到我的寓里，探询我们找到的材料，就把这些材料做谈话的材料。

两人的谈兴很浓，以至于到剧场看戏时还说个不停，结果坐在前面的人很不满，屡屡回头来看他们。

1921 年 4 月 27 日，俞平伯给顾颉刚写信探讨《红楼梦》，这封信可以看作是一个标志，标志着俞平伯正式研究《红楼梦》的开始。

他在这封信中主要谈了两个问题；

一是他觉得"后四十回不但本文是续补，即回目亦断非固有"。

二是他认为"《红楼》作者所要说的，无非始于荣华，终于憔悴，感慨身世，追缅古欢，绮梦既阑，穷愁毕世。宝玉如是，雪芹亦如是"。

信中探讨的内容颇有价值。像后四十回的问题，是胡适、顾颉刚所关注的核心话题之一，俞平伯在这方面有不少新的见解，《红楼梦考证》改定稿有关后四十回的部分，较多地采纳了他的意见。后一个问题，实质上涉及对《红楼梦》主旨的理解，虽然与考证关系并不太大，但很有启发意义，它显示了俞平伯的学术个性和兴趣所在，即更注意从作品中寻找内证，对《红楼梦》的艺术特性更为关注。

对俞平伯的看法，顾颉刚深表赞同，他在 1921 年 5 月 10 日的信中这样写道：

> 昨天接到来信，细读一过，佩服得五体投地。经兄这样一考，高鹗的补撰回目是确定了。

从此，两人主要通过书信方式探讨《红楼梦》，从 1921 年 4 月 27 日俞平伯写第一封信开始，到 1921 年 10 月 11 日，共持续了将近半年的时间。其间，俞平伯共给顾颉刚写了 18 封信，顾颉刚给俞平伯写了 9 封信。两人所处的地方也在不断变化，俞平伯于 7 月离开北京，到上海、杭州、苏州等地，这也是两人主要采用通信方式的原因。

两人的观点有同有异，同的部分居多，异的部分经过相互商榷，大多逐渐接近，取得共识。可能是性格的因素，两人观点出现差异时，更多的是娓娓道来，和颜悦色，并没有发生激烈的争论，颇有坐而论道的君子之风。

两人较为熟悉，彼此是交情很好的朋友，且兴致较高，讨论在十分轻松、友善的气氛中进行，充分领略到切磋学术、增长知识的乐趣。俞平伯多次谈到自己的这一感受，他在 6 月 18 日的信中这样写道：

> 发函雒诵，如对良友，快何如之。推食而起，索笔作答，病殆已霍然矣。吾兄此信真药石也，岂必杜老佳句方愈疟哉！
>
> 京事一切沉闷，更无可道者；不如剧谈《红楼》为消夏神方，因每一执笔必奕奕然若有神助也。日来与兄来往函件甚多，但除此外竟鲜道

及余事者，亦趣事也。

兴趣来了，自然就想多做些工作。在通信过程中，俞平伯逐渐产生了两个想法：

一个想法是要重新校勘《红楼梦》。他在阅读作品时，发现了一些问题，而且对亚东版《红楼梦》也不够满意，于是萌生了这一想法。在 6 月 30 日致顾颉刚的书信中，他说出了自己的这一想法：

> 将来如有闲暇，重印，重标点，重校《红楼梦》之不可缓，特恐我无此才力与时间耳。兄如有意，大可负荷此任也。

对此，顾颉刚在 7 月 20 日的回信中表示：

> 把《红楼梦》重新校勘标点的事，非你莫属。因为你《红楼梦》熟极了。别人熟了没有肯研究的，你又能处处去归纳研究。所以这件事正是你的大任，不用推辞的。

俞平伯显然是愿意做这一工作的，在通信过程中，他的想法逐渐成熟。在 7 月 23 日的书信中，他这样写道：

> 重新标点之事更须在后，我们必须先把本书细细校勘一遍，使他可疑误后人的地方尽量减少，然后再可以加上标点便于诵读。

在 8 月 7 日的书信中，他又提及此事：

> 第一要紧是多集版本校勘。若不办到这一步，以后工夫都象筑室沙上，无有是处，我如今年不出国，拟徐徐着手为之，但大功之成不知何时耳。

这个计划当时虽然未能实现，但它代表了俞平伯准备努力的方向，体现了他对《红楼梦》版本问题的高度重视。三十多年后，俞平伯终于完成了这一心愿，《红楼梦八十回校本》、《脂砚斋红楼梦辑评》代表了他在这一方面的努力。

另一个想法是想创办一个研究《红楼梦》的刊物。他在 8 月 8 日给顾颉刚的信中，谈了自己的这一计划：

我有一种计画，想办一研究《红楼梦》的月刊，印刷不求精良，只小册子之类，成本既轻，又便广布。

可惜后来大家各忙各的事情，这一计划也未能实现，这正如顾颉刚在《红楼梦辨》中所说的：

　　假使我和他都是空闲着，这个月刊一定可以在前年秋间出版了，校勘的事到今也可有不少的成绩了。但一开了学，各有各的职务，不但月刊和校勘的事没有做，连通信也渐渐的疏了下来。

不难想象这些计划当时如果完成，对红学会有怎样的积极推动作用。但好事多磨，事情并不总是按照人的意愿发展。好在这些计划后来都得以实现。半个多世纪后，《红楼梦学刊》、《红楼梦研究集刊》、《红楼》等红学专业刊物相继创办。

失而复得的手稿

1921 年 10 月，俞平伯与顾颉刚的红学通信告一段落。

翌年 2 月，因胡适与蔡元培之间的红学论战，引发了俞平伯再次研究《红楼梦》的兴趣。他给顾颉刚写了一封信，希望两人合作，在以往通信的基础上，撰写一部红学专著，向社会宣传正确的红学观点和研究方法。

到了 4 月中旬，俞平伯专门到杭州去找顾颉刚，商谈此事。顾颉刚表示自己太忙，希望俞平伯能独立完成这项工作。

俞平伯同意了顾颉刚的想法，同意由自己来写。到当年夏天去美国的时候，书稿已全部完成。临走前，俞平伯将书稿交给顾颉刚，委托他来找人抄写并进行校勘。

1923 年 4 月，该书以《红楼梦辨》为名，由上海亚东图书馆印行。

该书虽然署名为俞平伯一人，但它和《红楼梦考证》改定稿一样，实际上是集体劳动的结晶，顾颉刚为该书付出了大量的劳动。为此，俞平伯在该书的引论中曾这样表示：

> 颉刚启发我的地方极多，这是不用说的了。这书有一半材料，大半是从那些信稿中采来的。换句话说，这不是我一人做的，是我和颉刚两人合做的。

只要看过两人的通信内容便可知道，这并非完全是自谦之辞。对此，顾颉刚在《红楼梦辨》一书的序言中表示不敢承当：

《红楼梦辨》版权页

> 平伯在自序上说这书是我和他二人合做的，这话使我十分抱愧。我自知除了通信之外，没有一点地方帮过他。他嘱我作文，我没有功夫；他托我校稿子，我又没有功夫。甚至于嘱我做序，从去年四月说起，一直到了今年三月，才因为将要出版而不得不做；尚且给烦杂的职务逼住了，只得极草率地做成，不能把他的重要意思钩提出来。我对他真是抱歉到极步了！

两人如此高谊，真是令人钦佩和感动。对俞平伯来说，他得到的不仅仅是学术上的提高，更为重要的是，他得到了一个朋友的真正友谊。回顾新红学的创建过程，再看看日后因红学研究引发的众多个人是非恩怨，不能不让人生出世风日下的感叹来。

《红楼梦辨》在出版之前，还有一个极富传奇色彩的故事。

据许宝骙在《〈红楼梦辨〉稿之失而复得》一文中介绍，当年俞平伯在写成《红楼梦辨》全书后，曾带着书稿，雇了一辆黄包车到朋友那里。不料晚上回家时，神情十分沮丧，原来他下车时，把稿子落在座位上了。等他想起此事去追赶时，哪里还有那辆车的影子。他的妻子听到这一消息，也感到十分懊丧。

谁想过了几天后，顾颉刚，也许是朱自清来信说，他在一个收旧货的鼓儿担上竟然见到了这部书稿，感到很是惊奇，于是赶紧买了回来。就这样，书稿转了一个圈后，又安然无恙地回到了主人手里。

这件事不仅奇巧，而且能给人以启发。程伟元当初在《红楼梦》序中说他在鼓担上买到后四十回的残稿，有些研究者觉得过于巧合，不可信。《红楼梦辨》书稿失而复得的传奇经历则告诉人们，只要与《红楼梦》有关，什么意想不到的事情随时都有可能发生。

许宝骙在讲完这一传奇故事后，发了一句这样的感慨：

> 嗟夫！万物得失之间，往往出于偶然，而偶然之一得一失，又往往牵系着人之命运。

信哉斯言！

这一很富传奇色彩的往事，俞平伯本人晚年却已忘却。1984年10月25日，他在给邓云乡的书信中谈到此事：

> 骙若近写长文，开头一段，述我早年曾将《红楼梦辨》原稿遗失，事确有之，早已忘却。如稿找不回来，亦即无可批判也。一笑！

原稿如果找不回来，俞平伯是不会再有时间和精力去重写了，这是可以想象到的；不再重写，天地间也就没有一部《红楼梦辨》；没有《红楼梦辨》，1954年的大批判也就少了批判的靶子，一段红学史及学术史将因此而改变面目。

原稿神奇般失而复得，一切都发生了，这或许就叫命中注定。

《红楼梦辨》辨了什么

俞平伯《红楼梦辨》的问世是红学史上的一个标志性事件，它是新红学的重要组成部分。《红楼梦辨》一书的主要观点即是在相互讨论中逐渐明朗的。由于基本观点的一致，该书与胡适的《红楼梦考证》在内容、观点上有着内在的关联，可以将其看作一个整体。

《红楼梦辨》全书共分三卷，其内容正如俞氏本人在该书《引论》中所概括的：

> 上卷专论高鹗续书一事，因为如不把百二十回与八十回分清楚，《红楼梦》便无从谈起。中卷专就八十回立论，并述我个人对于八十回以后的揣测，附带讨论《红楼梦》底时与地这两个问题。下卷最主要的，是考证两种高本以外的续书。其余便是些杂论，作为附录。

显然，该书接受了胡适有关《红楼梦》作者家世、版本、续书及自传说的基本观点，并以此为立论基础，且在书中时时点明。

不过，由于学术个性与个人兴趣关注点的不同，该书与《红楼梦考证》一文在研究对象、论述方式及行文风格等方面还是有着较为明显的差异。

相比之下，该书更注重对本文的精细解读，注意寻找内证，这在对后四十回的论述中表现得十分明显。胡适《红楼梦考证》一文在论述这一问题时，主要依据版本、文献资料的记载等外部证据来证明后四十回为高鹗所续，并对高鹗的生平经历进行考察。同时，他也承认：

> 这些证据固然重要，总不如内容的研究更可以证明后四十回与前八十回决不是一个人作的。

随后，他引用了俞平伯所举的三个理由，稍作引申发挥。

可见胡适也意识到运用内证的必要性和重要性，只不过他没有朝这个方向用力，好在这一工作由俞平伯在《红楼梦辨》中完成了。在该书的上卷，作者首先从文学创作的一般原理出发，提出：

> 凡书都不能续，不但《红楼梦》不能续；凡续书的人都失败，不但高鹗诸人失败而已。

在此基础上结合外证，证明"原本回目只有八十"。

随后，他将后四十回与前八十回的内容进行比照，找出高鹗续书的依据，再依据是否"有情理"和"能深切的感动我们"这两个标准对后四十回的优劣进行分析。最后以戚本为参照，对程高本的回目及内容进行评述。

两相对照，可以发现，与胡适纯粹历史性的研究不同，俞平伯的立足点在作品的艺术性，因此他的考证不仅注重内证，也注意考证与艺术分析间的有效联系。也正是因为这个缘故，《红楼梦辨》的不少内容是胡适所忽视或不愿涉及的，比如后四十回内容文字的优劣、作者态度、作品风格等重要问题。

显而易见，《红楼梦辨》虽然在立论前提上与《红楼梦考证》有着内在的关联和一致性，但其独特的学术价值则是无法取代的。以前人们往往把胡适等人开创的新红学称作考证派，这显然是有偏颇的，它忽视了俞平伯红学研究的成就和意义。

缺少俞平伯的新红学注定是不完整的，也是不公平的，在当下学界反思红学、渴望突破的期盼中，对俞平伯的强调无疑具有一定的启发性。

从研究方法上来讲，《红楼梦辨》无疑是胡适之外另一种研究典范的样本，它将考证与艺术分析有机、有效地结合起来，考论兼备，可以说是对胡适研究方法的补充或修正。这种方法更为契合《红楼梦》研究的初衷和实际。

也正是因为俞氏可贵的艺术眼光，他才有可能及时发现自传说的疏误，并不断进行调整和修正。也许是胡适影响太大的缘故，俞平伯的这一研究趋向未能在学界得到应有的重视和积极的回应，在很长的时间内形成考据之学取代红学研究的局面，这不能不说是红学史上的一大缺憾。

对《红楼梦辨》的修正

由胡适、俞平伯、顾颉刚等人开创的新红学在经过与蔡元培为代表的索隐派论战之后，基本为学界所接受，成为居主流地位的红学流派。不过也不能否认，新红学自身也存在着一些缺憾，针对这些缺憾，一直有人进行批评，相关情况，前文已进行了较为详细的介绍，此不赘述。

需要指出的是，在外界的批评、指责之外，新红学阵营内部也在不断进行着调整和修正，这一工作是由其代表人物俞平伯来完成的。

《红楼梦辨》一书出版不久，俞平伯就开始对其中的一些主要观点进行反思，决定修正原先较为偏颇的看法。他曾撰写《修正〈红楼梦辨〉的一个楔子》一文，宣布自己"对于《红楼梦辨》有点修正的意见"。

其后，在与王南岳的一封书信中再次谈到这一问题：

> 我近来对此书之意见渐异从前。

> 我新近发现了《红楼梦》是一部小说。

稍后，俞平伯专门撰写了《〈红楼梦辨〉的修正》一文，介绍其红学研究的新观点，其中修正最大的"是《红楼梦》为作者的自叙传这一句话"，他指出：

> 这实是近来研究此书的中心观念。

这个中心观念是由胡适提出的，并在社会上有着较为广泛的影响。俞平伯经过思考后，发现了其不合情理之处。

不过，他并不是要推翻这个观点，而是要将其进行修正，使其保持一定的灵活度和弹性。因此，他专门对"修正"一词进行了解释：

> 所谓修正，只是给它一个新解释，一个新看法，并不是全盘推翻它。

毕竟，自传说还是有其合理因素在：

> 《红楼梦》系作者自叙其生平，有感而作的，事本昭明，不容疑虑。

他首先从小说兼具叙实和虚构成分的文学原理和创作实际出发，反思自己《红楼梦辨》一书中存在的如下一些问题：

> 眼光不自觉地陷于拘泥。

> 不曾确定自叙传与自叙传的文学的区别；换句话说，无异不分析历史与历史的小说的界线。

> 我们说人家猜笨谜，但我们自己做的即非谜，亦类乎谜，不过换个底面罢了。

随后，俞平伯根据文学创作的原理进行分析，指出自己和胡适等人的研究方法与旧红学索隐派"实在用的是相似的方法"，而要想跳出旧红学的"樊笼"，"彻底地打破它，只有把一个人比附一个人、一件事比附一件事，这个窠臼完全抛弃"。

在文章的结尾，俞平伯还对胡适提出了自己的希望：

> 以此眼光看《红楼梦》，觉得发抒活的趣味比依赖呆的方法和证据大为重要，而净扫以影射人事为中心观念的索隐派的"红学"。

俞平伯的这种修正和调整就其实质而言，不过是用一些简单的文学常识来观照《红楼梦》，但当局者迷，胡适本人终生都没能意识到这一点，更谈不上修正自己的观点，尽管俞平伯发出了上述呼吁，而其可贵之处也正在于此。

同时还要指出的是，俞平伯对新红学的修正不仅表现在具体的学术观点上，更体现在研究思路和方法上，其对自传说的反省其实已经含有这层意思在，显然他已经认识到考证派在方法上的缺憾所在，即《〈红楼梦讨论集〉序》一文中所说的"过于认真"。

在该文中他认为《红楼梦》固然有"作者之平生寓焉"，但"不当处处以此求之，处处以此求之必不通，不通而勉强求其通，则凿矣"，并由此体察到考证派与索隐派在方法上的相似之处：

> 谓考证之红学亦索隐之一派可也。

> 索隐而求之过深，惑矣，考证而求之过深亦未始不惑。

> 以之笑索隐，则五十步与百步耳。

令人遗憾的是，俞平伯对新红学观点的修正和调整只限于其本人，未能影响到其他研究者，并进而改变这一学派的基本研究格局。就俞平伯本人的学术研究而言，这一修正和调整是十分重要的，它标志着其红学研究从历史到文学的转变，他的相关见解更为灵活，也具有更强的包容性。

除自传说外，俞平伯后来还对高鹗、后四十回续书等问题提出了自己新的看法。

同时还要说明的是，在《红楼梦辨》完成后的几十年间，俞平伯的精力主要放在古典诗词的研究上，很少再撰写红学文章，直到中华人民共和国成立后，才重操旧业。但谁也想象不到，此举给他带来了许多意想不到的麻烦，不仅改变了其人生道路，也在中国学术史上留下了十分苦涩的一页。

在 20 世纪的众多红学研究者中，很少见到像俞平伯这样不断对自己的观点和研究方法进行修正者，其可贵的反思精神和学术勇气堪称后学典范。

红学史上的蔡胡之争新探

兼说两人的友谊

《红楼梦》自面世、流传之日起，围绕该书的争论可谓此起彼伏，再也没有停止过，并且还曾出现过邹弢在《三借庐笔谈》中所描绘的有人为拥林拥薛而"一言不合，遂相龃龉，几挥老拳"的戏剧性场面。

从学术史的角度看，第一场具有学术意味的红学争论还是应该从蔡元培与胡适之间的考证、索隐之争算起。这场争论因争论双方身份、争论时机的特殊，已经超越红学自身，成为中国现代学术史上一个极具象征意义的标志性事件。有关这场争论，学界谈论较多，评价也较为一致。

不过，近些年来一些不同的声音开始出现，有人要为在这场争论中失利的蔡元培鸣不平，比如孔祥贤在其《红楼梦的破译》一书中就提出要洗掉"泼在蔡元培先生身上的污水"，他认为胡适的考证是假考证，其论文"是有权术的论文"，"颠倒黑白，混淆是非"，甚至将此事提到学术打假的高度。事实的真相究竟如何，因事关中国现代学术史上的大是大非问题，不可不辨。

先前学界的关注点多在二人学术观点的差异和交锋，对蔡、胡二人红学之争的前因后果、具体过程，特别是蔡元培的红学研究以及这场争论是否影响到两人的友谊，一直缺少必要、足够的交代，以致出现不少讹传误判。这里根据有关文献资料，对这场争论的来龙去脉进行较为详细的梳理和还原，以期澄清和说明一些重要问题。

蔡元培对胡适的赏识和提携

蔡、胡二人相互知悉对方的具体时间目前还难以确考，以情理而言，身为晚辈的胡适应该早闻蔡氏大名，蔡元培知道胡适则要较晚一些。据胡颂平《胡适之先生年谱长编初稿》一书记载，胡适本人曾回忆道：

> 蔡先生看到我十九岁时写的《〈诗〉三百篇言字解》一文后，便要聘我到北大教书，那时我还在美国。

不过两人正式交往却是在蔡元培主持北京大学校务、胡适受聘北京大学期间开始的，时间是在 1917 年。聘任胡适的直接经办人是时任北京大学文科学长的陈独秀。

陈独秀此前与胡适曾有书信往来，两人在文学改良、提倡白话方面有着诸多共识，引进胡适无疑为自己增加了一位极有分量的同道与帮手。这一年年初，陈独秀在给胡适的信中这样写道：

> 蔡子民先生已接北京总长之任，力约弟为文科学长，弟荐足下以代，此时无人，弟暂充乏。子民先生盼足下早日回国，即不愿任学长，校中哲学、文学教授俱乏上选，足下来此亦可担任。

此事得到了蔡元培的大力支持，他事后在《我在五四运动时的回忆》一文中回忆道：

> 我到北大，由医专校长汤尔和君的介绍，便首先聘请了主编《新青

年》的陈独秀君任北大文科学长，同时在《新青年》上，我们认识了留美的胡适之君，他回国后，即请他到北大任教职。

胡适受聘于北京大学，开始了与蔡元培的交往，特别是胡适参与校务管理工作后，两人的交往更为密切，除了面谈外，相互间亦不断有书信往来，彼此相互关心，结下了深厚的友谊。从两人往来的一些书信也可看出这一点。如胡适在1919年6月22日致蔡元培的信中写道：

> 先生现有胃病，并有寒热。我们见了，都很关心。

蔡元培对胡适的才能很是欣赏，大力提携这位年轻后进。1918年8月，他为胡适的《中国古代哲学史大纲》一书作序，从四个方面对该书进行了充分的肯定，称赞胡适"心灵手敏"，"为后来的学者开无数法门"，同时对其寄予厚望，希望他"努力进行，由上古而中古，而近世，编成一部完全的《中国哲学史大纲》"。

蔡元培晚年回忆自己在北京大学的往事和经历时，总爱提及胡适，显然他将引进胡适作为其间的重要成就之一，如1934年1月1日他在一次名为《我在北京大学的经历》的演讲上，曾这样评价胡适：

> 我们认识留美的胡适之君，他回国后，即请到北大任教授。胡君真是"旧学邃密"而且"新知深沉"的一个人，所以一方面与沈尹默、兼士兄弟，钱玄同、马幼渔、刘半农诸君以新方法整理国故，一方面整理英文系。因胡君之介绍而请到的好教员，颇不少。

可以说，北京大学成就了胡适，胡适也成就了北京大学。在北京大学成就胡适的过程中，蔡元培的提携之力是不能忽视的。

有意思的是，蔡、胡二人虽然在提倡白话、管理校务等诸多方面立场接近，且私交甚密，但在《红楼梦》研究这一问题上却缺少共识，观点截然对立，直至最后成为论争对手。

蒋梦麟、蔡元培、胡适、李大钊合影

针锋相对的论战

....

　　有关蔡元培、胡适研究《红楼梦》的具体情况，本书其他章节进行了专门探讨，这里不再赘述，而将注意力集中在两人的论战方面。

　　俗话说，不破不立。鉴于蔡元培的特殊身份及其《石头记索隐》在社会上的较大影响，当胡适等人着手创建新红学，开始对先前的旧红学进行清算的时候，拿蔡元培来做靶子自然是顺理成章的事了。因此，胡适这种批评对象的选择并非如有人所说的借此成名之类，两人之间的红学论争自有其必然性，这是中国现代学术建立过程中的一个必经步骤。

　　由于两人的身份都比较特殊，同为公众人物，自然很容易受到关注，其影响也超出了红学范围。胡适与蔡元培围绕《红楼梦》展开的论战，不仅是红学史上的一次重要事件，它还意味着新、旧学术的一次正面交锋，在现代学术史上极具象征意义。

　　对胡适、俞平伯等人而言，他们所创建的新红学能够迅速为学界普遍接受，产生很大的社会影响，并带动整个古代小说、戏曲的研究，这固然与新文化运动和整理国故运动所营造的良好学术氛围有关，与胡适本人在新文化运动期间的重要地位及其大力提倡有关，但这种承认和主流地位的取得也并非一帆风顺，它必须在与其他红学流派的交锋辩难中取得。

　　这场论争是胡适率先发起的，1921年，他在学生俞平伯、顾颉刚的大力帮助下完成了《红楼梦考证》改定稿。

　　在该文中，他虽然承认蔡元培"引书之多和用心之勤"，但还是将蔡元培归入"附会的'红学'"中的一派，认为蔡氏的"心力都是白白的浪费了"，"他这部书到底还只是一种很牵强的附会"，是在猜"笨谜"，并对其研究中的不合理与不严密处进行批驳。

　　两人虽然私交不错，但胡适的言辞相当激烈。文章写成后，他还亲自送给蔡元培，听取意见，据胡适1921年9月25日的日记记载：

　　　　与蔡先生谈话。前几天，我送他一部《红楼梦》，他覆信说：《考证》已读过。所考曹雪芹家世及高兰墅轶事等，甚佩。然于索引（"索引"当作"索隐"——笔者注）一派，概以"附会"二字抹煞之，弟尚未能赞同。弟以为此派之谨严者，必与先生所用之考证法并行不悖。稍缓当详写奉告。此老也不能忘情于此，可见人各有所蔽，虽蔡先生也不能免。

正如蔡元培信中所言，他认为自己的研究是属于索隐派"之谨严者"，对胡适的批评自然不服气，要撰文进行反驳。

稍后，蔡元培在为《石头记索隐》第六版写自序时，对胡适的批评进行了回应。这篇序文有一个标题，名为《对于胡适之先生〈红楼梦考证〉之商榷》。

《石头记索隐》第六版自序

在该文中，他表示对胡适的批评"殊不敢承认"。一方面，他表明自己态度的审慎和方法的可靠：

> 每举一人，率兼用三法或两法，有可推证，始质言之。……自以为审慎之至，与随意附会者不同。

这倒也是实情，蔡元培的红学观点不管正确与否，其态度确实是很认真的。

另一方面，他又对胡适的批评进行反驳。他承认胡适"于短时期间，搜集多许材料。诚有功于《石头记》"，同时又表示：

> 吾人与文学书最密切之接触，本不在作者之生平，而在其著作。著作之内容，即胡先生所谓"情节"者，决非无考证之价值。

他同时还列举了一些中外文学的实例进行说明，指出考证情节的必要。

针对胡适的"笨谜"之说，蔡元培认为这"正是中国文人习惯"，并以《品花宝鉴》、《儿女英雄传》、《儒林外史》等小说为例。

在此基础上，他还对胡适的《红楼梦》考证进行了批驳，他指出：

> 《石头记》自言著作者有石头、空空道人、孔梅溪、曹雪芹等，而胡先生所考证者惟有曹雪芹；《石头记》中有多许大事，而胡先生所考证者惟南巡一事，将亦有"任意去取，没有道理"之诮与？

针对胡适的《红楼梦》自传说，蔡元培认为：

> 书中既云真事隐去，并非仅隐去真姓名，则不得以书中所叙之事为真。

他还举出一些曹家与小说中贾家事迹不符的例子加以说明。

最后他坚持认为：

> 鄙意《石头记》原本，必为康熙朝政治小说，为亲见高、徐、余、姜诸人者所草。后经曹雪芹增删，或亦许插入曹家故事。要未可以全书属之曹氏也。

有趣的是，他在坚持己见的同时，也部分地接受了胡适的意见。

两相对比，胡适对蔡元培是全部否定，蔡元培对胡适则是部分否定，主张索隐与考证并存。两人一处于主动地位，一处于被动地位。

平心而论，蔡元培为自己著作的辩护是缺乏力量和说服力的，情节考证有必要，古代小说一些作品可以索隐，这是没有问题的，但这要根据作品的实际情况具体分析，并不能由此证明他的《石头记索隐》的正确性。他所总结出的三种方法——品性相类法、轶事有征法和姓名相关法，从本质上讲，前两种是附会，后一种是猜谜，这倒恰恰点出了《石头记索隐》的致命伤，正如顾颉刚 1922 年 3 月 13 日在给胡适的书信中所说的：

> 若必说为性情相合，名字相近，物件相关，则古往今来无数万人，那一个不可牵引到《红楼梦》上去！

自然，蔡元培为自己所作的辩护也并非毫无力量，他无意中指出了中国古代文学创作和阅读的一种影射和索隐传统。不过，他对胡适自传说的批评却是很有力的，指出了自传说的弊端所在。

在论战过程中，蔡元培也将自己的文章送给胡适听取意见，1922年2月17日，他在给胡适的信中这样写道：

> 承索《石头记索隐》第六版自序，奉上，请指正。

此事在胡适1922年2月18日的日记中也有相应的记载：

> 下午，国学门研究所开会，蔡先生主席。我自南方回来之后，这是第一次见他。他有一篇《〈石头记〉索隐》六版《自序》，是为我的考证作的。蔡先生对于此事，做的不很漂亮。我想再做一个跋，和他讨论一次。

从胡适颇有些不满的口气看，他是非常自信的，并认为蔡元培的错误十分明显，不应该进行反驳。不过对蔡元培的反驳，他还是作了回应。

在《跋〈红楼梦考证〉》一文中，他承认"有几种小说是可以采用蔡先生的方法的"，如《孽海花》、《儒林外史》；但他同时又指出，蔡元培的方法的"适用"是"很有限的"，"大多数小说是决不可适用这个方法的"，随后引用了顾颉刚所说的索隐派两种前后矛盾及不合情理的理由。

最后，他还强调了作者生平考证的重要性，指出它是情节考证的"第一步下手工夫"，并再次呼吁：

> 要推倒"附会的红学"，我们必须搜求那些可以考定《红楼梦》的著者、时代、版本等等的材料。向来《红楼梦》一书所以容易被人穿凿附会，正因为向来的人都忽略了"作者之生平"一个大问题。

这个回答加上先前的《红楼梦考证》改定稿，应该说基本上批倒了蔡元培的索隐式研究法，蔡氏无法为自己做有力的辩护，也就没有再专门写文章回应。

有意思的是，胡适仅仅说希望和欢迎大家"评判我们的证据是否可靠，我们对证据的解释是否不错"，但他并没有正面回答蔡元培对《红楼梦》自传说的质问，否则他也许可以借此发现自己论文中存在的问题。

胡适的学生顾颉刚和俞平伯也以不同的形式参加了这场辩论，顾颉刚在给胡适的书信中提供了两个批评索隐派的理由，并对蔡元培走上索隐之路的根源给予分析，认为"是汉以来的经学家给与他的"。俞平伯则直接撰写了《读蔡孑民先生石头记索隐自序》一文，与蔡元培进行论辩。

他有这种雅量

总的来看，在这场红学研究的交锋中，胡适一派占了上风。但必须说明的是，胡适并非取得全胜，蔡元培也并非全败，新红学从建立之初就暴露了其致命的缺陷，正如当时一位旁观者黄乃秋在《评胡适红楼梦考证》一文中所说的：

> 余尝细阅其文，觉其所以斥人者甚是；惟其积极之论端，则犹不免武断，且似适蹈王梦阮、蔡孑民附会之覆辙。

可惜这一点被人们有意或无意地忽略了，这场学术辩论标志着新红学的最后形成，从此新红学成为红学研究的主流，新红学的地位得到学界的承认。新红学的创立为学界研究《红楼梦》提供了一个基本的前提和基础，其后的研究多是以此为起点进行的。

需要说明的是，蔡元培虽然不再撰文反驳，但这并不意味着他已经认同了胡适的观点。他还保留着自己的意见，1926 年，他在为同乡寿鹏飞《红楼梦本事辨证》一书写序时表明了这一点：

> 先生不赞成胡适之君以此书为曹雪芹自述生平之说，余所赞同。

1937 年，蔡元培在阅读《雪桥诗话》一书时，联想到《红楼梦》中的一些人物，基本上仍是延续《石头记索隐》的思路，有兴趣者，可参看其 1937 年 3 月 20 日的日记。

此外，在止笔于 1940 年 2 月的《自写年谱》中，他再次声明：

> 我自信这本《索隐》，决不是牵强附会的。

除辩论内容本身外，参加这场辩论的各方的态度和方式也是很值得注意的，它基本上是在平等友善、随时沟通的气氛下进行，虽然学术观点针锋相对，互不相让，但不失君子之风，相对于后世频繁发起却没有结果、由学术论争屡屡演变成人身攻击的诸多红学论争，它可以为学界提供许多值得思考的东西。

胡适在《跋〈红楼梦考证〉》一文中曾引用亚里士多德的如下一段话，用以表明自己论辩时的态度和立场：

> 讨论这个学说（指柏拉图的"名象论"）使我们感觉一种不愉快，因为主张这个学说的人是我们的朋友。但我们既是爱智慧的人，为维持真理起见，就是不得已把我们自己的主张推翻了，也是应该的。朋友和真理既然都是我们心爱的东西，我们就不得不爱真理过于爱朋友了。

1961 年 2 月 18 日，胡适在和胡颂平的谈话中提到了这场争论，他颇有感慨地说：

> 当年蔡先生的《红楼梦索隐》，我曾说了许多批评的话。那时蔡先生当校长，我当教授，但他并不生气，他有这种雅量。

最能说明这一点的一件事是发生在此间的一个小插曲。在两人论争期间，蔡元培帮胡适借到了其久寻不遇的《四松堂集》刻本，为胡适解决了有关曹雪芹生平的一些问题，胡适为此很是兴奋，他在《跋〈红楼梦考证〉》一文中这样写道：

> 我寻此书近一年多了，忽然三日之内两个本子一齐到我手里！这真是"踏破铁鞋无觅处，得来全不费工夫"了。

在 1922 年 4 月 21 日的日记中，胡适还专门记下了这件事。

不仅如此，蔡元培还对考证派另一位主要人物俞平伯的著作表示欣赏，他在 1923 年 4 月 25 日的日记中有如下表示：

> 阅俞平伯所作《红楼梦辨》，论高鹗续书依据及于戚本中求出百十一本，甚善。

同样，胡适也把《雪桥诗话》借给蔡元培，让他了解其中所载曹雪芹情况。蔡元培在其 1937 年 4 月 11 日的日记曾有记载：

> 忆在北平时，曾向胡适之君借阅初、二集，然仅检读有关曹雪芹各条，未及全读也。

两人的这种雅量和胸怀是后世许多学人无法企及的，堪称典范之举。

从蔡、胡二人日后密切交往的情况看，这场红学争论并没有影响到两人的友谊，虽然两人曾在中国民权保障同盟会等问题上产生过较大分歧，但私交一直不错。

这里摘引两人往来书信中的一些语句以作说明。如蔡元培 1925 年 5 月 13 日致胡适信：

> 奉惠书，知贵体渐康复，于授课外，兼从事中国哲学史长编，甚慰，甚慰。然尚祈注意调摄，切勿过劳。

蔡元培 1929 年 6 月 10 日致胡适信：

> 奉惠书并大著《人权与约法》，振聩发聋，不胜佩服……明午约任叔永、翁咏霓诸君到望平街觉林蔬食处便餐，届时敬请惠临一叙，借以畅谈。

既然没有什么冤案存在，自然也就不需要给蔡元培平反。至于对蔡元培的《红楼梦》研究不能一味指责，应该给予较为客观、全面、宽容的评价，这倒是没有问题的，本来就应该去做这一工作。

1940 年蔡氏去世，胡适对其给予了自己的评价，在 1940 年 3 月 6 日的日记中，他这样写道：

> 到家才知道蔡孑民先生昨天死在香港，年七十三（1867—1940）。与周鲠生兄谈，同嗟叹蔡公是真能做领袖的。他自己的学问上的成绩、思想上的地位，都不算高。但他能充分用人，他用的人的成绩都可算是他的成绩。

应该说，这个评价还算是比较公允的。

新红学之外的奇丽风景

....

漫谈鲁迅的红学研究

鲁迅虽然没有写过专门的红学著作，也无意成为红学家，其相关论述散见于《中国小说史略》、《中国小说的历史的变迁》、《〈绛洞花主〉小引》及其他著述中，但他在 20 世纪红学史上的地位和影响并不亚于其他红学家，这种看法可以说早已成为学界的共识，并非笔者的一己之见。

之所以这样说，主要有两个原因：一是鲁迅的红学见解十分精辟，常有他人见不到处，其中一些论述早已成为不刊之论，屡屡为研究者所引用；二是其有关红学言论影响广泛而深远。

这一方面与他在中国小说史上的卓越建树和权威地位有关，另一方面也不得不承认，时代文化的特殊际遇对其红学观点的传播也起到了一定的推动作用。在 1973年夏发起的"评红"运动中，鲁迅的红学言论和毛泽东1954 年的那封信被印在千千万万红学小册子的卷首，享受着特殊的待遇。这是否符合鲁迅本人的意愿，对此奇特现象作何评论，这里暂且不论，但它在客观上普及宣传了鲁迅的红学观点，却是不可否认的事实。

同时也需要指出的是，鲁迅研究《红楼梦》的时间与胡适、俞平伯等人同时，甚至还要稍早一些，其关注点在作品的思想、艺术等方面，与新红学对作者家世、版本等的着力研究形成鲜明的对比，代表着红学发展的两个方向。

　　可以说鲁迅与吴宓、佩之等人在新红学之外构筑了一道独特的红学风景线，新红学在当时并不能代表红学研究的全部，认识到这一点，才能概括红学发展的全貌。

　　因此之故，将鲁迅和胡适并称为 20 世纪红学史上的双子星座，应该是符合历史实际的，而并非夸饰之言。

锐意穷搜，时或得之

．．

　　鲁迅的红学研究是其中国古代小说研究的一个重要组成部分，因此，要探讨这一问题必须先对其小说研究的情况有所了解。

　　在中国小说研究史上，鲁迅是一位具有开创之功的先驱者，一部《中国小说史略》奠定了其在学术史上的权威地位。自然，能取得这样的成功也并非偶然，既与鲁迅个人的兴趣有关，也与时代的际遇有关。

　　从个人爱好来看，鲁迅对中国古代小说一直有着浓厚的兴趣，其文章中经常引用古代小说作品，信手拈来，时有精辟之论，可见他看过的小说不仅数量多，而且还看得很细，十分熟悉和了解，因而有不少个人的体会。

　　从鲁迅的成长经历来看，他在小时候就喜欢读小说并读过不少作品，他在写于1912年的《〈古小说钩沉〉序》一文中曾介绍自己"少喜披览古说"。

　　鲁迅的这一爱好与其所在家庭的宽松氛围有关。鲁迅祖父本人就很喜欢读小说，他还让自己的孩子们读。周作人在《绿洲》一文中这样回忆自己的祖父：

　　　　教人自由读书，尤其是奖励读小说。……他所保举的小说，是《西游记》、《镜花缘》和《儒林外史》这几种，这也就是我最初所读的书。

在《百草园》中，周作人说祖父特别喜欢《西游记》：

> 介孚公的确喜欢《西游记》，平常主张小孩应该看小说，可以把他文理弄通，再读别的经书就容易了，而小说中则又以《西游记》为最适宜。

有这样开明、对小说如此喜爱的祖父，鲁迅小时候得以读到不少小说作品。何况家里还藏有不少小说，周作人在《关于鲁迅》是这样介绍家中藏书的：

> 家中有原有两箱藏书，却多是经史及举业用的"正经书"，也有些小说，如《聊斋志异》、《夜谭随录》，以至《三国演义》、《绿野仙踪》、《天雨花》、《白蛇传》（似名《义妖传》等），其余想看的须得自己来买添了。

小时候，鲁迅曾寄食于舅父家，在那里也读到不少小说作品。据周作人在《娱园》一文中介绍，其舅父家有一位叫秦少渔的，家里所藏小说甚多，可以让鲁迅自由阅读：

> 这于鲁迅有不少的益处，从前在家里所能见到的只是《三国》、《西游》、《封神》、《镜花缘》之类，种种《红楼梦》，种种侠义，以及别的东西，都是无从见到的。

可见鲁迅小时候是在秦少渔那里读到《红楼梦》的。在《鲁迅的青年时代》一书中，周作人对此情况又作了介绍：

> 他（指秦少渔——笔者注）性喜看小说，凡是那时所有的说部书，他几乎全备，虽然大抵是铅石印，不曾见过什么木刻大本。鲁迅到了小皋埠之后，不再作影写绣像这种工作了，他除了找友舅舅闲谈之外，便是借小说来看。……总之他在那里读了许多小说，这于增加知识之外，也打下了后日讲"中国小说史"的基础，那是无疑的吧。

鲁迅小时候的这种阅读经历对其日后的小说研究显然是有影响的，其中既有个人兴趣的培养，也有知识的积累。

促使鲁迅走上小说研究之路的因素有很多，除早年的兴趣和积累外，还与时代文化因素的催生有关。其中到大学任教是一个主要因素，它使鲁迅成为将小说史搬上大学课堂的第一批学人，并直接催生了著名的《中国小说史略》。

1920年，鲁迅受聘到北京大学担任中国小说史课程。对其内情，周作人在《关于鲁迅》一文中曾作过介绍：

> 豫才对于古小说虽然已有十几年的用力（其动机当然还在小时候所读的书里），但因为不求名声，不喜夸示，平常很少有人知道。那时我在北京大学中国文学系里当"票友"，马幼渔君正做主任，有一年叫我讲两小时的小说史，我冒失地答应了回来，同豫才说起，或者由他去教更为适宜，他说去试试也好，于是我去找马君换了什么别的功课，请豫才教小说史。

在《知堂回想录》一书中，周作人又谈到了这件事：

> 还有一件事，也是发生在一九二〇年里，北大国文系想添一样小说史，系主任马幼渔便和我商量，我一时也糊里糊涂地答应下来了，心想虽然没有专弄这个问题，因为家里有那一部鲁迅所辑的《古小说钩沉》，可以做参考；那么上半最麻烦的问题可以解决了，下半再敷衍着看吧。及至回来以后，再一考虑觉得不很妥当，便同鲁迅说，不如由他担任了更是适宜。他虽然踌躇，可是终于答应了，我便将此意转告系主任，幼渔也很赞成。

此后，鲁迅曾先后在北京大学、北京高等师范学校、北京女子师范大学、北京世界语专门学校、中国大学等学校讲授中国小说史课程。《中国小说史略》就是在其讲义的基础上屡经修订而成。

为编写教材，鲁迅做了十分充分的前期工作，曾编写《古小说钩沉》、《唐宋传奇集》、《小说旧闻钞》等著作，从史料的搜集、作品的辑佚、校勘等方面打下了十分坚实的文献基础。对《红楼梦》的研究也是按照这种方法进行的。

有关《红楼梦》的资料主要收录在《小说旧闻钞》一书中，该书从《随园诗话》、《国朝诗人征略》、《劝戒四录》、《桐阴清话》、《粟香随笔》、《燕下乡脞录》、《郎潜纪闻》、《茶香室丛钞》等书籍中摘录相关资料 10 多则。数量并不算多，这与鲁迅的收录原则有关，他在序言中曾这样交代：

> 通卷俱论小说，如《小浮梅闲话》、《小说丛考》、《石头记索隐》、《红楼梦辨》等，则以本为专著，无烦披拣，冀省篇幅，亦不复采也。

这样一来，材料的数量要减少许多。不过，数量虽少，都是经过辛勤的努力搜集而来，包含着辑录者的大量心血。对所收录的资料，鲁迅都是"撷自本书，未尝转贩"。不仅材料直接采自原书，而且还进行了梳理、辨析，比如对《随园诗话》所云曹雪芹为曹寅之子的说法进行辨析：

> 曹寅字楝亭，雪芹之祖也，此误。

在引录《郎潜纪闻三笔》后也加有按语：

> 此与《红楼梦》无大关系，惟曹寅之母姓孙，又曾朝谒得厚赉，则为考雪芹家世者所未道及，故拈出之。

这种严谨、认真的治学态度在当时无疑具有典范意义。鲁迅虽然不是新红学中人，其兴趣也不在《红楼梦》的作者、版本方面，但其在红学文献的搜集、整理方面也下了不少功夫，这对其《中国小说史略》有关《红楼梦》部分的撰写打下了坚实的文献基础，其不少论断之所以为学界普遍认可，获得权威地位，显然与事先的充分准备有着十分密切的关系。

对新红学的参考借鉴

....

鲁迅在红学研究过程中，深受胡适、俞平伯等新红学开创者的影响，随着相关资料的陆续披露，可以对这一问题进行较为明晰的考察。事实上，早有研究者谈及这一点。不过也有一些研究者不大愿意承认这一点，他们在谈到鲁迅的小说研究时，总爱强调其与胡适等人之间的差异，甚至扬鲁迅而贬胡适。

有关鲁迅小说史研究方面的专著据笔者所见，已出版了三部，即储大泓的《读〈中国小说史略〉札记》(上海文艺出版社 1981 年版)、许怀中的《鲁迅与中国古典小说》(陕西人民出版社 1982 年版)、孙昌熙的《鲁迅"小说史学"初探》(山东教育出版社 1989 年版)。但令人遗憾的是，上述三书都不同程度地存在这一问题。

笔者觉得，对这一问题应该实事求是，让资料来说话，尊重历史，尊重事实。再者，点出胡适、俞平伯等新红学家对鲁迅的影响，恰恰说明鲁迅治学之严谨、学风之优良，并无损于对其学术成就和地位的评价。

这里以鲁迅与胡适在中国古代小说特别是《红楼梦》研究方面的交往为核心，对此问题稍作介绍和分析。对于鲁迅与俞平伯的交往情况，请参见孙玉蓉的《俞平伯与鲁迅》一文(《鲁迅研究月刊》1994 年第 4 期)，此不赘述。

鲁迅与胡适同为五四新文化运动的领军人物，虽然两人日后的人生道路和政治立场有着很大的差异，但他们在学术研究方面则保持着较为密切的联系，有不少共识性的观点，这可以从两人之间的论学书信中看出来。

两人不仅相互佩服，而且彼此借鉴，取长补短，共同推动了中国古代小说研究的发展，这无疑应成为中国现代学术史上的佳话，在政治气氛较为宽松、学术研究日益规范的今天，没有必要再对此问题遮遮掩掩。

鲁迅在《红楼梦》研究方面吸收了胡适的研究成果，胡适在其他方面借鉴鲁迅的研究成果，这种吸收和借鉴是相互的。这里先说胡适对鲁迅小说研究成果的借鉴。

胡适在中国小说史研究方面的建树主要体现在其小说系列考证方面，其研究有不少地方借鉴了鲁迅的研究成果，如他在《〈三国志演义〉序》一文后特别声明：

> 作此序时，曾参用周豫才先生的《小说史讲义》稿本，不及一一注出，特记于此。

其《〈西游记〉考证》一文更是得力于鲁迅所提供的资料：

> 前不多时，周豫才先生指出《纳书楹曲谱》补遗卷一中选的《西游记》四出，中有两出提到"巫枝祇"和"无支祁"。……周先生指出，作《西游记》的人或亦受这个巫枝祇故事的影响。我依照周先生的指点，去寻这个故事的来源。

> 承周豫才先生把他搜得的许多材料抄给我，转录于下。

这些话可以从鲁迅 1922 年 8 月 14 日、21 日给胡适的书信中得到印证。

胡适的《水浒传考证》发表后，鲁迅等人对其观点进行了修正。对此，胡适在《百二十回〈忠义水浒传〉序》一文中专门进行介绍，并作了如下的评价：

> 鲁迅先生之说，很细密周到，我很佩服，故值得详细征引。

鲁迅曾在 1924 年 1 月 5 日、2 月 9 日给胡适的书信中专门谈论有关《水浒传》的问题。

对鲁迅的《中国小说史略》，胡适给予了很高的评价，比如他在《白话文学史》的自序中曾这样评述：

> 在小说的史料方面，我自己也颇有一点点贡献。但最大的成绩自然是鲁迅先生的《中国小说史略》；这是一部开山的创作，搜集甚勤，取材甚精，断制也甚谨严，可以替我们研究文学史的人节省无数精力。

胡适对鲁迅小说史研究的成果十分佩服，在其著作中引录，这是很正常的。反过来，鲁迅在研究《红楼梦》时，吸收胡适等人的研究成果，这也是再正常不过的。毕竟每个研究者专攻方向不同，掌握的材料也不一样，大家取长补短，互通有无，才可以促进学术的良性发展。从鲁迅和胡适身上可以看到前辈学者们在中国古代小说研究初创时期所开创的优秀传统。

《中国小说史略》作为鲁迅在北京各个大学讲授中国小说史的讲义，经过数次修改才最后定稿。通过比较分析可以看到，从《小说史大略》到《中国小说史略》，有关《红楼梦》的部分始终受到胡适、俞平伯等新红学家的影响。

据单演义在《关于最早油印本〈小说史大略〉讲义的说明》一文中介绍，他所收藏的油印本《小说史大略》比路工《从〈中国小说史大略〉到〈中国小说史略〉》一文中所介绍的《中国小说史大略》"更早"，"经路工同志断定是最初的讲义本"。在该文中，单演义对《小说史大略》印行的时间作了这样的推定：

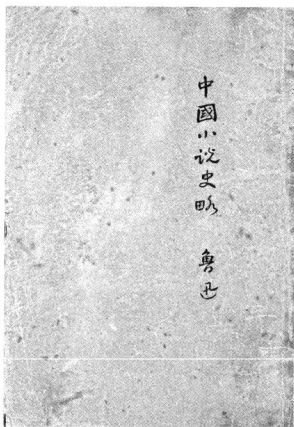

《中国小说史略》

> 查《鲁迅日记》一九二一年二月二十一日："午后寄大学讲稿，三弟持去。"而同年的一月二十一日有："寄高等师范学校讲义稿并信。"是两个学校都印了"小说史大略"的讲义的明证，也正是我所珍藏的最初油印讲义本。

但这个推断有些问题。查《小说史大略》谈《红楼梦》部分，其中曾提及胡适的《红楼梦考证》：

> 胡适之作《红楼梦考证》则云："但我总觉得蔡先生这么多的心力都是白白浪费了，因为我总觉得他这部书到底还只是一种很牵强的附会。"

> 袁枚《随园诗话》……已显言雪芹所记为金陵事，胡适《红楼梦考证》更证实其事。

从《小说史大略》对曹雪芹、高鹗姓名、经历不了解的情况看，鲁迅这里所引的是《红楼梦考证》初稿，到《中国小说史略》中引用的才是改定稿，只要比较一下其对曹雪芹、高鹗的了解程度即可看出这一点。

《红楼梦考证》初稿的写作、发表时间比较明确。初稿完成时间是1921年3月27日，胡适本人在《俞平伯的〈红楼梦辨〉》一文中说得很清楚：

> 我的《红楼梦考证》初稿的年月是民国十年（一九二一）三月廿

七。我的《考证》（改定稿）是同年十一月十二写定的。

到 4 月 2 日，胡适给顾颉刚写信，请他帮自己校读并补充材料：

> 近作《红楼梦考证》，甚盼你为我一校读。如有遗漏的材料，请为我笺出。

《红楼梦考证》初稿于 1921 年 5 月刊在亚东图书馆排印本《红楼梦》的卷首。1921 年 1、2 月间，胡适连《红楼梦考证》初稿尚未完成，《小说史大略》自然不可能引用，这说明它不可能刊印于这段时间，其刊印时间上限当在 1921 年 5 月以后，最起码在 1921 年 3 月 27 日之后，但这必须有一个前提，即能证明胡适在初稿刊印前曾给鲁迅看过，但从目前鲁迅和胡适交往的资料来看，还无法证明这一点。

其下限当在 1921 年 11 月 12 日《红楼梦考证》改定稿并刊布后的一段时间里。可见《小说史大略》不见得就是鲁迅最早的讲义，之前也许还有印本。

《小说史大略》虽然引用了胡适的《红楼梦考证》初稿，但由于初稿所掌握的材料有限，故该书有关曹雪芹、高鹗的叙述有不少空白点。比如该书中是这样介绍曹雪芹的：

> 曹雪芹者，不知其名，奉天人，为康熙时通政使司江宁织造镶蓝旗汉军曹寅之孙。寅爱文雅，又富厚，康熙南巡时，四次皆寅为织造，以其署为行宫。此后织造有曹颙、曹頫，似皆寅子侄，其名从页，寅孙名琭（见章学诚《信摭》），未知是否即雪芹？若不然，则雪芹之名，或亦从玉矣。然雪芹事迹不可考。

有关高鹗的介绍也很简单：

> 高鹗字兰墅，奉天铁岭人，镶黄旗汉军，乾隆六十年乙卯进士，余未详。

《小说史大略》对后四十回问题，同样不大清楚：

> 《红楼梦》后四十回题目，是否原书有目无文，抑或无回目，并文皆高鹗续撰，今不可考。

有如此多的"不知"、"未详"、"不可考"，《小说史大略》有关《红楼梦》的部分就显得颇为单薄甚至可以说是有些寒酸。由此也可以看出，新红学对后来的《中国小说史略》的重要影响。

到《中国小说史略》刊行的时候，胡适的《红楼梦考证》改定稿已公开发表，该书及时借鉴吸收，有关《红楼梦》的内容明显发生变化。比如有关曹雪芹的介绍就比较详细准确，后面明确交代材料来源："详见《胡适文选》。"

除此之外，鲁迅在该书《红楼梦》部分多次引用胡适、俞平伯的研究成就，这里摘录一些语句，以见一斑：

> 纳兰成德家事说……胡适作《红楼梦考证》（《文存》三），已历正其失。

> 康熙朝政治状态说……然胡适既考得作者生平，而此说遂不立，最有力者即曹雪芹为汉军，而《石头记》实其自叙也。

> 然谓《红楼梦》乃作者自叙，与本书开篇契合者，其说之出实最先，而确定反最后。……迨胡适作考证，乃较然彰明。

> 续《红楼梦》八十回者，尚不止一高鹗。俞平伯从戚蓼生所序之八十回本旧评中抉剔，知先有续书三十回，似叙贾氏子孙流散，宝玉贫寒不堪，"悬崖撒手"，终于为僧；然其详不可考（《红楼梦辨》下有专论）。

可见，鲁迅在曹雪芹、高鹗生平、自传说、后四十回、续书等问题上基本接受了胡适、俞平伯的观点。在《中国小说史略》一书的《红楼梦》部分，除了小说情节的复述外，这些内容占了大部分篇幅，由此可见新红学对鲁迅红学研究的重要影响。

在内容较为简略的《中国小说的历史的变迁》一书中，鲁迅再次提到了胡适的红学研究成果：

> 《红楼梦》的作者，大家都知道是曹雪芹，因为这是书上写着的，至于曹雪芹是何等样人，却少有人提起过；现经胡适之先生的考证，我们可以知道大概了。

1923 年 12 月 28 日，鲁迅还写信向胡适请教有关《红楼梦》的问题：

> 作《红楼梦索隐》之王沈二人，先生知其名（非字）否？

其后，鲁迅虽将更多的精力花在文学创作方面，但对中国小说研究的进展仍时有关注，并及时在修订《中国小说史略》时采用。在红学方面，他仍注意吸收胡适等人的新的研究成果。

1934 年 5 月 23 日，鲁迅接到杨霁云的来信。杨霁云在信中告知胡适有关曹雪芹卒年的考证成果。对此，鲁迅于第二天回信表示感谢：

> 顷得廿三日函，蒙示曹霑诸事，甚感。《小说史略》尚在北新，闻存书有千余册，一时盖未能再版，他日重印，当改正也。

1934 年 5 月 29 日，他专门给杨霁云写信询问这一问题：

> 前惠函谓曹雪芹卒年，可依胡适所得脂砚斋本改为乾隆二十七年。此事是否已见于胡之论文，本拟面询，而遂忘却，尚希拨冗见示为幸。

5 月 31 日，鲁迅收到杨霁云所寄的《胡适文选》，该书中有鲁迅要找的《考证〈红楼梦〉的新材料》一文。

当天夜里，鲁迅就给增田涉写信，指出根据胡适的新考证需要修改的部分：

> 《小说史略》第二九七——二九八页的文字，请订正如下：
>
> 二九七页：
>
> 第六行，"一字芹圃，镶蓝旗汉军"改为"字芹溪，一字芹圃，正白旗汉军"。
>
> 第十二行，"乾隆二十九年"改为"乾隆二十七年"。
>
> 又"数月而卒"改为"至除夕，卒"。
>
> 二九八页：
>
> 第一行，"——一七六四"改为"一七六三"。
>
> 又，"其《石头记》未成，止八十回"改为"其《石头记》尚未就，今所传者，止八十回"。
>
> 又，"次年遂有传写本"一句，删去。

又，"（详见胡适……《努力周报》一）"改为"（详见《胡适文选》）"。

又二九九页第二行从"以上，作者生平……"至三〇〇页第十行"……才有了百二十回的《红楼梦》"止，共二十一行，请全部删去。

根据胡适的新考证，鲁迅对其《中国小说史略》的《红楼梦》部分进行了八处改动。应该说这个改动不能算小，由此可见鲁迅对胡适红学研究的重视程度。此前，鲁迅曾多次写文章对胡适的思想、行为进行讽讥，但这并不影响他对胡适学术成就的尊重。

胡适也是如此，尽管他在政治、思想等方面和鲁迅存在着很大差异，甚至是对立的，但对鲁迅的小说史研究无论是在其生前还是身后，一直都给予很高的评价。

无论是鲁迅还是胡适，均能将思想立场和个人情谊、学术研究分开，胸怀坦荡，不因人废言，这是十分难能可贵的，在为人为文方面皆堪称后学者的楷模。

鲁迅的先见之明

研究者在评述鲁迅的红学成就时，多爱指出这样一个现象，即鲁迅在《中国小说史略》一书中列举《红楼梦》的语句时，以戚序本为底本。对此，人们给予很高的评价，认为鲁迅有先见之明，很早就看出脂本和程本的差别，取前者而弃后者。

周汝昌更是以此为例，进行发挥，以证明鲁迅的眼光比胡适、俞平伯高明。比如他在《还"红学"以学——近百年红学史之回顾（重点摘要）》一文中曾这样说：

（俞平伯）在《梦辨》中运用了有正戚序本《石头记》，却看不出那是接近雪芹原文的一个宝贵的抄本。而且其中的脂批所透露的原著八十回后情节，他也悟不出，而以为那是高续以外的"另一种续本"。

（鲁迅）先生凡引小说本文，一律采用"戚本"——即他在那时所能见到的唯一的一部接近初本的八十回抄本，而（除一处补缺文之外）绝不引用程、高篡文。……鲁迅对《红楼梦》的识解之高明远过当时流辈。

在《我与胡适先生》一书中，周汝昌回忆他初次见到甲戌本时的感受：

心里不免纳闷：如此分明的事，为何早年俞先生《红楼梦辨》还说它是不知来由的，是与程高伪本互有优劣的本子？若那么比，太高抬伪本而贬低原著了，对文学名著如何审辨真假高下，"眼力"是个大问题呀。

话说得很明白，周汝昌觉得自己的"眼力"比俞平伯要高。但周汝昌的上述观点是不能成立的，因为他没有考虑到当时的历史条件，所见资料也不全，以二十多年后借助红学发展获得的学术积累来苛求二十年前的研究者，这样的评判是不公平的。假如周汝昌早生二十多年，身处新红学初创时期，在没有看到过甲戌本的情况下，他能看出戚序本的由来吗？恐怕未必。

20世纪20年代初胡适、俞平伯等人开创新红学的时候，资料十分缺乏，戚序本被有正书局老板做了不少手脚，今人的批语与古人的批语混杂在一起。在没有看到过甲戌本的情况下，看不出戚序本的来由是很正常的事情，1927年甲戌本发现，有了比照，回过头来，才了解戚序本的来由。

此前，不仅胡适、俞平伯看不出，就连周汝昌极为推崇的鲁迅也看不出，当时学术界藏龙卧虎，大家都没有看出来。如果周汝昌在当时，他的"眼力"是不是要比胡适、俞平伯、鲁迅以及其他研究者都要高明呢？恐怕未必。

红学的发展是随着相关资料的发现而不断前进的。以此抬高鲁迅而贬低胡适、俞平伯，是不合理的，事实上，在戚序本问题上，鲁迅的观点受俞平伯的影响很大，这是必须指出的。

因此，在有关鲁迅如何看待戚序本的问题上，既要给予肯定，又要如实评价，不可过分颂扬，要将其放在当时学术文化的大背景中进行观照。这里稍作介绍和分析。

鲁迅早在1912年5月，就已购买过一部戚序本《红楼梦》。据许寿裳在

《亡友鲁迅印象记》一书中介绍：

> （1912 年）四月中，我和鲁迅同返绍兴，五月初，同由绍兴启程北上，还有蔡谷清和舍侄世璠同行。记得在上海登轮之前，鲁迅买了一部有正书局出版的《红楼梦》，以备船中翻阅。

可见鲁迅看到戚本的时间还是挺早的。不过，他对戚本的认识也是有一个逐渐深入的过程的。这里指出一个被研究者忽视的重要事实，那就是：在《小说史大略》一书中，鲁迅在引录《红楼梦》作品时，使用的底本是程本而不是戚本。为了说明问题，这里将《小说史大略》所引《红楼梦》作品的部分文字转引如下：

> 形体到也是个灵物了，只是没有实在好处，须得再镌上几个字，使人人见了便知你是件奇物，然后携你到那昌明隆盛之邦，诗礼簪缨之族，花柳繁华之地，温柔富贵之乡，去走一遭。

> 因空见色，由色生情，传情入色，自色悟空，遂改名情僧，改《石头记》为《情僧录》；东鲁孔梅溪题曰《风月宝鉴》；后因曹雪芹于悼红轩中批阅十载，增删五次，纂成目录，分出章回，又题曰《金陵十二钗》……即此，便是《石头记》的缘起。

> 风尘碌碌，一事无成，乃念及当日所有之女子，一一细考较去，觉其行止见识，皆出于我之上。我堂堂须眉，诚不若彼裙钗（女子）？我实愧则有余，悔又无益，大有无可如何之日也。当此，欲将已往所赖天恩祖德，锦衣纨绔之时，饫甘餍肥之日，背父兄教育之恩，负师友规训之德，以致今日一技无成，半生潦倒之罪，编述一集，以告天下（人）。知我之负罪固多，然闺阁中历历有人，万不可因我之不肖，自护己短，一并使其泯灭也。

> 我想历来野史的朝代，无非假借汉唐的名色，莫如我《石头记》，不借此套，只按自己的事体情理，反倒新鲜别致。……至于才子佳人等书，则又开口文君，满篇子建，千部一腔，千人一面……更可厌者，之乎者也，非理即文。大不近情，自相矛盾。竟不如我半世亲见亲闻的这几个女子，虽不敢说强似前代书中所有之人，但观其事迹原委，亦可消

愁破闷。……其间离合悲欢，俱是按迹循踪，不敢稍加穿凿，至失其真。

有兴趣的读者不妨核对一下，看看《小说史大略》一书所引《红楼梦》文句的底本是程本还是戚本。

此外在《小说史大略》所列贾氏统系及十二钗与宝玉之关系表中，鲁迅将贾宝玉与薛宝钗的关系标注为夫妻，可见他是将前八十回和后四十回放在一起研究的。

这里就有一个问题，鲁迅1921年在编印《小说史大略》时，距他购买阅读戚序本已有约十年的时间，显然他对两种版本之间的区别是相当了解的。既然鲁迅像有的研究者所说的那样，有先见之明，眼光比胡适、俞平伯等人高明，那么，他为什么要采用程本而不用戚本呢？

面对这一客观事实，比较符合实际的解释就是：鲁迅当时虽然了解戚本和程本的差别，但还不了解戚本的来历，因此，他采用了较为稳妥的办法，以最为流行的程本作底本。

那么，为什么两年后，到《中国小说史略》一书中，鲁迅忽然改变态度，转而采用戚本了呢？其间的动因何在？经过综合考察，笔者认为，是俞平伯的《红楼梦辨》给鲁迅以启发，使他对戚本、程本有了较为深入的了解。

从《中国小说史略》一书来看，鲁迅在红学问题上受俞平伯的启发还是比较大的。这里有两点很明确的事实：

一是鲁迅接受了俞平伯所论戚本批语中透露八十回后情节为续书的观点：

> 续《红楼梦》八十回者，尚不止一高鹗。俞平伯从戚蓼生所序之八十回本旧评中抉剔，知先有续书三十回，似叙贾氏子孙流散，宝玉贫寒不堪，"悬崖撒手"，终于为僧；然其详不可考（《红楼梦辨》下有专论）。

鲁迅对此还有评论：

> 二书所补，或俱未契于作者本怀，然长夜无晨，则与前书之伏线亦不背。

可见鲁迅完全接受了俞平伯的这一观点，他也看不出来戚本批语的作者与曹雪芹有什么密切关系，其所披露的情节为曹雪芹原先的构思等。鲁迅毕竟不是超人，我们必须实事求是地来看问题。

二是鲁迅在《中国小说史略》较早的几个版本中引用了俞平伯《红楼梦辨》一书中所列的年表，可见他当时还是较多地接受了新红学自传说的观点。在引用年表前，还有两句说明：

> 以上，作者生平与书中人物故事年代之关系，俞平伯有《年表》(见《红楼梦辨》卷中) 括之，并包续书。今最("最"当作"撮"——笔者注) 其略。

对于这个年表，鲁迅后来在回答增田涉的问题时还专门做了说明：

> 俞平伯的年表全部都是"假定"，因此可在第 2 行"俞平伯有"之下，补上"假定之"三字。

后来鲁迅在修订本中又将这个年表删掉，表明他对这个问题有更为深入的认识，不再把自传说看得那么死，与此同时，俞平伯对这一问题的看法也发生了改变。结合有关资料来看，鲁迅与俞平伯后来对自传说的看法是比较接近的。

由此可见鲁迅对《红楼梦辨》的熟悉和重视程度。他对戚本的态度也同样受到该书的影响，在该书中，俞平伯专门对戚本和程本的文字进行了比较，并提出如下一些观点：

> 就较近真相这一个标准下看，戚本自较胜于高本。

> 至于高戚两本底分回，我以为是戚本好些。

> 依我看来，戚本之回目或者是较近真的。

> 戚本回目底幼稚，或者正因这个，反较近于原本。

> 戚本还有一点特色，就是所用的话几乎全是纯粹的北京方言，比高本尤为道地。……雪芹是汉军旗人，所说的是他家庭中底景况，自然应当用逼真的京语来描写。即以文章风格而言，使用纯粹京语，来表现书

中情事亦较为明活些。这原是戚本底一个优点，不能够埋没。

在资料较为缺乏，没有见到甲戌本等早期抄本的情况下，对戚本能有这样的认识，已经很不容易了。从文学角度比较戚本、程本的优劣且不论，在接近原本这个问题上，俞平伯的态度是很明确的，那就是戚本早于程本，比程本接近原貌。

鲁迅也正是受到这一观点的启发，在引录《红楼梦》文句时，用戚本而弃程本，改变了在《小说史大略》中的做法。

即便如此，鲁迅对程本的态度还是比较公允、客观的，在对后四十回的评价上，他和胡适、俞平伯的看法基本一致，既肯定其成就，也指出其不足，而不是像后来的一些研究者那样，对后四十回全盘否定，严厉指责乃至谩骂。

对程本的文字，鲁迅也不是一概排斥，他在采用戚本作底本的同时，还用程本进行补充。比如他在《中国小说史略》一书中引录戚本第五十七回、七十八回的文句时，就依据程本补充了一些内容。可以想象，如果鲁迅真的以为程本是"伪本"，糟糕透顶的话，他是不会这样做的。

对鲁迅抄袭盐谷温公案的一点辨析

鲁迅《中国小说史略》是否抄袭了日本汉学家盐谷温的《中国文学概论讲话》，这在中国现代文化史上曾成为一段颇为引人注目的学术公案。其后随着资料的披露和研究的深入，学界基本否认了这一说法，肯定鲁迅的《中国小说史略》是一部独创之作。研究者们所举的例证也都很有说服力，这里补充一个人们很少提及的例证。

1928 年 7 月 15 日，陈源致信胡适，曾提到了这样一件事：

> 我们上月十五来东京，住了一月，会见了种种色色的人，你的这本书（指《白话文学史》——笔者注）我时时提起，叔华笑我代你当掮客

来了。这且不谈。我们会见盐谷温时，他说到上海时没有找到你，曾托鲁迅送你一部《西游记》杂剧。听我说你新得的《红楼梦》抄本，他更以没有见你为恨了。

在日本见到盐谷温时，陈源想必会求证鲁迅抄袭一事。以他和鲁迅结怨之深，盐谷温如果认为鲁迅有抄袭行为的话，陈源是不会沉默的。这也从一个侧面证实，陈源说鲁迅抄袭之事是道听途说，他本人后来也未必认同自己的这一说法。

不过，在否定鲁迅抄袭的同时，也必须承认一个事实，那就是鲁迅当年在撰写其小说史著作时，确实曾借鉴过盐谷温的相关著作，这是连鲁迅本人都承认的。他在《不是信》一文中说得很明白：

> 盐谷氏的书，确是我的参考书之一，我的《小说史略》二十八篇的第二篇，是根据它的，还有论《红楼梦》的几点和一张《贾氏系图》，也是根据它的，但不过是大意，次序和意见就很不同。其他二十六篇，我都有我独立的准备，证据是和他的所说还时常相反。

合理借鉴他人的研究成果，这是学术研究中的正常现象，它和抄袭是两个本质完全不同的概念，点出鲁迅对盐谷温的借鉴，并无损于鲁迅的名声及其学术地位。相反，倒由此可以看出学术的发展演变之迹，毕竟个人的精力有限，学术的发展是靠众多研究者的合力推动的。这里以《红楼梦》部分为例，探讨这一问题。

这里先看鲁迅所谈"论《红楼梦》的几点和一张《贾氏系图》"究竟是指什么。

《贾氏系图》的内容即鲁迅《小说史大略》中所说的"贾氏之统系及十二钗与宝玉之关系"。相比之下，《小说史大略》对《中国文学概论讲话》借鉴更多，不过也做了一些小的修改，首先是简化。

在盐谷温的表格中，"图中的黑字是男子，白字是妇女"，"外围长方形框子的，是《红楼梦》的中心人物，即贾宝玉与金陵十二钗"，"人名下底数目字是贾家四艳底长幼顺序"，鲁迅则予以省略。其次是补充，在李纨和贾珠下增加贾兰，在贾政和王夫人下增加贾环，并有说明："其母赵氏，与宝玉为异母兄弟。"

《中国小说史略》在《小说史大略》的基础上对《贾氏系图》又进行了一些修改，增加了符号的说明，将金陵十二钗用"*"标示出来，原来增加的贾兰、贾环则删去，最大的改变是将原来标示的贾宝玉和薛宝钗的夫妻关系删去。

《贾氏系图》之外，借鉴的其他几点包括：

一是《红楼梦》所写故事时间、人物数目及作品字数。《中国文学概论讲话》云：

> 总计以男子二百三十五人，女子二百十三人……全书滔滔九十万言……《红楼梦》底结构，是演述宁国公与荣国公两贾家仅仅八年间的盛衰的事情。

《小说史大略》亦云：

> 此后叙宁国公、荣国公两贾家之盛衰，为期八年。所见人物，有男子二百三十五人，女子二百十三人，用字九十万。

两者的借鉴关系是很明显的。《贾氏系图》之后，鲁迅对全书故事的概述及故事系年部分也受到盐谷温的影响。

到了《中国小说史略》一书中，有关《红楼梦》所写故事时间、人物数目及作品字数等内容全被删去，故事梗概则重新改写，与《小说史大略》明显不同，文字也以戚本为底本。

二是对《红楼梦》作者及本事诸说的归纳。盐谷温《中国文学概论讲话》一书谈到《红楼梦》作者及本事问题时，作了如下的归纳：

> 在《红楼梦》里所记的，既是当时贵族社会底写实，但主人翁贾宝玉究是影写何人，考究起来，是很有兴味的问题。其第一是纳兰成德说。……
>
> 第二清之世祖顺治帝说。……
>
> 第三康熙帝底废太子胤礽说。

鲁迅在《小说史大略》一书中借鉴了这种归纳：

《红楼梦》本事，揣测者最多，去其不足齿数者，如以为刺和珅（《谭瀛室笔记》），言谶纬（《寄蜗残赘》），说易象（《金玉缘评》）而外，得分为四类如下：

　　一、清世祖与董妃故事说。……

　　二、康熙时政治状态说。……

　　三、纳兰容若家世说。……

　　四、作者自叙说。……

《中国小说史略》仍然沿用了这种归纳方式，由于吸收了胡适、俞平伯的研究成果，具体内容有了很大的不同。

将鲁迅《小说史大略》、《中国小说史略》与盐谷温《中国文学概论讲话》中有关《红楼梦》的部分进行比较，确实可以看出前者对后者的借鉴，正如上面所列举的。如果鲁迅在书

《中国文学概论讲话》

中对此稍加说明，可能也就不会有陈源后来的抄袭之说了。当时正处于中国现代学术的初创期，自然不能以现代的学术规范来要求前人。

鲁迅后来在修订《中国小说史略》一书时，又借鉴了盐谷温在全相平话五种和"三言"方面的最新研究成果，他在写于1930年的《题记》中对此作了说明：

　　盐谷节山教授之发见元刊全相平话残本及"三言"，并加考索，在小说史上，实为大事。

为此，他对第十四、十五及二十一篇进行修订，增加了元刊全相平话五种和初刻、二刻拍案惊奇的内容，并注明资料来源："《斯文》第八编第六号，盐谷温《关于明的小说'三言'》、"盐谷博士影印本"、"见盐谷温《关于明的小说'三言'》及《宋明通俗小说流传表》"。

赵景深在《〈中国小说史略〉旁证》一书中对此进行了解释：

　　盐谷节山教授就是日本盐谷温，他在《斯文》第八篇第六号写过

一篇《论明之小说三言及其他》，介绍了《元刊全相平话》五种和"三言"、"二拍"。1929 年 6 月开明书店将这篇译文作为附录刊于《中国文学概论讲话》的译本后面。

不过，借鉴毕竟是借鉴，除此之外，鲁迅对这部小说还有许多自己独到的看法，从《小说旧闻钞》一书有关《红楼梦》的资料可以看出，鲁迅是有"独立的准备"，关注点与盐谷温不同，见解也有相异之处。这里略举几例。

盐谷温在《中国文学概论讲话》中说"曹雪芹是曹寅之子"，鲁迅则不同意此说，他在《小说旧闻钞》中对《随园诗话》所云曹雪芹为曹寅之子的说法进行了更正："曹寅字棟亭，雪芹之祖也，此误。"在《小说史大略》中更是明确指出，曹雪芹是"曹寅之孙"，"雪芹为寅孙"。

在《中国文学概论讲话》中，盐谷温虽认为曹雪芹是《红楼梦》作者的说法"无异议"，但对有关该书本事的其他说法持暧昧态度，比如他对纳兰成德说较为认可：

> 因为是翩翩的风流贵公子，拟以贾宝玉的资格是充分的。且以两人底事迹、性行比较也是很符合的。曹雪芹之父寅与成德为深交，记中的逸事，说是从父处听到的。这是从来为一般人所相信的一说。

鲁迅在《小说史大略》中对此说则明确否定：

> 然容若与宝玉亦惟中举之年略合，余皆不符；或以悼亡诗举证，尤为附会。

可见，两人对纳兰成德说的态度还是有差别的。不仅如此，鲁迅还对《红楼梦》的写实和自叙给予了特别的重视，在本事诸说中专列"作者自叙说"为一家，并表示肯定：

> 雪芹为寅孙，故托之石头，缀"半世亲见亲闻"之事为说部也。

> 书中故事，为亲见闻，为说真实。

此外，两人对后四十回的态度也有明显的不同。盐谷温虽然也承认高鹗续书的可能性，但从主观上则倾向于后四十回也是出于曹雪芹之手：

后半的四十回，也许还未完成，而为高鹗所续成的。然这因没有确证，所以从结构而论，从文笔上看，作为成于一人之手较稳妥。

鲁迅对高鹗续书说则较为肯定：

船山与兰墅同时又同年，当不误，故知后四十回为高鹗续也。

到了《中国小说史略》一书中，鲁迅借鉴了《红楼梦考证》改定稿、《红楼梦辨》等新红学的研究成果，对《红楼梦》有了更为全面深入的认识，论述也比《小说史大略》更为妥帖、精当，与《中国文学概论讲话》的差异更为明显，学术水准有较大的提高。由于事实较为明显，这里不再赘述。

总的来看，鲁迅在撰写《小说史大略》、《中国小说史略》时，其《红楼梦》部分参考借鉴了盐谷温的《中国文学概论讲话》，但又有一些新的拓展，较之后者更为精良，这也正符合学术研究后出转精的特点。

由此也可以看出，中国古代小说研究在草创阶段，由于缺乏必要的学术积累，取得一点突破和成就都颇为不易，对这些先驱者的学术贡献是应当给予充分肯定并表达敬意的。

传统的思想和写法都打破了

点出鲁迅所受胡适、俞平伯等人的影响，并无损于人们对其学术研究成就的高度评价。需要说明的是，鲁迅在吸收胡适、俞平伯等人的研究成果时，均加以说明，以示尊重，表现出严谨、良好的学风。

自然，鲁迅对胡适等人研究成果也不是毫无保留的接受，他是有所选择的。更为重要的是，他在胡适等人的考证基础上，对《红楼梦》的思想、艺术特性及在中国小说史上的地位进行揭示，时有精彩之论。而这才是鲁迅红学研究的成就和精华所在。

在红学研究方面，鲁迅和胡适的关注点及兴趣是不同的。孙郁在《鲁迅与胡适》一书中对两人的这种差异进行了如下的概括：

> 我们谈鲁迅与胡适的学术思想，治学风格，单从"红学"上的异同，便可窥其一二。鲁迅毕竟是思想家，又有诗人的悟性，他理解《红楼梦》，带着很深的生命体验，文字疏散着迷人的气息。胡适则有很强的学院味道，一张一弛间，透着智慧。

应该说这个说法还是比较到位的，道出了鲁迅与胡适在学术研究方面的风格差异。

鲁迅的红学见解集中体现在其《中国小说史略》和《中国小说的历史的变迁》两书中，这里以两书为主要依据，并参考其他资料，进行一番梳理和辨析。

总的来看，鲁迅围绕《红楼梦》这部作品，提出了如下一些重要观点：

他充分肯定了《红楼梦》在中国小说史上的地位，对其思想见解的不俗有着较高的评价。研究者常爱提及、引用《中国小说的历史的变迁》一书中如下这句话：

> 自有《红楼梦》出来以后，传统的思想和写法都打破了。——它那文章的旖旎和缠绵，倒是还在其次的事。

称扬《红楼梦》的话，从这部作品面世、流传以来，可以说是不绝于耳，但更多的只是一种主观色彩的感情表达，鲁迅的这一评价之所以能得到学界的广泛认可，就在于他将《红楼梦》放在中国古代小说发展演进的大背景下进行考察，对其定位和价值有着十分准确、精到的把握。

在该书中，鲁迅还说过这样的话：

> 说到《红楼梦》的价值，可是在中国底小说中实在是不可多得的。

可见鲁迅是以其他小说为参照，来确定《红楼梦》的成就和价值的。

早在《小说史大略》一书中，鲁迅对《红楼梦》就已有比较高的评价：

> 清有《红楼梦》，乃异军突起，驾一切人情小说而远上之，较之前朝，固与《水浒》《西游》为三绝，以一代言，则三百年中创作之冠冕也。

《中国小说史略》一书也是这样评价《红楼梦》的：

> 全书所写，虽不外悲喜之情，聚散之迹，而人物事故，则摆脱旧套，与在先之人情小说甚不同。

这种不同既表现在思想意趣上，也表现在艺术表达上。只要将此前的才子佳人小说与《红楼梦》进行对比，就可以对鲁迅的这一说法有着深切的感受。

需要说明的是，鲁迅对《红楼梦》的评价还带有较为明显的时代色彩，这表现在，在中国小说的范围内，对《红楼梦》给予很高的评价；但在世界文学的范围内，则对《红楼梦》持保留态度，认为它与世界一流作品还存在一定的差距。比如在《看书琐记》一文中，鲁迅曾有这样的表示：

> 高尔基很惊服巴尔扎克小说里写对话的巧妙，以为并不描写人物的模样，却能使读者看了对话，便好像目睹了说话的那些人。（八月份《文学》内《我的文学修养》）
>
> 中国还没有那样好手段的小说家，但《水浒》和《红楼梦》的有些地方，是能使读者由说话看出人来的。

言下之意，《水浒传》《红楼梦》部分地达到了巴尔扎克的"好手段"，但还不能与巴尔扎克相提并论。其实不光是鲁迅，陈独秀、胡适、俞平伯等人当时都有类似的看法，这是五四新文化运动前后一种较有普遍性的看法。

在这一时期，胡适等人虽然提倡白话文学，但对中国已有的白话作品并不满意，并以西方文学为参照标准。以这种眼光来看中国的传统小说，自然不会有太高的评价。在谈及鲁迅的红学见解时，有必要指出这一点。

对《红楼梦》在艺术方面的创新，鲁迅也颇为称许。他特别称道该书的写实性，如《中国小说史略》一书所云：

> 叙述皆存本真，闻见悉所亲历，正因写实，转成新鲜，而世人忽略

此言，每欲别求深义，揣测之说，久而遂多。

《中国小说的历史的变迁》一书对此有更进一步的阐释：

> 其要点在敢于如实描写，并无讳饰，和从前的小说叙好人完全是好，坏人完全是坏的，大不相同，所以其中所叙的人物，都是真的人物。

在《论睁了眼看》一文，鲁迅也表达了类似的看法：

> 《红楼梦》中的小悲剧，是社会上常有的事，作者又是比较的敢于实写的。

鲁迅之所以对《红楼梦》的写实性如此感兴趣，并有如此高的评价，乃在于此前的小说作品重在传奇。在题材上，要么是改朝换代的群雄争霸，要么是神魔世界的征战斗法，要么是江湖绿林的比武过招；在写法上，重在突出英雄人物的传奇事迹，高强武功。因此，与普通人的距离较远。写实类的作品数量较少，除《金瓶梅》等少数作品外，艺术成就也不够高，而且也没有那种以作者家世为素材的作品。在此情况下，《红楼梦》的出现确实给人耳目一新之感，其巨大成功使写实手法受到重视，对清代中后期的小说创作影响深远。

鲁迅对《红楼梦》写实手法的特别强调与重视，与他接受了新红学派的自传说观点有关。在《小说史大略》一书，他虽已提出这一看法，但没有后来表述得那么明确、深入：

> 书中故事，为亲见闻，为说真实，为于诸女子无讥贬。说真实，故于文则脱离旧套，于人则并陈美恶，美恶并举而无褒贬，有自愧，则作者盖知人性之深，得忠恕之道，此《红楼梦》在说部中所以为巨制也。

起初，鲁迅对胡适、俞平伯等人提出的自传说是全盘接受的，即认为作品是作者曹雪芹个人的自传，这表现在他在《中国小说史略》的早期版本中引用了俞平伯《红楼梦辨》一书的年表，这个年表将作者个人家世、经历与作品人物、事迹对应起来，混淆了历史与小说的界线。在该书中，鲁迅表明了自己对自传说的接受态度：

曹雪芹为汉军，而《石头记》实其自叙也。

在《中国小说的历史的变迁》一书中，他也表达了同样的观点：

> 雪芹自己的境遇，很和书中所叙相合。雪芹的祖父、父亲，都做过江宁织造，其家庭之豪华，实和贾府略同；雪芹幼时又是一个佳公子，有似于宝玉；而其后突然穷困，假定是被抄家或近于这一类事故所致，情理也可通——由此可知《红楼梦》一书，说是大部分为作者自叙，实是最为可信的一说。

可见鲁迅起初也是把历史事实与小说情节对应、等同来看的。不过到后来，鲁迅对胡适自传说的态度发生了很大改变，毕竟他是一个有着丰富创作实践的作家，塑造了阿Q、祥林嫂、孔乙己等生动传神的文学形象，在素材原型与人物形象的关系处理方面有着自己独到的体会。

也正是有着这层关系，他转向从艺术手法和表现效果这个角度来理解这一问题，不赞成将曹雪芹家世与小说描写的关系看得那么机械、死板。比如他在《怎么写——夜记之一》一文中曾以《红楼梦》为例来论述文学作品的真实感问题：

> 倘有读者只执滞于体裁，只求没有破绽，那就以看新闻记事为宜，对于文艺，活该幻灭。而其幻灭也不足惜，因为这不是真的幻灭，正如查不出大观园的遗迹，而不满足于《红楼梦》者相同。

《红楼梦》毕竟是小说作品，而不是新闻记事，所以鲁迅希望读者不要过于当真，去找大观园的遗迹。

在《〈出关〉的"关"》一文中，鲁迅结合自己的创作实践，再次谈及这一问题：

> 纵使谁整个的进了小说，如果作者手腕高妙，作品久传的话，读者所见的就只是书中人，和这曾经实有的人倒不相干了。例如《红楼梦》里贾宝玉的模特儿是作者自己曹霑，《儒林外史》里马二先生的模特儿是冯执中，现在我们所觉得的却只是贾宝玉和马二先生，只有特种学者胡适之先生之流，这才把曹霑和冯执中念念不忘的记在心儿里。

虽然对胡适颇有讥讽，但所说的道理却是不错的，对素材原型与人物形象的关系有着十分准确、精到的把握。也正是为此，他才在《中国小说史略》的修订版中将俞平伯的年表删去。

值得一提的是，作为新红学创始人之一的俞平伯在《红楼梦辨》一书出版后，也开始对自传说进行修正，为此还专门写了《〈红楼梦辨〉的修正》一文，其观点与鲁迅上述的见解基本一致，代表着红学研究的转向和深化。真正继承胡适自传说并将其推向极致的是周汝昌，他在《红楼梦新证》的初版中完全将曹雪芹的家世生平与小说中的描写等同起来，混淆了历史与文学的界线。

对鲁迅在其《中国小说史略》一书中收录自己的年表一事，俞平伯后来在《〈红楼梦〉的著作年代》一文中是这样表态的：

> 自一九二三年《红楼梦辨》出版以后，我一直反对那"刻舟求剑""胶柱鼓瑟"的考据法，因而我对这旧版自己十分不满。书中贾家的事虽偶有些跟曹家相合或相关，却决不能处处比附。像那《红楼梦年表》将二者混为一谈实在可笑，后来承鲁迅先生采入《小说史略》，非常惭愧。即如近人以曹頫来附合这书中的贾政，我认为也没啥道理，不见得比"索隐派"高明得多少。把《红楼梦》当作灯虎儿猜，固不对，但把它当作历史看，又何尝对呢。书中云云自不免借个人的经历、实事做根据，非完全架空之谈；不过若用这"胶刻"的方法来求它，便是另一种的附会，跟索隐派在伯仲之间了。

这段话完整地表达了俞平伯后来对自传说的看法，相当精辟，与鲁迅可谓不谋而合，立场一致。但令人遗憾的是，俞平伯、鲁迅当年所批评的"胶刻"、"附会"之法在当下却是风光无限，惊世骇俗之言前赴后继，层出不穷，不仅受到各路媒体的追捧，而且拥有庞大的读者群，实实在在的红学研究反而备受冷落，由此可见世态人心之一斑。

对自传说的接受也在一定程度上影响到对《红楼梦》主旨的认识。鲁迅在《中国小说史略》一书中对《红楼梦》的主旨是这样总结的：

> 据本书自说，则仅乃如实抒写，绝无讥弹，独于自身，深所忏悔。

此固常情所嘉，故《红楼梦》至今为人爱重。

此前他已在《小说史大略》一书中表达了类似的意思：

> 于人则并陈美恶，美恶并举而无褒贬，有自愧，则作者盖知人性之深，得忠恕之道。

这一认识是从作品的文本出发，符合作者的创作实际，既不像索隐派那样求之过深，也不像有的研究者那样人为拔高其思想水平。大体说来，鲁迅对《红楼梦》主旨的看法与俞平伯提出的感叹身世、情场忏悔之说是颇为接近的。

对于程本《红楼梦》的后四十回，鲁迅的评价是较为客观公允的。既不像有的研究者那样全盘否定，也没有无原则地进行吹捧。首先，鲁迅对后四十回给予了较多的肯定，比如他在《小说史大略》中有这样的评价：

> 凡所补作，校以原作者前文伏线，似亦与原意不甚相违。

在《中国小说史略》一书中，鲁迅进行了更为深入、全面的评价：

> 后四十回虽数量止初本之半，而大故迭起，破败死亡相继，与所谓"食尽鸟飞独存白地"者颇符。

> （高鹗）于雪芹萧条之感，偶或相通。

鲁迅肯定了高鹗为保全《红楼梦》所作的努力，肯定了后四十回与曹雪芹原作的一些相通之处。显然，他并没有将后四十回和前八十回对立起来。

在肯定的同时，鲁迅在《中国小说史略》一书中也指出了高鹗与曹雪芹在个人识见与文学成就上的差距，这主要表现在：

> 结末又稍振。

> 续书虽亦悲凉，而贾氏终于"兰桂齐芳"，家业复起，殊不类茫茫白地，真成干净者矣。

鲁迅虽承认后四十回部分符合原作意图，但对其结尾部分的"稍振"安排不够满意。对此现象，他从续书作者个人的生平经历来寻找原因：

> 然心志未灰，则与所谓"暮年之人，贫病交攻，渐渐的露出那下世

光景来"（戚本第一回）者又绝异。

至于《红楼梦》的其他续书，如《后红楼梦》、《红楼后梦》、《续红楼梦》、《红楼复梦》之类，鲁迅的评价很低：

> 大率承高鹗续书而更补其缺陷，结以"团圆"。

鲁迅为此还发出了这样的感叹：

> 此足见人之度量相去之远，亦曹雪芹之所以不可及也。

在《论睁了眼看》一文中，他将这种差距说得更为形象：

> 赫克尔（E·Haeckel）说过：人和人之差，有时比类人猿和原人之差还远。我们将《红楼梦》的续作者和原作者一比较，就会承认这话大概是确实的。

在对程本后四十回及《红楼梦》续书的看法上，鲁迅的态度与胡适、俞平伯等人基本相同。

此外，鲁迅对《红楼梦》的阅读接受与研究批评等问题也提出了自己的独到见解。从阅读接受的方面来看，他认识到不同阅历、眼光的读者在阅读这部作品时，会有不同的看法，以至形成众声喧哗的景象。研究者常爱提及的是他在《〈绛洞花主〉小引》一文中的这一段话：

> 谁是作者和续者姑且勿论，单是命意，就因读者的眼光而有种种：经学家看见《易》，道学家看见淫，才子看见缠绵，革命家看见排满，流言家看见宫闱秘事……

大到作品的主旨，小到个人形象的接受也是如此。比如尽管林黛玉的形象在作品中有较为详细的描写，但由于个人体验、社会阅历乃至民族文化传统的不同，读者的心目中的林黛玉形象还是会显出较大的差异。在《看书琐记》一文中，鲁迅以林黛玉为例，谈出了这一带有规律性的问题：

> 文学虽然有普遍性，但因读者的体验的不同而有变化，读者倘若没有类似的体验，它也就失去了效力。譬如我们看《红楼梦》，从文字上

新红学之外的奇丽风景

推见了林黛玉这一个人，但须排除了梅博士的"黛玉葬花"照相的先入之见，另外想一个，那么，恐怕会想到剪头发，穿印度绸衫，清瘦，寂寞的摩登女郎；或者别的什么模样，我不能断定。但试去和三四十年前出版的《红楼梦图咏》之类里面的画像比一比罢，一定是截然两样的，那上面所画的，是那时的读者的心目中的林黛玉。

文学有普遍性，但有界限；也有较为永久的，但因读者的社会体验而生变化。北极的遏斯吉摩人和非洲腹地的黑人，我以为是不会懂得"林黛玉型"的。

正所谓一千个读者心目中，会有一千个林黛玉形象。读者对作品主旨与文学形象的接受具有多重性，这本是个正常现象。但众声喧哗也有其负面的因素，那就是经常会出现一些歧见和误解。或是寻找作品中的微言大义，认为背后隐藏着一段秘密；或是强调道德教化，将作品看作洪水猛兽。

前者是索隐式的做法，鲁迅是不赞成的，他在《小说史大略》、《中国小说史略》、《中国小说的历史的变迁》中列出了几种有代表性的索隐派的看法，引述他人成果进行批驳，表示了对自传说的支持。

对于后者，鲁迅在《中国小说的历史的变迁》一书中从中国人的阅读习惯入手，进行精辟的分析：

反对者却很多，以为将给青年以不好的影响。这就因为中国人看小说，不能用鉴赏的态度去欣赏它，却自己钻入书中，硬去充一个其中的脚色。所以青年看《红楼梦》，便以宝玉、黛玉自居；而老年人看去，又多占据了贾政管束宝玉的身份，满心是利害的打算，别的什么也看不见了。

这一阅读习惯至今仍有市场。比如在不少网站上，经常会出现《红楼梦》的人物中，你愿意娶谁或愿意嫁谁之类的调查，通常应者踊跃，还很热闹。但从欣赏角度来看，这样的心态确实有些问题。好在欣赏是每个人自己的事情，不少人抱着游戏态度，对此也就不必太认真。不过，鲁迅的上述评述还是很有道理的，至今仍有启发、指导意义。

此外，鲁迅在其杂文中也提出了不少精彩的见解，虽然没有进行充分的论证和阐发，只言片语，但还是颇有启发意义的。这里摘录其中一些：

> 书上的人大概比实物好一点，《红楼梦》里面的人物，像贾宝玉林黛玉这些人物，都使我有异样的同情。(《文艺与政治的歧途》)

> 自然，"喜怒哀乐，人之情也"，然而穷人决无交易所折本的懊恼，煤油大王那会知道北京拣煤渣老婆子身受的酸辛，饥区的灾民，大约总不去种兰花，像阔人的老太爷一样，贾府上的焦大，也不爱林妹妹的。(《"硬译"与"文学的阶级性"》)

> 焦大的骂，并非要打倒贾府，倒是要贾府好，不过说主奴如此，贾府就要弄不下去罢了。然而得到的报酬是马粪。所以这焦大，实在是贾府的屈原，假使他能做文章，我想，恐怕也会有一篇《离骚》之类。(《言论自由的界限》)

显然，这些都是很有意思、很值得探讨的话题。

总的来看，鲁迅对《红楼梦》的探讨较之同时代其他人的研究有如下两个特点：

一是纵向的、史的眼光。无论是评价《红楼梦》的地位、价值，还是探讨其思想艺术，鲁迅无不将《红楼梦》置于整个中国古代小说发展演进的大背景下进行观照，在与其他小说作品的比较中进行准确把握。

因为进行的是通观，所以就会有通识，对《红楼梦》在思想、艺术上的继承、创新及在小说史上地位的评价皆有着独到的见解。这些见解是在认真解读文本、结合古代小说创作实际、体察中国小说民族特性的基础上得出的，与机械套用西方理论的做法明显不同。

二是横向的、类型的眼光。鲁迅通常将《红楼梦》放在同类小说如才子佳人小说中进行解读，同处求异，以彰显作品的独特之处。在《小说史大略》《中国小说史略》《中国小说的历史的变迁》等著作中，鲁迅把《红楼梦》归入人情小说，将其作为人情小说的代表作进行剖析。既充分肯定《红楼梦》在中国小说史上的重要地位，又看到其对前代小说传统继承的一面。

五四领袖说红楼

....

陈独秀与《红楼梦》

　　无论是在中国现代政治史上还是中国现代学术文化史上，陈独秀都是一个不可忽视的重量级人物。先前由于意识形态因素的影响，人们多从政治角度对其进行解读，且时有不实之词，使一位个性独具、血肉丰满的人物变成一个抽象的政治符号。

　　近些年来，随着政治文化环境的宽松，随着大量珍贵史料的披露，学界对陈独秀有了更为全面、深入的了解，对其评价日趋客观、公正。相关的研究也更为丰富和深入，其中对陈独秀学术文化层面的研究逐渐增多。在这种较为良好的氛围中，陈独秀的真实面目日渐清晰，其在学术文化方面的建树受到人们越来越多的关注，比如近年出版的石钟扬《文人陈独秀》一书就对陈独秀在学术文化领域的建树进行了全面、深入的梳理和分析。

　　这里以陈独秀与《红楼梦》的关系为例，通过梳理和归纳，进行初步的揭示，以见其学术文化成就之一斑。

五四干将论小说

陈独秀从小接受的是典型的旧式教育，即以科举为最终目标的应试教育，所读的书与当时千千万万的孩子们一样，不过是四书五经之类。对此，他在《实庵自传》中曾有十分生动的介绍：

> 我从六岁到八九岁，都是这位祖父教我读书。我从小有点小聪明，可是这点小聪明却害苦了我。我大哥的读书，他从来不大注意，独独看中了我，恨不得我一年之中把《四书》、《五经》都读完，他才称意，《四书》、《诗经》还罢了，我最怕的是《左传》，幸亏这位祖父或者还不知道"三礼"的重要，否则会送掉我的小性命。

在这种情况下，《三国演义》、《红楼梦》之类的闲书自然只能在课外或私下偷偷阅读。具体情况，陈独秀没有谈及，但以其个性和兴趣而言，他在青少年时代当是读过这类小说的。毕竟这类小说流传很广，找来读读并不难。

陈独秀一生文化活动甚多，或留学，或办报，或撰文，但其注意力主要放在社会政治方面，对文学艺术关注并不太多，只是偶尔谈及，专门谈论这些问题的文章也比较少，但就是这少数的几篇文章，颇能见其学力、性情。

由于陈独秀在当时是时代潮流的领军人物，在社会上有着很大的影响，因此其见解有着较为广泛的代表性，体现着文化学术的发展趋势。

就陈独秀一生的事迹来看，五四新文化运动时期是他对文学艺术最为关注的一个时期。此时，他担任北京大学的文科学长和《新青年》的主编，和胡适、钱玄同、刘半农、鲁迅等人一起，以提倡白话为突破口，发起了轰轰烈烈的五四新文化运动，开创了中国文化的新时代。

由于当时讨论的一个核心话题是白话，大家也就不可避免会涉及对中国古代白话作品，特别是白话章回小说的评价。陈独秀正是在这一背景下谈论古代小说的，这里重点介绍其中有关《红楼梦》的部分。

总的来看，陈独秀对《红楼梦》有着很高的评价。在其影响深远的《文学革命论》一文中，他曾有这样的评述：

> 元明剧本，明清小说，乃近代文学之粲然可观者也。惜为妖魔所厄，未及出胎，竟尔流产，以至今日中国之文学，委琐陈腐，远不能与欧洲比肩。此妖魔为何？即明之前后七子及八家文派之归、方、刘、姚是也。此十八妖魔辈，尊古蔑今，咬文嚼字，称霸文坛，反使盖代文豪若马东篱，若施耐庵，若曹雪芹诸人之姓名，几不为国人所识。

从这段话可知，陈独秀将曹雪芹称作"盖代文豪"，由此不难想见其对《红楼梦》的评价。他还对曹雪芹等人姓名"几不为国人所识"的现象表示不满。

这种不满是在与文言作品的比较中产生的，陈独秀的观点带有明显的时代色彩，为了提倡白话文，故意贬低文言作品，以其为陪衬，将一部文学史描述成文言作品对白话作品的压迫史。这在当时是一种颇有代表性的观点，尽管并不真正符合文学发展的实际。

在1917年3月1日给钱玄同的书信中，他又重申了这一思想：

> 国人恶习，鄙夷戏曲小说为不足齿数，是以贤者不为，其道日卑，此种风气，倘不转移，文学界决无进步之可言。

他又以《红楼梦》为例，认为是"文之大本领"：

> 章太炎先生，亦薄视小说者也。然亦称《红楼梦》善写人情，夫善写人情，岂非文之大本领乎？

与今日众多红学研究者和爱好者将《红楼梦》无限抬高相比，陈独秀对这部作品的肯定是有条件的，那就是和文言作品相比，在中国文学作品的范围中，《红楼梦》等白话小说是"粲然可观"的。

但是，它们还不是陈独秀理想中的作品，因为在他心目中，还有另外一个标准，那就是以西方文学为参照。他认为中国文学"远不能与欧洲比肩"，《红楼梦》等作品虽然使用白话，但在思想、艺术上还不够理想。正如他在1917年8月1日给钱玄同的书信中所说的：

> 吾人赏识近代文学，只因为他文章和材料，都和现在社会接近些，不过短中取长罢了。若是把元明以来的词曲小说，当做吾人理想的新文学，那就大错了。

话说得很明确，因为理想的新文学作品还没有创作出来，只好以古代白话小说为典范进行宣传。在这封信中，陈独秀说出了对古代白话小说不满的具体原因：

> 中国小说，有两大毛病：第一是描写淫态，过于显露；第二是过贪冗长（《金瓶梅》、《红楼梦》细细说那饮食、衣服、装饰、摆设，实在讨厌）。

在陈独秀看来，这两大毛病《红楼梦》都有。在1917年6月1日给胡适的信中，他在谈到《金瓶梅》时，曾说过这样的话：

> 乃以其描写淫态而弃之耶？则《水浒》、《红楼》又焉能免？

可见他认为《红楼梦》也是有描写淫态的毛病的。这一点尽管不少人未必认同，但不失为一家之言。显然，陈独秀对待小说风月床笫的描写要求较为严格。

至于"过贪冗长"，也是一个见仁见智的问题，陈独秀似乎不大喜欢环境方面的详细描写，但在另外一些人看来，这恰恰代表着古代小说的演进，是小说发展成熟的一个标志。

针对《红楼梦》等小说的这些特点，陈独秀认为作为青年读物是不合适的，但完全可以进行学术层面的研究：

> 喜欢文学的人，对于历代的文学，都应该去切实研究一番才是（就

是极淫猥的小说弹词，也有研究的价值）。

应该说这种态度还是可取的，和胡适后来提倡的整理国故的想法是一致的。

这一时期，陈独秀多是以书信的形式谈论文学艺术问题，通信的对象有胡适、钱玄同等人，其见解既有个人的独到之处，也有一定的代表性。

就对《红楼梦》的评价而言，尽管陈独秀、胡适、钱玄同等人的具体说法有异，但基本观点还是比较接近的，即多从白话语言的使用方面对这部作品给予充分肯定，对其思想、艺术则有所保留。这一点可以从钱玄同、胡适两人的讨论中看出来。

胡适、钱玄同虽然都是五四新文化运动的主力，提倡白话，反对文言，但他们对古代文学作品的评价却不尽相同，并为此产生了一场小小的争论，两人的分歧主要表现在对文言小说及一些白话小说的评价上。

钱玄同身为文字学家，对胡适、陈独秀等人提倡白话、文学革命之举一直给予坚定的支持，其观点有时比陈、胡二人还要激进。比如他对文言小说采取一笔抹杀的态度，在1917年2月1日给陈独秀的书信中，钱玄同曾这样评价文言小说：

> 唐代小说，描画淫亵，称道鬼怪，乃轻薄文人浮艳之作，与纪昀、蒲松龄所著相同，于文学上实无大价值，断不能与《水浒》、《红楼》、《儒林外史》诸书相提并论也。

在1917年2月25日给陈独秀的书信中，钱玄同又重复了这一观点：

> 至于近世，《聊斋志异》、《淞隐漫录》诸书，直可谓全篇不通。

对此，胡适在1917年5月10日给陈独秀、钱玄同的书信中表示了不同的意见：

> 钱先生云："至于近世，《聊斋志异》诸书直可谓全篇不通。"此言似乎太过。《聊斋志异》在吾国札记小说中，以文法论之，尚不得谓之"全篇不通"，但可讥其取材太滥，见识鄙陋耳。

看到胡适的书信后，钱玄同于1917年7月2日给胡适回信，为自己的观点进行辩护。陈独秀也在 1917 年 6 月 2 日给胡适的书信中对此事表明了自己的态度：

> 玄同先生谓《聊斋志异》全篇不通，虽未免过当。然作者实无文章天才，有意使典为文，若丑妇人搽胭抹粉，又若今之村学究满嘴新名词，实在令人肉麻。

陈独秀虽然采取折中立场，但和钱玄同的观点比较接近。

此外，钱玄同和胡适对《西游记》、《七侠五义》、《三国演义》、《说岳》等作品的评价也不尽相同。大体说来，钱玄同偏重情绪的宣泄，胡适更多学理的探讨。他们的观点并非截然相反，不过表达方式、侧重点有所不同而已。

相比之下，两人对《红楼梦》的看法则比较一致。

在 1917 年 2 月 25 日给陈独秀的书信中，钱玄同对《红楼梦》作了这样的评价：

> 《红楼梦》断非诲淫，实足写骄侈家庭，浇漓薄俗，腐败官僚，纨绔公子耳。……小说之有价值者，不过施耐庵之《水浒》、曹雪芹之《红楼梦》、吴敬梓之《儒林外史》三书耳。

胡适在 1917 年 5 月 10 日给陈独秀、钱玄同的书信中对钱玄同的这一看法大体赞成，并作了补充：

> 鄙意以为吾国第一流小说，古人惟《水浒》、《西游》、《儒林外史》、《红楼梦》四部。

对此，钱玄同在 1917 年 7 月 2 日给胡适的书信中表示赞同：

> 以此书（指《西游记》——笔者注）与《水浒》、《儒林外史》、《红楼梦》三书并列为第一流小说，此意玄同极以为然。

同陈独秀一样，钱玄同对《红楼梦》的肯定还是有所保留的，这部小说并非他理想中的新文学，这在 1917 年 8 月 1 日给陈独秀的书信中有很明确的表示：

以前我写信给先生和适之先生说，《水浒》、《红楼梦》、《儒林外史》、《西游记》、《金瓶梅》和近人李伯元、吴趼人两家的著作，都是中国有价值的小说。这原是短中取长的意思，也因为现在那种旧文学家的谬见，把欧、曾、苏、王、归、方、姚、曾，这些造劣等假古董的人看做大文学家，反说施耐庵、曹雪芹只会做小说，便把他排斥在文学以外，觉得小说是很下等的文章。所以我们不得不匡正他们的误谬，表彰《水浒》、《红楼梦》那些书。其实若是拿十九、二十世纪的西洋新文学眼光去评判，就是施耐庵、曹雪芹、吴敬梓也还不能算做第一等。

钱玄同对《红楼梦》等小说不满意的原因，也和陈独秀差不多：

虽然配得上称"写实体小说"，但是笔墨总嫌不干净。……施曹两公，也未能免俗（像"武松打老虎"、"贾宝玉初试云雨"之类）。

其实，不光是陈独秀、钱玄同，就是新红学的开创者胡适、俞平伯，对《红楼梦》等小说的看法也基本如此。例如胡适直到晚年，对《红楼梦》的评价都不太高，参前引 1960 年 11 月 20 日他给苏雪林的书信。

俞平伯在其《红楼梦辨》一书中也有类似的评价：

平心看来，《红楼梦》在世界文学中底位置是不很高的。

说起来也不奇怪，五四新文化运动的干将们在谈论《红楼梦》时，处在相同的语境中，即贬低文言文以抬升白话文的地位，他们有着基本一致的评价标准，即以西洋文学为参照来观照中国文学。这样，他们立场、观点的接近也就是顺理成章的事了。因此，从这个角度来看，陈独秀对《红楼梦》的看法在当时具有广泛的代表性，是一种集体意识的表达。

同时也需要指出的是，陈独秀等人对《红楼梦》的评论多为即兴之言，是在特殊语境下进行的观照，在今天看来，还缺少严谨的论证和足够的学术性。对此，应该报以理解之同情，放在当时的社会文化背景中来看，而不能站在今天的立场上进行批判。

《红楼梦新叙》

························

稍后，陈独秀又写了《红楼梦新叙》一文，较为集中地谈出了他对《红楼梦》这部小说的看法。

这篇文章是为上海亚东图书馆新标点本《红楼梦》所写的序言，于1921年5月刊出。陈独秀与亚东图书馆的老板汪孟邹是有多年交情的老朋友，他和胡适一样，对该出版社推出的新标点本系列小说给予了大力支持，共为《水浒传》、《儒林外史》、《红楼梦》、《西游记》等四部小说作序。

亚东图书馆的新标点本小说之所以产生很大的社会影响，固然与标点者认真细致的态度和新颖的创意有关，但更离不开陈独秀、胡适等人的热情帮助和宣传。

在这四篇序言中，《儒林外史》一书的序言为汪原放起草，对此，汪原放在《回忆亚东图书馆》中有明确的记载：

> 我写成后，去看仲翁，他立即细细的一看，拿起笔来改了几个字。临走，我问："这后面的一行要写上名字……"仲翁道："你写我的名字好了。"我回店告诉大叔，随即加上了序末的一行："民国九年十月二十五号，陈独秀。"

这篇序言虽然是汪原放起草，但经陈独秀认可、修改，故也可视作他的观点。

与其他三篇序言相比，以《红楼梦新叙》的篇幅最长，其中所提出的见解也最值得关注。

该文的标题为《红楼梦（我以为用石头记好些）新叙》，可见陈独秀对这部小说的书名也是有自己的思考的，他认为《石头记》这个书名要比《红楼梦》好些。

有的研究者认为这是陈独秀独具慧眼，很早就发现了脂本的重要价值，并给予肯定。这个说法固然可以为陈独秀增色，但缺少足够的证据，因为这篇序文对此并没有明确的交代。此外，从《红楼梦》在当时的流传情况看，比较容易看到的脂本只有有正书局刊印的《国初钞本原本红楼梦》，至于甲戌本、庚辰本等抄本，陈独秀是无法看到的。

所以仅从陈独秀对书名的意见是看不出他对《红楼梦》版本的意见的，他不过是觉得《红楼梦》这个名字有些俗，《石头记》更好些而已，由于资料缺乏、证据不足，不必做过多的发挥。

与《文学革命论》及同钱玄同、胡适等人的通信所谈相比，《红楼梦新叙》一文所表达的观点既有相同之处，也有不一样的地方。最为

亚东图书馆版《红楼梦》

明显的变化，就是该文不再以贬损文言文的方式来颂扬《红楼梦》，代之以冷静、客观的审视态度，对《红楼梦》的缺陷谈得更多。之所以如此，与时代语境和读者对象的变化有关。这里稍作分析。

从写作时间来看，这篇序文写于1921年4月。此时，五四新文化运动已经深入人心，白话为文学正宗的观点已被广泛接受，文学革命已经从口号变成现实。这样，作者就没有必要再像先前那样，有意抬升《红楼梦》等小说的地位，而是要从学理的角度对这些作品进行深入探讨。

从读者对象来看，亚东图书馆的新式标点本小说是面向广大读者的，因而其序言便具有一定的指导意义。陈独秀显然是注意到这一点的，比如他在1917年8月1日给钱玄同的书信中曾谈及这一点：

> 喜欢文学的人，对于历代的文学，都应该去切实研究一番才是（就是极淫猥的小说弹词，也有研究的价值）。至于普通青年读物，自以时人译著为宜。若多读旧时小说、弹词，不能用文学的眼光去研究，却是徒耗光阴，有损无益。并非是我说老究的话，也不是我一面提倡近代文学，一面又劝人勿读小说、弹词，未免自相矛盾，只因为专门研究文学和普通青年读书，截然是两件事，不能并为一谈也。

可见陈独秀将学术研究和指导普通人的阅读是区分得很开的。在这篇序

言中，他将重点放在指导阅读方面，告诉读者应该领略《红楼梦》的哪些方面，同时也指出这部作品存在的不足。了解这一点对解读这篇序言是很有帮助的。

在这篇序文中，陈独秀将《红楼梦》放在中西小说发展演进的大背景中进行观照。不少研究者对此颇为称道，认为作者眼界开阔，善于宏观把握，这是颇有道理的。不过也需要说明的是，这一视角并非陈独秀所独有，其实当时有不少人也是这样来看《红楼梦》等小说的，可以说是一种时代学术风尚。

在序文的前半部分，陈独秀重点在阐明一个问题，那就是善述故事与善写人情的区别，他认为这是历史与小说的区别。善述故事指的是对历史史实的记载，包括政治、经济、文化、风俗等各个方面；善写人情则是指对人情世态的描写，包括对人物性格的塑造、人物形貌的刻画等。

对这两个名词，不能仅从字面上理解，它们可能是陈独秀独创的，因为当时还没有合适的术语。不过，陈独秀的目的是很明确的，他希望人们从文学的角度来阅读小说，不赞成把小说和历史混淆起来的做法。

从善述故事和善写人情的角度，陈独秀对中西小说发展演进的差异进行了比较，他认为西方小说由于实证科学的影响，向善写人情的方向发展，小说与历史形成了明确的分工。而中国小说则兼向两个方向发展，因而小说与历史未能形成截然的分工，他认为这样会两败俱伤，相互妨碍。

从中国小说发展的实际来看，应该说陈独秀的把握还是十分到位的，他揭示了中国小说的一个独特现象，那就是小说与历史的纠葛。

确实，中国小说在形成发展过程中，深受史传的影响，文言小说如此，白话小说也是如此。影响所及，不仅从史传中取材，学习表达技巧，同时也以史传为追求目标和评价标准。补正史之不足，这是作者创作小说的动机之一，将作者比作司马迁、班固，这是人们对小说作者的最高评价。

由于史传的影响，小说的虚构和真实问题始终是一个难于处理的问题，如果写得过实，则没有趣味；虚构太多，则读者难以认同。读者也因此养成了索隐的独特阅读习惯，总觉得小说背后隐藏着一段真人真事，阅读《金瓶梅》如此，阅读《红楼梦》也是如此。

《红楼梦》索隐派一直拥有雄厚的群众基础，屡受打击而不倒，显然与这种传统有关。有的研究者将此归纳为考证派的失职，这是不公平的，长期形成的阅读期待是很难在短时间内扭转的。因此，在可以想象的将来，索隐派仍然会有市场。

不过小说在善写人情的同时，如能善述故事，也未尝不可。比如《红楼梦》对饮食、服装、装饰、摆设的精细描写构成人物活动的基本环境，除了揭示人物性格、渲染气氛等功能外，确实具有历史学方面的认识价值，对此描写是否像陈独秀所说的那样"实在讨厌"，则是值得商榷的，毕竟小说内容丰富，可以有多层面、多角度的解读。

事实上，西方小说也并不能像陈独秀所说的，只往善写人情的方向发展，那些现实主义的作品在描写饮食、服装、装饰、摆设等方面的精细程度甚至要超过《红楼梦》。因此，强调两者的差异是可以的，但如果将善述故事和善写人情截然对立来看，则就有些矫枉过正了。

以善述故事和善写人情的区别为基础，陈独秀对《红楼梦》进行了分析，并表明自己的态度。他指出《红楼梦》兼具两种本领，但认为其善述故事部分"不能得读者人人之欢迎，并且还有人觉得琐屑可厌"，这显然也包括其本人在内。他希望读者"领略《石头记》应该领略他的善写人情，不应该领略他的善述故事"。

同样基于这种理论，陈独秀对小说创作者和研究者提出了要求，希望作者"只应该做善写人情的小说，不应该作善述故事的小说"。对于研究者，他不赞成针对"诲淫"的道德式批评，也不赞成"拿什么理想，什么主义，什么哲学思想来批评《石头记》"，对索隐派式的研究，他同样表示反对：

> 至于考证《石头记》是指何代何人底事迹，这也是把《石头记》当作善述故事的历史，不是把他当作善写人情的小说。

这似乎连胡适等考证派的研究方法也包括在内。陈独秀在《红楼梦新叙》中的这些见解有其独到之处，也有可商榷的地方，总的来看，不失为一家之言，还是颇有启发意义的。放在 20 世纪红学史中来看，自有其价值和地位。

狱中说红楼

此后，陈独秀全身心投入到政治活动中，成为政党领袖，没有时间和精力来专门研究学术文化问题。直到 1932 至 1937 年期间，才有一段极为特别的闲暇时间来关注这类问题，之所以用特别这两个字，是因为他于 1932 年 10 月 15 日被捕，被迫终止政治运动，在监狱中以研究学术来打发时间。

监狱生活，对普通人来说，意味着丧失自由的痛苦和难以排遣的无聊，但对个性独具和空前忙碌的陈独秀来说，倒是一段难得的闲暇。此前他已多次进过监狱，这种生活对他来说，并不陌生，更为重要的是他对监狱生活有着独到的看法。早在 1919 年，他就写过一篇名为《研究室与监狱》的随感：

> 世界文明发源地有二：一是科学研究室，一是监狱。我们青年要立志出了研究室就入监狱，出了监狱就入研究室，这才是人生最高尚优美的生活。从这两处发生的文明，才是真文明，才是有生命有价值的文明。

人生就是这样奇妙，十几年后，陈独秀当年的理想真的变成了现实。在漫长的牢狱生活中，他没有浪费光阴，而是进行学术研究，在文字、音韵学领域取得了显著的成就。由于他这一时期的关注点在文字音韵方面，对文学艺术谈论不多。

不过，据当时在狱中陪护陈独秀的濮清泉在《我所知道的陈独秀》一文中的回忆，陈独秀在和他谈话时，还是颇为难得地谈到了文学艺术，谈到《红楼梦》，并有如下一段精彩的评论：

> 中国古典文学方面有名人，曹雪芹、施耐庵、吴承恩、吴敬梓、孔尚任、王实甫等，也是世界难寻的伟大作家。尤其是曹雪芹，他在《红楼梦》中所描写的末期封建社会，可以说淋漓尽致，入骨传神，使人们不必读史，就一眼看到清初中国社会一幅全图。人物之多，入画入神，结构之紧，合情合理，真是旷世珍品，千古奇文。可惜难以翻译，外人不能欣赏，日本汉学家称《红楼梦》为天下第一奇书，诚不诬也。

这虽非陈独秀的原话，但据濮清泉介绍：

> 陈讲给我的话，大体都还记得，复述出来，可以保证其精神大意不走原样，但求一字不差，乃不可能之事，为慎重起见，他的讲话，一般都不用引号。

可见上述引文还是能代表陈独秀的观点的。

同五四新文化运动时期相比，陈独秀对《红楼梦》的认识发生了很大改变。其中有两点特别值得关注：

一是陈独秀评价中国小说的标准发生改变，不再以西方小说来要求中国小说。标准改变，对作品的评价自然也就不同，对《红楼梦》的评价比五四新文化运动时期要高许多，那个时候只是说曹雪芹是中国的一流作家，但还不能与西方一流作家相提并论，现在则认为曹雪芹是"世界难寻的伟大作家"，赞成日本汉学家"《红楼梦》为天下第一奇书"的看法。

二是在赞赏《红楼梦》"善写人情"的同时，对其"善述故事"也持肯定态度。不再像《红楼梦新叙》中那样，排斥"善述故事"，将其和"善写人情"对立起来，希望"有名手将《石头记》琐屑的故事尽量删削，单留下善写人情的部分"，而是充分肯定《红楼梦》认识社会的价值，"使人们不必读史，就一眼看到清初中国社会一幅全图"。

此外，陈独秀还对《红楼梦》的艺术成就给予高度肯定，特别是其写人、结构这两方面。从"旷世珍品，千古奇文"八个字可见此时陈独秀对《红楼梦》的赞赏和喜爱程度。

陈独秀对《红楼梦》的态度何以发生如此大的改变，这显然与他所处的时代文化环境与个人境遇的变化有关。

从大的时代文化语境来看，到 20 世纪 30 年代，五四新文化运动中所提出的口号不少已得到落实，白话成为主要书面语言，许多新的学科如小说、戏曲已初步建立，仅就《红楼梦》而言，经过胡适、俞平伯等人的提倡和努力，新红学得以建立，并为学界广泛接受。在这种语境下，完全可以对中国小说进行心平气和的探讨，不必担心守旧派的排斥和攻击，不必像五四时期特意抬升白话小说。这样就可以对《红楼梦》等小说作出如实的、公正的评价。

客观地说，陈独秀对《红楼梦》的这种高度评价在当时并不算骇世之语，这已是人们的共识。不过，从五四新文化运动的领袖口中说出，自然有着特别的意义，从中可见时代文化风尚之变迁。

从陈独秀的个人境遇来看，经过多年的摸索，他逐渐意识到，中国人的事情还得中国人自己做，政治上的失败使他在思想上逐渐向传统回归，对民族文化表现出更多的认同。有了这种变化，他在评价《红楼梦》这样的本土小说时，自然不会再以西方小说为标准。当然，陈独秀本人未必清楚地意识到这一点，但境遇的改变会影响到其思想、艺术观念，这应该是没有问题的。

陈独秀在狱中和友人谈论文艺时，还以《红楼梦》为例来批评当时作家创作态度的不严肃：

> 曹雪芹十年寒窗，才写了这部著作的前八十回，态度是何等严肃（托尔斯泰的《战争与和平》也写了七年）。诗文语句的推敲，也沥尽心血，故能达到美的结晶，决非今之作家粗制滥造所能比拟。……不应草率从事，想写就写，写出来的东西轻飘飘的，没有味道，一读即完，不像《红楼梦》那样百读不厌。……听说赵子昂画百马图，未着笔前，在书房里打滚，拟马的各种姿态，再出而观马，然后下笔。百马图中的马各有不同姿态，正如曹雪芹写众多丫鬟小姐，各有各的性格一样，这种精神和技巧都是应该效法的。

尽管是政治家，陈独秀却并不赞成对作家进行过多的限制，束缚他们的创作自由，并以《红楼梦》等古典名著为例进行说明：

> 我不赞成对文艺家画地为牢，告诉他们要写无产阶级现实主义文学，不要写资产阶级浪漫主义的文学，这是办不到的，也是束缚创作自由的。中国古典文学之所以能开出绚丽的花朵，如《红楼梦》、《水浒传》、《西游记》、《儒林外史》、《西厢记》、《桃花扇》等，有哪一个是由别人出题或指出范围写成的呢？

从这些话中可见陈独秀对《红楼梦》的高度评价，更为重要的是，他还挖掘出这部小说的当代意义，希望作家们能效法其"精神和技巧"。陈独秀早年曾写过小说，尽管他此时主要精力在政治方面，但对文学创作还是看的很重要的，持一种严谨认真的态度。

以陈独秀的才气、功力，如果能有更多的时间和精力从事学术研究，可以想象其卓越的建树和丰厚的成果，从其对《红楼梦》的点滴评论中可以看出这一点。历史毕竟是不能假设的，不过，在回忆20世纪有关红学的人与事时，人们不会忘记这位当年曾叱咤风云的领袖人物以及他与《红楼梦》的那段缘分。

鲁迅是否曾骂陈独秀为焦大

陈独秀不仅多次谈论《红楼梦》，还曾被人比作小说中的人物，说起来也是一桩学术公案，这里结合相关资料，进行一番梳理和考察。

鲁迅是否曾骂陈独秀为焦大，这个问题是濮清泉在其《我所知道的陈独秀》一文中提出来的：

> 我问陈独秀，是不是因为鲁迅骂你是焦大，因此你就贬低他呢？（陈入狱后，鲁迅曾以何干之（作者注：当为"何家干"）的笔名在《申报》"自由谈"上，骂陈是《红楼梦》中的焦大，焦大因骂了主子王熙凤，落得吃马屎。）他说，我决不是这样小气的人，他若骂得对，那是应该的，若骂得不对，只好任他去骂，我一生挨人骂者多矣，我从没有计较过。我决不会反骂他是妙玉，鲁迅自己也说，谩骂决不是战斗，我很钦佩他这句话，毁誉一个人，不是当代就能作出定论的，要看天下后世评论如何，还要看大众的看法如何。

濮清泉和陈独秀所谈论的这篇文章的题目是《言论自由的界限》，后收在鲁迅《伪自由书》一书中。在这篇文章中，涉及焦大的内容如下：

> 看《红楼梦》，觉得贾府上是言论颇不自由的地方。焦大以奴才的身分，仗着酒醉，从主子骂起，直到别的一切奴才，说只有两个石狮子

干净。结果怎样呢？结果是主子深恶，奴才痛嫉，给他塞了一嘴马粪。

其实，焦大的骂，并非要打倒贾府，倒是要贾府好，不过说主奴如此，贾府就要弄不下去罢了。然而得到的报酬是马粪。所以这焦大，实在是贾府的屈原，假使他能做文章，我想，恐怕也会有一篇《离骚》之类。

这里首先要说明的是，鲁迅的记忆有误，"只有两个石狮子干净"这样的话是柳湘莲说的，和焦大无关。柳湘莲的原话是这样的：

你们东府里除了那两个石头狮子干净，只怕连猫儿狗儿都不干净。（《红楼梦》第 66 回《情小妹耻情归地府 冷二郎一冷入空门》）

显然，鲁迅这里是借古讽今，以焦大的例子来说明一种现象。问题是，鲁迅在这篇文章中将什么人比作焦大呢？

石钟扬在《文人陈独秀》一书中认为，该文中的焦大与陈独秀无关：

鲁迅 1933 年 4 月 22 日署名"何家干"发表于《申报·自由谈》的《言论自由的界限》，则似乎不涉及陈独秀。

鲁迅在这段名言后有云："三年前的新月社诸君子，不幸和焦大有了相类的境遇。"这已点明鲁迅心中活焦大是谁。文里文外，似乎都难找到证据说鲁迅"骂陈是《红楼梦》中的焦大"。

石钟扬同时还以鲁迅 1933 年 3 月 5 日《我怎么做起小说来》一文中对陈独秀的敬重为例，说明此事之不可能，认为"对濮氏之言不能全不加分析地听信"。

石钟扬的上述观点还是比较有说服力的，不过细细想来，似乎还不能解决所有的疑问：既然文中没有涉及陈独秀，鲁迅是把新月社诸君子比作焦大，为什么如此明显的事实陈独秀、濮清泉他们竟然看不出来，反倒认为鲁迅骂陈独秀为焦大呢？是不是濮清泉在撒谎呢？

从《我所知道的陈独秀》一文所述看来，濮清泉的回忆还是颇为可信的，他似乎没有必要在这个细节问题上做文章。可见，陈独秀、濮清泉之所以认为鲁迅骂陈独秀为焦大，应该是事出有因。这里笔者稍作分析。

仔细阅读《言论自由的界限》一文，可以感觉到鲁迅在该文中所说的焦大，确实主要是指新月社诸君子，话说得很明白，一般不会引起歧义。但问题在于，鲁迅在该文后两段还提到了新月社诸君子之外的人：

> 然而竟还有人在嚷着要求言论自由。世界上没有这许多甜头，我想，该是明白的罢，这误解，大约是在没有悟到现在的言论自由，只以能够表示主人的宽宏大度的说些"老爷，你的衣服……"为限，而还想说开去。

濮清泉、陈独秀认为鲁迅骂陈独秀为焦大，应该指的是这段话，显然文中的"还有人在嚷着要求言论自由"是有所指的。这个"还有人"是不是指陈独秀呢？笔者认为这种可能性不是不存在的。

《言论自由的界限》一文写于 1933 年 4 月 17 日，此前，民国政府曾两次开庭审讯陈独秀，时间分别是 1933 年 4 月 14 日和 4 月 15 日。据《国闻周报》记者《陈独秀开审记》一文的记载，陈独秀在第一次庭审回答问题时确实谈到了言论自由问题：

> （问）何以要打倒国民政府？（答）这是事实，不否认。至于理由，可以分三点，简单说明之：（一）现在国民党政治是刺刀政治，人民即无发言权，即党员恐亦无发言权，不合民主政治原则。

对庭审的情况，当时有不少报纸快速详细报道，鲁迅应该是较为关注，对情况相当了解的。他所说的"还有人在嚷着要求言论自由"是不是由此而发呢？客观地说，这种可能性是存在的。如果这里的"还有人"指的是陈独秀，那么，鲁迅为什么不同意其要求言论自由的观点呢？

这还得从《言论自由的界限》一文中找到答案。从该文可以看出，鲁迅对新月社诸君子和后面"还有人"的态度是明显不同的，对前者使用的是嘲讽的口气，对后者则要温和得多。他认为前者是小骂帮大忙，对后者则是认为不应该对当时的言论自由抱有希望：

> 要知道现在虽比先前光明，但也比先前利害，一说开去，是连性命都要送掉的。即使有了言论自由的明令，也千万大意不得。这我是亲眼

见过好几回的，非"卖老"也，不自觉其做奴才之君子，幸想一想而垂鉴焉。

可见鲁迅对后者更多的是提醒，提醒其要认清残酷的现实，不要对政府的言论自由抱任何希望。语气是带有善意的，充其量是批评，还称不上骂，也没有将其比焦大的意思。

可见，鲁迅该文中的"还有人"如果指的是陈独秀的话，他不过是提醒老朋友陈独秀，以其阅历之丰富，早该看出政府的独裁实质，不该对其存在任何幻想，这远没有濮清泉说的那么严重，不能简单地理解为"骂陈是《红楼梦》中的焦大"。

当然，限于资料，笔者还不敢把话说得太死，不过是提出一种可能性而已，《言论自由的界限》一文到底有没有涉及陈独秀，还有很大的探讨空间。

但不管怎样，从濮清泉的《我所知道的陈独秀》一文来看，他和陈独秀确实都认为鲁迅在该文中谈到了陈独秀。

鲁迅和陈独秀是五四新文化运动时期的同道，后来虽然各自所走的人生道路不同，但彼此是相互敬重的，对对方有着较高的评价。即使陈独秀认为鲁迅在文章中骂自己是焦大，但据濮清泉《我所知道的陈独秀》一文介绍，这也并不影响他对鲁迅的赞赏：

> 谈到鲁迅，陈独秀说，首先必须承认，他是中国现代作家中，是首屈一指的人物。他的中短篇小说，无论在内容、形式、结构、表达各方面，都超上乘，比其他作家要深刻得多，因而也沉重得多。……总之，我对鲁迅是相当钦佩的，我认他为畏友，他的文字之锋利、深刻，我是自愧不及的。人们说他的短文似匕首，我说他的文章胜大刀。

确实，陈独秀不是那种"小气"的人，正如他本人所说的，无论鲁迅骂得对与不对，他都不会去计较，更不会去反骂，这些都不会影响他对鲁迅的赞赏。

反观鲁迅，也是如此，他一生虽然和很多人进行过论战，可以说是骂人无数，但大多还是就事论事的，并不因事废人。他对陈独秀一直是十分敬重的，对其当年催促自己写小说的情谊还是颇为感念的。比如在《我怎么做起小说来》一文中曾说过这样的话：

> 这里我必得记念陈独秀先生，他是催促我做小说最着力的一个。

在写于 1934 年 8 月 1 日的《忆刘半农君》一文中，鲁迅对陈独秀的为人、性格作过一个十分生动、形象的比喻：

> 假如将韬略比作一间仓库罢，独秀先生的是外面竖一面大旗，大书道："内皆武器，来者小心！"但那门却开着的，里面有几枝枪，几把刀，一目了然，用不着提防。

在该文中，鲁迅还明言他"佩服陈、胡"。陈指陈独秀，胡指胡适。

可见无论是陈独秀还是鲁迅，尽管他们人生道路的选择不同，思想立场各异，但这并不影响他们彼此之间的敬重和情谊。

风
起
红
楼

他改变了人们的阅读习惯

汪原放和他的亚东版《红楼梦》

在 20 世纪红学史上，能够青史留名、占有一席之地者，大多为功力深厚、卓有建树之辈。但有这么一位人物，他既不是专门的红学家，也不是学者、教授，就其职业而言，不过是一位小出版机构的普通编辑。虽然极为普通，但在编撰 20 世纪红学史时，不论如何都要为这位人物写上一笔。就对红学研究的推动和影响而言，他并不比一般的红学家逊色，甚至还要超过他们，因为他改变了人们阅读《红楼梦》的习惯，谱写了《红楼梦》传播接受的新篇章。

此人就是汪原放。

一个新的阅读时代的到来

汪原放（1897—1980），安徽绩溪人。上海古籍出版社为其所写的传略和悼词中称其为老一辈出版家、中国古典文学整理工作者和外国文学翻译工作者。

评述汪原放对20世纪红学的贡献，需要将其放在《红楼梦》二百多年来传播、接受的大背景中进行考察。此前，《红楼梦》的传播、接受，经过了传抄和刊印两个阶段。

汪原放

从《红楼梦》创作、脂砚斋等人加批到乾隆五十六年（1791）程伟元、高鹗首次以活字版刊印，这是《红楼梦》传播、接受的第一个阶段，即传抄阶段。这一时期，《红楼梦》主要以抄本的形式在曹雪芹亲友这个小范围内流传。从有关文献的记载来看，只有脂砚斋、富察明义、永忠等少数人能读到这部作品。

稍后，《红楼梦》开始向外传播，出现了程伟元《红楼梦序》中所描述的情况：

> 好事者每传抄一部，置庙市中，昂其值，得数十金。

但由于作品的篇幅较大，抄写不易，购买一部需要"数十金"，流传范围仍然有限。因此，这一时期了解这部小说的人并不多，谈论的人则更少，甚至连袁枚这位才子也只是听说而已。

乾隆五十六年，程伟元、高鹗将经过整理、订补的《红楼梦》以活字版刊印，开辟了《红楼梦》版本及传播、流传的新阶段。

从这一年到1921年上海亚东图书馆校勘整理《红楼梦》，是《红楼梦》流传史上的第二个阶段，即刊印阶段。与抄写的费时费力相比，刊印的优势是十分明显的，不仅印刷速度快、印量大，而且大大降低了成本，它使《红楼梦》真正得到广泛的传播。不管程伟元、高鹗对作品的改动是好是坏，效果如何，他们为大众提供了一个《红楼梦》的定本，并使其快速、广泛流传，其对《红楼梦》传播、接受的积极推动作用和重大贡献是不可否认的。

1921年，汪原放校点整理的亚东版《红楼梦》的出版，标志着《红楼梦》传播、接受新时代的到来。据此可以将其后一个时期的《红楼梦》传播、接受称作精印阶段。之所以称作精印，主要有如下三个原因：

一是校勘整理者用十分严谨认真的态度对待小说。此前的小说刊印虽然也不乏质量精良者，但就刊印者的动机而言，大多是为了牟利，当然也会有个人爱好的因素在内。而汪原放的整理则受到新的时代文化风气的影响，有明确的学术目的，将小说作品的校勘整理当作一件十分严肃的工作来做，这是先前所不曾有的，它和胡适、鲁迅等人所进行的小说研究是异曲同工的。

二是亚东版的《红楼梦》一改以往小说刊印的格局，借鉴西方书籍的排版方式，采用新的版式和标点，改变了人们长期形成的阅读方式和习惯。这种排印方式一直延续到现在，为人们广泛接受。

三是亚东版《红楼梦》的整理出版得到了胡适、陈独秀等著名学者的大力支持和帮助，与当时新兴的通俗文学研究紧密结合，成为其中的一部分。

最能说明这一问题的一个事实是，胡适开风气之先的小说考证文章大多是作为序言刊载在亚东版标点本系列小说上。借助这种新型的作品整理本，胡适等人的最新研究成果得到迅速、广泛的宣传和普及，巩固、落实了五四新文化运动的成果。

1921 年，这在 20 世纪红学史上是一个特别值得纪念的年份，它标志着一个新的阅读及学术时代的到来。正如魏绍昌在《谈亚东本》一文中所说的：

> 二十年代初，上海亚东图书馆标点本《红楼梦》的出版，标志着新民主主义革命时期胡适派新红学的发轫。胡适的第一篇重要红学著作——《红楼梦考证》，当初就是作为这部号称用"科学方法整理的"亚东本《红楼梦》的代序出现的。

在追述和还原这段颇具传奇色彩的历史时，我们不要忘记汪原放这位现代出版业的先驱，他是 20 世纪一个新阅读时代的催生者和开创者。

当时还没有别的人和书店做这一项工作

《红楼梦》是亚东图书馆新标点本系列小说中的一部。此前，亚东图书馆已经推出了《水浒传》和《儒林外史》，在社会上产生了较大的影响。胡适在《胡适口述自传》一书中称这些小说为"有系统的整理出来的本子"，并对其特点进行了概括：

> 一、本文中一定要用标点符号；二、正文一定要分节分段；三、[正文之前]一定要有一篇对该书历史的导言。这三大要项，就是所谓"整理过的本子"了。

《红楼梦》因为篇幅太大，整理、排印不易，被放在后面刊印。

亚东图书馆新标点本系列小说的出版固然有其偶然因素，但细究起来，也有其内在根源，可以说它是各种时代文化因素相互作用的产物。汪原放事后在追述这段往事时，对此有着比较明确的认识，如他在 1977 年 2 月 14 日给山东师院《集外集拾遗补编》注释组的信中曾这样写道：

> "五四"时期白话文得到提倡，逐步取代了无标点、不分段的文言文，翻译国外的作品也逐渐地增多。这种标点、分段的文体、印刷，深为读者所喜见乐闻。在这一新文化运动的影响下，我开始校点、整理我

国一些历来就拥有广大读者的古典小说。我记得当时还没有别的人和书店做这一项工作。

确实如此，如果没有新文化运动对白话文的提倡和对古代小说的褒扬，很难想象汪原放会如此下力气来整理那些不登大雅之堂的稗官小说；如果没有西方文化的传入，同样很难想象汪原放缺少可资借鉴的样式读本，他会别出心裁地创造一种全新的版式和标点。

是时代文化新风为汪原放的新标点本小说作了良好的铺垫，但这只是提供了一种可能性和基础，能否抓住这一良机，则需要个人的眼光和智慧。

亚东图书馆在当时只是一家很普通的出版机构，论财力和名气，都无法与商务印书馆、中华书局等著名出版社相比，它之所以能脱颖而出，领出版之新风，与编辑汪原放及其叔叔——亚东图书馆的老板汪孟邹是分不开的。

汪原放在《回忆亚东图书馆》一书中是这样回忆起初计划出版新标点本小说时的情形：

> 是"五四"后，我大病一场，到1920年初，总算好了。有一天，我忽然对着鉴初兄（胡仲荪）说："仲荪哥，我有一个计划，要出四部加新式标点符号和分段的大小说：《水浒传》、《红楼梦》、《儒林外史》和《西游记》。先出一部《水浒》，要校得没有错字。如果不成功，算了；如果成功，再作第二部。"
>
> 仲荪哥搓着手，笑着说："好，好。我看一定行。"……
>
> 我于是只管去买了几种石印的、铅印的《水浒传》，又买了红银砂，动手标点起来了；同时用蓝色做分段的记号。
>
> 记得我把《水浒》标点、分段都已经预备好，急于要付排时，我的大叔对我说："事情大概可以做。不过把金圣叹的眉批夹注一概删掉，妥当不妥当？事情不是好玩的，标点、分段，靠得住靠不住呢？"

《回忆亚东图书馆》

汪原放之所以动起这个念头，显然是受到新文化运动的影响，这可以从他对四部小说的选择上看得出来，这四部小说在新文化运动期间受到较高的评价。

此外，想到加新式分段符号和标点，则与汪原放对英文典籍的熟悉有关。据《回忆亚东图书馆》一书记载，1914年，汪原放交了十块大洋的学费，到青年会夜校学习英文，一直学到1918年，此后仍坚持自学，并阅读、翻译了不少外国著作。对外国典籍的熟悉使他可以借鉴外文书籍的版式和标点来整理出版中国小说。如果不是对英文的熟悉，汪原放也许不会想到这个主意。

汪孟邹之所以觉得"事情大概可以做"，与其开明的思想有关。他早年就读于江南陆师学堂，接受维新思想，后来创办芜湖科学图书社，出版《安徽俗话报》，思想、行动还是很能跟得上时代的。也正是为此，他对汪原放的计划是支持的，只是作为老板，他还必须考虑经济效益问题。

亚东版新标点本系列小说之所以能顺利刊行，还与胡适、陈独秀等人的大力支持和帮助有关。亚东图书馆与陈独秀、胡适有着很深的渊源关系。

据汪原放《回忆亚东图书馆》一书记载，早在江南陆师学堂时期，其父亲汪希颜、叔叔汪孟邹就已经与陈独秀有着较为密切的交往，此后来往更是频繁，并合作开办《安徽俗话报》。陈独秀担任北京大学文科学长后，推荐亚东图书馆在南方代理北京大学出版部的书籍，可见他还是很照顾老朋友的生意的。

汪原放提出刊印新标点本小说的计划之后，汪孟邹虽然觉得可行，但心里没有把握，就向陈独秀征求意见。陈独秀的反应是：

> 很高兴，说："这有什么出不得！好的，我来拿去看看罢。"

> 过不了两天，仲翁又来了，说："我看过了，还要得。眉批夹注，删掉不错，让读者自己读。"一面又对我大叔说："前些时，适之有信给我，说他要写一篇关于《水浒》的文章。我昨天有信给他，告诉他原放在标点、分段，打算要排印了，要他早点把《水浒》的文章写好，或者可以放在前面做序。且看他回信怎么说。"

大叔道："仲甫，你也要写一篇才好哩。"仲翁当然答应了。

有陈独秀的支持和帮助，并答应写序，还拉来胡适的文章，这对汪原放无疑是一个很大的鼓励，汪孟邹自然更觉得此事可行了。能得到胡适的帮助和配合，对亚东图书馆来说意义重大，后来陈独秀因忙于政治活动，对这套书籍虽然也写了三篇序，但并没有更多地参与，倒是胡适，一直出谋划策，成为核心人物。

说起来，汪氏叔侄和胡适也是老朋友了。据汪原放《回忆亚东图书馆》一书介绍，早在1916年，他们就已看到胡适的《藏晖室札记》，对其观点很是赞成。同年5月19日，汪孟邹在给胡适的信中已谈到合作之事：

> 将来撰稿有需于吾兄者甚多，当求竭力相助。蒙许刻短篇小说，至为感激无涯。

1917年12月到1918年1月，汪原放还曾在北京胡适的住所住了一个多月。正如汪原放所言：

> 因为有这段交往，亚东又出了胡适的新诗《尝试集》和翻译的《短篇小说》，加上有陈独秀的关系，所以他热心支持我出版标点、分段的《水浒》和其他古典小说。

胡适晚年也曾提及此事，他在《胡适口述自传》一书中回忆道：

> 从一九二〇（民国九年）到一九三六（民国二十五年）的十六年之间，我就化了很多时间去研究这些传统小说名著。同时，我也督促我们的出版商之一的"亚东图书馆"在这方面多出点力。"亚东"是一家小出版商。它除掉陈独秀和我们一般朋友，编写了一些书交给他出版之外，简直没有什么资本［来印其他的东西］。最后我说服了他们来出版我们的……"整理过的本子"。对了，"有系统的整理出来的本子"。

另据魏绍昌《谈亚东本》一文介绍：

> 胡适于一九〇四年到上海，在上海中国公学、震旦大学求学时期，经常与安徽籍的同学到汪孟邹办的书店里去作客。

如此说来，胡适和汪孟邹认识的时间当更早。

胡适、陈独秀两人之所以如此热心支持和帮助亚东图书馆推出新标点本小说，固然有友谊的因素在，但也有更深更远的考虑，特别是对胡适来说，正可以借助出版商，达到普及学术、开启民智的目的，将他整理国故的提倡落到实处。

胡适、陈独秀的参与保证了新标点本系列小说的学术品位，同时他们在当时显赫的名声也成为亚东图书馆无形的广告。学者与出版商的密切配合使亚东版新标点本系列小说获得了很大成功，这在中国现代学术文化史上，是一个具有标志性的事件，影响深远。

此事关系亚东前途太大

在亚东图书馆所推出的十几种新标点本小说中，无疑以《红楼梦》最为引人注目，影响也最大。对学术史而言，它的出版，标志着新红学的诞生。从此，《红楼梦》研究成为一门具有现代意义的学科，受到学界的关注。

在这些新标点本小说中，以《红楼梦》的出版最费周折，这是因为该书篇幅大，成本高，且情况复杂。亚东之所以先出《水浒传》、《儒林外史》，就与此有关。正如汪原放在《回忆亚东图书馆》一书中所言：

> 因为资本问题，商量来，商量去，《红楼梦》篇幅过大，不能不放到后面再出。

亚东版《红楼梦》的整理、出版过程如何，胡适的《红楼梦考证》是在什么情况下写出来的，此前由于资料的缺乏，难以确知，不少研究者在谈到这一问题时，大多一掠而过，语焉不详。

直到《胡适遗稿及秘藏书信》一书出版后，这一谜团才得以解开。该书共收录汪孟邹致胡适书信60封，汪原放致胡适书信29封。借助这些珍贵的资料，可以了解事情真相，还原这一段颇为有趣的历史。

由于《胡适遗稿及秘藏书信》一书印量极小，价格昂贵，且所收资料皆为影印，未经整理，看到该书者较少，使用者更是寥寥，因此下文会尽量多引述，意在为读者提供参考。

从汪孟邹、汪原放叔侄给胡适的书信来看，他们两人实际上是有分工的，汪孟邹作为老板，主要谈大事情，比如如何出版、销售、约请做序者等。汪原放作为校勘整理者，主要谈具体的事情，比如如何标点、分段等问题。

请胡适写《红楼梦考证》主要是汪孟邹在做工作。从汪孟邹给胡适的书信来看，这篇具有开创意义的宏文实际上是在他的不断催促下产生的，胡适显得较为被动，并不像他后来所说的那么从容。

1920年12月4日，汪孟邹给胡适写信，第一次谈到为即将排印出版的《红楼梦》写序的事情：

> 《红楼梦》有一千二百页之多，阴历年内为日无几，拟陆续排完，待开正再行付印，约阴历正底二初即出版发行也。但排版费一项亦非千元不可，甚为不易。现拟发售预约，收些现款，以资补救。不识吾兄是拟代撰一篇考证，或是一篇新叙，请斟酌函知，以便登而告白。兄的北京友人中尚有熟读《红楼》，可代撰叙者否，所代接洽告知为荷。仲甫仍作一叙，已与他接洽过也。

请胡适写序，一是因为他此前已写有《水浒传考证》、《吴敬梓传》，似乎形成了惯例，《红楼梦》出版，也要写篇序；二是因为《红楼梦》篇幅较巨，刊印成本太高，需要胡适作序进行宣传。

胡适的回信现已无法看到，不过从汪孟邹12月11日的书信来看，胡适不仅对发售预约的事情持异议，而且还不大愿意做序。为此汪孟邹进行了说服工作：

> 所云《红楼梦》。共分三节，除怕有错误一节，由原放另行详达外，其怕滞销一节，有点与事实不符，炼业此近二十年，略有些经验，凡出版书籍，必须同类的至少有三五种，方可畅销，否则独木不成林，一定不行，不但毫无滞碍，且相得而益彰。《儒林》一号出版，销路不减《水浒》，且带销《水浒》不少，是其确证。炼意《红楼》销场将来必较

《水浒》、《儒林》尚要加好。炼是一苦鬼，如果真无把握，决无如此冒险之理。此节请兄不必代为过虑。至吾兄因病不能做文，与《红楼》的材料最不好找，的是一个问题，使炼十分焦灼，但此事欲罢不能。一是告白早已大登特登，值问何时出版者非常之多，一是已排至八十余回，排版并纸版费近一千元之多，不但过缓势有不能，即今岁不卖预约，我的经济上亦将不许。现拟得吾兄许可后，即开始卖预约，至阴历年终截止，收回一千元的费，大约不难，阴历开正即行付印，二月初旬出版。炼意兄的病体虽未全好，但此叙至阴历正月底以前做好，并无妨碍，尚有三个月之时间，未识可以应许我否。此事关系亚东前途太大，请酌复，炼真无任感激也。

从汪孟邹的回复来看，胡适对《红楼梦》的出版没有信心，他担心新标点本出错，担心卖不出去。至于做序，他实际是想拒绝的，因为自己正在生病，且《红楼梦》的材料不好找。这让汪孟邹有些着急，他在书信中一方面给胡适鼓劲，让他不要为销售的事情担心，另一方面又道出了自己的困难，《红楼梦》已经排了八十多回，资金投入一千多元，可以说是骑虎难下了，最后告诉胡适，做序的事情可以宽限三个月的时间。可谓晓之以理，动之以情。作为老朋友，胡适是无法推脱的。但他对发售预约一事还是不满意。

为此汪孟邹于 1920 年 12 月 14 日写信，进行解释：

> 有正八十回本昨晚已快邮寄上，兄谓此种书卖预约不甚相宜，炼深以为是，故排印《水浒》时，拟卖预约，后即因此中止。但《红楼》卖预约，一是靠《水浒》、《儒林》的信用，因此二书排印校对，舆论对之尚佳，二是《红楼》盼望早出版者较《水浒》、《儒林》尤甚，来问的甚多，即卖预约，即有定期出版，盼望者较有着落，可以安慰。三是预约较特价尚要从廉，于买者亦殊经济，四是排版并纸版费已近一千元。纸张飞涨，年外更费，不得不办好若干刀，须巨款，年关之过，甚属为难，是以预约出于不得不行，但事实上亦尚可以行也。

寄有正本过去，说明胡适已经答应写序，并开始寻找材料。对于发售预约一事，胡适和汪孟邹的看法不同也是很正常的。胡适是局外人，会更多地从社会反应方面着眼，而汪孟邹是书店老板，面临着资金缺乏的实际问题，卖预约则是个解决燃眉之急的好办法。虽然胡适反对，但他仍坚持这样做，并反复解释，以求得胡适的理解和支持。

稍后，汪孟邹似乎还不放心，在1920年12月19日的书信中又叮嘱了一番：

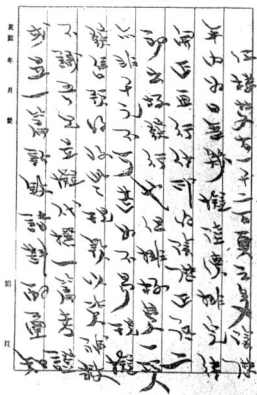

> 《红楼》的叙是一定靠得住的，感甚，感甚，广告所载的是叙，届时如改为考证，不但无妨，且更好也。

话说到这个份上，胡适已无推脱的余地了。

汪孟邹致胡适信札

但此后很长一段时间里，胡适并没有动笔。大约到1921年3月的时候才开始着手。1921年3月12日，汪原放在给胡适的信中曾提及此事：

> 听说兄已着手做序，我更乐极了！

在1921年3月24日的信中，汪原放又提到这件事：

> 兄乘着罢课的机会便动手做《红楼梦》序，那是万没功夫做吴敬梓新传了。

据胡适的日记，他是3月27日写完《红楼梦考证》初稿的，在不到一个月的时间内完成，确实写得有些仓促。可见他本人也不满意，随后就让学生顾颉刚帮他补充材料，想重写一番。

1921年4月1日，汪原放给胡适写信，说自己已收到这篇文章：

> 你的信和《红楼梦考证》均已收到了！

> 《红楼梦考证》已经付排，大约一礼拜左右可以打一份清样，连同原稿寄上，还要请兄自己再校一遍。（原稿付印时，不得不加上几种排法记号，我想该不碍事罢。）

历史就是这样富有戏剧性，当胡适被汪氏叔侄连劝带逼，赶着写《红楼

他改变了人们的阅读习惯

梦考证》时，不知道他有没有意识到，此事对 20 世纪红学研究的重要意义。其后，胡适多次提及自己撰写《红楼梦考证》之事，但省略了这些颇有些狼狈的细节。说句玩笑话，当时的胡适，想不成为新红学的开山祖师，汪氏叔侄都不允许。

本子应多备几种拿来校对才好

在亚东版《红楼梦》排印、出版的过程中，汪孟邹是位掌舵者，他决定发售预约的销售方式，并约请胡适、陈独秀写序。随后，具体的工作便由汪原放来做了。在校点整理《红楼梦》的过程中，汪原放得到了胡适的热情支持和帮助。可以说，没有胡适，汪原放的工作就不会做得这么出色，这部书也就不会有如此大的影响。

在校点、整理过程中，汪原放随时向胡适请教，或借用重要版本，或请校看清样，或请教其他问题。在 1920 年 12 月 11 日给胡适的书信中，汪原放曾说过这样的话：

> 我发愿点读精校、精印三部大书，实在是勉勉强强，大着胆子；因为我的学识，自己晓得，薄弱的很，现在弄出来的两部，虽然自问尽心竭力，以事为事，无奈没有学问提着，竟有许多"弊漏"，我真惭愧的很！

> 我除兄和仲翁两处，实在无处去请问了。

这并非谦虚，确是实情。汪原放由于父亲早丧，小时候只上了七年学，13 岁就到叔叔汪孟邹开办的芜湖科学图书社里做学徒，没有接受过系统、严格的教育和学术训练，是靠自学成才。此时他不过是个二十三四岁的小青年，知识上的欠缺是可以想见的。

也正是为此，在校点、整理小说的过程中，他把胡适、陈独秀当作了良师益友，随时请益。胡适、陈独秀也总是耐心给予指导。这样，汪原放的业务水平也在短时间内得到很大提高，这批小说刊出后十分畅销，这无疑是读者对其劳动的一种肯定。

以下按照时间顺序，以汪原放与胡适的往来书信为主要依据，来还原亚东版《红楼梦》的整理出版过程。此前，为《水浒传》和《儒林外史》的出版，两人已多次通信。

两人开始谈论《红楼梦》，是在 1920 年 10 月 11 日，在给胡适的信中，汪原放写道：

> 兄的木板《红楼梦》请借我用一用，我借得一部道光本。我想本子应多备几种拿来校对才好。

不知这个木板《红楼梦》是哪个版本，也不知是否借给了汪原放。汪原放当时的想法是多用几种版本来进行校对。

1920 年 12 月 6 日，汪原放就版本的采用问题，向胡适请教：

> 《红楼》此刻已经排到七十多回了，有正本第八十回的末了还是"且听下回分解"，八十回本中也有些地方不如今本，"黛玉焚稿"那些好文章都在八十回以后，所以我以可用一百二十回本不错，对不对，请兄指点。

可见当时有八十回本和一百二十回本可供选择，汪原放倾向于用一百二十回本为底本，理由也比较充分：一是八十回本有些地方不如今本，二是一百二十回本的八十回之后还有好文章。胡适的书信虽然已经看不到了，但可以想象他是同意汪原放想法的。

确定好底本后，汪原放又于 1920 年 12 月 11 日写信给胡适，请他帮忙校看清样：

> 《红楼》已打纸版的，有了七十回，这七十回中，一定有许多错处。……现在我作快件先寄上五册清校，请兄大体翻阅一过，指出谬误，以便改正。如兄不能看，还要请兄代请一位校看一遍才好。能校过一册，随寄一册回改最好，因为有些错处非经人指出，我还不自知呢。

不仅让胡适做序，还要请其帮看清样，这样的要求似乎有些过分，但由此也可看出当时亚东图书馆汪氏叔侄和胡适的交情之深。否则，换成别的出版商，未必敢提出这样的要求，提出了，胡适也未必肯买账。

胡适当时确实很忙，自己顾不上时，就让自己的侄子来一起帮看清样。

1921年1月19日，汪原放给胡适写信，一是继续请其帮看清样，二是探讨分段的问题：

> 我因为夹着补排一至二十四回里错的那些页数，不免忙了一点，所以今日才复，请你原谅我。
>
> 补排比新排困难一点，因为要记住行数的缘故，但是我丝毫不畏惧。一至二十回里非改不可的近二十余页，此刻一齐补好了，我的心里这才好过了，舒服了。
>
> 近来对于分段觉得稍有把握了。因为我实验了一下子。第二册未到之先，我把初校看了一遍，把错处标明；后来收到时，一对起来，果然我标出是错了的那个地方，令侄标了一个"#"号，我想第一是得着"每段起头无主词，又实不该分段"那一句话的力；第二是得着"选录"的力；第三是得着令侄改的第二册的力。这是应该竭诚地感谢你们的。
>
> 今日作快件寄上六、七、八三册。这三册里分段的错误还是不少，望你们替我指正。八十回以后，我敢说决没有主词的分段了，但是不能恰到好处的分段，还是一定免不了的。
>
> 第七十八回里祭晴雯一篇文，我虽然大着胆子点了起来，我想错的一定不少；所以我这一回的活版搁下了。于今寄上一份清样，请兄把分段和标点齐改一遍。以前寄上的都是打好纸版的，我想兄因晓得改起来费事，或者有许多不妥的地方也就不改了；所以这一次单用这一回试一试，有不妥的，请一齐改一改，我想我必能格外得着许多益处。第二十三页上那首歌，我觉得用问号不如惊叹号，但是解决不下。
>
> 词诗序评的次序，望替我定一定。

从信中的内容不难看出，汪原放标点、分段的态度极为认真，可以说是当作一门学问来做的，此前的书坊老板是不可能以这样态度来刊印小说的。由于处在摸索时期，在今天看来在小学就应该解决的标点、分段问题，此时却显得困难重重。好在有胡适等人的帮助，汪原放逐渐变得比较自信，其校点整理的水平也在不断提高。

为此，胡适在1921年1月23日的信中对汪原放进行了鼓励：

> 你如此做去，我可断定你得益不少；等到你圈读第四部书时，你定可不须别人帮助了。
>
> "每段起头无主词"一句话，说的容易，做到很难。上次思永为了"大观园题咏"一回，感受困难不少。他来问我，我也着实感受困难。那一册你收到了吗？
>
> 词、诗、序、评，我另纸圈出。
>
> 七十八回，明天寄出。

对古代小说的标点、分段，正好实践、落实了胡适早先所提倡的标点符号理论。胡适的兴趣自然也很高。从某种意义上来说，亚东版新标点本系列小说的刊印实际上是一次极为可贵的学术实验，积累了许多宝贵的经验和教训，它对古代通俗文学的校勘整理有着积极的推动作用。

1921年1月31日，汪原放致信胡适，报告排印进度：

> 七十八回，高鹗的序，高、程合作的《例言》，都已收到。谢谢你，谢谢令侄！
>
> 印刷局明后天要停工了。《红楼》一至一百的纸板已经打齐，还有二十回也已排好，不过要明年（阴历）再打纸板了。正初开印，大约须一个月才印的齐。

1921年1月31日是农历腊月二十三，为小年，这一年的春节在2月8号。书局此时要放假，大家忙于过年，印刷局要停工，所以《红楼梦》的排印也要停上一段时间。

春节过后，《红楼梦》校点整理完毕，就等开机印刷了。此时，汪原放已经开始校点《西游记》。对《红楼梦》出版之事，他在1921年2月24日的信中略有提及：

> 《红楼》出版，便须重印。我想到再版时拣可改的改一过，那时再加几页《再版勘误》进去。

书还没有出版，就已经想到再版改进的问题，由此可见汪原放严谨、认真的态度，老一代出版家的这种精神着实令人钦佩，也让今天那些粗制滥造的出版商们汗颜。亚东新标点本小说的成功绝非偶然，一分耕耘一分收获，虽是老话，却无比正确。

1921 年 3 月 12 日，汪原放在给胡适的信中写道：

> 《红楼》清样，看见洛哥的信，知日内可以寄下，我乐极了！

1921 年 3 月 24 日，汪原放致信胡适，又提到《红楼梦》重版的事情：

> 《红楼》出版之后，便要再版。

1921 年 4 月 1 日，汪原放又向胡适报告《红楼梦》的出版进度：

> 《红楼》末页已经重排，把那极重要的五字加入了。这一点我无论如何看不出来！好险！好险！
>
> 贾政问宝玉的八股文课艺那一回已经印过，我明日寄上一份，请兄看一看。如果错的不堪，只好把这一回重印。
>
> 《红楼》大约二十五、六号可以出版。出了版，我立即北上。……这些一百回、一百二十回的书，真不易印！这次印《红楼》，我真受了大教训了！

易印不易印，关键看出版者的态度。如果责任心不强，草率从事，就很容易刊印。如果像汪原放这样精益求精，临印刷前还在不断改进，甚至错误如果多了，还要重印。这样一来，自然就不容易印了。

在点校整理《红楼梦》的过程中，亚东图书馆编辑胡仲荪也曾参加。汪原放在《回忆亚东图书馆》一书中曾提到此事：

> 记得《红楼梦》还是我和鉴初兄在洋蜡烛下校成的。

另据魏绍昌《谈亚东本》一文介绍：

> 其时印刷厂还没有新式标点符号的铅字，由群益书社的陈氏兄弟发起自铸铜模，帮助解决；其时懂得使用新式标点符号的人还很少，汪原放因为在上海青年会上夜校补习英文，学习了新式标点，便"理所当然"地由他来担任这项工作了。

1921 年 5 月 5 日，亚东版《红楼梦》终于出版。该书以道光年间双清仙馆本为底本，并用有正书局本、日本明治三十八年铅印本等版本为校本。卷首有程伟元的《红楼梦》序、胡适的《红楼梦考证》、陈独秀的《红楼梦新叙》和汪原放的《校读后记》。全书为三十二开本，分精装、平装两种，精装三册，平装六册。初版印了四千部，定价为平装三元三角，精装四元二角。

从初版本到重印本

亚东版《红楼梦》出版后，受到欢迎。一年后即 1922 年 5 月，亚东图书馆便决定再版。这次再版正文照旧，但卷首的附录却有较大变化，其中最为引人注目的是胡适的《红楼梦考证》改定稿。前文已经谈到，由于生病、资料不容易找、事务繁忙等原因，这篇文章的初稿是在较为匆忙的情况下写成的，前后不到一个月的时间，属于急就章。

初稿写成之后，胡适本人也不满意，就让学生顾颉刚帮忙补充材料，后来俞平伯参与进来，三人形成了一个较为松散的《红楼梦》研究小组。经过几个月的搜罗，所掌握的资料大为改观，胡适在此基础上写成《红楼梦考证》改定稿。改定稿的具体写作过程本书其他部分已有较为详细的介绍，这里不再赘述。

1921 年 11 月 12 日，胡适完成《红楼梦考证》改定稿。11 月 15 日，汪原放还在写信催问改定稿的事情：

> 《红楼梦考证》已经修改成功没有？望早早寄出。三四日内就要排第三册了。

这部分内容估计写于前一天晚上，因为后面又说道：

> 今早接到《红楼梦考证》原稿了。我高兴极了！稿都齐了！

速度真够快的，看来胡适一完成改定稿就寄往亚东图书馆了。

1922 年 5 月 20 日，汪原放又给胡适去信，谈论稿件事宜：

> 《红楼》的跋，要不是兄把原稿寄了来，校对很觉有点困难，单"向来《红楼梦》一书，所以容易视人穿凿附会"一句，我疑有两个错字，看了原稿才知道果然。

再版本除了胡适的《红楼梦考证》改定稿和附记外，还增加了三篇文章，即蔡元培的《〈石头记索隐〉第六版自序——对于胡适之先生〈红楼梦考证〉的商榷》、胡适本人的《跋〈红楼梦考证〉》和《答蔡子民先生的商榷》。此后直到 1927 年，亚东版《红楼梦》又印了五次，卷首内容与再版本相同。这样一来，流传广泛、在社会上产生较大影响的是胡适的《红楼梦考证》改定稿，其初稿倒反而比较少见了。

虽然多次重印，销路还算不错，但汪原放本人并不满意，具体原因他在初版本《校读后记》中说得很明白：

> 我这一次最抱歉的就是开始标点时我不曾知道胡适之先生有一部乾隆壬子的程排本。等我知道此本时，已太晚了，不及用来校改了。前半部虽有一些地方是承胡思永君用适之先生的程排本来校改的，但全书不曾用那个本子作底本，究竟是一件大不幸的事。我希望将来能有机会补正这一回缺陷。

汪原放的不满意主要是在底本方面，正如他在重排本《校读后记》中所说的：

> 这是我早就立志要把旧版子毁了，重印新版的第一种原因。

另一个原因则是因为出版时间较仓促，存在不少疏误和不满意之处。这里重点介绍底本问题。

1921 年 1 月 23 日，胡适写信告诉汪原放有关程乙本的消息：

> 我的木板（活字木板）《红楼梦》前面有高鹗一序及"小泉（即程），兰墅（即高）"合作之《例言》为他本所无。序为乾隆五十六年，例言为五十七年，皆可供考证。故我叫永抄出寄给你付排，可排在程伟元一

序之次。我这部确是乾隆辛亥本。有正本并不是原本，其题为"国初抄本"，更不通！有正本已有批注，其为晚出本无疑。

……我若早知你们动手点读《红楼梦》，我早把我的乾隆无批本借给你了。等到我知道时，你们已排了七十回了！

对此，汪原放在1921年3月24日的书信中表示：

《红楼》未用兄的木板本校对，真是大错！这是我做事太不老靠的结果！但是现在悔也无及了！大愿这部书一二年内又有重排的希望。

前承抄给我的《红楼梦引言》和高鹗的序里面说是有许多改了的地方，但我这次并未用乾隆本校对，若把这两样排在卷首，我的《校读后记》里真不知道何说法好了。我想现在既有不能等用乾隆本校后再重排的苦衷，只好不说到乾隆本，只就我用的四种本子记出，又把那乾隆本所有的两文昧心暂不加入，不知兄以为当否？这一件事望兄指点我！

在信件上方，汪原放又加了一句：

如果兄以为加入无碍，请示知。

未能用程乙本作底本或校本，其实这也算不得什么过错，但对想多用几种版本校对的汪原放来说，却是一件十分遗憾的事情，而且为此感到十分自责，其敬业态度真是令人钦佩。

1922年，亚东版《红楼梦》再版不久，汪原放就开始校读程乙本。对此，他在1927年重排本的《校读后记》中曾有介绍：

民国十一年（一九二二），我就问适之先生把这个本子借了来，开始做校读的工作。我的方法是用我从前根据道光壬辰（一八三二）刻本而以他本互校成功的标点本作底子，把应该全照"程乙本"改的地方一起誊过去。

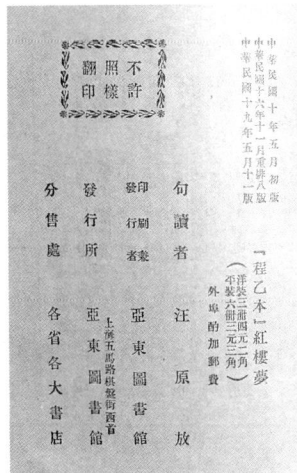

亚东图书馆版《红楼梦》版权页

他改变了人们的阅读习惯

1922 年 7 月 6 日，他在给胡适的书信中讲述了自己的校读计划：

> 我今夏决用乾隆本把《红楼》校读完毕。我现在校了廿回，觉得乾隆本比一切的本子好的多多！

到 1923 年夏天的时候，汪原放仍在校读程乙本。这一年的 7 月 7 日，他在给胡适的信中写道：

> 我现在白天点《后水浒》和校《红楼》，夜里读元曲，觉得很快乐。

这一工作拖的时间相当长。之所以如此，是因为汪原放精益求精，把底本校了好几次，据他在 1927 年重排本《校读后记》中介绍：

> 据我的底稿看来，民国十一年六月二十四号以后我曾将全书校过一次，十二年五月十五号以后又校过一次，同年十二月六号以后又校过一次。

1926 年 6 月 27 日，汪原放在给胡适的信中，还在探讨校对的问题：

> 容君所举"抄本"的例均已用"程乙本"校过。为便利起见，不曾另外列表，我把不对的一概在附来稿上标明了。九十二回的两条，前一条亚东本也有，不过不如程乙本及抄本详细，后一条，亚东本没有，但程乙本和抄本是相同的。
>
> 我校后，觉得程乙本和抄本有一两字相差的地方为多，大不同处，依一百多例来看，只有以下几处：
>
> （1）晚饭后，你来再说罢。这会子有人，我也没精神了。（四二）
>
> （2）我虽然挨了打，却也并不觉疼痛，这个样儿是装出来哄他们，好在……（七三）
>
> 不知是不是容君抄落了？容君的以下例：
>
> 心里不禁忽然一动，忽有所感。
>
> 他虽出"第三十回十七"，当指亚东本（前后都用亚东本查出），而亚东本的三十回止到十六页。据此，也许写稿时有错误。
>
> 这一点值得注意。如果容君不错，抄本和程乙本当是两种本子；如果写脱了，抄本和程乙本可说是一种本子（先后是另一问题），正如程甲本和亚东本等是一种一样。

信的后面还说：

> 用程乙本作底本的《红楼》，明年可以印出。

这里所说的"容君"指的是容庚。他于 1924 年 11 月在地摊上买到一部旧抄本《红楼梦》，据此他认为"百二十回本是曹氏的原本，后四十回不是高鹗补作的"，并撰写《红楼梦的本子问题质胡适之俞平伯先生》一文，举了很多例证，刊发在 1925 年 11、12 月的《北京大学研究所国学门周刊》上。汪原放用程乙本为底本来校点《红楼梦》，自然要关注版本研究方面的新成果，参考此文。

经数年的努力，1927 年 11 月，亚东图书馆终于推出了以程乙本为底本的重排本《红楼梦》。胡适为此还专门写了一篇序言，即《重印乾隆壬子本〈红楼梦〉序》。在这篇序言中，胡适开头就对汪原放的研究精神给予肯定：

> 从前汪原放先生标点《红楼梦》时，他用的是道光壬辰（1832）刻本。他不知道我藏有乾隆壬子（1792）的程伟元第二次排本。现在他决计用我的藏本做底本，重新标点排印。这件事在营业上是一件大牺牲，原放这种研究的精神是我很敬爱的，故我愿意给他做这篇新序。

在序言的最后，他又说：

> 这个程乙本流传甚少；我所知的，只有我的一部原刻本和容庚先生的一部旧抄本。现在汪原放标点了这本子，排印行世，使大家知道高鹗整理前八十回与改订后四十回的最后定本是个什么样子，这是我们应该感谢他的。

胡适的话对辛苦了数年的汪原放来说无疑是一个极大的安慰。

除了胡适的新序外，汪原放也重写了《校读后记》。此外，重排本卷首还增加了兰墅、小泉的引言和高鹗的序言。本来 1921 年刊印初版时就可以收入程乙本里的这个引言和序言的，由于没用程乙本做校本和底本，汪原放虽然感到很遗憾，但仍未予收录，这次这个遗憾终于得以弥补。

增加新的序言，初版及再版时的附录仍然予以保留，这样一来，亚东版《红楼梦》卷首的内容着实够丰富的，大致相当于在正文之前附录了一部小型的论文集，其学术含量是可以想见的。

需要说明的是，重排本也没有全照程乙本排印，对此汪原放在《校读后记》中进行了说明：

> 我们起先的意思本想完全照样翻印"程乙本"，但后来，事实上有不可能的。"程乙本"的前半部的错字比较的还算少，但到七八十回以后，错的很多，倒排的也不少，尤其是第七十八回，单这一回竟有二十几个错处。这些地方，我们都用别本参照校改了。

重排本推出后，受到读者的欢迎，到1948年10月，共再版了8次。流传广泛，影响深远，成为20世纪20年代至50年代间最为流行的一个版本，正如魏绍昌在《谈亚东本》一文中所说的：

> 直至1954年在全国发动了对胡适派《红楼梦》研究问题的批判以前，亚东本始终占据着《红楼梦》各种铅印本中的优势地位。

在20世纪的红学史上，汪原放和他的新校点本《红楼梦》注定要被浓墨重彩地写上一笔。

我们应该感谢他

前文已经提到，亚东版新校点本系列小说的出版，是各种时代文化因素相互影响作用的产物，其中既有汪孟邹、汪原放叔侄俩个人的努力，也有新的文化思潮的影响。胡适、陈独秀、钱玄同等学人的热情支持和帮助，使新标点本小说获得了更为丰富、重要的价值和意义。可以说，它是新文化运动和整理国故运动的拓展和延续，使抽象、纸面的理论化为具体可感的物象。

借助亚东版新标点本小说的广泛流传，胡适等人的主张在公众中得到了普及，既巩固了新文化运动和整理国故运动的成果，也使其深入人心，对整个社会的学术文化事业产生积极、良性的推动作用。在评价汪原放和他的新标点本系列小说时，不能仅仅将其局限在出版领域，应将其放在中国现代学术创建这个大的文化背景下进行观照。

事实上，当时有不少人正是用这种眼光来看亚东版新标点本小说的。新的标点、分段带来的是全新的版式、全新的阅读体验，与以往小说的版式形成极为鲜明的对比。对旧的小说版式，吴组缃在《魏绍昌〈红楼梦版本小考〉代序——漫谈亚东本、传抄本、续书》一文中是这样描述的：

> 我在高小时，翻看过一些小说书，多是借来的，土纸木版本，书叶往往毁损，字也难看清。高小毕业时，借看过石印本《金玉缘》，堆墙挤壁的行间，密密麻麻的字迹，看得头昏脑涨，似懂非懂。

魏绍昌在《谈亚东本》一文中也对旧版小说的版式进行了描述：

> 在此以前，各书店所出的各种旧小说，大都是布函线装的石印本，里面油光纸印的每回文字都是密密麻麻地直书到底，只有圈点，概不分段。

可以想象，当看惯了旧版小说的读者们第一次接触到亚东版"每句加新式标点符号，分段较多，版面显得宽疏"的新版式时，他们的感觉有多么新奇、兴奋：

> 现在我买到手的，属于我所有的这部书，是跟我平日以往看到的那些小说书从里到外都是完全不同的崭新样式：白报纸本，本头大小适宜，每回分出段落，加了标点符号，行款疏朗，字体清楚，拿在手里看着，确实悦目娱心。我得到了一个鲜明印象：这就是"新文化"！
>
> 我开始尝到读小说的乐趣。心里明白了小说这东西和它的读者所受待遇今昔新旧是如此其迥不相同！同时读这部书的还有好些同学。我们不只为小说的内容所吸引，而且从它学做白话文：学它的词句语气，学它如何分段、空行、低格，如何打标点用符号。（吴组缃《魏绍昌〈红楼梦版本小考〉代序——漫谈亚东本、传抄本、续书》）

一部新校点本小说竟然对青年学生产生如此多且大的影响，这无疑是中国现代学术文化史上的奇迹。胡适对此早有预感，他在《〈水浒传〉考证》一文的开头就谈到了这一点：

我的朋友汪原放用新式标点符号把《水浒传》重新点读一遍，由上海亚东图书馆排印出版。这是用新标点来翻印旧书的第一次。我可预料汪君这部书将来一定要成为新式标点符号的实用教本，他在教育上的效能一定比教育部颁行的新式标点符号原案还要大得多。汪君对于这书校读的细心，费的功夫之多，这都是我深知道并且深佩服的；我想这都是读者容易看得出来的，不用我细说了。

　　吴组缃的回忆证实了胡适的这一预言。从这个角度来看，说汪原放和他的新校点本系列小说开创了一个新的阅读时代，此话也并不为过。这种加标点、分段的新版式直到今天仍在沿用。在回顾这段历史时，对汪原放等人的开创之功，后人无疑是应该感念的。

　　作为符合时代文化要求的新一代编辑，汪原放与以往出版小说的书商们有着很大的不同，他固然要考虑经济效益，但同时更注重出版质量，为此不惜牺牲书局的商业利益，《红楼梦》重排本的出版就是一个明证。这正如胡适所说的，他是以研究的精神来校点整理小说的。

　　汪原放校点小说的态度十分谨严、认真，这种校点整理实际上也是一种研究，通过版本比勘形式进行的研究，在当时能下如此大功夫进行这一研究的工作者除胡适、鲁迅等人外，可以说没有几个人。

　　汪原放的研究成果除正文的标点、分段外，还主要体现在其《校读后记》中。写校读后记最初是胡适的提议，据汪原放在《回忆亚东图书馆》一书中回忆，胡适 1920 年夏到上海，在看过其工作场所及印好的《水浒传》后，对他说：

　　印得还不错。我看，你最好还要写一篇《校读后记》，把校读的经过说一说，不必多，有些认为有问题的地方，都举出一些例子来说一说。我的意思，还要再做一篇"句读符号说明"放在前面才好，不妨用本书的句子做例。

　　汪原放采纳了胡适的这一建议。在亚东图书馆出版的十六种新标点本古代小说中，汪原放标点的有十种，其中大多带有他写的《校读后记》。

　　这些新标点本小说的校读后记都可以看作是较有分量的研究论文，具有重要的学术价值。在校读过程中，肯定会遇到版本、文字等问题，可以说这一工作并不是简单的加标点、分段所能概括的，它实际上就是一种学术研究，对古代小说的校勘整理具有开创性的贡献。但令人遗憾的是，以往的研究者对此或重视不够，或有意、无意地忽略。显然，在此问题上还有很大的研究空间。

当然也不可否认，限于学识，汪原放的新标点本小说存在不少疏误，对此问题，已有学者指出。但瑕不掩瑜，这些新标点本小说仍可以用精良一词来概括。

就校点整理所取得的成就而言，汪原放可以说是中国古代小说校勘整理的先驱者。以其对古代小说所下功夫之深，以及对小说作品的熟悉程度，如果他能专心从事古代小说研究的话，相信会有不少有分量的成果出现。自然，历史是不能假设的，仅靠已经取得的这些成果来说，汪原放足以在 20 世纪古代小说研究史及红学史上写上精彩的一笔。

在回顾和梳理 20 世纪红学的发展演进历程时，我们不要忘记这位曾开创了一代阅读新风的出版家。

新红学的总结与发扬

周汝昌和他的《红楼梦新证》

　　与胡适、俞平伯、顾颉刚相比，出生于1918年的周汝昌显然晚了一辈，属于红学研究的第二代学人。这位后起之秀虽然未能赶得上新红学的开创，但他在20世纪红学史上依然写下了浓墨重彩的一笔。是他，在胡适的直接指导和帮助下，秉承新红学开创的学术传统，经过个人的刻苦努力，对新红学进行了较为全面的总结和发扬。也正是为此，周汝昌被称为新红学的最后完成者和集大成者。

　　同胡适、俞平伯等人一样，周汝昌的学术经历也充满传奇色彩，其人其事有许多可说之处，这里以其撰写《红楼梦新证》时期的人与事为中心，从学术史角度对这段传奇历史进行一番回顾和梳理，以见前辈学人的治学风范。

新红学创建之后的学术风景

从个人的学术经历来看，一名燕京大学西语系的大学生后来竟走上了红学研究之路，成为一位著名的红学家，这一角色的转变颇有些戏剧色彩。

有果必然有因，周汝昌选择《红楼梦》作为研究对象，其中也许有一些偶然因素在，但其《红楼梦新证》一书的撰写，则表现出较为自觉的学术传承，其中有时代学术文化影响的因素在，存在着一定的必然性。这并非事后诸葛，将具体的人与事放在中国现代学术发展演进的大背景中进行观照，许多问题往往可以看得更为明白。

因此，在探讨周汝昌早年的学术经历时，既要注意其性格、兴趣等个人因素，更要留意当时的学术文化氛围。

当周汝昌走上红学之路的时候，红学研究已经发展到何种程度，有着怎样的学术积累？它们为周汝昌的研究奠定了什么样的基础，又存在着哪些不足，为周汝昌留下了哪些可供开拓的学术空间？这是一个很有意思，也很重要的问题。明乎此，才可以对周汝昌的学术成就进行客观、公正的评价。

在此之前，新红学经过胡适、俞平伯、顾颉刚等人的开创，在和以蔡元培为代表的索隐派的竞争中成为居主流地位的红学流派，影响深远。其后，不断有年轻学人加入，不断有新的发展。

总结新红学的学术传统和特点，这是一个三言两语难以说清的问题。这里只提一点，那就是它特别注重实证研究，说得具体些，那就是特别注重红学文献的开掘、整理和研究，重点关注作者家世、生平及作品版本等问题。

胡适撰写《红楼梦考证》改定稿时，在顾颉刚、俞平伯两人的帮助下，在当时的学术条件下，对红学文献进行了一番认真的搜罗和整理，许多新的文献被发掘出来，为后来的红学研究搭建了一个较为坚实的红学平台。尽管后来随着红学文献的不断发现，该文显得有些粗陋，但其学术地位和深远影响是不可低估的，后来的许多研究正是以此为起点和对话对象的。认识到这一点，才可以更好地把握红学发展的历史脉络。

《红楼梦考证》改定稿、《红楼梦辨》面世后，经过众多研究者的努力，不断有新的红学文献被发现、披露，仅胡适撰文介绍者就有《四松堂集》，甲戌本、庚辰本《红楼梦》等，这些重要文献都极大地推动了红学的发展。由于前文已经进行过较为详细的介绍，此不赘述。这里重点介绍胡适之外其他学人对新红学文献的挖掘与研究。

就在胡适不断挖掘红学新文献的同时，其他研究者也陆续发现并披露了一些新的红学资料。比如容庚于 1924 年 11 月在冷摊上买到一部旧抄本《红楼梦》。他于 1924 年 12 月 6 日给胡适写信，告知这一消息，随后撰写《红楼梦的本子问题质胡适之俞平伯先生》一文，向学界披露了他的这一新发现。

容庚购藏的这一抄本有一百二十回，没有序跋。经与程甲本、"似系从程排乙本出"的翻本及亚东书局本等三个版本比勘，他发现一个现象：

> 程本比钞本文些，亚东本又比程本文些，其变迁的痕迹，总可以看得出来。

而且抄本第九十二回比其他版本多了"巧姐慕贤良"的内容，由此他提出自己的推想：

> 钞本在程本以前。

由此，他进一步得出结论：

> 百二十回本是曹氏的原本，后四十回不是高鹗补作的。

这一说法矛头直指胡适、俞平伯，如果结论能够成立的话，显然会对新红学的基本观点构成具有颠覆性的威胁。

对此，胡适在《重印乾隆壬子本〈红楼梦〉序》一文中进行了反驳，他认为容庚的这部旧钞本：

> 钞本是全抄程乙本的，底本正是高鹗的二次改本，决不是程刻以前的原本。

随后，他谈出了自己的充足理由：

> （容庚）举出的异文，都和程乙本完全相同。

容庚未能将旧钞本与程乙本对勘，所得出的结论自然有些武断。但胡适的批驳并不能否定这个本子的价值，正如他本人在该文中所说的：

> 这个程乙本流传甚少，我所知的，只有我的一部原刻本和容庚先生的一部旧钞本。

问题看来解决了，但仍留下一些疑惑：这个抄本与程乙本的刻本关系如何？是否文字都完全相同？抄录者以及抄录的年代、目的如何？这些都是值得探讨的问题。可惜这一讨论未能继续下去，容庚所购藏的这一钞本就此下落不明。不过他提出的一百二十回本为作者原作、后四十回作者非高鹗等观点后来倒不乏支持者。

几十年后，中国社会科学院也收藏到一个一百二十回的《红楼梦》抄本，该抄本的发现曾在学界引起轰动，并动摇了多年以来对后四十回续书及作者问题的流行观点。这也算是对容庚文章的一种回应吧。

自 20 世纪 20 年代起，随着溥仪的出宫、故宫博物院的建立，原先深藏秘府的宫廷档案材料陆续披露，被应用于学术研究。在这些宫廷档案中，有不少是与曹雪芹家世直接有关的珍贵文献。一些研究者开始利用这些材料，深入探讨曹雪芹的家世问题，使红学研究在胡适《红楼梦考证》等著述的基础上又向前推进了一步。

李玄伯根据故宫所藏曹寅父子一百八十多件奏折进行考察，对曹家家世又产生了一些新的看法。在《曹雪芹家世新考》一文中，他提出"曹氏非旗人而是汉人"，属于"占籍汉军"，并考清了曹玺与曹寅之妻的姓氏，知道"曹寅只一子曹颙，曹頫则其过继之子"，理清曹寅之女"嫁于镶红旗王子"以及曹寅之弟、侄、甥的情况，还讨论了曹氏与康熙的密切关系，曹寅、曹頫的亏累，曹氏产业，曹頫末路，曹氏亲戚李煦等诸多问题。这些都是先前胡适等人所不曾涉及或了解不多者，可以说由此人们对曹家家世的了解更为全面、完整。

同时，李玄伯又提出一些新的见解，他认为"曹寅实系丰润人"，推想曹雪芹可能为曹颙的遗腹子等，为后来的红学研究提供了许多新的课题，也由此揭开一些争论的序幕，其中不少问题至今仍未能得到根本解决。

此外，严微青、慧先、周黎庵等人也利用这些新披露的文献资料对曹雪芹的家世问题进行探讨，分别撰写了《关于红楼梦作者家世的新材料》、《曹雪芹家点滴》、《谈清代织造世家曹氏——关于〈红楼梦〉考据的一些新资料》等文章，其结论虽与李玄伯所谈大体相同，但显示了学界对红学研究的重视，代表了红学研究的新进展。

红学新文献的不断发现，使红学研究在胡适、俞平伯等人《红楼梦考证》、《红楼梦辨》的基础上大大向前推进，红学研究由此进入了一个新的发展阶段。

这一学术背景下，有必要将这些新发现的重要红学文献进行一番系统、全面的汇总和梳理，并以此为依据，对种种红学问题重新进行审视和总结，这是新红学发展完善的一项内在要求。

这一重要学术使命是由年轻学人周汝昌完成的。

《懋斋诗钞》的发现

新红学创建以降20多年间红学研究的新进展为周汝昌撰写《红楼梦新证》提供了坚实的学术平台，它是这部红学专著产生的重要学术背景。

不过周汝昌走上红学研究的道路，则有些偶然，是一件事情的发生改变了这位西语系学生的人生和命运。

1947 年的一天，周汝昌接到其四哥周祜昌的来信，让他查查敦敏的《懋斋诗钞》一书。因为他偶然阅读亚东图书馆排印本《红楼梦》时，见胡适序言中谈到敦诚的《四松堂集》，但未能看到敦敏的《懋斋诗钞》，就想让弟弟在京城留意，试着找一找。

周汝昌接到兄长的来信，赶忙到燕京大学图书馆，没想到这部胡适遍寻不着的秘籍竟然一索即得，而且从中找到了六首直接与曹雪芹有关的诗作。

青年时期的周汝昌

看到《懋斋诗钞》后，周汝昌将此事告知兄长，并写了一篇文章，名为《红楼梦作者曹雪芹生卒年之新推定——懋斋诗钞中之曹雪芹》。该文经其老师顾随的推荐，发表在 1947 年 12 月 5 日《天津民国日报》的图书副刊上，当时主持该副刊的是赵万里。

需要说明的是，这篇文章的第一句话有误，因为它说"康熙间八旗人敦敏"。周汝昌先生在《红楼无限情——周汝昌自传》《我与胡适先生》等书中对当年的这段往事讲得非常详细，几乎每个细节都提到了，不知何故对这一疏误却未作交代。

文章发表后，被胡适看到。他主动给周汝昌写信，对其进行鼓励。此举使周汝昌深受鼓舞，由此开始了与胡适的往来，并萌发撰写一部红学专书的念头。从此，周汝昌走上了一条新的学术之路。

如果没有《懋斋诗钞》的发现，周汝昌还会走上红学研究之路吗？他本人在《红楼无限情——周汝昌自传》一书中曾这样回答：

> 我认为，假使我不入燕大，不曾发现《懋斋诗钞》，迟早我也"必然"以另外的方式去投入红学的研究。

至于另外的方式是什么，谁也说不清，但有一点是可以想到的，如果没有《懋斋诗钞》的发现，就不会有《红楼梦新证》的出现，没有《红楼梦新证》，周汝昌的学术道路将会是另外一番景象。

周汝昌本人对《懋斋诗钞》的发现给予极高的评价，他在《红楼无限

新红学的总结与发扬

情——周汝昌自传》一书中说：

> 这标志了红学自 1921 年正式开端以后（约二十五年之久）的重新起步，也记录了"曹学"的一大进展。意义十分重大。

在《我与胡适先生》一书中，他这样评价：

> 此诗集之发现是胡适《红楼梦考证》发表二十六年之后重新开辟了红学研究的新起步，引发了此后波澜壮阔的红学发展局面，所关至为重要。

《懋斋诗钞》对研究《红楼梦》特别是曹雪芹的家世有着重要的文献价值，这是没有问题的，但它的发现意义是否重大到周汝昌所说的这种程度，则值得商榷，因为在《红楼梦考证》发表之后，相继有《四松堂集》、甲戌本、庚辰本《红楼梦》、故宫曹家档案材料等珍贵红学文献被发现，它们的重要性并不亚于《懋斋诗钞》。

而且需要说明的是，在《懋斋诗钞》与曹雪芹直接相关的六首诗作中，有两首此前人们已经看到。

这里对此前胡适等人寻找《懋斋诗钞》的经过进行一番回顾，说起来这也是 20 世纪红学史上的一段佳话。

胡适是在撰写《红楼梦考证》改定稿期间寻找《懋斋诗钞》这部书的。

1921 年 5 月 8 日，张中孚致信胡适，介绍《雪桥诗话》中有关曹雪芹的史料。这是胡适第一次知道敦敏这个名字，知道此人著有《懋斋诗钞》。胡适检索《耆献类徵》，查到一些简略的记载，他在当时的日记中记载了这件事。

5 月 16 日，单不广给胡适送来《雪桥诗话》，其中有记载：

> 懋斋名敦敏，字子明，其《赠曹雪芹》云："寻诗人去留僧壁，卖画钱来付酒家。"

胡适由此得以核实张中孚提供的学术信息，并看到敦敏《赠曹雪芹》的部分诗句，这在胡适当天的日记中也有记载。

5 月 20 日，胡适又看到单不广送来的《雪桥诗话续集》，他在这天的日记中写道：

《四松堂诗文集》与《鹪鹩轩笔麈》与《懋斋诗钞》必有关于他（指曹雪芹——笔者注）的材料。

由此胡适开始寻找《四松堂集》和《懋斋诗钞》。

1921年5月20日，胡适给顾颉刚写信，告诉他这一消息，同时让他帮助购买：

上举敦诚、敦敏的三书，南方能试一访否？此三书定较楝亭诗更有用。

对此，顾颉刚在5月26日的回信中表示：

《四松堂集》、《鹪鹩庵笔麈》、《琵琶记传奇》、《懋斋诗钞》、《八旗诗集》，已写信到上海托人寻找，俟有回信再告。

6月6日，顾颉刚给胡适写信，汇报找书的情况：

《四松堂集》等，苏沪均未觅到。

到了6月9日，事情有新的进展。这一天，胡适买到一部《八旗人诗钞》，该书收录敦诚、敦敏诗各一卷，其中就有敦敏写曹雪芹的两首《赠曹雪芹》和《访曹雪芹不值》，以及敦诚的两首《佩刀质酒歌》、《寄怀曹雪芹》。具体情况参见胡适当天的日记。

《四松堂集》、《懋斋诗钞》虽然没有看到，但胡适已看到其中与曹雪芹有关的部分诗作。

随后，胡适将这一消息告诉顾颉刚，两人开始利用敦诚、敦敏的诗作来考证曹雪芹的生平。

11月12日，胡适写完《红楼梦考证》改定稿。在改定稿中，他再次提到此事：

敦敏，字子明，有《懋斋诗钞》。我从此便到处访求两个人的集子，不料到如今还不曾寻到手。

尽管感到十分遗憾，好在胡适已经看到了敦诚、敦敏兄弟四首有关曹雪芹的诗作，并应用于曹雪芹生平的探讨。

《红楼梦考证》改定稿发表后，胡适仍没有放弃对《四松堂集》和《懋斋诗钞》的寻找。

其间，胡适似乎向蔡元培求助过，也许是蔡元培看到《红楼梦考证》一文主动提供帮助。1922 年 1 月 4 日，蔡元培致信胡适，谈及此事：

> 公所觅而未得之《四松堂集》与《懋斋诗钞》似可以托人向晚晴簃诗社一询。弟如有便亦询之。

功夫不负有心人，1922 年 4 月 19 日、21 日，胡适在三天之内竟然看到了《四松堂集》的两个版本，即抄本和刻本，其中刻本《四松堂集》果然是蔡元培从晚晴簃诗社那里借来的。胡适感到十分高兴，他在 19 日的日记中写道：

> 此书我寻了多少时候，竟于无意中得之。

> 此为近来最得意的事，故详记之。

此后再没有敦敏《懋斋诗钞》的消息。直到 1947 年，周汝昌在燕京大学图书馆将其找出。自己当年苦苦寻找的书籍于 20 多年后突然出现，且其中还有不少有关曹雪芹的诗作，可以想象胡适得知这一消息后的喜悦心情。

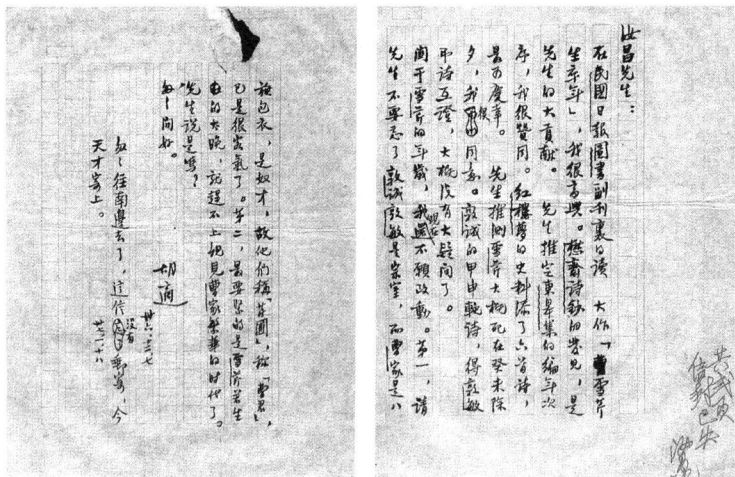

胡适致周汝昌信件

了解了胡适寻找《懋斋诗钞》的过程，就会明白为什么胡适看到周汝昌的文章之后，很快就给周汝昌写信，表示鼓励和祝贺。

在胡适寻找《懋斋诗钞》期间，还有一件值得一提的小插曲。据周汝昌在《红楼无限情——周汝昌自传》一书中介绍：

> 我问邓之诚先生是否知有此诗集，他说："我早知道；胡适早就来问过我。因我不喜欢他——已成'半个洋人'了——我没告诉他。"此诚秘闻也。

其实，这早已不是什么秘闻了，因为吴恩裕在 1958 年古典文学出版社出版的《有关曹雪芹八种》一书中就已披露了此事：

> 听邓之诚先生告诉我，当初胡适考《红楼梦》时，曾托陆志伟先生问他有没有这本书。因为邓之诚先生自来就厌恶胡适，所以邓先生明知这个抄本收藏在燕京大学图书馆，却没有告诉胡适。因此，胡适始终未得见《诗钞》。却被周汝昌先生在一九四七年从燕京大学图书馆发现了。

看来这件事只能用缘分二字来解释了。胡适命中注定与《懋斋诗钞》无缘。如果当年邓之诚告诉他书就藏在燕京大学图书馆，他肯定会借来一阅，然后撰文向学界披露这一消息。不过这样一来，也就没有周汝昌后来的发现了。没有这一发现，周汝昌也就只能以"另外的方式"研究《红楼梦》了，其红学之路将会是另外一种风景，这是可以肯定的。

赵冈、陈钟毅《红楼梦新探》一书收录有《〈懋斋诗钞〉的流传》一文，该文对周汝昌看到的那部《懋斋诗钞》的来龙去脉曾作了这样的介绍：

> 我今年（1972）夏，无意之间在哈佛燕京图书馆善本书库里，找到了这部钞本《八旗丛书》。原来此书是哈佛燕京学社出钱买的，在 1947 年末，就随同其他哈佛燕京学社的书由北平燕京大学图书馆移存于美国哈佛燕京图书馆。这本书还是"冷冷清清"地呆在善本书库中。而我是周汝昌以后第一个使用它的人。我仔仔细细地把这部丛书翻检了三遍，重要部分还影印下来。

不过这段话也有不够准确之处，周汝昌在 1948 年 10 月 23 日给胡适的书信中对该书曾有这样的介绍：

> 《懋斋诗钞》，我原想使先生一见，但因系善本，不能借出馆外。现在探知此书被哈佛燕京学社当局转往城里，先生如和他们相识，不妨就机一看，因比在城外燕京要方便多了。

这说明直到 1948 年 10 月的时候，这部书还在北京，运到美国的时间显然在此之后，而不会是"1947 年末"。

一位令人尊敬的幕后英雄

周汝昌走上红学研究道路，除了上面所说的个人机缘之外，还有一个人在背后起了积极的推动作用，这个人就是他的四哥周祜昌。周祜昌不仅给弟弟周汝昌以热情的鼓励和支持，他同时也是周汝昌红学研究的合作者。对此，周汝昌在《红楼无限情——周汝昌自传》一书中曾有这样的评价：

> 我的红学道路是他引导的，而且数十年来是"同行共命"的为《红》辛苦者。我这个"著名红学家"的头衔，其实是他给我准备和赋予的。
>
> 他对曹雪芹与《石头记》的痴情挚意，远胜过我。我受了他的感染和感动。这是一种巨大的精神力量，是这力量成为排除万难、自强奋进的"能源"。

也正是为此，在探讨周汝昌的红学研究经历时，不能不提起这位令人尊敬的幕后英雄，以示纪念。

据周汝昌介绍，周祜昌的人生经历相当坎坷，是个"苦命人"。一生默默无闻，志趣唯在读红、研红。

是他写信给周汝昌，让弟弟留意《懋斋诗钞》的下落，结果意外地成就了弟弟，成就了一个红学家。

周汝昌从胡适那里借到甲戌本《红楼梦》后，又是周祜昌不辞辛劳，用了一个月左右的时间，抄录了一个副本。抄录完毕后，周祜昌还写了一篇序言和《红夏钞书记》一文记述此事。周汝昌在 1948 年 9 月 11 日给胡适的信中说：

> 我四兄在家，一手迻录（我在写别的，不能兼顾，只作了校雠的工夫），专人之力，一心不二用，整整两月才完工。

在《五十六年一愿酬》一文中，他又介绍说：

> 就在这年暑假期间，我与家兄费两月时光，抄得一部副本。

不过据周祜昌 1948 年 8 月 24 日所写的《红夏钞书记》一文，好像抄写的时间并没有这么长。

据该文介绍，周汝昌于 6 月 27 日将甲戌本带回家中。第三天，周祜昌开始抄写第一回正文，7 月 20 日正文抄完，"廿一日朱笔试新，开始抄评"，"到七月底遂全部告竣"。前后算来，也就是一个多月的时间。由于周祜昌是实际抄写者，这里以他的说法为准。

后来又是周祜昌，发愿和弟弟一起校出一部真本《红楼梦》，并独力承担了至为繁重的抄写工作，其间的艰辛，周汝昌在《红楼无限情——周汝昌自传》一书中有简要的概括：

> 这项巨业，独力苦支，未曾得到任何人的重视和扶持。反而因为"与胡适的关系"，三次抄家，片纸无存，立锥无地，衣食濒绝……

在《我与胡适先生》一书中，周汝昌再次提到这件事：

> 只说一手抄写之工，已愈千万字，这是一个常人万难荷担的沉重担子，而他竟以那八旬之弱躯，一力完成了这项崇伟的巨业！

如此痴迷红学，并坚持终生，其精神着实令人感动。他对弟弟周汝昌的情谊更是令人钦佩，除了上述工作外，据周汝昌在《我与胡适先生》一书中介绍：

> 《红楼梦新证》的出版，40 万言的巨著，稿如山积，是祜兄一笔一画工楷抄清的。

1974 年受命重整《新证》，也仍然是他到京，做我的左右臂助。

　　既有实际的帮助，又有精神上的鼓励，还有观点方面的启发，在周汝昌研究红学的历程中，其四兄周祜昌的手足深情令人感动，他对红学的贡献是应该写上一笔的。

从《红楼家世》到《红楼梦新证》

　　同俞平伯、顾颉刚等人一样，周汝昌走上红学研究之路是与胡适的热情鼓励和耐心引导分不开的。在同周汝昌的交往过程中，胡适显示了其宽容大度和提携后进的高贵品格。当时，周汝昌只是燕京大学一名年轻的大学生，胡适则是北京大学校长、名满天下的著名学者，身份的巨大差异使这段交往带有一层传奇色彩，在 20 世纪红学史上，总有奇迹出现，这就是一个典型的例子。

　　二人之间的交往是胡适主动开始的，1947 年底，他看到周汝昌发表在《天津民国日报》图书副刊上的《红楼梦作者曹雪芹生卒年之新推定——懋斋诗钞中之曹雪芹》一文后，感到很高兴，就于 12 月 7 日给周汝昌写了一封短信。

　　在信中，他肯定周汝昌发现《懋斋诗钞》是"大贡献"，"最可庆幸"。表示同意周氏对"《东皋集》的编年次序"的推定和其"推测雪芹大概死在癸未除夕"的观点。同时还表示"关于雪芹的年岁，我现在还不愿改动"，并说明自己的理由：

　　　　最要紧的是雪芹若生的太晚，就赶不上亲见曹家繁华的时代了。

　　胡适的这封信发表在 1948 年 2 月 20 日的《天津民国日报》上，它让周汝昌感到很是振奋，在 3 月 18 日写给胡适的信中，周汝昌表示，胡适的来信让他感到"欣幸无已"，而且大大提起了其研究《红楼梦》的兴趣：

本来拙文不过就发现的一点材料随手写成，不但没下旁参细绎的工夫，连先生的《红楼梦考证》都没有机会翻阅对证一下。倒是先生的来信，却真提起我的兴趣来了。到处搜借，好容易得了一部东亚（"东亚"当作"亚东"——笔者注）版的《红楼梦》，才得仔细检索了一回。

这里稍作说明，在周汝昌的《我与胡适先生》一书中，这封信的整理稿漏掉了"东亚版的"四个字，不知何故。在1948年7月11日给胡适的信中，周汝昌仍用了"东亚"一词。

从这封来信可以看出，周汝昌起初并没有专门研究《红楼梦》的打算，但是胡适的来信改变了一切。毫不夸张地说，是胡适催生和造就了一位新的红学家。

从此，两人书信往来，相互切磋，探讨《红楼梦》的相关问题，直到1948年底因国内局势突变，胡适匆促离开北京为止。

在胡适的热情鼓励和指导下，周汝昌开始了其红学研究历程，正如他在1948年6月4日给胡适的信中所说的：

> 自从去冬偶然为文谈曹雪芹，蒙先生赐复，兴趣转浓。半年以来，把课余的一些闲工夫，都花费在搜集曹家身世文献上面，成绩小有可观，竟然起意要草一本小册子，主旨在，更清楚地明了雪芹的家世。

同时，他还明确表示自己要继承胡适的红学研究事业：

> 这个工作是先生创始的，我现在要大胆尝试继承这工作。因为许多工作，都只开了头，以下便继起无人了，所以我要求创始的先进，加以指导与帮助。

对这样一位颇有学术抱负、热心向学的年轻学子，胡适则是在百忙之中，尽可能地给予帮助和指导。从治学到做人，从大处到小节，胡适对周汝昌的帮助和指导可以说是全方位的。当时的社会局势极为动荡，在如此复杂多变的环境中，胡适于千头万绪间还能对一个年轻人的治学给予如此热情、耐心的指点，这无疑是中国现代学术史上的一个典范。

有关两人交往的具体过程和细节，笔者将在本书另一篇文章中进行详细探讨和辨析，这里不做展开。

在胡适及其他学人的热心支持和帮助下，经过周汝昌本人的刻苦努力，其红学研究专著的撰写进展还比较顺利，该书起初名为《红楼家世》，后来定为《证石头记》，正式出版时被出版人文怀沙改为《红楼梦新证》。

其间，周汝昌曾写过一篇题目为《跋胡藏〈脂砚斋重评石头记〉》的文章，请胡适指正，并请胡适帮他推荐到其他报刊发表。但胡适对这篇文章不满意，在 1948 年 8 月 7 日给周汝昌的回信中写道：

> 你的见解，我大致赞同。但我不劝你发表这样随便写的长文。材料是大部分可用的，但作文必须多用一番剪裁之功。今日纸贵，排工贵，无地可印这样长的文字。你的古文工夫太浅，切不可写文言文。你应当努力写白话文，力求洁净，力避拖沓，文章才可以有进步。

这里稍作说明，《石头记会真》一书整理稿将信中的"无地可印"误为"无地方印"。该书还将胡适 1948 年 9 月 13 日信中的"重要史料"误为"重要资料"。

对此，周汝昌虽然不服气，也不高兴，从其针对胡适批语所作的反批语中可以看出这一点，但他还是接受了胡适的劝告，将这篇文章改写，撰成《真本石头记之脂砚斋评》一文，发表在《燕京学报》第 37 期，时间是 1949 年 12 月。

据周汝昌在《我与胡适先生》一书中介绍：

> 此文之刊布，所引发的影响作用，可就大了。"大"到何等程度，自有历史可查。

在关注此文的众多读者中，文怀沙是比较特殊的一个，因为他想出版周汝昌的《证石头记》一书。

说起该书出版的经过，还颇费了一番周折，其中有一个小插曲，正如周汝昌在《我与胡适先生》一书中所言：

> 没有文先生，拙著《红楼梦新证》这部书稿的命运如何，就真难预料了，所以至今心感，不敢忘记。

事情的经过是这样的，文怀沙看到周汝昌发表在《燕京学报》上的文章后，通过孙楷第介绍，想见周汝昌一面。为此，孙楷第设晚宴，并让夫人两次邀请周汝昌，告知"文化部有人要见你，孙先生请你吃晚饭"。但周汝昌此时已买好车票准备回家，正收拾东西，于是"只好恳辞"。显然，这件事让孙楷第不高兴，周汝昌也给人留下狂傲的印象。

这里稍微岔开话题，说一说周汝昌与孙楷第的交往。此前，可能胡适做过推荐，孙楷第对周汝昌相当关照，他不仅受胡适之托，将《四松堂集》稿本和《跋脂文》带给周汝昌，还"审评赞许"，使周汝昌的论文得以在《燕京学报》上发表，此外曾请周汝昌到自己家里吃饭。

但从周汝昌事后的回忆来看，他并没有像胡适所建议的，"时常亲近"孙楷第，相反，倒比较疏远。对此，周汝昌在《红楼无限情——周汝昌自传》中是这样解释的：

> 记得孙先生请我和许政扬学兄到他府上晚饭，孙太太治筵十分丰盛；但孙先生席间情绪不高，未明何故，面有愁苦之色，语不及学，满腹牢骚在口，让人无法应对。我与许兄感受一同，时常谈起，不敢多去问候他，显得有点儿疏远失礼，但我们非不知尊师，而是实有难言不得已之苦衷。至于他老人家知谅与否，我与许兄都说实在无法顾虑，只有心存歉怀就是了。

对周汝昌与孙楷第的交往经过，因资料缺乏，难知详情。从孙楷第这一时期写给胡适的书信看，孙楷第因家庭贫困、身体多病等原因，情绪确实不好。但仅仅因为老师"面有愁苦之色，语不及学，满腹牢骚在口，让人无法应对"，就"不敢多去问候"，"疏远失礼"，还真的是"不知尊师"，要知道孙楷第这个时候正需要别人的关心和帮助。

不知"难言不得已之苦衷"指的是什么，周汝昌没有交代，笔者也不便臆测。但不管怎样，当关心自己、帮助自己的老师、长辈"面有愁苦之色，语不及学，满腹牢骚在口"时，不去关心帮助，反而"不敢多去问候"，"疏远失礼"，这样的行为让人感到费解。

1950年，孙楷第为周汝昌《红楼梦新证》出版的事情曾请文怀沙、周汝

新红学的总结与发扬

昌到自己家吃饭商量，但周汝昌"恳辞"了。对事情的经过，周汝昌在《红楼无限情——周汝昌自传》一书中是这样介绍的：

> 而此际文氏亦已注意到《证石头记》，他拜访孙楷第教授（因拙文中提到他），询问我在何处，要谋一面。孙老设晚餐，派夫人来邀我去一会——但孙太太只言"文化部来人要见你，孙先生请吃晚饭……"而那天恰值我在忙着收拾衣物，满室凌乱不堪，火车票都已订好，急于赶车回津（已放寒假），心绪如麻，实难应命赴宴款谈，只好恳辞。孙太太连来两次，终于无法解决。此事定会让孙老很不体谅。

在《我与胡适先生》一书中，周汝昌再次提到了这件事：

> 文先生于1950年见访时，是先去拜访孙楷第先生（因拙文中提到他），询问我在何处，要谋一面。孙先生必是欣然自言"那是我的学生"。孙老设晚宴，派夫人来邀我一会——但孙太太走来只言"文化部有人要见你，孙先生请你吃晚饭"。我那时正收拾满屋东西，打点行装，按车票时间赶火车返里度假（已放寒假）——这怎么能"赴宴"？何况对"文化部有人"毫不了解，真是丈二和尚——摸不着头脑！只好恳辞。孙太太连来了两次，终于无法解决。
>
> 这事，当然使孙先生很不愉快，文先生也以为我是个十分狂气的大架子人了。

对于此事，孙楷第没有公开谈及，但从周汝昌的记述来看，不难想象孙楷第那天晚上面对文怀沙该有多么尴尬和不愉快。

周汝昌不去的原因有三：一是买好火车票，二是孙夫人没有把话说清楚，三是对文化部的人毫不了解。这里，周汝昌将自己的选择说得很明确：如果孙夫人告诉他是出版自己书的事情，则可以退票或将票作废，推迟回家度假，立即去赴宴。如果没有告诉，则不管是文化部来人，还是自己的老师、长辈设宴邀请，乃至孙夫人连来两次，都要坚持按车票时间坐火车回天津度假。这样的选择如此不近情理，别说孙楷第这个老师、长辈，换成一般人，恐怕绝大多数都会"很不愉快"、"很不体谅"。

这里不妨做个假设，如果那天晚上设宴的主人是胡适，周汝昌还会拒绝吗？如果拒绝的话，胡适会有什么样的反应呢？

稍后，周汝昌得知了文怀沙找他的意图，赶紧与其联系，并说明情况。文怀沙接到信后，邀请周汝昌面谈，并商讨出版事宜。

1952年5月去成都华西大学参加工作之前，周汝昌已请其四兄周祜昌将书稿全部抄清，安排停妥，交给文怀沙。

1953年9月，《红楼梦新证》由上海棠棣出版社出版，此时距胡适的《红楼梦考证》发表已有三十多年。

棠棣出版社版《红楼梦新证》

除孙楷第和文怀沙外，周汝昌的中学同学黄裳也曾为《红楼梦新证》一书的印行出过力。他不仅在《文汇报》上刊载周汝昌的红学论文，还曾帮周汝昌联系出版的事情。他在1950年9月7日给周汝昌的书信中专门谈到了这件事：

> 弟连日遇出版界友人，亦多商及此书出版事，尚无结果。……北京文物局长郑振铎，出版总署副署长叶圣陶皆极熟悉之朋友，弟可致函介绍，公家如不能出版，开明书店当可出此书也。叶公人极温柔敦厚（与开明书店关系极深），弟先附一函，兄进城时不妨往晤，或可有些结果亦未可定也。
>
> 叶圣陶在出版总署办公（地址在东总布胡同），休沐日及晚间则居东四八条三十五号。兄即可往一洽，如不去亦希见告。

从周汝昌的回忆来看，他接受了黄裳的建议，但没有去找叶圣陶，而是直接将书稿寄了过去，结果很失望。周汝昌在《我与胡适先生》一书中讲到了这件事：

> 黄裳又主动写信，推荐此书稿交开明书店出版。黄裳信函是写给叶圣陶先生的，遂将此信并书稿寄与叶老。久之，原件退回，内中连一纸退稿便笺亦无。

从周汝昌的回忆来看，叶圣陶的表现十分冷漠，与黄裳所说"极温柔敦厚"并不符合，而且与叶圣陶一贯的为人风格也明显不符。何以如此，想必其中有什么隐情。因缺乏资料，这里不作揣测。

尽管没有帮上忙，但黄裳还是为老同学尽到心了。不过奇怪的是，在大约 1985 年 7 月 29 日写给黄宗江的一封信中，黄裳竟说了如下一番话：

> 汝昌确有些学阀气派，但没有几个班底，他曾要我作文捧之，未如其愿，对我也有些意见。真是可笑。

其中有何内情，外人难以知晓，这里只是顺带提及而已。

《红楼梦新证》新在何处

在《红楼梦新证》初版本的封二，有一段出版者所写的内容介绍：

> 《红楼梦》，这部伟大的古典文学名著，它的主要特性，乃是通过高度的艺术手腕，卓越地唱出了封建贵族阶级在经济和精神上走向没落的挽歌，忠实地透露出作者自己的际遇和感慨。因此研究这部小说与考订曹雪芹的生平，便成为两件不容分割的工作。本书作者主要的创获在于他处处结合着珍贵的具体材料立说，以供爱好《红楼梦》的读者和研究者的参考。

周汝昌撰写《红楼梦新证》一书，有着继承胡适红学研究的明确学术意图，在写作过程中，他得到了胡适的热情帮助和指导。

因此，可将《红楼梦新证》一书看作是对新红学创建二十多年来红学研究发展演进的一个总结。从学术史的角度看，这是一部具有集大成性质的红学著作，它的出现标志着新红学的最终完成。

对此，周氏本人也有比较清楚的认识，他在《红楼梦新证》(初版)一书中指出：

> 在中国，为小说作考证还是很晚近的事。关于《红楼梦》一书，如

俞平伯先生等人，也曾作过一定程度的努力。但奇怪的是，三十年来，一直就停顿在那里，更无一人来发展这种工作。

据周汝昌介绍，《红楼梦新证》刊印本与他的原稿相比，有两处较大的改动。其一：

> 原稿中对胡适先生敬称的"先生"，全部删削了，个别涉及他的有些语气词语也多有变通。

翻检该书，对胡适不但没有称"先生"，反而颇多讥讽，使用了"爱出风头的胡适"、"风头主义者胡适"、"妄人胡适"等。

这是出版者文怀沙的主意，他在给周汝昌的信中曾这样写道：

> 胡适，可以不提，如不可避免处要提，亦不必用尊崇的口吻。

谈曹雪芹的家世生平、《红楼梦》的版本等问题，胡适这个名字是很难避免的。由于担心政治上出问题，所以才对胡适使用如此奇怪且不恭敬的称呼。

不过这里也有一点疑问，那就是此前出版的俞平伯的《红楼梦研究》也是经文怀沙之手出版的，该书中同样屡屡提到胡适，何以没有使用类似的不敬称呼呢？因缺乏资料，难以弄清其中的原因。笔者之所以提出这样的问题，是因为胡适早就发现了这一点。他在 1954 年 12 月 17 日给沈怡的书信中曾这样写道：

> 周君此书有几处骂胡适，所以他可以幸免。俞平伯的书，把"胡适之先生"字样都删去了，有时改称"某君"。他不忍骂我，所以他该受清算了！其实我的朋友们骂我，我从不介意。

对此，周汝昌在《我与胡适先生》一书这样回应：

> 其实，这也不全符合实际，当时的层次、关系，哪有这么简单？他的揣测和估量只有一半是符合事实的。

其二：据周汝昌在《红楼梦新证（增订本）》中介绍，初版卷首署名王耳的代序本是自己所写：

本是寄与编者嘱代补入书末的，结果为编者加之添改，署以己名，放在卷头，成为"代序"的形式。

他在《我与胡适先生》一书中亦言及此事：

我的自序，改成了署名"王耳"的卷头文。

翻检《红楼梦新证》初版本，王耳的序文题目为《关于红楼梦的几点意见——周著：红楼梦新证代序》，并云：

这篇小文，基本上是根据汝昌的《新证》为基础，归纳出一点看法，以供读者们参考。

文章结尾云："一九五三年六月廿九日匆草于海上摩天楼。"如果不是周汝昌后来加以说明，并在《红楼梦新证（增订本）》中恢复原貌，一般读者还真不知道这篇序言后面原来还隐藏这样一个故事。

《红楼梦新证》一书正文有八章，分别为引论、人物考、籍贯出身、地点问题、雪芹生卒与红楼年表、史料编年、新索隐、脂砚斋。卷首除署名王耳的序言外，还有周汝昌所写的《写在卷首》。正文后有两篇附录，即《戚蓼生考》和《刘铨福考》，最后还有一篇署名周绪堂的跋。周绪堂即周汝昌的四兄周祜昌。

从上述章节内容的简要介绍不难看出作者用力与关注点之所在。

周汝昌在《写在卷首》中的第一句话就是对全书性质的界定：

这是一本关于小说《红楼梦》和它的作者曹雪芹的材料考证书。

随后他又谈到自己写作该书的原始动机和有志未逮的愿望：

个人对曹雪芹时代的政治、经济、社会等等方面的知识既极贫乏，文学理论水平又十分低下，实在没有插嘴的资格。所以，只有在曹雪芹个人家世方面，提供一些材料，附带作一点考订的工作，整理一些初步的看法，贡献给读者和专家们，希望他们在这些材料上，结合起当时社会历史情况，来作好那一"进一步的更重要的工作"。

全书的内容和论题范围正如作者在 1948 年 6 月 4 日给胡适的信中所言：

> 先生当日作考证，是以雪芹为主要目的，家世背景只明大概。而我现在却非仅以雪芹个人为考证目标，举凡关于曹家之只词片语，皆在搜集之内，皆有其价值用处。

将《红楼梦新证》一书与《红楼梦考证》改定稿、《红楼梦辨》等书进行比较，即可明显看出红学研究在新红学创建以来20多年间的新进展，它对此前发现的红学文献进行了较为全面系统的梳理和辨析，并发掘出不少新的红学文献，发展并完善了新红学的主要观点，对其中一些重要问题，比如曹雪芹的籍贯、家世、生卒年、红楼梦地点、脂砚斋何人等都提出了自己的见解，不管这些观点研究者是否赞成，都不失为一家之言。

全书39万字，资料丰富翔实，所引书目多达六七百种，很见学术功力。从红学史的角度来看，该书的重要贡献不在具体观点的提出，而在其对红学有关文献的全面梳理和归纳，正如作者本人在《红楼梦新证》初版中所言：

> 本书对于这类材料，搜罗得自然远不敢说"无遗"，但是相当丰富则尚堪自信。

第六章《史料编年》是全书的重点所在，也是资料最为丰富、最见功夫的一章。

总的来看，《红楼梦新证》虽然以研究著作的面目出现，但在其后相当长的时间里，人们是将其当作红学文献汇编来看待和使用的，直到一粟的《古典文学研究资料汇编·红楼梦卷》、朱一玄的《红楼梦资料汇编》出现。《红楼梦新证》一书为其后的《红楼梦》研究奠定了一个较为坚实的文献基础，对其学术贡献应该给予充分的肯定。

但也无可讳言，《红楼梦新证》一书在对新红学进行全面总结的同时，也将其原有的一些缺陷继承和保留了下来。该书以胡适的自传说为基本立论前提，认为《红楼梦》是一部写实的自传：

> 曹雪芹小说之为写实自传，却已是举世公认的事实了。

> 《石头记》如果不是百分之百的实写，那只是文学上手法技巧的问题，而绝不是材料和立意上的虚伪。……我觉得若说曹雪芹的小说虽非

流水账式的日记年表，却是精裁细剪的生活实录，这话并无语病。

他将新红学的自传说发挥到极致，把作者的家世生平和小说的人物、情节完全对应起来，明确指出：

> 这部小说之所以不同于其他小说，即在于它的写实自传体这一独特性上。在这一点上，作品的本事考证与作家的传记考证二者已合而为一了。

作者是这样说的，也是这样做的，他声称自己写作该书的目的即在于此：

> 主旨就在于对勘这部小说的写实性，一切材料，都拱卫着这一个目的。

> 现在这一部考证，唯一目的即在以科学的方法运用历史材料证明写实自传说之不误。

其结果就是将作品的本事考察与对曹家历史的追溯对应起来，合而为一，完全把小说当成了史书，较之胡适走得更远。最典型的是第五章《雪芹生卒与红楼年表》，作者采取了这样的做法：

> 把《红楼梦》全部读过，凡遇纪年日季节的话，和人物岁数的话，都摘录下来，编为年表，然后按了上推所得的生卒年把真朝代年数和小说配合起来，看一下符合到甚么地步。

结果得到的结论是：

> 二者符合的程度竟是惊人的！

此外，该书在讲到脂砚斋批语时还说道：

> 担心会把小说与历史混淆了的人们，于此也或可释然了。

显然，凡将《红楼梦》当文学作品，当小说来读的读者是不可能如此"释然"的，因为这样一来，就否定了《红楼梦》的虚构和想象，其文学价值也就丧失，成为不重要的东西了，而且这种做法与胡适批评过的索隐派几乎走上了同一条道路。事实上，《红楼梦》里的大量人物和情节是根本无法找到原型，和真实的历史事实对应起来的。

这正如余英时在《近代红学的发展与红学革命》一文中所说的：

> 在《新证》里，我们很清楚地看到周汝昌是把历史上的曹家和《红楼梦》小说中的贾家完全地等同起来了。其中《人物考》和《雪芹生卒与红楼年表》两章尤其具体地说明了新红学的最后归趋。换句话说，"考证派"红学实质上已蜕变为曹学了。

《红楼梦》研究涉及各个方面，有人专门研究曹学，倒也无妨，关键是不能将历史与小说混淆起来。

说到这里，笔者要稍费一点笔墨，对"曹学"的发明权做一下辨析。

据刘梦溪《红学》一书的介绍：

> 最早提出曹学这个概念的是美国耶鲁大学的余英时教授。
>
> 这之前红学书刊中未见曹学的说法，故曹学一词实系余英时先生首创。

不过这一说法值得商榷，据周策纵在《胡适的新红学及其得失》一文中介绍：

> "曹学"一词是我的朋友顾献梁先生在 1940 年代最初提出来的，1950 年代中我和他在纽约他家又谈起这问题，他想要用"曹学"这名词来包括"红学"。我提出不如用"曹红学"来包括二者；分开来说仍可称作"曹学"和"红学"。他还是坚持他的看法。

这一说法在冯其庸的《曹学叙论》一书中也可得到验证：

> 今年九月间在上海，得晤台湾刘广定教授，清谈甚欢，即以拙文相赠，未几得刘教授来信见告：一谓"曹学"一词之最早提出，应是顾献梁先生，顾先生曾于 1963 年元月发表题为《"曹学"创建初议》的论文，载台北出的《作品》四卷一期。

可见"曹学"一词的发明权应该归顾献梁才是。

对于将历史与小说混淆一事，周汝昌在《红楼梦新证》一书中也承认：

> 我讨论过好些人，他们都不大赞成把小说完全当历史看，因为小说

没有字字句句都是实话的。

但他仍坚持自己的看法：

> 我岂真是头脑简单得连这个大道理也闹不清么？只是我看过了脂批以后，益发自信并非自己呆头死看。

《红楼梦新证》一书出版不久，就有读者撰文对此观点和做法表示不同意见，如汝粟丰在《应正确认识〈红楼梦〉的写实性——读周汝昌君〈红楼梦新证〉的意见》一文中指出该书存在的不足：

> 有些观点是不符合历史唯物主义的原则，而且许多材料的牵强附会，也是不符合实事求是精神的。

后来就连周汝昌本人也意识到旧版中"把小说的人物世次和曹家真人混在一起夹叙"的方式不够妥当，在 1976 年的增订本中把这一部分内容"都删去了"，做了一定程度的调整修正，不过其基本立场并没有发生太大的改变，比如将大观园的原型定为恭王府等，不无穿凿附会之处，在这一点上周汝昌不如俞平伯的反思来得彻底和深刻。

余 波

《红楼梦新证》一书出版后，立即受到读者的欢迎，当年就重印了三次，印数达到 17000 册。这个印数在当时可以说是畅销书了，正如周汝昌在《我与胡适先生》一书中所言：

> 这个印数，在今日国内人看来并不稀奇，但在上世纪 50 年代之初，学术性著作若达此印数，那简直惊人太甚了！所以当时英国牛津已有人叹为奇迹。

前一年即 1952 年 9 月由同一家出版社——棠棣出版社出版的俞平伯的《红楼梦研究》一书，到 1953 年 11 月，仅仅一年多一点的时间内也已重印了6次，总印数高达25000册。这两部《红楼梦》的研究专著在20世纪50年代初可谓尽领红学风骚。

据周汝昌在《〈红楼梦新证〉的前后左右》、《〈新证〉的功过与誉毁》等文中介绍，《红楼梦新证》问世之后的反响"可谓名副其实的盛极一时"，这表现在：上海长风书店前读者排队购买；著名学者张元济、顾廷龙等也在阅读，特别是张元济还让儿媳代笔写信，"询问一二问题"；顾随、缪钺等学者热情题赞；其老同学来信相告，在"文代会"上，几乎达到"人手一编"；据人转告，毛泽东对该书有好评，等等。

更为重要的是，这部红学专著改变了周汝昌的命运，他因此经过"特调"，从四川大学调到人民文学出版社古典部，身份也从大学教师变成了编辑。

正如其本人在《我与胡适先生》一书中所言：

> 我从成都川大调职到北京人民文学出版社，是《红楼梦新证》问世的一种"后果"。

另据吴小如在《读严中〈俞平伯与周汝昌〉》一文中介绍，周汝昌当年调回北京，还有其他原因：

> 周汝昌先生从燕大研究生毕业后分配到四川大学，不久又从川大调回北京人民文学出版社做编辑，就我所知，实不仅为了请周先生主持出版《红楼梦》这一个因素。其中还包括周先生是北方人（原籍天津），过不惯南方生活；同时周先生虽毕业于燕大西语系本科，其夙志仍在于治中国古典文学，故在川大任教有学非所用之憾。调到人民文学出版社工作，确能展其所长。

从此，周汝昌开始了其全新的人生道路。

师生之谊还是论争对手

对红学史上一段学术公案真相的考察

　　不管历来对胡适红学研究实绩的评价究竟如何，他是 20 世纪新红学当之无愧的开山祖师，开一代红学研究新风，这一点早已成为学界的共识，应该不会存在什么异议。早期红学研究的几位主要人物如俞平伯、顾颉刚、周汝昌等，都曾与胡适有过较为密切的交往。俞平伯、顾颉刚二人是胡适的学生，他们与胡适的交往情况因相关资料较为丰富并早已公开刊布，可以有比较清楚的了解。后者则因相关文献的缺乏以及当事人说法的不一致而一度成为一桩学术公案。

　　从表面上看，这不过是胡、周两人之间的私人交往，但事关学术史上的一些重要问题，因而也就成为公共话题，有着重要的研究价值。这正如当事者周汝昌本人在《倡导校印新本〈红楼梦〉纪实》一文中所言：

> 形式上似乎只为对于一书一姓的研索追寻，实际上却与时代社会、学术风尚、文化潮流等等方面，都有其关联与意义。

　　有鉴于此，笔者依据所掌握的资料特别是近年来披露的一些新材料，对胡适、周汝昌两人当年的交往过程进行一番认真、详细的梳理，以还原一段具有传奇色彩的历史，解决红学史上的一些疑难问题。

问题的提出

....

　　胡适与周汝昌交往的时间并不长，前后算起来总共也只有短短的两年时间，后因政治局势的变故而戛然中断。但就是这段较为短暂的交往，当事人当时的感受和日后的说法却存在着很大的差异，形成明显的反差，令人无所适从。

　　首先，从胡适这方面来看，他后来未曾专门撰文谈论这段交往，即使是在其内容包罗万象、篇幅庞大的日记中也没有记载。不过他倒是在给朋友的书信中一度频频提起。如1954年他在给吴相湘的信中说道：

　　　　你在那信里大称赞周汝昌的书，我完全同意。此君乃是我的《红楼梦》考证的一个最后起、而最努力最有成绩的徒弟。

　　同年12月17日，在给沈怡的书信中，胡适又把这句话重复了一遍：

　　　　周汝昌是我的"红学"方面的一个最后起、最有成就的徒弟。

　　也是同一年，胡适在给程靖宇的信中这样写道：

　　　　谢谢你寄给我的《红楼梦新证》。我昨晚匆匆读完了，觉得此书很好。我想请你代我买三四册寄来，以便分送国内外的"红学"朋友。

　　同样的话胡适后来又说了几次，1960年11月19日，他在给高阳的信中写道：

关于周汝昌，我要替他说一句话，他是我在大陆上最后收到的一个"徒弟"。……汝昌的书，有许多可批评的地方，但他的功力真可佩服。可以算是我的一个好"徒弟"。

1961 年 1 月 21 日，他在给陶一珊的信中又说：

我的一个"红学"信徒周汝昌在大陆上出版了一部六百多页的《红楼梦新证》。

从胡适的上述言语里可以看出，这次交往给他留下了美好的记忆。他在谈到周汝昌时，语气是十分和善、亲切的，充满欣赏、愉悦之情，而且言语之间多次明确将周汝昌视作自己的一个徒弟或信徒。

他虽然认为《红楼梦新证》"有许多可批评的地方"，但总体上还是以肯定为主，觉得"此书很好"，对周汝昌本人红学研究的评价也很高，称赞他"功力真可佩服"，是自己最后起、最努力也是最有成就的一个徒弟。

相比之下，周汝昌日后对这段交往谈论甚多，他多次公开撰文提及这段经历，毕竟它对其人生、学术道路的影响要比胡适大得多。不过，与胡适谈论周汝昌形成鲜明对比的是，周汝昌在谈及胡适时，言语间明显带有不满和怨气。

从中华人民共和国成立之初到"文化大革命"的这段时间里，周汝昌迫于政治高压说了一些严厉指责乃至谩骂胡适的话，因其中有一些违心的成分，为立论的客观、公正起见，笔者不将其作为讨论的主要材料，但在介绍周汝昌于不同历史时期对胡适的态度和评价时会略有提及。总的来说，讨论以周汝昌"文革"后至今的公开言论为主要依据。

总的来看，周汝昌并不认可他为胡适徒弟这个说法，他曾在《文运孰能开世纪——胡适之与现代中国文化》一文中委婉地说：

台湾有人说我是胡适之先生的"关山门的弟子"，那实在是一种由于错觉和误解而产生的溢美之辞。事实上，我连胡先生的"私淑弟子"也远远够不上。

对自己与胡适的这段交往，他在《我与胡适之》一文中是这样概括的：

我和胡适之的交往，时间并不很长，然而回顾起来，也可以细分为三个"阶段"：开头的阶段即上述的经过，因《懋》集而研析曹雪芹的生平的问题。第二阶段是向他借阅《甲戌本石头记》并讨论有关问题。第三阶段则是由于《红楼梦》的版本问题而发生了更大的学术见解上的分歧与争执。

在《倡导校印新本〈红楼梦〉纪实》一文中，周汝昌又将这一交往过程简单的概括为：

二人意见不合，逐步由商讨而变为争论。

在谈及这段交往时，周汝昌多强调两点：

一是胡适的慷慨借书，将《四松堂集》、戚序大字本《红楼梦》，特别是将甲戌本《红楼梦》借给自己研读。在《我与胡适之》一文中，他这样评价胡适的借书之举：

不管怎样讲，这种慷慨的作风在那时是不多见的。

二是两人之间发生的分歧、争执或争论。按照周汝昌的叙述，两人交往的时间虽然不长，但在曹雪芹的生卒年、《红楼梦》的版本等问题上相继发生了争执，以至于胡适在其一篇文稿上"划了一个通页的大'十叉'，并于眉上批注，将文稿寄回来，说这文章无处发表"。这种分歧、争执或争论与退回文稿之举显然对周汝昌的刺激和影响很大，导致了他和胡适的绝交。周汝昌在《我与胡适之》一文中是这样介绍的：

我们之间的那一种"忘年"也"忘位"之交虽然绝不可夸大说成是什么"不欢而散"，但终究因彼此见解间的差距无法苟同与迁就，未能延续下去。

依周汝昌的这一说法，他和胡适未能继续交往下去，是因为"彼此见解间的差距无法沟通与迁就"。更为重要的是，这一刺激也成了周汝昌《红楼梦新证》产生的真正根源与背景"。可见在周汝昌心目中，这段交往在他的印象中远没有胡适所感觉的那么美好。因相互观点的"无法苟同与迁就"而导致交往的中断，这显然是一段并不愉快的回忆。

这样，作为读者就不能不产生疑问，两人之间到底是师生之谊还是论争对手？为什么胡适称周汝昌为徒弟，周汝昌本人却不愿意承认？为什么胡适对周汝昌十分欣赏，周汝昌却对胡适如此不满？是不是胡适自作多情，好为人师呢？这场交往是否真的像周汝昌所说的那样不愉快以至于"未能延续下去"？事情的真相究竟如何？其间到底发生了什么事情？这些都是需要探讨的问题。

了解一段史实和往事，按说当事者本人的陈述是最为可信的。当然，这种陈述也可以允许存在一些误差，正如对口述历史素有研究的唐德刚在《胡适口述自传》一书中所说的：

一个人的记忆是很容易发生错误的。

问题在于，个人回忆与陈述中的错误虽不可避免，但也应该在一定、合理的限度内，而不能像胡适与周汝昌这两位当事人之间反差这样大，让人无所适从。因事关红学史乃至中国现代学术史的一些重要问题，这无疑会引起后来者深入探究的兴趣。

以下笔者根据所掌握的相关材料，对这一问题进行初步的梳理和探讨，抛砖引玉，希望得到大方之家的指教。

胡适与周汝昌两人当时虽然也曾面谈过，但仅有一次，基本上是采用相互通信的方式，只要能看到两人的往来书信，就可以大体弄清事情的来龙去脉。不过由于可以想见的原因，在 20 世纪 90 年代之前是很难看到这些书信的。

进入 20 世纪 90 年代以来，随着耿云志主编的《胡适遗稿及秘藏书信》（黄山书社 1994 年版）、杜春和等人所编的《胡适论学往来书信选》（河北人民出版社 1998 年版）等书籍的面世，许多珍贵文献陆续披露，为解决这一问题提供了可能。

《胡适遗稿及秘藏书信》一书以影印的方式披露了周汝昌当年写给胡适的书信。《胡适论学往来书信选》则编选整理了其中的一部分。

这里稍微说一句题外话，《胡适遗稿及秘藏书信》《胡适论学往来书信选》等书虽然已出版了不短的时间，但令人遗憾的是，治古代小说乃至古代文学者利用甚少，这正如胡适研究专家欧阳哲生在《解析胡适》一书前言中所说的：

> 从已取得的成果来看，胡适研究仍有一定的余地和空间可以开拓。对于现今已公布的材料还存在一个消化、细致研究的问题，一些材料虽已公开，但实际上利用不够；如对《胡适遗稿及秘藏书信》、《胡适英文文存》的利用即是如此。

至于胡适写给周汝昌的书信，则公布得很迟。除 1948 年 1 月 18 日在《天津民国日报》公开发表的那一封外，其他几封据周汝昌在《我与胡适之》一文中介绍：

> 从 1947 年冬，到转年的春、夏、秋，大约一共有七次信札往来。这些信，经历了劫数，却因为它们"不一般"，反倒得以保存住了（目前只有一封存亡未卜）。我打算全部发表，以存历史真实。

其《我与胡适先生》一文也谈到此事：

> 在"文革"中，我所存各种有历史价值的旧信件大抵散亡，而胡函六通，是"重要政治性"证物，反而被完好保存了下来。

但令人感到不解的是，周汝昌在谈论这些书信的内容时，往往不是直接摘引信中的语句，而是"凡引昔年信函皆记忆中的大意，并非原文"。

2004 年 5 月，周汝昌在其《石头记会真》（海燕出版社 2004 年 5 月版）一书中首次以《胡适与周汝昌往来书札》为名将胡适写给他的 6 封书信整理刊布，并在卷首附了部分信件的书影。但让人感到遗憾的是，其中所整理公布的周汝昌致胡适信件，有不少遗漏和删节，对此，笔者写有《〈胡适与周汝昌往来信札〉校读感言》一文，有兴趣的读者可参看。

2005 年 8 月，周汝昌在漓江出版社出版《我与胡适先生》一书，专门对自己当年与胡适交往的那段学术经历进行记述，并在卷首以彩色影印的方式刊布了两人往来书信。至此，现存胡适与周汝昌往来书信已全部被公开披露。

除书信外，周汝昌还披露了他与胡适交往的一些细节。双方往来书信的公开刊布、相关回忆录的出版无疑为探讨上述问题提供了重要契机，使问题的解决成为可能。这些书信和回忆录是研究两人当年交往的第一手珍贵资料，尽管此时距这些书信的写作已有半个多世纪的时间。

在《我与胡适先生》一书中，周汝昌对胡适的态度较之以往发生了很大的改变，基本以肯定和赞美为主，原先的不满和怨气大为减少，但令人遗憾的是，他并没有解释发生这种改变的原因，结果就形成了该书与先前著作中有关这段往事回忆的矛盾和抵牾。另外该书所述事实还有不够准确之处，对所涉及人与事的评价也有可议之处。

以下以胡适、周汝昌双方往来书信为主要依据，并参考其他相关资料，对两人当年这场交往的情况进行全面、细致的梳理和考察，以弄清历史真相，为红学史和现代学术史研究提供参考和借鉴。文中所引周汝昌致胡适书信中的语句，主要依据《胡适遗稿及秘藏书信》一书所收影印件，并参考《胡适论学往来书信选》一书的整理稿；所引胡适致周汝昌书信中的语句，主要依据《石头记会真》、《我与胡适先生》两书。

需要说明的是，尽管笔者已尽了最大努力，力求客观、准确地还原这段历史，但能否达到这一目的，还得接受读者诸君的检验。毕竟这是笔者的"一面之词"，加之所见未广，材料也许还存在遗漏之处，对现有材料的理解也未必完全正确，因此所述也就未必完全符合事实。如出现失真、不全面之处，还请读者诸君给予批评指正。

对两人交往情况的考察

这场交往是胡适主动开始的，起因自然是为了《红楼梦》。1947 年 12 月 5 日，燕京大学西语系学生周汝昌在《天津民国日报》图书副刊发表《红楼梦作者曹雪芹生卒年之新推定——懋斋诗钞中之曹雪芹》一文，披露了其新发现的《懋斋诗钞》及与曹雪芹相关的几首诗，并对曹雪芹的生卒年重新进行考察。

胡适看到这篇文章后，很感兴趣，就于 1947 年 12 月 7 日写信给周汝昌。在信中，他肯定周汝昌发现《懋斋诗钞》是一"大贡献"，同意其对"《东皋集》的编年次序"的推定及"推测雪芹大概死在癸未除夕"的观点。但同时又表示："关于雪芹的年岁，我现在还不愿改动。"并举出了两条理由。

时任北京大学校长的胡适

信写完后，胡适"匆匆往南边去了"，直到 1948 年 1 月 18 日才将其寄出，并以《胡适之先生致周君汝昌函》为名发表在 2 月 20 日的《天津民国日报》上。

胡适的名字周汝昌当然不会感到陌生，但他的来信则是周汝昌所意想不到的，他因此感到"真是欣幸无已"，并激发了继续深入研究《红楼梦》的兴趣。

3 月 18 日，周汝昌给胡适写了回信，该信以《再论红楼梦作者曹雪芹的生年——答胡适之先生》为名，并发表在 5 月 21 日的《天津民国日报》上。据他在该文中介绍，在撰写《红楼梦作者曹雪芹生卒年之新推定——懋斋诗钞中之曹雪芹》一文时：

> 不过就发现的一点材料随手写成，不但没下旁参细绎的工夫，连先生的《红楼梦考证》都没有机会翻阅对证一下。倒是先生的来信，却真提起我的兴趣来了。

在 1948 年 6 月 4 日给胡适的书信中，他又说到此事：

> 自从去冬偶然为文谈曹雪芹，蒙先生赐复，兴趣转浓。

可见周汝昌起初并没有研究《红楼梦》的想法，是胡适的来信鼓舞了他，真正提起了他的兴趣。半个多世纪后，周汝昌对此事的回忆与当年信中所写的感受则有了较大的不同，他在《我与胡适先生》一书中写道：

> 见胡先生的赞语，虽受鼓舞，但并无受宠若惊的念头；及见后幅不

同意我的关于曹雪芹生卒年考订，而理据太不充分，心里的"不服气"压倒了鼓舞、感动之情。

"受宠若惊的念头"实际上还是有的，比如在 1948 年 7 月 11 日的信中，周汝昌曾这样写道：

> 先生事情一定很忙，但若能抽空赐一复函，实感光宠。不胜延伫倾渴之至！

从周汝昌所使用的这些词句来看，其感觉甚至超过了"受宠若惊"的程度。另外，当时的感觉也不是"心里的'不服气'压倒了鼓舞、感动之情"，恰恰相反，是鼓舞、感动之情压倒了心里的"不服气"。这有上面所引的书信内容为证。

由于受到胡适的鼓励，周汝昌才真正对红学研究产生了浓厚的兴趣，于是他"到处搜借，好容易得了一部东亚（"东亚"当作"亚东"——笔者注）版的《红楼梦》，才得仔细检索了一回"。

在 1948 年 3 月 18 日的书信中，周汝昌就曹雪芹的生卒年问题和胡适进行讨论。他坚持自己原先的观点：

> 依敦诚的"四十年华"推雪芹生于一七二四，有根据，配入年谱，合的多，抵牾的少。

虽然胡适再没有对此问题进行回应，但两人从此开始书信往来，切磋探讨《红楼梦》的相关问题，直到 1948 年 10 月为止。周汝昌写给胡适的书信，据《胡适遗稿及秘藏书信》一书所收，共有八封，这样，加上上面提到的写于 1948 年 3 月 18 日的一封，计有九封。胡适致周汝昌的书信据《石头记会真》、《我与胡适先生》两书所收，共有六封。

总的来看，周汝昌致胡适书信的主要内容大体上可以归纳为如下几点：

一是向胡适本人借书、请其代借图书及提供研究线索。

胡适在研究《红楼梦》的过程中，曾收藏、积累了不少重要的作品版本及文献资料，其中有些如甲戌本、《四松堂集》稿本等堪称海内孤本、稀世之宝。周汝昌刚刚涉足红学，缺乏必要的学术积累，向胡适借书，是再自然不过的事，否则有些工作便无法进行。这里摘引周汝昌致胡适书信中的一些语句，以见其从胡适处所借图书的情况：

> 先生所藏脂批本上的批语，我要全看一下；《四松堂集》稿本，我更须要检索一番。这都是海内孤本、希世之宝，未知先生肯以道义之交不吝借我一用否？（1948年6月4日致胡适书）

> 先生如自己无作续考之意，可否将以后续得材料及线索一举而畀余！？（1948年6月4日致胡适书）

> 先生如果能不时晤及孙先生，可否仍托他把先生允借的大字戚本也带给我一用，如无困难，乞不吝，盼甚感甚！（1948年10月29日致胡适书）

周汝昌向胡适所借的这几部书在当时可以说都是世间罕见之书，一般的藏书家轻易是不会示人的，更不用说是借阅。但这些要求基本上都得到了满足。

胡适在周汝昌1948年7月11日的来信上批示道：

> 回信，许他"一切可能的帮助"。

在1948年7月20日致周汝昌的书信中，胡适更是明确表示：

> 我对于你最近的提议——"集本校勘"——认为是最重要而应该做的。但这是笨重的工作，故二十多年来无人敢做。你若肯做此事，我可以给你一切可能的便利与援助。

由此可见，胡适的这些话不仅是说给周汝昌以作鼓励和勉励的，同时也是说给自己的，可谓发自内心。

将甲戌本《红楼梦》慷慨出借并允许周氏兄弟抄录副本自留之举，尤可见出胡适极为宽广的胸怀和对年轻人无私提携的高贵品格。只要对胡适的为人有一定的了解便可知道，这是胡适一贯的风格，这在他先前与俞平伯、顾颉刚、孙楷第、罗尔纲、吴晗、邓广铭等人的交往中已有充分的体现。胡适在1948年9月13日给周汝昌的书信中对于这件事是这样表态的：

> 你们弟兄费了整整两个月的工夫，抄完了这个脂砚甲戌本，使这个

天地间仅存的残本有个第二本，我真觉得十分高兴！这是一件大功劳！将来你把这副本给我看时，我一定要写一篇题记。这个副本当然是你们兄弟的藏书。我自己的那一部原本，将来也是要归公家收藏的。

对周汝昌兄弟不经允许就抄录副本的行为，胡适不仅没有丝毫不快，反而感到非常高兴。这样的胸怀和品格确实非一般人能比，大师毕竟是大师。周汝昌本人的感受又是怎样呢，他在 1948 年 7 月 11 日给胡适的书信中写道：

> 慨然将极珍罕的书拿出，交与一个初次会面陌生的青年人，凭他携去。我觉得这样的事，旁人不是都能作得来的。

在 1948 年 9 月 19 日的书信中，周汝昌再次提到此事：

> 慨然许诺副本为我所有，并允为作题记，真使我万分高兴！《论学近著》翻旧了，你也概不加罪，我只有感佩！我觉得学者们的学问见识固然重要，而其襟怀风度也同样要紧。我既钦先生前者，尤佩先生后者！

不过，几十年后，周汝昌在谈论胡适时，则仅提借书一事，并一再强调

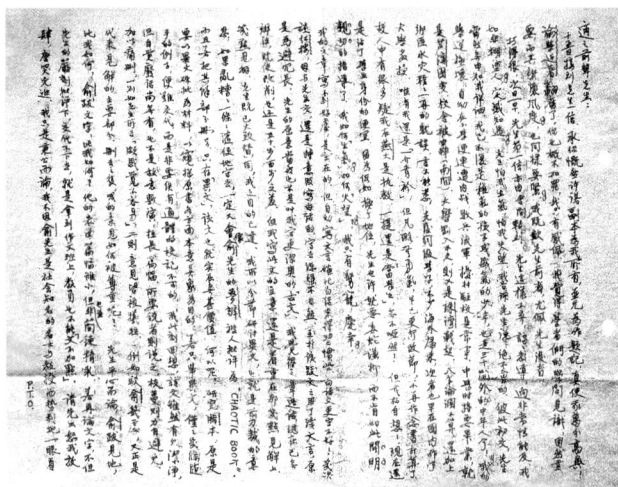

1948 年 9 月 19 日周汝昌致胡适

他与胡适围绕版本问题发生的争执或争论，当年的"万分高兴"与事后所述的"彼此见解间的差距无法苟同与迁就，未能延续下去"形成了十分鲜明的对比。

除直接向胡适本人借阅书籍之外，周汝昌更多的则是让胡适帮其代借有关图书资料。其中包括如下一些：

> 清初集子我翻了不少，材料也多，只是还有些集子明知其中必有材料而只是寻不到的。先生如有藏书友好，亦乞介绍。（1948 年 6 月 4 日致胡适书）

> 曹寅的集子我只见了《诗钞》六卷，是最早刊本，先生旧曾借到诗文词并别抄全集，这个我必须一看。先生还能从天津或北平替我代借一下吗？（1948 年 6 月 4 日致胡适书）

> 徐星署先生之八十回本，现无恙否？如果将来我要集勘时，先生能替我借用吗？（1948 年 7 月 11 日致胡适书）

在得到该抄本已经"迷失下落"的消息后，他仍要求胡适帮忙寻找该书：

> 务希先生设法辗转一求此本之下落，谅未必不能发现也。翘企翘企！（1948 年 7 月 25 日致胡适书）

过了一段时间后，他又提出了新的请求：

> 我现亟欲检看永瑢的《九思堂诗钞》和紫琼的《花间堂集》、《紫琼崖集》等，先生能替我搜借吗？至企至幸！（1948 年 9 月 11 日致胡适书）

听说胡适要到南京去，周汝昌又写信让胡适帮他在那里查找资料：

> 先生如到南京，千万抽暇到聚宝山雨花岗上访访"曹公祠"（寅）还有没有，若有，有无碑版文献？又江宁"儒学"有名宦祠，玺、寅父子俱入祀，亦望一探，或有所获。（1948 年 9 月 11 日致胡适书）

几天后，他写信提醒胡适注意此事：

> 我恳切祈求先生仍为我搜借：一、《楝亭全集》本；二、允禧之《紫琼》、《花间堂》各诗集；三、永瑢之《九思堂诗》；四、永忠之《延

芬室诗》(戊子初稿)。又先生当初说遍查过康、雍、乾三朝的妃子无曹姓者,先生所查何书?专门记载各皇帝妃嫔者有何书?先生说曹寅一女嫁蒙古王子,"蒙古"二字何据?千祈一一详告!(1948年9月19日致胡适书)

我再提雨花岗上的曹公祠,先生千万不要忽略他,最好能去一访,意外收获,是很难说定的。(1948年9月19日致胡适书)

在最后两封书信中,仍然有这样请求帮助的内容:

两个最基本的史料:《楝亭全集》本和故宫折子,我全无由运用。先生还能在天津根寻当初的"公园图书馆"的藏书和在北平故宫文献馆给我安排最大可能的便利吗?李煦的全部折子还在。此外还有织造衙门和内务府的文献都是无尽宝藏,必须发掘的。人微言轻的学生,在社会上想作任何理想的事亦困难万分。先生能替我想一个办法,真是受惠无穷的。(1948年10月23日致胡适书)

故宫密折我知道不能外借,我是想将来若去抄读时,恳请先生一为介绍,就占便宜了,不然他们可能嫌麻烦而不待见。(1948年10月29日致胡适书)

周汝昌写给胡适的信中几乎每封都有请求帮助的内容,尽管胡适表示愿意向周汝昌提供"一切可能的便利与援助","一切可能的帮助",但上述这些连续不断的要求显然还是比较"过分"的,即使胡适本人是个空闲时间较多的寻常之人,也很难有时间和精力完全满足这些要求,何况他当时还是北京大学校长、名闻天下的著名学者,整天有大量的繁杂事务需要处理,而周汝昌只是燕京大学的一名普通大学生。

即使不讲这些,仅从辈分上说,胡适也完全称得上是周汝昌的前辈,事实上在书信中周汝昌一直称胡适为"前辈先生"。这种一名普通大学生将大学校长、著名前辈学者当"书童"使唤的现象在古今中外学术史上恐怕都是绝无仅有的。

胡适平生做学问,无论是做《红楼梦》及其他小说的研究还是《水经注》研究,得力于友朋学生处不少,像这样帮别人大量搜集资料、借书、寻找研究线索的事情似乎也是他平生中仅有的。

但即使是这样，胡适还是尽量去做，这可以从其给周汝昌的书信中看得出来，比如：

> 你若没有见到大字本，我可以借给你。……《四松堂集》现已寻出，也等候你来看。（胡适1948年7月20日致周汝昌书）

> 《四松堂集》，又你的长文，今早都托孙楷第（子书）教授带给你。……故宫里曹寅、李煦的密折，都绝对无法借出，只可等将来你每日进去抄读了。（胡适1948年10月24日致周汝昌书）

由周汝昌的上述要求也不难想见，如果没有胡适当年的大力帮助，他的《红楼梦》研究是否还能进行下去，其《红楼梦新证》是否还能写成。胡适对周汝昌的帮助远不是借几本书所能概括的。

但令人遗憾的是，周汝昌直到去世为止，除了介绍胡适当年出借几本藏书给自己外，对胡适的其他帮助则基本略去不提，他专门介绍自己与胡适关系的《我与胡适先生》一书虽然对胡适的态度有一定程度的转变，但对上述帮助仍未谈及。

周汝昌致胡适书信的另一主要内容是向胡适请教，希望得到其帮助、指导与提携。

除向胡适借阅图书资料，请求提供研究线索外，周汝昌还在信中不断向胡适请教，希望胡适能在研究方面给予自己帮助、指导和提携。在给胡适的书信中，周汝昌一再表示自己要继承胡适所开创的红学事业，并自觉地把自己定位为胡适的传人。在1948年6月4日给胡适的书信中，他这样写道：

> 这个工作是先生创始的，我现在要大胆尝试继承这工作。因为许多工作，都只开了头，以下便继起无人了，所以我要求创始的先进，加以指导与帮助。

在1948年7月11日、10月23日给胡适的书信中，周汝昌再次做了类似的表示：

> 先生斩荆披棘，草创开荒，示人以周行；然先生太忙，又岂能以

此为专务，耕稼经营，正须要有人追踪先生，继续工作。先生如不以我为谫陋不可教，希望指导我，赞助我，提携我。（1948 年 7 月 11 日致胡适书）

先生之后，并无一人继起作有系统的接续研究，为我派吐气。……所以我这样孜孜于此事，也不是一件毫无意义的事。（1948 年 10 月 23 日致胡适书）

不管周汝昌日后是否承认，他在此时确实是主动、自愿以弟子或信徒的身份和胡适交往的，从上述所引的几段话可以明白无误地看出这一点，他将这一层意思表露得十分明确。

这种请教主要包括两个方面：一方面是要求胡适在研究方法上给予自己以指导、帮助。比如他在 1948 年 7 月 25 日给胡适的书信中曾就集本校勘问题向胡适请教：

关于集校时实际上应注意之点，及正当之方法，仍希续加指示。

另一方面则是请胡适帮忙审读、推荐发表论文。1948 年 7 月 25 日，周汝昌在给胡适的书信中附送其《跋脂本》一文：

请求指正，并希设法介绍他报刊登。

《跋脂本》即《跋胡藏〈脂砚斋重评石头记〉》，该文写于 1948 年 7 月 22 日，后收入《石头记会真》一书中。胡适读完该文后，感觉不满意，他在 1948 年 8 月 7 日的信中写道：

我不劝你发表这样随便写的长文。材料是大部分可用的，但作文必须多用一番剪裁之功。……你的古文工夫太浅，切不可写文言文。你应当努力写白话文，力求洁净，力避拖沓，文章才可以有进步。

在 1948 年 9 月 12 日的书信中，胡适再次就这篇文章提出指导意见：

作文必须痛改痛删，切不可随便写。

从胡适写给周汝昌的回信来看，虽然每次书信的篇幅都不长，但无论是治学还是做人，他都给予周汝昌以全方位的、耐心而热情的帮助和指导，而且考虑得非常周到。比如当他得知周汝昌身体不好时，就在 1948 年 7 月 20 日的信中嘱咐他：

> 你的身体不强健，我一见便知。你千万不要多心，觉得你留下了不好的印象。

> 暑热中当勉力休息，不要太用功。

关切之情，溢于言表，半个世纪后读这些书信，仍能感受到胡适对年轻学子周汝昌的那份慈爱之心。在这封信中，胡适还在治学方法上给周汝昌以忠告：

> 专力去做一件事，固然要紧；撇开一切成见，以"虚心"做出发点，也很重要。

在 1948 年 10 月 24 日的书信中，他还把孙楷第介绍给周汝昌：

> 子书先生是中国小说史的权威，我很盼望你时常亲近他，他也很留心《红楼梦》的掌故。

对此，周汝昌在 1948 年 9 月 19 日的书信中表示：

> 我一定听从先生，处处以材料充实他，决不多说一句废话，以求洁净，而避拖沓。

在 1948 年 10 月 23 日的信中，他再次表示：

> 先生临行之前，想象是在怎么百忙之下，还连接为我而写两封信，那样恳挚指导，中心藏写，迄不能忘。

他还向胡适转述其兄长周祜昌的话：

> 在相交不久之下，便获得了先生那样亲切的信，已是自己人的信，不再是写给生人外人的信了，这是极为难得的事。

当时的社会局势极为动荡不安，可以想象身为政治人物和社会活动家的胡适该有多么忙碌，就连周汝昌本人都在 1948 年 10 月 29 日的信中这样说道：

> 家国学校，无一处不使先生忙碌劳神，心境也未必常得宁贴，我时时以极不要紧的闲事来琐渎清神，实感不安之至。

1948 年 12 月 15 日，胡适乘飞机南下，永远离开了北京，两人的交往由此中断。胡适在这一天的日记是这样记述的：

> 今天上午八点到勤政殿，但总部劝我们等待消息，直到下午两点才起程，三点多到南苑机场，有两机，分载二十五人。我们的飞机直飞南京，晚六点半到，有许多朋友来接。

周汝昌在《我与胡适之》一文中说自己于"1949 年，北平的和平解放之前"把甲戌本还给胡适，显然时间记忆有误。

至于该文所说"我们之间的那一种'忘年'也'忘位'之交虽然绝不可夸大说成是什么'不欢而散'，但终究因彼此见解间的差距无法苟同与迁就，未能延续下去"也是不符合事实的。因为两人交往中断的原因是胡适因国内局势变化离开了北京。如果胡适没有离开北京，如果周汝昌继续请胡适帮忙和指导的话，两人的交往仍将继续，这是可以想见的。

在这段时间里，国内局势瞬间万变，胡适忙得焦头烂额，心绪很乱，但就是在这样复杂多变的情境中，胡适于千头万绪间还能对一个年轻人的治学研究给予如此耐心、热情的指点和帮助，这无疑是中国现代学术史上的一个绝好典范，应该给予大力传扬。

但过了几十年之后，周汝昌不仅不承认自己是胡适的弟子，还将胡适和自己的关系进行了简化，表述成这个样子：

> 我实际只是他的《红楼梦考证》和《考证红楼梦的新材料》的一个晚至四十年代才认真思索《红楼梦》问题的后生读者。

按周汝昌的这一说法，自己只是胡适红学文章的一名"后生读者"，而不是学生或徒弟，就差没说成是陌生人了。胡适没给周汝昌上过课，两人不在同一学校，从这一点来看，周汝昌确实不是胡适的学生或徒弟。但问题在于，胡适对周汝昌在学术研究上给予如此全面、亲切的关心、帮助和指导，而且从辈分上讲，也是周汝昌的长辈，周汝昌又一再表示要"继承"、

"追踪"胡适的红学研究。这样，他们的关系究竟是不是师生关系呢？如果这还不算是"私淑弟子"，那什么样的关系才能算是"私淑弟子"呢？

周汝昌在事后的回忆中，总是强调自己和胡适的争执或争论，强化两人之间不融洽、不和谐的一面，有意忽略两人之间充满亲情的师生之谊，不知到底是出于什么考虑？对这一问题，笔者一直感到很困惑。

对两人争论真相的辨析

将周汝昌日后对这段交往的回忆与当时胡、周两人之间的往来书信进行对照阅读，就会发现，其中有一些不够一致乃至相互矛盾之处，为探明两人当时交往的真实情况，这里对其中的一些问题认真进行梳理和辨析。

本节重点探讨周汝昌所说的与胡适争执或争论的问题。

周汝昌日后在回忆这段往事时，多强调自己与胡适不和谐、不融洽的一面，即他在《倡导校印新本〈红楼梦〉纪实》一文中所说的：

> 我本无意研究"红学"，但为争辩真理，就难以中止了。

周汝昌在回忆这段往事时，曾经使用了"分歧"、"争执"、"争论"、"争议"等字眼。此外，他还在《红学辨义》一文中使用了"批评"一词：

> 胡适的红学观点，我与之有同有异，在不止一个场合，口头书面地对之提出过批评意见。

按周汝昌的这一说法，他不仅通过书信，而且还曾在见面时，"不止一个场合"对胡适"提出过批评意见"。

需要说明的是，周汝昌还将与胡适之间发生的"分歧"、"争执"或"争论"等定性为"彼此见解间的差距无法苟同与迁就"、"根本而无法调和的分歧"，从"无法苟同与迁就"、"根本而无法调和"等字眼来看，两人之间发生的"分歧"、"争执"或"争论"是很严重或激烈的。

下文为了叙述的方便，选择周汝昌曾使用且具有代表性的"争论"一词。

从周汝昌致胡适的书信来看，两人曾讨论过如下一些问题，至于是不是构成了争论，这里稍作辨析：

一是曹雪芹的生卒年问题。

具体情况是：胡适看到周汝昌发表在1947年12月5日《天津民国日报》上的《红楼梦作者曹雪芹生卒年之新推定——懋斋诗钞中之曹雪芹》一文后，于12月7日给周汝昌写信，在表示"高兴"的同时，也对"雪芹的年岁"提出了不同意见。这封信于1948年1月18日寄出，刊登在2月20日的《天津民国日报》上。

周汝昌看到胡适的书信后，于3月18日回信，并以《再论红楼梦作者曹雪芹的生年——答胡适之先生》为题发表在5月21日的《天津民国日报》上。在文中，周汝昌坚持自己有关曹雪芹的意见，并说明了理由。

但胡适并没有回信，正如周汝昌在《我与胡适先生》一书中所说的：

3月18日的那篇辩文发表了，胡先生没有反响。

事实上，不光是3月18日的回信没有反响，周汝昌1948年6月4日写给胡适的书信同样没有反响，直到周汝昌面谒胡适并于1948年7月11日写了第三封信，并作了"若能抽空赐一复函，实感光宠，不胜延伫倾渴之至！"的请求后，胡适才于1948年7月20日写了回信。

对胡适的迟迟没有反响，周汝昌在《我与胡适先生》一书中分析了三种原因。不过结合胡适在这一段时间内的活动来看，这三种原因可能都不是，最大的可能则是胡适的公私事务太多，实在太忙，既要参加各种政治活动，处理北京大学复杂的校务，忙于各种应酬交际，同时还要忙里偷闲，研究自己的《水经注》，这样就没有时间回信或忘了这件事。这里结合胡适日记及相关资料，看看胡适在这段时间内的活动：

3月21日，南飞到上海。

3月24日，参加北平协和医院董事会，并担任主席。

3月25日，到南京，参加中央研究院评议会，被选为第一届院士。

3月29日，参加国民大会，担任临时主席。

3月30日，王世杰告知，蒋介石再度请胡适担任总统候选人。

4月7日，此前病了几天，这一天仍发烧。

4月19日，到金陵女子大学座谈大学教育与中国出路问题。

5月9日，从上海坐飞机回北平。

5月11、12日，请张政烺、王重民、赵万里、袁同礼、毛子水鉴定赵一清《小山堂钞本》。

5月16日，将全谢山《水经注》校记全部过录到薛刻本上。

在与周汝昌通信的前后两年时间里，胡适在北京要处理大量公务不说，还经常到外地去，因此他和周汝昌的回信往往不是很及时，经常是这次写信回复前面几次来信的问题。这里将胡适、周汝昌两人往来书信的时间排列如下：

1947年12月7日，胡适致周汝昌（1948年1月18日寄出）。

1948年3月18日，周汝昌致胡适。

1948年6月4日，周汝昌致胡适。

1948年7月11日，周汝昌致胡适。

1948年7月20日，胡适致周汝昌。

1948年7月25日，周汝昌致胡适。

1948年8月7日，胡适致周汝昌（1948年9月12日寄出）

1948年9月11日，周汝昌致胡适。

1948年9月12日，胡适致周汝昌。

1948年9月13日，胡适致周汝昌。

1948年9月14日，周汝昌致胡适。

1948年9月19日，周汝昌致胡适。

1948年10月23日，周汝昌致胡适。

1948年10月24日，胡适致周汝昌。

1948年10月29日，周汝昌致胡适。

这里再回到曹雪芹生卒年问题。周汝昌 1948 年 3 月 18 日的书信没有得到胡适的回应，而且两人此后没有再谈论这一问题，因而也就不存在争论可言。毕竟争论是双方之间的事情，而且得有往来。既然没有争起来，自然也就不会出现"无法苟同与迁就"、"根本而无法调和"这类问题。

如果两人从一开始就争论到这种程度，估计也就不可能再有后来的交往。由于两人开始交往时的书信都是公开发表的，事实比较清楚，这里不再详述。

二是年表问题。

在给胡适的第一封书信即 1948 年 3 月 18 日的那封书信中，周汝昌"依平伯先生的办法，把小说的年表和历史的年表，配合起来"，列了一张年表。据周汝昌事后在《我与胡适之》一文中回忆：

> 胡先生不接受，还说："我劝你把年表收起来！"（年表，指用历史年月事迹与书中所透露的迹象构成的对照表）那时又加上另一位红学家对我这个学生撰文公开泼冷水，于是激起了我这个不识好歹的年轻人的"执拗"之性，立志誓要全力弄清雪芹家世生平的一切内幕——这就是拙著《红楼梦新证》产生的真正根源与背景。

从周汝昌的这段叙述来看，当年和胡适的年表之争对他影响很大，甚至成为撰写《红楼梦新证》的"真正根源与背景"。事实究竟如何呢？从胡适和周汝昌的通信来看，他只在一封书信里说过年表的事情，那是在 1948 年 7 月 20 日的书信中，胡适是这样说的：

> 我劝你暂时把你的"年表"搁起。专力去做一件事，固然要紧；撇开一切成见，以"虚心"做出发点，也很重要。你说是吗？

这里需要说明的是，周汝昌"要全力弄清雪芹家世生平的一切内幕"、撰写《红楼梦新证》在先，胡适劝他收起年表在后，这有周汝昌 1948 年 6 月 4 日写给胡适的书信为证：

> 自从去冬偶然为文谈曹雪芹，蒙先生赐复，兴趣转浓。半年以来，把课余的一些闲工夫，都花费在搜集曹家身世文献上面，成绩小有可

观，竟然起意要草一本小册子，主旨在，更清楚地明了雪芹的家世，才能更明了《红楼梦》，而邪说怪话，才可以消灭无形了。

显然，周汝昌在《我与胡适之》一文中把时间先后和因果关系给弄颠倒了。

另外需要说明的是，胡适在劝周汝昌收起年表的同时，还劝他要"撇开一切成见"，要"虚心"。此前，胡适并没有和周汝昌谈过这份年表的事情，现在忽然说这些话，似乎有些突兀。

显然，胡适是有所指的，那就是周汝昌曾针对俞平伯给《天津民国日报》编辑的书信，于1948年6月11日发表了《从曹雪芹生年谈到〈红楼梦〉的考证方法》一文进行反驳。这篇文章给胡适留下了有"成见"，不够"虚心"的印象。因此，他才这样劝说周汝昌。不了解这层背景，会感到胡适的话有些莫名其妙。

就1948年7月20日的那封书信来看，胡适使用了"劝"、"暂时"、"你说是吗"等词句，语气是相当和婉的，本着与人为善的态度进行规劝。

对此，周汝昌在1948年7月25日给胡适的信中是这样表态的：

> 至于"年表"，不过是借此以证四十岁之并无不合而已。我也绝不以年表为主要证据；且如排除《红楼》年表外，若尚有一个较好的办法能考订雪芹的年龄外，我亦将取此后者而舍年表！先生看，我此处可有成见与不虚心的错误吗？我是一直心快口的人，毫无世故；看了先生自始对我的开明的态度，实在高兴的了不得（我的话即本意，并非浮词套语），所以我更敢向先生推襟送抱，言所欲言了！

可见周汝昌当时虽然在一定程度上保留自己的意见，但大体上还是接受了胡适的劝告，并且对胡适的劝告感到"实在高兴的了不得"。后来两人再未谈论此事。

周汝昌日后在《献芹集》一书《曹雪芹的生年——答胡适之先生》的附记中曾这样回忆这件事：

> 因为胡适当时给我的信为编者赵先生刊在报端，所以我的回答也只好用信札的形式。胡适见此文后，再与我来信，后幅"我劝你把年表收

起来"。我很不服气，就一直争下来了。

"很不服气"也许是周汝昌当时内心里的真实想法，不过从他给胡适的书信中却看不出来，至少没有对胡适流露。至于"一直争下来"，则并非事实，因为此后两人再未谈过这一问题。既然不谈这一问题，怎么能是"一直争下来"呢。平心而论，在年表这件事上，胡适与周汝昌两人虽然意见不同，但并没有发生争论。

三是《红楼梦》的版本问题。

这也是周汝昌日后讲得最多的，需要认真加以辨析。他在《我与胡适之》一文中是这样回忆的，

> 我劝胡先生不要再替"程乙本"做宣传流布的事了（他将自藏的"程乙本"拿出来，标点、分段、作序、考证，交亚东图书馆印行，影响和垄断了数十年之久），因为那是个篡改最厉害、文字最坏的本子！胡先生又不以为然，并且辩护说：我并不是赞许程乙本，举文字异同的诸例，只是"校勘的性质"，云云。

在该文中，周汝昌将与胡适的版本之争列为自己与胡适交往的第三阶段：

> 第三阶段则是由于《红楼梦》的版本问题而发生了更大的学术见解上的分歧与争执。

据此，他对胡适作了这样的评价：

> 胡先生在这一点上确乎不实事求是，有强辩之嫌了。

周汝昌说他由此"对胡先生的答复不但不服气，出言更欠克制"。

在《石头记鉴真》一书的卷后，周汝昌也谈到这件事：

> 于是我给胡适写信……一是提出：当前一大要事，是应当聚集真本汇校写定，再不要为"程乙本"这种坏极了的本子做宣扬流布的工作了。
>
> 胡适对汇校抄本表示了赞助，但是他对我揭露"程乙本"的糟糕，反对他为之宣传，却很不以为然。——这就是种下了争论根由的中心，

也成了激起我们非争不可的动力的来源之一。

在《试表愚衷——高鹗伪续的杂议》一文中的说法是：

> 弄到后来，我在信札和文稿中批评了他：一位收得了《甲戌本》真品（当时唯一的一部未遭高鹗篡改歪曲过的真本）的人，却依然大力为所谓《程乙本》（被篡改歪曲得最厉害的一个坏本子）竭诚宣扬捧赞，实在不该。

《红楼艺术》一书后记中的说法是这样的：

> 自从四十年代我就与胡适先生争论：我认为程、高之篡笔大抵点金成铁，伪续四十回更是拙劣难读，而他不谓然，始终喜欢那部"程乙本"，说它"更白话化了，描写也更细腻了"云云。二人之间便发生了根本而无法调和的分歧。

尽管周汝昌的上述说法并不一致，但也可找到一些共同的东西，那就是他与胡适在版本问题上产生了很大的分歧和争执，并在《红楼艺术》的后记中将此定性为"二人之间便发生了根本而无法调和的分歧"。为此，他写信批评胡适，但胡适不接受批评。以至于周汝昌将这场争论坚持了几十年，如他在《倡导校印新本〈红楼梦〉纪实》一文中所说的：

> 为与胡适争版本，数十年如一日，曾未改变初衷。

令人遗憾的是，笔者将周汝昌与胡适之间的这些往来书信反复阅读多遍，但并未在里面找到周汝昌上面所说的那些话，哪怕是意思相近的话，至于胡适的"辩护"、"不以为然"，同样在其书信中找不到依据。大体可以这样说，这场争论在当时是不存在的，它在周汝昌的记忆中也许存在，但在现实生活中却并未真正发生。

在周汝昌致胡适的书信中，他确曾提到过程乙本。一次是在写给胡适的第一封书信，即1948年3月18日的那封书信中，他是这样说的：

> 倒是先生的来信，却真提起我的兴趣来了。到处搜借，好容易得了一部东亚（"东亚"当作"亚东"——笔者注）版的《红楼梦》，才得仔细检索了一回。

此时他还未见到过甲戌本，并不了解抄本与刊本间的重大差别，对程本还谈不上有什么恶感，否则他也不会在到处搜借之后，还拿着一部亚东版的《红楼梦》"仔细检索"。

在见到胡适收藏的甲戌本后，他于 1948 年 7 月 11 日致信胡适，表示要做集本校勘的工作：

> 以下面三本作主干：（一）尊藏脂评十六回本。（二）徐藏脂评八十回本。（三）有正刊行戚蓼生本。再参以"程甲"、"程乙"二本，则本来真面，大致可见，东亚（"东亚"当作"亚东"——笔者注）虽已多次排印，但都未能脱离开高兰墅的烟幕，未免令人耿耿也。

周汝昌此时虽对程本有所不满，但还没到后来那种深恶痛绝、必除之而后快的程度，因为他集本校勘《红楼梦》，还是准备以两种程本进行参校的。这完全是自愿的，并没有谁强迫他这样做。

对此，胡适在 1948 年 7 月 20 日的回信中表示支持，认为这是"最重要而应该做的"。对程本问题，胡适只是表示：

> 我的"程甲"、"程乙"两本，其中"程甲"最近于原本，故须参校。

对胡适的表态，周汝昌深感高兴，他在 1948 年 7 月 25 日的信中这样写道：

> 对集本校勘一事，先生既抱同样意见，又惠然允予一切援助，情词恳挚，我尤感高兴！

言语之间充满友善、和谐的气氛，既不见周汝昌对胡适的劝告和批评，也没见胡适为自己进行的辩护。

此后，周汝昌、胡适两人都没再继续谈及这一问题，论争既然没有发生，也就没有什么"根本而无法调和的分歧"。周汝昌所云自己因不服气而在书信中说出"更欠克制"的话，同样在两人的往来书信中找不到证据。

至于《跋脂文》的问题，后面还要详细分析，这里不再赘述。

其实，这种"更欠克制"的话周汝昌在几十年之后倒是讲了不少，比如在《石头记鉴真》的书后，他曾这样评价胡适：

他在"程乙本"这个问题上则犯有很大的罪过，这也是不能原谅的。……胡适这么一做（拿出"程乙本"让亚东废弃旧版，重排新版，为之作序赞助宣传），这个最坏的本子才得以大行其道，流毒之深广，无法尽述。胡适对这个恶果要负主要历史责任。

对《红楼梦》的版本问题，各人有各人的看法，相互争鸣，这很正常。胡适既收藏了甲戌本，也帮助亚东图书馆整理了程乙本。将胡适推广程乙本的举动称作"罪过"、"恶果"，这就言过其实，说得太严重了。实事求是地说，周汝昌对胡适的这种指责有失公正，不够宽容。尽管他多年来对程本极力贬低，但程本至今照样流传得十分广泛，喜欢它、说它好话的大有人在。

周汝昌如此严厉批评胡适，自然也会有人严厉批评他，比如林语堂在《平心论高鹗》一文中就此事是这样评价周汝昌的：

> 周是不配谈高鹗的人，因为他是裕瑞一系统来的，只是恶骂，不讲理由，而所恶骂，又完全根据平伯，不加讨论的。

> 周之态度如此，可知与辨是无用的。假使高鹗生于今日，周汝昌必是在斗争大会附和群众喊着"把这败类活活打死"的一个人。

> 胡适俞平伯尚保存学者就事论事态度，斥其作伪，却同时称赞高鹗补作之极端细心审慎。到了周汝昌，又变成了高鹗一味糟蹋曹雪芹到不可收拾田地。

至于周汝昌说自己曾口头对胡适提出过批评，那更是不大可能。从其和胡适的往来书信及相关回忆来看，周汝昌只见过胡适一次，时间是在1948年6、7月间，地点是在胡适府上。具体经过据周汝昌在《我与胡适先生》一书中介绍："详情细节是回忆不起来了。"比如他见胡适的具体日期就是如此：

> 可是这个应当记得的日期却失忆了。从下一封信中所云"前造谒"来推，应是六月末的一天。

该书对当时两人见面的情景是这样描述的：

> 往北行，来到了客厅。一切朴素平实，绝无"富贵气象"。正面靠

墙是一个可坐两三个人的长沙发，前设一矮茶几。胡先生迎出来和我握手，让我坐沙发。他自己呢，却走到我的左方墙边的一个较高的桌后坐下。估量那是他的工作书桌。因为我的左前方有一个小小书架，放着不太多的书——如果这是专只待客的客厅，就不会这么布置。往右看，一位中年先生站在那儿听我们交谈——后来方晓得是秘书邓广铭先生。

见此光景，我心中暗忖，未免有点担心——这样的宾主座位布局，不常见，令人感觉不大自然，不是可以密切交谈、天空海阔的"形势"，便拘束起来，只有全神贯注，倾听教言的份儿。

此前，在《我与胡适先生》一文中，周汝昌是这样记述的：

胡先生让我坐正面沙发上，自己却坐在东墙边的高书桌后，离得很远；加上我那时的听力已开始有了毛病，再加上他的安徽口音，所以这次晤谈只是他"单讲"，我作为一名在校学生，恭聆而已，几乎没有说几句话。也就是说，此次的见面不太活泼，有点儿拘束。

从周汝昌事后写给胡适的信件来看，谈话的时间比较短，而且周汝昌本人很不满意。在 1948 年 7 月 11 日的书信中，他是这样说的：

此匆匆数分钟间与先生一面，使我感到欣幸光宠；归来后更是有许多感慨，这个复杂的情绪不是几个字所能表达。先生如能体会我的意思，我便不想再说什么。只是，从我自己一方面讲，我觉得这次去谒，给予先生的印象一定不好。一、一年以来，不知何故，双耳忽然患重听，十分利害，自觉个人的灵机，便去了一半，不但先生看我有些钝鲁，就是先生所说的话，我也有未曾听清的地方。二、彼时正当大考，那一次进城，是百忙中的奔波，因暑与劳，我身体本不好，竟患了腹疾，又引发痔疮，同时又热伤风，精神体力着实不支，形容因之益加憔悴，而时间又是那样仓促，我要说的话，一句也说不出来。

可惜胡适、邓广铭未曾撰文谈及这次见面的情况，否则对此事可以有更清楚、更完整的了解。就上面所引周汝昌的三段话来看，当时周汝昌确实是比较"拘束"，具体原因则三次说法不够一致。

总的来看，这次面谈，基本上是胡适讲，周汝昌听，即周汝昌所说的，

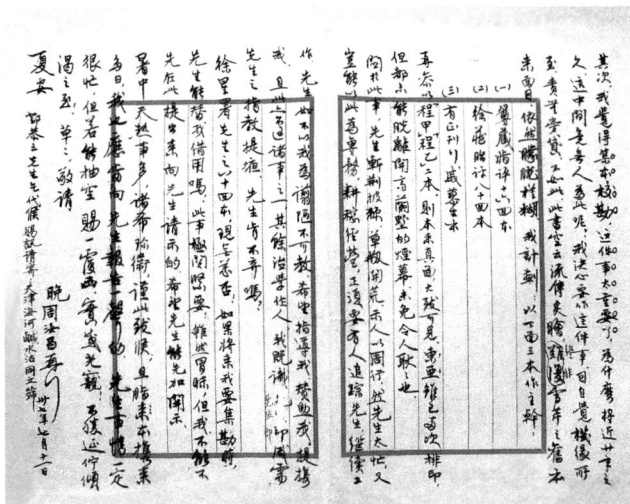

1948 年 7 月 11 日周汝昌致胡适

"只有全神贯注，倾听教言的份儿"，"几乎没有说几句话"，"我要说的话，一句也说不出来"。

为此，周汝昌还担心"给予先生的印象一定不好"，并进行解释。胡适在 1948 年 7 月 20 日的回信中安慰周汝昌：

> 那天你要赶车回去，我很明白。你的身体不强健，我一见便知。你千万不要多心，觉得你留下了不好的印象。

在这种情况下，周汝昌还就《红楼梦》版本等问题当面对胡适进行口头批评，这是不可能发生的事情。显然，周汝昌的回忆不够准确。

有关《跋脂文》的批阅问题

《跋脂文》，或称《跋脂本》是周汝昌从胡适那里借阅到甲戌本之后所写的一篇文章，题目全名为《跋胡藏〈脂砚斋重评石头记〉》，完成时间是在

师生之谊还是论争对手

1948 年 7 月 22 日。

对这篇文章写作的缘起，周汝昌在 1948 年 7 月 25 日给胡适的信中是这样介绍的：

> 随函附呈拙文《跋脂本》一小册，原是为给赵万里先生写的，预备在《民国日报·图书》刊上发表后，再寄给先生。昨接斐云先生书（与大札同时到），谓该刊即将停出，故无法刊登。我现在直接寄给先生，请求指正，并希设法介绍他报刊登。拙文本无可观，而我必欲披露者，一则觉脂本实实可宝，不得不加以表扬，使天下人知此本之价值；二则屡次抛砖者，实亦希望能再引起普遍的兴趣，广结墨缘，多得几个同志。譬如我如不因谈《红楼》，如何得与先生相识呢？

在《真本石头记之脂砚斋评》一文中，周汝昌对该文写作缘起及内容是这样概括的：

> 曾作一跋甲戌本的文，嫌胡先生说的尚不透彻，欲恢而广之，主张所有一切脂批，不管署的什么名子（原文如此——笔者注），都是雪芹的自叹自赞，而用了烟幕弹瞒人罢了。

这里需要说明的是，《真本石头记之脂砚斋评》一文刊于《燕京学报》第 37 期。这一期的《燕京学报》虽标明 1949 年 12 月出版，但实际出版时间当在 1950 年 3 月以后，因为周汝昌在该文后还有一则写于 1950 年 3 月 15 日的附识。

周汝昌在《〈红楼梦新证〉的前后左右》一文中说"《燕京学报》第五十期登出拙文《石头记三真本之脂砚斋评》"，文章题目与刊发期数记忆皆有误。

《我与胡适先生》一书中所说的："12 月的一天，哈佛燕京学社把一大包东西送到四楼我室，打开看时，顿时喜不自禁——原来祜昌 9 月 5 日所抄毕的《真本石头记之脂砚斋评》已然刊出。"同样把日期弄错了。

周祜昌在《红夏钞书记》一文中也提到了这篇文章：

> 雁翩为回报胡先生，写了一篇长跋寄去，文中分别说明脂批即雪芹

原批，高鹗续书实未见此本，此书的本来形式，原文的可贵，抄手的可靠，引证发明，颇有卓见警语，为本书重作一番估价。

可见，周汝昌写作该文并想发表的目的一是为了"表扬"脂本的重要价值，二是为了"引起普遍的兴趣，广结墨缘，多得几个同志"，可能也有周祜昌所说的"回报胡先生"的意思在。

该文的内容从章节的题目中即可看出来。全文分五部分：一、引言；二、脂批即雪芹原批；三、高鹗实未见此本；四、《红楼梦》之本来形式；五、异文之可贵；六、脂本之抄手；七、余话。

总的来看，这是一篇考证性质的文章，重点在对脂本批语、版本、文字的考述。正如周祜昌所概括的，是为甲戌本"重作一番估价"。

需要指出的是，周汝昌事后在回忆有关这篇文章的往事时，多强调因白话问题与胡适发生的争论或不愉快，至于其他内容则很少提及。

他在《我与胡适之》一文中是这样回忆此事的：

> 我寄给他一篇文稿，论析"白话化"并非雪芹笔墨的向往与"极则"，除了人物对话，其叙述文字并不像胡先生想象的那样"白话化"；雪芹著书，也没有"提倡白话文"与进入《白话文学史》的愿望！而假如我把这部伟著用今天的"白话"再来"加工"改动一番，胡先生是否还为之作序吹嘘，重新排版？

> 这实在是说话太不知轻重了，应该自责。胡先生读了这些有意气、带讽刺的话（《白话文学史》是他所著呀），当然不会高兴。他用紫色笔将这些话划了一个通页的大"十叉"，并于眉上批注，将文稿寄回来，说这文章无处发表。

> 这一点，尤其让我这一名在校学生心中更加犯了书生气，觉得名流大家如胡先生，其学识水准竟也有其限度，是不能随流盲目信从的。从此，我更坚定了己立的誓愿：一定要做出一个雪芹真本，来取代那个害人欺世的"程乙本"！我与胡先生这段"忘年"、"忘位"之交，后来也未能继续进展，历史给它划了结束。

在《毫厘之差》一文中的说法是：

我信里还说：雪芹当日著书，并未预想二百数十年后会有人提倡白话，他的书也无意要入《白话文学史》！我们不能提倡乱改原著。

《还"红学"以学——近百年红学史之回顾（重点摘要）》一文的说法是：

1948年我曾与胡适先生通讯争议版本，并有文稿请他阅看，他将其中一页用紫色笔打了通页的大"叉"，二人意见相左。我因发奋自作汇校本。

《平生一面旧城东——纪念胡适之先生》一文的说法是：

更有严重者，是我在文稿中讥讽了他的"白话文"的主张，批评他赞赏"程乙本"。这回措辞更是太欠委婉，态度太不平和了。他的反应是只将这一页用紫色笔打了"×"，加了一句批语，将稿寄还给我。此后也并无芥蒂的迹象可寻。

《我与胡适先生》一书的说法是：

其中重点意见是驳俞氏的论点，并与胡先生辩论"文言"、"白话"之分际，认为雪芹文字并非像胡先生所提倡所喜欢的那种"白话"，而胡先生欣赏的程乙本却正是篡改雪芹原文最厉害、最恶俗的。其间，并有鲁莽冒犯胡著《白话文学史》的语言，这当然使他看后有所不然，所以对我作了批评，并在其中一页上打了一个通页的大紫叉！

周汝昌前后几次的说法有相同之处，但也有自相矛盾处，比如所说和胡适的白话之争，一处说是在"文稿"中，另一处说是在"信里"；再比如胡适对《跋脂文》的反应，一处说"不会高兴"，另一处说"并无芥蒂的迹象可寻"。

另外还有一些疑问，依照周汝昌的说法，一方面这篇文章"有意气、带讥刺"，"讥讽"、"批评"胡适的白话文主张，"措辞更是太欠委婉，态度太不平和"，另一方面他又偏偏将它拿给胡适看，而此前胡适又没有和周汝昌探讨过这一问题，产生争论，这似乎有些过于唐突、冒昧，对长辈、老师不够尊重，有些"挑衅"的意思在。

可是按周祜昌的说法，周汝昌写作此文有"回报胡先生"的意思在，难道周汝昌是以"有意气、带讽刺","讥讽"、"批评"的形式来回报胡适的慷慨惠借甲戌本之举吗?这好像不大合情理。

当时的情况究竟如何,两人之间发生了什么事,这都是需要认真加以辨析的。好在胡适与周汝昌的往来书信如今都可看到,《跋脂文》及胡适的批改也已在《石头记会真》一书中刊布,这就为探讨提供了很大方便。

先从胡适这边说,他读完周汝昌的这篇文章后,感觉不满意,他在1948年8月7日的回信中写道:

> 你的长文收到了。你的见解,我大致赞同。但我不劝你发表这样随便写的长文。材料是大部分可用的,但作文必须多用一番剪裁之功。今日纸贵,排工贵,无地可发表这样长的文字。你的古文工夫太浅,切不可写文言文。你应当努力写白话文,力求洁净,力避拖沓,文章才可以有进步。(此文中如驳俞平伯一段可全删。俞文并未发表,不必驳他。)
>
> 此文且存我家,等你回来再面谈。我的评语,你不必生气,更不可失望。

尽管周汝昌说他的文章"有意气、带讽刺","讥讽"、"批评"胡适的白话文主张,但从这封信的内容来看,胡适并没有生气,也没有为自己辩护,而是表示:"你的见解,我大致赞同。"这样一来,周汝昌事后所回忆的"胡先生读了这些有意气、带讽刺的话(《白话文学史》是他所著呀),当然不会高兴","这当然使他看后有所不然,所以对我作了批评"等都无法落到实处,无法得到证明。

一方对另一方的见解"大致赞同",又没有提出不同意见,是不能称为争论的。至于说"二人意见相左。我因发奋自作汇校本",更是颠倒了时间先后和因果关系,因为周汝昌"发奋自作汇校本"是此前发生的事情,而且得到了胡适的支持和帮助。

胡适对这篇文章确实不满意,不过不满意的不是观点、见解,而是写作方式和技巧。他认为这是一篇"随便写的长文",不满意之处有三:

一是嫌文章太长,"拖沓",不够"洁净"。该文分七个部分,确实写得比较长,这也是实情。

二是嫌周汝昌的"古文工夫太浅"，建议他"切不可写文言文"，"应当努力写白话文"。这里需要说明的是，胡适并不是出于白话好、文言坏的偏见而不让周汝昌用文言文写作的，而是嫌他的"古文工夫太浅"，觉得用白话文表达会更好些。

三是建议他不要批驳俞平伯的观点，因为"俞文并未发表"。胡适显然知道周汝昌在《从曹雪芹生年谈到〈红楼梦〉的考证方法》一文中曾对俞平伯给《天津民国日报》编辑的信进行批驳，他不让周汝昌在该文中对俞平伯的观点进行批驳，应当也有不希望俞、周二人发生矛盾的用意在。

在这封信里，胡适坦率地谈出了对周汝昌《跋脂文》的看法，从其语气来看，完全是本着与人为善的态度进行的，就像老师批改学生的作业一样，称不上严厉。但就是这样，善良、宽仁的胡适还是担心这样会伤害了周汝昌的自尊心，为此还特别表示：

> 我的评语，你不必生气，更不可失望。

尽管如此，胡适仍然担心这封信"太严刻"，"不愿寄出"，直到 1948 年 9 月 12 日写信的时候，才把这封信一起寄给周汝昌。这封信同 8 月 7 日的信一样，是专门谈论《跋脂文》的：

> 八月初收到你的长文，曾写一短信，但未寄出。后来学校多事，我就把你的长文搁下了。现在学校快开学了，我又要到南方去半个月，十六日起飞。我想起这许久没给你去信，必定劳你悬望。所以我写这短信，并将前信附寄。前信太严刻，故本不愿寄出。请你看了不要生气。
>
> 我今天花了几个钟头，想替你改削这篇长文，但颇感觉不容易。我想，此文若删去四分之三，或五分之四，当可成一篇可读的小品考据文字。
>
> 全篇之中，只有"异文之可贵"一章可存，余章皆不必存。故我主张你此文主题可以改为"脂砚斋乾隆甲戌重评石头记的特别胜处"，即以"异文之可贵"一章为主文，而将其余各章中可用的例子（如"赤瑕"）都挑出搬入此章。
>
> 其实你自己也明白这一点，故第（五）章开首说："以上所论，虽

题目不同，但亦不外异文二字。"

　　尊文暂存我家。我大概在十月初可回来，那时请你来取此文，并看《四松堂集》。

在这封信的天头，胡适还写了这样的话：

　　古人说，"做诗容易改诗难"。作文必须痛改痛删，切不可随便写。

从这封信来看，胡适对待周汝昌的这篇文章是很重视和认真的，并不是打一个叉退回了事，而是亲自动手帮周汝昌来进行修改，为此"花了几个钟头"。这可以从《石头记会真》一书所收该文胡适的相关批改看出来，胡适进行的批改有多处，打叉不过是其中的一部分，而且原因与周汝昌谈白话文问题无关。胡适一方面对周汝昌热心进行指导，另一方面还特别小心，避免伤及自尊心，其考虑不可谓不周全，能遇到这样的老师真是周汝昌的福分。

接到胡适的两封回信后，周汝昌于1948年9月19日写信给胡适，在信中他明确表示：

　　先生这样不弃，谆谆教导，迥非常情所及，我如非糊涂人，定感知遇。先生怕我生气，怕我失望，我告诉先生说，绝不会的。……我如何"生气"，如何"失望"？我只有惊宠，庆幸。

但几十年后，周汝昌在回忆这段往事时，却变成了："这一点，尤其让我这一名在校学生心中更加犯了书生气，觉得名流大家如胡先生，其学识水准竟也有其限度，是不能随流盲目信从的。"两相对照，不难看出两种说法存在的明显差异。

对胡适所提的几点意见，周汝昌是这样解释的：

　　我的文章写不到好处，是实在的，但自幼写文言确比白话来得习惯些，白话文更写不好！几次谈《红楼》，因与先生交，还是特意改写白话的，写去总嫌不自然，至于该跋文之用了浅文言，原是为避冗长，先生的原意当然也不是叫我写更深奥的"古文"，我觉得文章造诣，现在已无办法，即使改削，也还是五十步百步之差，但我写此文的主意，还是着重在那几点见解上。几点见解，先生既已大致赞同，我之目的已达。我

师生之谊还是论争对手

所以分节研讨异文，也就是剪裁的意思。如果乱糟糟一条条随便地写去，一定又会像俞先生的《梦辨》被人批评为"Chaotic Book"。而且若把其余部分删去只存"异文"，该文也就实在无甚价值。何以呢？研究脂本，原是要以异文朱批为材料，以窥探原书各方面本意真相为目的。若只举异文，仅仅几条随手的例子，便难交代，而是非要俟有通体的校记不可的。我此刻回想，该文虽然有欠洁净，但自觉废话尚无有，也不是故意敷演，拉长篇幅，所要说者则说之，枝蔓则力自避免，加以痛删，一则如先生所云"颇感觉不容易"，二则意见皆被牺牲，例如驳俞几处，又正是代表见解的主要部分，删去之后，我的意见如何被尊重呢？……

那篇跋文确须遵从先生所嘱须要重加精密的好好写一下，发表不发表，实实无关紧要，我那也是一时的念头，先生不必认真。我注意的却是请先生不要因看了我那一篇拙文而感到失望！

虽然向胡适表态说不会生气，不会失望，但对胡适的意见，周汝昌有的接受，有的则持保留态度，比如不愿意进行太多删改，不想删去批驳俞平伯的部分。

在1948年10月23日给胡适的信中，周汝昌再次就此文进行表态：

跋脂本文经先生提议去累赘而存异文，原来觉得一些意见因此被删，不免有姑惜之意，现在想来，那些意见主要是写给先生看的，先生既经过眼而大致同意了，所以存不存毫无关系。先生前信所说欲费些工夫替我删为一短洁可看的小文，先生若有此空闲有此兴致时，千祈仍照原函所说一作，至幸至盼！

从这封信来看，周汝昌对胡适的意见接受得更多一些，愿意进行较多的删改。

1948年10月24日，胡适致信周汝昌，告知他：

《四松堂集》，又你的长文，今早都托孙楷第（子书）教授带给你了。

可见，《跋脂文》是胡适托孙楷第带给周汝昌的，周汝昌所回忆的"将文稿寄回来，说这文章无处发表"，"将稿寄还给我"等与事实有出入，不够准确。

周汝昌拿到《四松堂集》和《跋脂文》后，于1948年10月29日给胡适写信，对胡适帮自己修改文章一事，表示感谢：

> 拙文本太丑，承为手削，光宠莫名！

从胡适与周汝昌的来往信件来看，胡适对周汝昌《跋脂文》的观点大致赞同，但对其写法不满意。对此，周汝昌明确表示不会生气和失望，虽然对胡适的意见并非全部接受，但对胡适帮自己批改文章还是表示感谢和荣幸。这完全是师生之间批改作业式的探讨，在十分友善的气氛中进行，两人并没有因为白话文问题产生争论或不愉快。这和周汝昌日后的回忆明显不同。

据周汝昌《真本石头记之脂砚斋评》一文中介绍，他"见到了庚辰本，三个真本一对勘"，才察觉这篇《跋脂文》中的观点"满不是那么回事"。不过这已是后话了。

此外需要说明的一点是，依胡适平和大度的一贯性格与作风，他是不会去伤害周汝昌的，这正如与胡适有过交往的梁实秋在《怀念胡适先生》一文中所概括的：

> 胡先生，和其他的伟大人物一样，平易近人。"温而厉"是最好的形容。我从未见过他大发雷霆或是盛气凌人。他对待年轻人、属下、仆人，永远是一副笑容可掬的样子。

退一步说，即便周汝昌在文章中有过激的言辞，胡适也大不可能会动怒，用过激的言语去伤害周汝昌，这个胸襟和气度胡适还是有的，从其给周汝昌的书信中可以看出这一点。

但几十年后，情况却变成周汝昌在《我与胡适先生》一文中所描述的：

> 我那时已然感觉分明：这位大学者对中华语文的品格高下优劣是如此缺乏审美鉴赏力，这使我十分吃惊，也十分失望。

下面再结合《跋脂文》及胡适的相关批改来探讨这一问题。

先看白话文问题。周汝昌在这篇文章中确实谈到这一问题，是在第三部分《高鹗实未见此本》的第一段。

在这一段的开头，周汝昌首先提到胡适和俞平伯对高鹗的肯定，认为这是"自另一观点而定论；然亦高君之幸运也"。随后表示自己对高鹗"深恶而痛绝之"，并讲了两点理由。在讲第二点理由的时候涉及白话文问题：

> 曹氏原文，高氏大加窜改，真伪莫辨，良莠不分，而亚东二次排印新本明知其"程乙本"改去"程甲本"前八十回中一万五千五百三十七字之多，大非雪芹之旧，转而取是而舍旧本，何耶？汪原放氏罗列多例，以见"程乙本"之倾向纯白话焉，言外似有褒义，然不思白话好歹，为一问题，真本文白，是另一问题。雪芹作书于乾隆初年，只是自抒怀抱，应无预计务入后世"白话文学史"之心，其行文本多文白相标杂。假如余将《红楼梦》全部改译成更纯粹更道地的白话，汪君即又舍"程乙本"而取吾新改本，排印以行世耶？高鹗眼下无筋，皮下无血，恬不知耻，擅窜旧文，点金成铁，全无文德，不可恕二也。吾今读脂本，始知雪芹真笔之风格焉。

从这段话可以看出，与胡适、俞平伯对高鹗的批评中有所肯定不同，周汝昌是对其全部否定。其所讲第二点理由重点在批评程本对雪芹旧作多有窜改，矛头针对的是汪原放，对话对象是汪原放，并非胡适，其中也许有对胡适不满的意思在，但还没有明确表露。

这与他在《我与胡适之》一文中所概括的"论析'白话化'并非雪芹笔墨的向往与'极则'，除了人物对话，其叙述文字并不像胡先生想象的那样'白话化'；雪芹著书，也没有'提倡白话文'与进入《白话文学史》的愿望！而假如我把这部伟著用今天的'白话'再来'加工'改动一番，胡先生是否还为之作序吹嘘，重新排版？"显然存在着比较大的出入。

从胡适写给周汝昌的信件来看，胡适对此根本没有生气，丝毫没有不高兴或不以为然的表示。那么，胡适为什么要对这部分内容打个大叉呢？

这里分析一下打叉问题。

从《石头记会真》和《我与胡适先生》两书所公布的书信影印件来看，胡适确实在《跋脂文》上打过叉。因为胡适是从"其故有二"到第一段末打叉的，实际上是在三页上打了三个十字叉，周汝昌后来回忆的"他用紫色笔将这些话划了一个通页的大'十叉'"，"他将其中一页用紫色笔打了通页的大'叉'","只将这一页用紫色笔打了'×'","在其中一页上打了一个通页的大紫叉!"等等是不准确的。这可以从影印件上看得很清楚。《石头记会真》相关部分的说明也证明了这一点：

> 胡适自"其故有二"至此打双十叉划去。

而这部分内容跨了三页的篇幅。

这说明胡适打叉划去的不仅仅是讲白话的这一部分，而是将整个第一段全部删去。另外需要说明的是，打叉不过是胡适批改《跋脂文》的一种方式。从胡适对全文的批改来看，对内容较少的部分，他以画圈的方式删去，这部分内容比较长，画圈不方便，因此采取打叉的方式。可见胡适并没有因周汝昌的话而生气，不过是因为内容"溢题"而已，因为他在给周汝昌的信中已明确表示，对该文的见解"大致赞同"。

周汝昌在这部分上有一段眉批：

> 此段溢题，删之亦得，然其意见则极正确。胡先生当年以"程乙本"付东亚（"东亚"当作"亚东"——笔者注）重排行世，在提倡红楼上是一大错误。谅胡先生主删此段，必因其溢题，而非嫌其言之直憨耳。

这段眉批反映了周汝昌当时的真实想法，他认为胡适以打叉方式删去此部分内容的原因是"溢题"，而且觉得"删之亦得"，而且从好的方面来理解胡适的这种批改。

但是几十年后，周汝昌对此事的态度发生了重大的转变，他在《我与胡适之》一文中是这样评价此事的：

> 这一点，尤其让我这一名在校学生心中更加犯了书生气，觉得名流大家如胡先生，其学识水准竟也有其限度，是不能随流盲目信从的。从此，我更坚定了已立的誓愿：一定要做出一个雪芹真本，来取代那个害人欺世的"程乙本"！我与胡先生这段"忘年"、"忘位"之交，后来也未能继续进展，历史给它划了结束。

前后两个说法竟然有如此大的反差，何以如此，周汝昌没有解释，这里不作揣测。

周汝昌在回忆有关《跋脂文》的往事时，总是强调胡适的那个大叉，这样的叙述很容易给人一种错误印象：胡适对周汝昌所讲白话文内容很不高兴，在文章上打个叉，就把它退给了周汝昌。

而实际情况则是：打叉不过是胡适批改周汝昌文章的一种方式，除了这个叉之外，胡适还对《跋脂文》进行了很多批改，在此文上花费了相当多的时间和精力。但很遗憾的是，周汝昌事后的回忆对此则基本不提。

这里需要说明的是，尽管周汝昌在写信时向胡适表示没有生气和失望，但在他内心里，对胡适的批改是相当不服气的，这有他对胡适批语所作的"反批"语为证。在《我与胡适先生》一书中，周汝昌是这样介绍的：

> 然而，当我看到他在我《跋胡藏〈脂砚斋重评石头记〉》文稿上的"批语"时，我又不服气了。……
>
> 我在他的批语后写了"反批"之语，没有隐瞒，前尘后事，都是历史学术的好材料，可以让世人借鉴。

这里以表格形式，将胡适的批改意见与周汝昌的反批语列表显示如下：

胡适批改意见	周汝昌反批语
删去"墨缘眼福，欢喜赞叹"8字	此种话头，出自实感，删之固可，存之无害。
删去从"识真赏佳"到"孤本呼负负也！"	不删。
删去从"吉光片羽"到"同珍也"，加"可宝"2字。	语气煞不住。
此下似太繁，似可删。	证明脂批即雪芹原批，实最重要，本之不究，末无由悉。喻人使信，在乎理足，繁不为碍，其不然耶？
胡适"赤瑕宫"条上眉批："此条可存，可移入'异文可贵'一大段。"	何以独此条可存？独以此条可存，真所谓偏好矣。
评俞跋一大段可全删。	俞氏看法，可代表一般人，破之即破一般人看法，非仅与俞氏为难也。

胡适批改意见	周汝昌反批语
删去"汪先生无此判语"，并有眉批："汪君加圈皆带赞同之意，只是表示应注意之处，如校勘出之异文。"	此处则胡先生不应如此欺人，袒护汪原放，试读其全部校读记果非不赞成耶?!
有何不敢？他竟以一手掩尽天下耳目至一百五十年之久！	胡先生此处仍指续书伪托意与吾不尽相同。
胡适在第四部分上眉批："可删。"	为何？
胡适在第五部分上眉批："'赤瑕'一条可移入此章。"	如赤瑕条可移入，何者又不可移入？此诚令人最不好懂者也。
胡适将自"俞先生"句删去。	保留。
删去从"按曲律"到"不成句法矣"。	此一处吾不愿删，声明保留。

在文章最后，有周汝昌看到胡适批改意见后写的附记，一条写于1948年10月29日：

> 胡先生只嫌吾行文芜杂拖沓，而阅乎意见是否正确，全无一语评按，冷静过于常人，不似其是是而非非勇于奖人之素性。文中曾提汪原放印"程乙本"之非当与"白话文学史"一词，甚望此二事并未予胡先生以任何不良感觉耳。

一条写于1948年10月31日：

> 若掂掇字句，则任何名家文章，亦可吹毛而削改，不弟拙文也。如胡先生《跋乾隆庚辰本〈脂砚斋重评石头记〉钞本》一文写得最乱，字句尤多未佳，我亦可得而笔削。

从周汝昌的反批语和这两条附记来看，周汝昌尽管表面上告诉胡适："先生怕我生气，怕我失望，我告诉先生说，绝不会的。""我如何'生气'，如何'失望'？我只有惊宠，庆幸。""拙文本太丑，承为手削，光宠莫名！"但实际上内心里是相当生气和失望的，不但对胡适的很多批改意见拒绝接受，甚至提出胡适的文章"我亦可得而笔削"。

胡适在 1948 年 7 月 20 日的书信中，曾劝周汝昌"撇开一切成见，以'虚心'做出发点，也很重要"。如果他看到周汝昌的这些反批语和附记，不知会作何感想。

周汝昌在当时还有些担心，表示"甚望此二事并未予胡先生以任何不良感觉耳"，但过了几十年后，"甚望"的事情却被当作事实进行叙述，说胡适看了他的文章不高兴，不以为然等等。

退一步来讲，别说胡适根本没有生气，对周汝昌一直十分友好、和善，即使胡适真的不高兴，把文章打个叉，退回来说无处发表。在当时那种千头万绪、错综复杂的混乱局势下，胡适的这种行为也是可以理解和原谅的，如果换成其他人，恐怕连看都不看就把文章给扔了，也不会给回信，更不用说还颇为负责地打叉、退回并告知无处发表了。

这件事充分体现出胡适宽仁、大度的品格，周汝昌在回忆往事时，总是强调与胡适间不协调、不融洽的一面，这既不符合史实，对胡适也是不公平的，特别是在胡适去世多年，无法对周汝昌的回忆进行澄清、辩驳的情况下，更是如此。

这里再举一个例子，以见胡适性格、人品之一斑。1954 年，他在给吴相湘的信中说了这么一件事：

> 《四松堂集》是我临走时故意留赠给北大图书馆使他（指周汝昌——笔者注）可以用的。

1960 年 11 月 19 日，在给高阳的信中，胡适又提到了这件事：

> 《四松堂集》稿本是我临时故意留给他（指周汝昌——笔者注）用的，此时大概还在他手里。

对此，周汝昌曾在《我与胡适先生》一书中曾做了如下的解释：

> 在我的记忆中，此书匆匆看过后，即拜托孙楷第（子书）先生带回给胡先生了，并不知他原来收到。

> 此书由北京大学图书馆清理藏书"销号"后，始归北京图书馆收藏

的（时间不详）。那么，已可推知：孙先生当时或许未及捎还给胡先生，即迫近12月中旬胡先生离开北平之际了。此后，燕京大学合并于北京大学，成为一校，故此孙先生于两校合一之后，此书方由他（或家属，或他人）手交与北京大学图书馆的。

周汝昌看到了胡适给高阳的书信，但没看到胡适给吴相湘的那一封，所以他只猜对了一半。因为从胡适的书信来看，孙楷第并不是"未及捎还给胡先生"，而是受胡适之托，将这部书赠给北京大学图书馆，目的是为了让周汝昌方便使用。这部《四松堂集》稿本当年胡适是费了很大工夫才找到的，为此他还专门写了《跋〈红楼梦考证〉》一文。

以胡适离开北京时行动之仓促，心情之焦虑，头绪之繁杂，竟然还能为周汝昌作如此周密、细心的安排和考虑，实在是令人感动，从这一件小事上完全可以看出胡适的人格和品质。由此也可以想见，胡适无论如何是不会伤害周汝昌的，更不会生他的气。

但就是这样，周汝昌在内心里仍然是牢骚满腹，很不服气，在事后的回忆中，反复强调两人的争论和不融洽，而这些争论又大多并未真正发生过。

不知道周汝昌能否体会到胡适的这番苦心，不知道他在看了胡适的这些话后作何感想，对胡适的不满和怨气会不会因此而有所消解。

还有一点需要补充的是，周汝昌在回忆自己当年与胡适的交往及争吵时，总爱强调自己"少年气盛"，有"书生气"、"'执拗'之性"，是个"不识好歹的年轻人"。但与之形成鲜明对比的是，他当年在与胡适的书信中是明确否认这一点的。比如在1948年9月19日给胡适的书信中，他曾这样评说自己：

> 我已不复是稚气的孩子或盛气的少年，也是三十开外的中年人了。

为此，周汝昌还用了不少篇幅向胡适解释为什么自己那么大年龄还只是一名大学生以及由此带来的尴尬和苦恼。

事实上，在与胡适的交往中，周汝昌并没有他日后所回忆的那样少年气盛、容易冲动，相反倒是相当沉稳的。比如他对胡适批改《跋脂文》的意见很多是不愿接受的，而且相当不满，但他在给胡适的信中却没有流露出这层意思。

将两人当年的往来书信及相关资料与周汝昌日后对这段往事的回忆进行对照，两者之间竟然存在如此大的出入和反差，如果不是看了这些书信的原文及资料，真是不敢相信。如何解释这一现象，恐怕只有两种可能：一是周汝昌当时在给胡适的书信中所说内容与其个人内心的真实想法完全相反，即表面上听从胡适的建议指导，对胡适的种种帮助感激不尽，但私下里却对胡适十分不满，满腹怨言；二是周汝昌后来的回忆有误，而且误差过大，几乎达到了重构历史的程度。

对《红楼梦新证》写作缘起的考察

接下来，另一个需要认真辨析的问题是，周汝昌当时写作《红楼梦新证》乃至终生研究《红楼梦》的最初起因与目的究竟为何？之所以要探讨这个问题，是因为他的事后回忆不仅前后说法不一致，而且与当年的实际情况也存在着较大的差异，因事关胡适的形象和评价，有必要进行一番考察。

周汝昌在《真本石头记之脂砚斋评》一文中曾这样介绍其《红楼梦新证》一书的写作目的：

> 我之写一部《证石头记》，唯一目的即在坚持前见，以科学的历史方法与材料证明所见之不误。

这个"前见"并非指周汝昌与胡适之间的观点分歧，而是指周汝昌当时完全赞成的、胡适所提出的有关《红楼梦》的一个观点，那就是：

> 作者是曹雪芹，一部小说即是他家写实自传。

在《真本石头记之脂砚斋评》一文中，周汝昌是这样评说的：

> 直到胡先生作《考证》，才证明作者是曹雪芹，一部小说即是他家

写实自传。这个说法，有的接受了，有的接受一部分，有的还大不以为然。从那篇文字发表到今天，又快三十年了，可是人们对这部小说的看法，还是在纷纷揣测。我是完全赞成胡先生的说法的，觉得那一篇文字还没有把人们说服，仍须继续光大这个说法，使人人得以对这部名著树立起正确的观点来，然后才谈到欣赏，研究，与批评。可是当我提到这个，连胡先生也劝我不要看得太死了。因为小说究竟是小说，不是历史。他本人先让了步。这一来，不甚坚固的基础先自动摇，邪说谬见，更得而有所云云了。我之写一部《证石头记》，唯一目的即在坚持前见，以科学的历史方法与材料证明所见之不误。

周汝昌发表《真本石头记之脂砚斋评》一文时，刚结束和胡适的交往不久，上述引文，实际上代表了其当时的真实想法。但几十年之后，周汝昌对自己起初研究红学及其撰写《红楼梦新证》一书的动因和目的却有了新的说法。在《致刘心武先生》一文中，他是这样介绍的：

最早我是与胡适争版本才引起决意治红学的。

在《倡导校印新本〈红楼梦〉纪实》一文中的说法是：

胡适对我拙文论点只同意一半，我当时少年气盛，遂又撰文与之商榷……由此一发而"不可收拾"——我本无意研究"红学"，但为争辩真理，就难以中止了。

《还"红学"以学——近百年红学史之回顾（重点摘要）》一文中的说法则是：

1948年我曾与胡适先生通讯争议版本，并有文稿请他阅看，他将其中一页用紫色笔打了通页的大"叉"，二人意见相左。我因发奋自作汇校本。

从周汝昌的上述言论来看，当初与胡适在《红楼梦》年表、曹雪芹生卒年、《红楼梦》版本等问题上的争论对他构成刺激，使他从此走上红学研究道路。他在《我与胡适之》一文中，是这样介绍的：

立志誓要全力弄清雪芹家世生平的一切内幕——这就是拙著《红楼

梦新证》产生的真正根源与背景。

《石头记鉴真》书后的说法与此类似：

> 这就是种下了争论根由的中心，也成了激起我们非争不可的动力的来源之一。

《探佚与打假》一文的说法是：

> 我自己"失足"于红学的"考证派泥坑"里将近半个世纪，不知陷溺于此者究为何故？如今一回顾，原来是由胡适先生争论版本真假的问题，引发了我的要把真作者曹雪芹的时代、家世、生平、思想、文字……一切一切，都弄个清楚的大愿与虔心。直到1953年拙著《红楼梦新证》问世，评论界毁誉百端，捧场的惠以齿牙，说是"材料尚称丰富"（何其荣也！），可是绝无一人说过《新证》的唯一而总括的目的就是寻真打假。

上述说法尽管对当初研究红学及撰写《红楼梦新证》一书目的、动力或根源的说法不够一致，但有一点则是共同的，那就是这一切都与胡适有关，是与胡适进行的争论刺激、影响了周汝昌的红学研究，成为他研究红学的重要动力。

周汝昌在《红楼无限情——周汝昌自传》一书中，将自己当初研究红学时受到的影响分成两类：一类是"正面指引、赞助、鼓舞者"，另一类为"'反激'的另一异响，但这一反激的力量，实在是推动我的'能源'，作用甚大"。

按照上面所引周汝昌的叙述，胡适显然应该和俞平伯一起归到"'反激'的另一异响"中，但令人不解的是，到了《红楼无限情——周汝昌自传》和《我与胡适先生》两书中，胡适又变成了"正面指引、赞助、鼓舞者"，态度发生了极大的改变，周汝昌却没有对这种转变进行任何解释。

这里根据当时胡适与周汝昌的往来书信，对其《红楼梦新证》一书的写作缘起及经过进行梳理和探讨。

从周汝昌致胡适的书信可知，他起初并没有研究红学的打算，是胡适的来信引发了其兴趣。这在《再论红楼梦作者曹雪芹的生年——答胡适之先生》一文中说得很清楚：

> 本来拙文不过就发现的一点材料随手写成，不但没下旁参细绎的工夫，连先生的《红楼梦考证》都没有机会翻阅对证一下，倒是先生的来信，却真提起我的兴趣来了。

在1948年6月4日写给胡适的信中，周汝昌首次提到自己要撰写《红楼梦新证》一书的打算：

> 自从去冬偶然为文谈曹雪芹，蒙先生赐复，兴趣转浓。半年以来，把课余的一些闲工夫，都花费在搜集曹家身世文献上面，成绩小有可观，竟然起意要草一本小册子，主旨在，更清楚地明了雪芹的家世，才能更明了《红楼梦》，而邪说怪话，才可以消灭无形了。

同时他还明确表示：

> 这个工作是先生创始的，我现在要大胆尝试继承这工作，因为许多工作，都只开了头，以下便继起无人了，所以我要求创始的先进，加以指导与帮助。

这里说得很明确，周汝昌之所以要写作《红楼梦新证》一书，是因为胡适的回信引起了他研究《红楼梦》的兴趣，于是想写一木与曹雪芹身世生平有关的著作，而且他是有意继承胡适当初所开创的红学事业。

其后他不断请求胡适给予指导和帮助，并想请胡适作序，言语之间丝毫找不到他日后所说的那些不愉快和刺激，何况他此时还没有见到甲戌本，哪会与胡适争论版本的真伪优劣问题。

从时间顺序上看，显然是周汝昌起意要写《红楼梦新证》一书在先，见到甲戌本《红楼梦》，与胡适谈论版本问题在后。在看到胡适的来信，与其建立联系后，周汝昌很快萌生了撰写《红楼梦》专书的想法，其中有胡适的重要影响和作用，这是十分明显的。

退一步说，即便周汝昌与胡适之间发生过激烈的争论，那也是在其发愿要写《红楼梦新证》之后了，后面发生的事情如何会成为前面事情的原因?《红楼梦新证》最初的写作动因与周汝昌日后的追述可以说是存在着很大的差异。

周汝昌在《〈红楼梦新证〉的前后左右》一文中还曾有这样的说法：

> 从1947年起，与家兄祜昌立下誓愿，一为努力恢复雪芹真本，二为考清雪芹家世生平的真相，以破除坊间流行的伪本与学界不甚精确的考证结论。

这是不可能的，因为1947年的时候，周汝昌根本就没有见到过脂本《红楼梦》，甚至连找一本亚东版的《红楼梦》都费那么大功夫，俗话说，巧妇难为无米之炊。他没有看到甲戌本，就不可能产生这种想法。这种想法是1948年借到胡适所藏的甲戌本《红楼梦》后才有的，他本人也多次这样说过。比如在《我与胡适先生》一书中，周汝昌这样介绍他第一次翻阅甲戌本的感受：

> 掀开第一页，我不禁惊呆了！原来真《红楼》是这个样子！可数十年坊间流行的程高"全本"原来是个假货——把雪芹原笔糟蹋得好苦！

1947年，周汝昌会有这样的想法吗？答案是否定的。再说胡适的第一封书信虽然写于1947年12月7日，但是直到1948年1月18日才寄出，2月20日才发表在《天津民国日报》上，1947年，周汝昌是不可能看到胡适这封信的。

在1948年6月4日给胡适的书信中，周汝昌对正在撰写中的新书进行如下介绍：

> 举凡关于曹家之只词片语，皆在搜集之内，皆有其价值用处。

由于撰写这样的著作工作量很大，资料缺乏，因此周汝昌不断向胡适借书，让胡适代为借书、提供研究线索等。胡适都"许他一切可能的帮助"。其间，周汝昌一直向胡适汇报该书的写作进度及相关情况。在1948年7月25日给胡适的书信中，周汝昌将这部书"暂称之为《红楼家世》"，并请胡适给予指导：

写毕一定先求正于先生。

在 1948 年 9 月 11 日的书信中，周汝昌提出：

> 希望早日写完，奉阅求教，那时务乞先生勿吝一序，庶几见重
> 于世。

可见，当初周汝昌远没有日后回忆的那么自信，他对胡适的评价也比日后要高得多，否则他也不会让胡适写序，想借助胡适的推荐和提携来使自己的著作"见重于世"。

在 1948 年 10 月 23 日给胡适的书信中，周汝昌又提到了自己的这本书：

> 这个半成形的初草也无妨使先生一见，因为可以使先生知道大概我
> 是怎样作法，因而可以通体的指导我、帮助我、教正我。

由上述的引录和梳理，笔者不禁产生两个疑问：

一是如果没有胡适的回信、支持和帮助，周汝昌会产生写作《红楼梦新证》一书乃至终生研究《红楼梦》的念头吗？

二是没有胡适的慨然相助，缺少了胡适出借或帮忙代借的那些重要文献资料，如甲戌本、戚本《红楼梦》、《四松堂集》等，周汝昌的《红楼梦新证》一书能完成吗？即使完成了，缺少这些重要文献资料的《红楼梦新证》会是什么样子，分量如何，相信读过该书的读者心里都是很明白的，不用笔者赘述。可以明确地说，答案都是否定的。倒是身为旁观者、曾采访过周汝昌的张者在《访周汝昌》一文中道出了问题的要点所在：

> 胡适也许没想到，他的 6 封信给了一位年轻学生极大的鼓舞，使周
> 汝昌从此走上了长达半个世纪的红学研究之路。……与胡适的书信往来，
> 成了周汝昌红学研究生涯的开始。

从周汝昌致胡适 9 封书信的内容和语气来看，周汝昌完全是以学生甚至是胡适传人的身份与胡适交往的，对胡适充满尊敬和感激之情。

周汝昌在红学研究的起步阶段，得到了胡适的大力帮助，这种热情帮助和"开明、亲切的指导"使他产生了研究《红楼梦》的兴趣，并得以完成其成名之作《红楼梦新证》。

师生之谊还是论争对手

总的来看，胡适、周汝昌两人在 1948 年的往来书信中曾经讨论过一些有关《红楼梦》的问题，胡适在书信中也确曾较为婉转地批评过周汝昌，但都是出于善意，出于对后辈的关爱，并极力避免伤及周汝昌的自尊心，周汝昌在书信中也表示愿意接受这种批评，并一再向胡适表示感谢。两人的交往基本上是在友善、融洽、愉快的气氛中进行的，没有发生不可调和的激烈争论，胡适的言行也没有构成对周汝昌的伤害和刺激。

不知出于何种考虑，周汝昌日后在回忆这段交往时，对胡适当时给予的热情、耐心的指导和帮助往往谈论甚少，总是刻意强调和夸大两人之间的分歧和争执，而事实上这些争执、争论又大多是不存在的，和实际情况并不符合。

对一位曾经帮助过自己、已经去世多年的老师和长辈，不谈他对自己好的一面，反而专门强调其对自己不好的一面，这不仅不够全面，而且对胡适也是不公平的。胡适固然可以宽宏大量，不予计较，但周汝昌本人是不是也要对自己的这些言行进行一些反思呢？

如果人死后还有知觉的话，不知道胡适在天之灵看到这些对他充满怨气的失真回忆会作何感想。

周汝昌评述胡适的三个阶段

综合各种资料来看，周汝昌对胡适的态度和评价可以分为如下三个阶段：

第一个阶段从两人开始交往到 1950 年左右。在这个阶段中，周汝昌是以徒弟、学生的身份和胡适交往的，在治学过程中，他得到了胡适的热情帮助和耐心指导，对胡适充满感激之情，对其红学研究的成绩和贡献给予很高的评价。

比较能说明这一问题的，是其当时发表在《燕京学报》上的《真本石头记之脂砚斋评》一文，在该文中，他预设的对话对象就是胡适，虽然在某些问题上不同意胡适的观点，但对其红学研究的成就则是给予充分肯定，比如他"完全赞成"胡适的《红楼梦》是曹雪芹家写实自传的说法。在该文后，他还对胡适表示了感谢：

> 赵、胡、张、陶、孙诸先生之雅谊高情，尤难况拟。谨明篇末，志衔戢焉。

从1950年左右到"文革"结束为第二个阶段，其间胡适于1962年2月24日在台湾去世。在这个阶段中，胡适成为大陆的重点批判对象，为了自保，周汝昌在一些文章中批评、指责乃至谩骂胡适，比如在《红楼梦新证》的初版中称胡适为"妄人"、"风头主义者"、"爱出风头"，在1976年出版的《红楼梦新证（增订本）》的重排后记中更是用较长的篇幅对胡适进行大批判。这里摘录一些具有代表性的语句，略作介绍：

> 胡适正是抓住蔡说的这个弱点，钻了索隐派的空子，乘机竖立起他自己的反动红学的旗帜。

> 胡适的立场是买办资产阶级的立场，他的哲学是反动的唯心主义实验主义，他之忽然"热心"于搞白话小说的"考证"，并非是一位洋派学究作作新学问，他有他的反动的政治背景和目的。

> 胡适本是当时混入文化革新运动中的一个投机分子，冒充了--下头面人物，捞得资本之后，不久他就助成并利用潮流的分化，向右转，开倒车。

> 他之搞《红楼梦》实是别有用心。

> 胡适这个人，他到底是不是真的搞《红楼梦》，通过钞校这些《石头记》旧钞本，答案也越发清楚。他实际上是赞助歪曲篡改曹雪芹原作的最卖力的人。

比较有代表性的是周汝昌于1975年所写的《〈红楼梦〉版本常谈》一文，在该文中，他使用"大言不惭，贪天之功"、"厚颜自恬"等十分刺耳的词语来批评、谩骂胡适：

269

他后来反而说，自从他作了"新材料"一文，人们才知道重视旧钞本云云。这真是大言不惭，贪天之功，力图抹杀别人的，特别是鲁迅先生的比他们早了一二十年的真知灼见。……

谁也不想否认这个甲戌本的本身所具有的价值。但是谁也不会承认上引胡适的这一段（以及诸如此类）的胡说。……胡适居然说：如果甲戌本"不会到我手里，很可能就永远被埋没了！"你看，天底下就有这种厚颜自恬的讲话法！仿佛世界上没有他就没有《红楼梦》。

直到 1977 年，在批判江青的红学思想时，周汝昌还捎带着对胡适进行批判，如其《"半个红学家"的悲哀》一文中就有这样的语句：

胡适的臭名昭著的《红楼梦考证》。

在这篇文章中，他还把江青和胡适放在一起进行批判，提出：

这个"半个红学家"，她对"黛玉死""宝玉出家"就最颂扬，她哭鼻子，心里佩服高鹗是真的，和胡适全无不同。

周汝昌据此认为胡适和江青是"真祖师"、"嫡派徒孙"的关系。

对此，周汝昌在《我与胡适先生》一书中是这样评述的：

自愧身非英雄豪杰，不能在那种文化环境中叱咤风云、特立独行，学会了一套"大字报"体格的"批判"文章，留与后人观察历史的形形色色，可笑可悲，可怜可叹。

周汝昌对胡适的批评、指责乃至谩骂，对大陆形势较为关注和了解的胡适有些看到了，有些则因其已去世，无法看到。但胡适表现出其一贯的宽容和大度，对周汝昌的批评也是尽量朝好处想。据吴相湘《胡适之先生身教言教的启示》一文介绍，胡适曾告诉他：

他（指周汝昌——笔者注）在书的前面虽然大骂我几句，但他在许多地方对我致谢意，是很明显的。

在 1954 年 12 月 17 日给沈怡的书信中，胡适再次表态：

周君此书有几处骂胡适，所以他可以幸免。俞平伯的书，把"胡适之先生"字样都删去了，有时改称"某君"。他不忍骂我，所以他该受清算了！其实我的朋友们骂我，我从不介意。

在1960年11月19日给高阳的书信中，胡适又重申了这一点：

> 他在形式上不能不写几句骂我的话，但在他的《新证》里有许多向我道谢的话，别人看不出，我看了当然明白的。

从"文革"后至今，为第三个阶段。这个时期，随着改革开放政策的实施和政治文化氛围的宽松，大陆学界对胡适从批判转向研究，特别是近些年，胡适研究渐成显学之势，受到许多研究者的关注。其间，周汝昌写了一些回忆胡适的文章，出版了专门回忆与胡适交往的专书《我与胡适先生》，此外，在其他文章中也不断提到胡适。

但令人不解的是，在谈及与胡适的交往时，周汝昌总是带有一种不满和怨气，所述诸事与史实相差甚大，而且对胡适红学研究的成就和贡献评价甚低。具有代表性的是其《还"红学"以学——近百年红学史之回顾（重点摘要）》一文，在该文中，他对胡适、俞平伯等红学家评价甚低，而且对胡适充满误解和成见。比如他这样评价胡适：

> 做了一般性的考订工作，贡献不小，但这儿并没有什么新的思想内涵与学术体系可言。

> 胡先生除了提出"自叙传"（相对于写别人而言是不错的），对曹雪芹这部书的真涵义真价值，可说一无所论，简单肤浅得令人惊讶。

对此，有些研究者认为周汝昌对胡适等红学家的评价不够客观、公允，撰文予以反驳，如杜景华的《惊人的红学大扫荡》（《求是学刊》1996年第1期）、贾穗的《一篇贬人扬己的歪曲历史之作——驳议周汝昌先生的〈还"红学"以学〉》（《红楼梦学刊》1996年第4期）等。

近来，周汝昌对胡适的态度忽然发生了很大的转变，改往日的批评、指责为肯定、颂扬，这在2005年出版的《我与胡适先生》一书中体现得十分明显。对这个转变当然是应该给予肯定的，但问题是，这样一来，周汝昌对胡适的回忆在时间上就存在着前后矛盾的问题，让读者无所适从，而他本人又没有对此现象进行解释和说明。

在《我与胡适先生》一书中，周汝昌强调：

> 拙稿所叙，悉本事实。

> 此书的核心精神是一个真实的"实"字，文以简明朴实为基调，不务粉饰文句，或渲染气氛。

同时，他也承认：

> 事隔五十八年，在我这行年八十八龄之人来说，要敢夸口记忆力没有任何模糊点，那是不诚实的。

《我与胡适先生》

> 从我的年龄、记忆力来说，也只能是这样了。从萌念到结稿，实历近四十天。不详不备，失忆疏漏之处，定然难免。

其中最后一段话在该书中一字不变地出现过两次。对该书进行认真阅读、核实，确实能找到不少失实之处，可见周汝昌的上述两段话并不仅仅是客套或谦虚之辞。事实上，周汝昌已经发现了自己记忆的失实问题：

> 过去几次拙文和谈话里都说甲戌本是孙楷第先生捎与我的，大错。孙先生捎给我的是大字戚序本和《四松堂集》稿本。年久记忆混乱了，想来可笑。

有些失实的记忆是无关紧要的细节问题，可以不去计较，但有些则涉及历史人物的形象和评价问题，则不可不辨。《我与胡适先生》一书所记与周汝昌的以往回忆相比，应该说要更为客观、真实，但其中仍有不少失真之处，材料还不够全，而且对一些人物如胡适、俞平伯等人的评价还不尽准确、公允，笔者在此基础上进行梳理、辨析和补充，以求弄清这一段学术公案的真相。

余　论

::

综合周汝昌日后谈及胡适的相关文章来看，不可否认，他对胡适是怀有很深的成见的，且不说胡适因为帮助亚东图书馆出版了一本程乙本的《红楼梦》日后遭到他多次极其严厉的、近乎谩骂的指责，以此对胡适的红学成就极力贬低。就是胡适在五四新文化运动时期提倡白话文这件事，也在近些年忽然受到周汝昌不顾历史背景与事实的批评和曲解，比如在《我与胡适先生》一文中，他这样概括和评价胡适的观点：

> 他对中华文化，尤其是语文的特点优点缺少高层理解认识，硬拿西方语文的一切来死套我们自己的汉字语文。

> 胡先生似乎不求深懂或不愿多理会我们中华汉字语文的极大特点。

> 在他看来，好像历来我们中国人写的语文有很多是"没有文法"。这真是奇谈。

> 他不知区分"文体"的不同质素与需要，而也一律以"白话"来"绳"其好坏。

> 时至今日，果然已有人公开提出："程本"是真原本，而《甲戌本》古钞及脂批本却是"伪造"的了。这种观点，固然不能让胡先生"负责"，但他在这些方面的做法与论调，确实流弊深远，才导致了至今是非颠倒的后果。

可以说，周汝昌上述归纳的并不是胡适本人的真正观点，而是周汝昌强加给胡适的观点或他想象中的胡适的观点。

在《文运孰能开世纪——胡适之与现代中国文化》一文中，周汝昌还曾这样评价胡适：

> 现代中国的许多现状，令人忧心的异象畸形，很多流弊，如若溯其根源，恐怕都得从胡先生的那种看待事物和武断结论的思想方法而说起，大量的问题，正是那一思想和认识的方法所引起、所造成的后果。

《文采风流》一文的说法是：

> 自从胡适先生倡导"白话文"，"话"倒是都"白"起来了，可中国特色的"文"——真够我们中华传统观念品级的"文"，却日益减少了。

上述说法可以说是近乎夸张，将胡适在五四新文化运动及中国现代学术文化史上的贡献和成绩几乎全部一笔抹杀，这种对胡适信口开河式的丑化和曲解，用周汝昌本人在《还"红学"以学——近百年红学史之回顾（重点摘要）》一文中批评胡适的话来形容，可以说是"简单肤浅得令人惊讶"，因为他对胡适在中国现代学术文化史上建树和贡献的评价与学界的基本共识相差实在太大。

曾被周汝昌称为"洞明红学、深具史识"的周策纵在《胡适对中国文化的批判与贡献》一文中是这样评价胡适的：

> 从五四时代起，白话不但在文学上成了正宗，在一切写作文件上都成了正宗。这件事在中国文化、思想、学术、社会和政治等各方面都有绝大的重要性，对中国人的思想言行都有巨大的影响。就某些方面看来，也可说是中国历史的一个分水岭。这个重要性，恐怕一般人还不曾意识到，恐怕连胡适自己也不曾充分认识到。语言表达的方式可以影响到人们的思路、思考和行为。白话文的成功推展，可能已促使中国文字变色和变质了。这无疑的是胡适对中国文化的最大贡献。

至于被周汝昌认为"当今之世，以门生之身份而真正有资格写一篇好纪念文章的"的理想人选唐德刚在《胡适的历史地位与历史作用——纪念胡适之先生诞辰一百周年》一文中对胡适所作的如下评价，估计周汝昌更不会赞同：

> 在这撑起传统世界文明半边天的中国文明中，起栋梁作用的东方文化巨人，自古代的周公、孔子而下的诸子百家，到中古时期的名儒高僧，到宋明之际的程朱陆王，以至于20世纪的康孙梁胡，严格一点来说——也就是以胡适的文化阶层为座标来衡量——其总数大致不会超过一百人。

在《平生一面旧城东——纪念胡适之先生》一文中，周汝昌曾说过这样的话：

我对胡适之先生，其实谈不上什么了解与认识，因生平只有一面之缘，鱼雁传书有过六七通；他的著作我只读过两篇考证《红楼梦》的浅显文章，我的"学识"和"水平"，能讲胡先生的什么呢？

　　既然说自己对胡适没"什么了解与认识"，对胡适大量的著述只读过其"两篇考证《红楼梦》的浅显文章"，却来大谈特谈胡适的文化观和语言观，并对其进行严厉的批评，这样做似乎有些草率，不够严谨。

　　从上述周汝昌对胡适的评述来看，周汝昌虽然多次谈到胡适，但对胡适的著作看得并不多，实际上他并不真正了解胡适。

　　在五四新文化运动期间，胡适的主张还算是比较温和的，相比之下，陈独秀、钱玄同、鲁迅等人的观点要激进得多，而且在社会上的影响也并不比胡适小，周汝昌对这些人又将作何评价？"现代中国的许多现状，令人忧心的异象畸形，很多流弊"，他们是不是也要负责任呢？

　　把五四新文化运动的账不管是成绩还是恶果都算到胡适一人头上，这也不符合历史事实。本来是贬胡适的，反倒大大地抬高了他，恐怕胡适本人都没有这种奢想。

　　胡适提倡白话文已经过去将近一个世纪了，其贡献和成绩学界早有定评，而周汝昌竟然不顾历史背景和时代变迁，还站在当年反对者的立场上来批评乃至指责胡适，这不能不说是一个文化奇迹。

　　除了胡适，周汝昌还对另一名红学家俞平伯同样怀着很深的成见。因非本文论述内容，这里不再赘述，笔者将在本书中其他篇章专门谈及。

　　就是在红学研究方面，周汝昌对胡适的不少批评也是不够公正的，且不说他在程乙本问题上对胡适屡屡进行指责和批评。这里再举一例，比如他曾在《〈蒙古王府本石头记〉行侧批辑录》的引言中这样埋怨胡适：

　　他（以及与他同时研红的）不曾尽到一层历史责任：大力搜求《石头记》古写旧钞之本。因为，那时候他们的活动时代是具有有利条件的，他们的社会地位、个人财力，也不是不比常人优越，如果他们肯锐意网求，或者登高号召，那么定会群珍辐辏，众秘骈罗，蔚为大观，是无庸质疑的——那时候未遭后来诸劫，古书尚多，旧家青毡，齐民素几，处处有之。可惜他们智不及此。胡氏得到了一本甲戌本（十六回不全本），写了篇把考证，便踌躇满志，以为天下之美尽在于斯矣！而不知这实在是一个巨大的错误。寻其根本原因，并非有它，还就是对于古钞本的真正价值并未深刻认识，充分估量。其最显著的证明，就是经他一人之"推毂"，遂使《程乙本》（最坏的窜改本）得以风行天下长达五六十年之久，垄断了新式标点小说的市场，流毒之酷，无以为喻！

这段话不仅对胡适大加贬损，而且对其过于苛求。胡适对红学文献的搜集一直是十分重视的，在写作《红楼梦考证》改定稿期间，发现、购藏了很多新的文献。其后，得到《四松堂集》稿本、甲戌本，很快就向学界披露。后来看到庚辰本之后，也同样很快撰文介绍。

对周汝昌发现《懋斋诗集》，胡适主动写信表示祝贺，这怎么会是"得到了一本甲戌本（十六回不全本），写了篇把考证，便踌躇满志，以为天下之美尽在于斯矣"，而且还"智不及此"呢。人家如此重视红学文献，还去"埋怨"胡适不去"大力搜求《石头记》古写旧钞之本"，这只能说是不讲道理的苛求。莫非胡适以及他同时代研红的人每天什么工作都不做，只能按照周汝昌的要求去寻找《石头记》古写旧钞之本，这才算是重视吗？

再说，即便胡适等人天天如此，就能"群珍辐辏，众秘骈罗，蔚为大观"吗？未必。只要看一看胡适同其他人的往来书信就可以知道，《红楼梦考证》发表后，有不少人写信向胡适提供红学信息，但即便如此，要得到一部旧钞本也不是那么容易的，更多的情况只能是可遇而不可求，只要看一下郑振铎、阿英、马廉等人当年搜求小说、戏曲的艰难情景，就不难理解这一点。

需要说明的是，这种带有很大想象、虚构成分的回忆不仅严重失实，而且更为重要的是，它有损胡适的形象，构成对胡适名誉和人格的严重伤害。其实胡适对晚进后辈的热情提携和无私帮助在中国现代学术史上是有口皆碑的。

对曾经大力帮助过自己、对自己治学做人皆给予热情、耐心指导、将自己引入红学之门的前辈学者不仅不表示应有的谢意，反而刻意强调两人之间的不融洽和争论，往其身上人为地抹上许多莫须有的污点，特别是在胡适去世多年的情况下，这种做法实在是不妥。

在 1948 年 9 月 29 日给胡适的书信中，周汝昌曾这样表示：

> 先生种种的美意，以及为我而费的事，我都感激不尽。

不知道周汝昌重温自己当年的这些话时，心里会有什么样的感觉。胡适虽然去世时间较早，不能看到周汝昌的这些文章，为自己进行澄清和辩解，但后辈学者有责任、有义务依据相关文献资料来梳理、弄清这段史实，还历史一个真面目，给胡适一个客观、公允的说法。这也是笔者写作此文的动因之一。

在《倡导校印新本〈红楼梦〉纪实》一文中，周汝昌介绍说，其友人曾劝告他：

> 就所忆及的作些记叙。不然日后即无人知晓，不但留下史实空白，还会衍生讹传谬说，真假难分，何以存其信实？

对友人的这番劝告，周汝昌觉得"此言有理"，并着手进行这一工作。

在《我与胡适先生》一文中，他还曾这样表示：

> 我对胡先生的做人，是深衷佩服；对他待我的高谊，我是永远难忘。这是人与人之间的真诚关系，即常言所谓"交情"。而学术、文化见解的异同，那是另一回事。

对周汝昌的这段话，笔者深表赞同，但令人遗憾的是，他本人并未能做到这些，不仅其日后的"记叙"多有不实之处，无法存其"信实"，而且实际上他正是将"交情"和学术、文化见解的异同混在一起来谈的。

素来以考证闻名、喜谈治学方法的前辈学者的回忆竟如此不可靠，令笔者在考察这段学术公案的真相时颇感吃惊，也生出许多感慨。

由此可见，回忆录虽然是研究当事人的十分重要也是最为直接的第一手资料，但其真实性也必须接受事实的检验，需要参照相关资料进行核实和辨析，这也是笔者探讨这一问题得到的重要启发。

好在胡适、周汝昌当年往来的书信保存了下来，而且已经全部公开刊布，相关资料也披露了一些，这些可以使后来者大体知道事情的真相，否则只听一面之词，有些事情也许真的就成为永远不可破解的历史公案了。

据周汝昌在《我与胡适先生》一文中介绍，早在1980年左右，就有人告诉他：

> 有些人认为胡适是你的"恩师"，而你批评过胡氏，人家说你是批胡的急先锋（忘恩负义呀）。

可见对周汝昌与胡适的关系问题早就有人提出与周汝昌不同的意见，也正是为此，因关系到红学史、中国现代学术文化史及胡适本人的形象，不可不辨。

周汝昌在《我与胡适先生》一文中曾批评有人在他与胡适的交情与学术、文化见解的异同这两件事上的错误做法：

> 弄些手脚，制造混乱，惑人耳目视听，那是很无聊的勾当。

对此，周汝昌表示"不再多提它"。

在《我与胡适先生》一书的后记中，周汝昌再次批评这一行为：

> 如有人出于某种用意而歪曲历史实况真相，或编造假话假证，那也徒然。欺诬蒙蔽的事物，终究是为后人揭穿而增添几则"掌故"而已。

笔者对此深表赞同，在写作此文时，处处小心，时时注意，力戒此弊，平日对胡适、周汝昌等前辈学者十分尊敬，从他们的著作中获益匪浅，自问在主观上没有"很无聊"、"制造混乱，惑人耳目视听"或"出于某种用意"的企图，在客观上也尽量让材料说话，言必有据，不断章取义，"歪曲历史实况真相"，或"编造假话假证"。至于拙文是否达到了这一预期目的，是理清了一段学术公案还是"为后人揭穿而增添几则'掌故'而已"，还要请读者诸君自己去评判。

愿周汝昌原谅晚辈的冒昧和唐突，有以教我，以澄清一些重要史实的真相和细节。如果今后有过硬的材料和充分的证据证明晚辈文中所述为捕风捉影、污人清白之言，愿向周先生郑重道歉，并负起相应的法律责任。言语中或有冒犯、不得体处，属个人学力和表达水平所限，并非故意不敬，还请周先生海涵。

附记：

上面这段话系笔者当初撰写本文时所写，转眼之间，周汝昌已经去世好几年了，笔者始终没有等到他的回复，也许他没有看到笔者的小文，也许是不屑于回答吧，好在相关材料都在，读者诸君不难从中得出自己的判断和结论。

哪儿来的"恩恩怨怨"

······················

俞平伯、周汝昌关系考辨

　　早在几年前，笔者就想写一篇文章，专门探讨俞平伯与周汝昌这两位红学家之间的关系，之所以想写这样的文章，主要有两个原因：一是两人都是红学研究的重量级人物，他们的交往对 20 世纪红学史乃至现代学术史来说，都是十分重要的史料，并非完全属于个人之间的私事，有必要从学术史的角度进行探讨；二是两人之间的关系存在一些不够明晰之处，虽然曾有人撰写文章进行过探讨，但仍存在一些未能解决的问题。因此，有必要在广泛搜集史料的基础上进行一番梳理，为深入研究20 世纪红学史提供参考。

　　但笔者迟迟没有动笔，原因主要有两个：一是担心文章出来后，被人说成是好事之徒、挑拨离间之徒，自找麻烦；二是手头掌握的材料还不足。没有充分的材料，对这样的题目是不敢贸然下笔的。

　　后来终于动笔写作此文，当然也是有原因的：一者，周汝昌在其所出的《红楼无限情——周汝昌自传》、《我与胡适先生》等书中专门谈及他与俞平伯的关系，披露了一些重要资料；二者，笔者发现自己所掌握的资料与周汝昌的说法有不少不够吻合之处，或者说是相矛盾之处。

俞平伯生前未曾公开撰文谈论这一问题，如今已魂归道山多年，自然也就没有办法对周汝昌的说法进行回应。好在笔者手上所掌握的材料还比较多，作为晚辈，想尝试着对这一问题进行初步的探讨，以解决学术史上的一些问题。

撰写此文的目的纯粹是为了学术研究，并非借机炒作、别有用心、受人指使之类，这是应该首先加以说明的。之所以在文章开头啰唆半天，说白了就是为了表达一个愿望：自己从学术史的角度探讨这一问题，也希望读者诸君从学术史的角度来阅读、批评本文，不要作学术之外的揣想，使本该严肃的学术探讨变味。

本文的正标题来自周汝昌的《我与胡适先生》一书，这是他谈及与俞平伯关系时所用的原话。

对两人关系的几种不同说法

对周汝昌与俞平伯的关系，有几种不同的说法。

据严中《俞平伯与周汝昌》一文的介绍，俞、周两人的交往始于 1948 年：

> 二人当时的心是"相通"的。

1954 年，因曹雪芹生卒年的争议，"俞、周交恶"。到了 60 年代，"俞、周'曹雪芹生卒年'之'明争'，则由于毛国瑶的介入而转移到了'靖本石头记'的'暗斗'上去了"。至 80 年代，又因靖本石头记引发了一场不愉快的争执。

尽管严中强调俞、周二人的关系"基本上属于学术之争"，但从其文章的叙述来看，俞、周两人的交往并非"学术之争"所能概括，而且在多数时间里是不愉快的。

针对严中的文章，与俞、周都有交往的吴小如写了《读严中〈俞平伯与周汝昌〉书后》一文，在文中，他指出严中是"周汝昌先生的忠实崇拜者"，同时纠正了严中文章中的史料错误。对俞、周二人的关系，他表示：

> 我是俞平伯先生的学生，又是周汝昌先生的老友，但对他们之间有关《红楼梦》问题的纠葛乃至恩恩怨怨，却十之八九不甚清楚。

尽管如此，他还是说出了自己的看法：

> 我一向主张，学术观点的异同与人际关系的情谊根本不应混为一

谈，更不应由于学术观点上的分歧而导致师友间感情的疏远乃至破裂。在我同俞、周两位长期接触的过程中，相信他们两位也从无"交恶"之事（"交恶"字样见于严文）。

此外，张硕人在《研究红学错综复杂，俞周两人七世冤家》一文中对俞、周两人的关系作了如下的评述：

> 俞平伯与周汝昌这两个人，可以说是七世冤家，以往为了学术上的研究，彼此极不相容。

上述三人对俞、周关系的说法显然并不一致。

至于当事人周汝昌本人，前后的说法也不一致。据严中在《俞平伯与周汝昌》一文介绍：

> 1988年秋，我在北京拜访他时，曾提出过他和俞平伯关系问题。周先生说他和俞先生之间没有什么特别不好的关系。

1993年8月，严中听了毛泽东论《水浒》、《红楼梦》学术讨论会上刘世德有关俞、周关系的发言后，写信向周汝昌询问，周汝昌的答复是：信中谈及了他和俞先生的"同"（"自叙说"和对后四十回的评判）和"异"（曹雪芹生卒年和对"靖本"的评判），但他表示，与俞平伯绝无"不可调和的矛盾"，相反，他一直是同情和敬重俞先生的。

其后，周汝昌在《红楼无限情——周汝昌自传》、《我与胡适先生》等书中，对他和俞平伯的关系，又有了新的说法：

据他在《红楼无限情——周汝昌自传》一书中介绍，俞平伯在他研究红学之初泼冷水：

> 俞平伯先生属于"反激"的另一异响，但这一反激的力量，实在是推动我的"能源"，作用甚大。

在《我与胡适先生》一书中，周汝昌更是很郑重地提出一个问题：

> 我至今不解：俞先生所因何故，从一开始就看不上我这一名晚辈学生？他的心态难懂。为什么胡适之先生就不这么对待一个青年人？我同

他素不识面，也无"矛盾"可生，则这是哪儿来的"恩恩怨怨"呢？

按照周汝昌最新的说法，俞平伯在周汝昌研究红学之初不光是泼冷水，而且是在无缘无故的情况下看不上这位青年人的。如果情况确实，两人的矛盾已经超出学术范围，也是无法调和的。

有关俞、周二人的关系，严中、吴小如的说法不一，当事人周汝昌自己前后的说法也不一致，真实情况到底如何？笔者依据手头掌握的资料，尝试进行一番考察。

一篇引发恩怨的文章

俞、周二人年龄相差20岁，俞平伯是五四新文化运动时期成长的新一代学人，周汝昌20世纪40年代初入学术之途时，俞平伯已经是颇有名气的学者。

从辈分上说，他们不是同一代学人。周汝昌开始研究红学的时候，身份是燕京大学西语系的学生，俞平伯则是北京大学文学院教授，两人本不相识，其恩怨因何而起，还得从胡适与周汝昌的交往谈起。

1947年12月5日，周汝昌在《天津民国日报》图书副刊发表《红楼梦作者曹雪芹生卒年之新推定——懋斋诗钞中之曹雪芹》一文，披露了新发现的《懋斋诗钞》，并对曹雪芹的生卒年进行重新推定。

胡适看到此文后，十分高兴，于1948年1月18日寄信给周汝昌，表示鼓励，同时对生卒年问题谈了自己的看法。这封信发表在1948年2月20日的《天津民国日报》。

对胡适的来信，周汝昌感到"欣幸无已"，他又写了一篇名为《再论红楼梦作者的生年——答胡适之

俞平伯

先生》的文章，和胡适就曹雪芹生年问题进行商讨。这篇文章发表在 1948 年 5 月 21 日的《天津民国日报》上。在这篇文章里，周汝昌首次提到了俞平伯：

> 关于一、二两点，俞平伯先生《红楼梦辨》一书里似乎有过讨论。……
>
> 关于第三点，也许先生会笑我傻，把小说当年谱看。其实平伯先生早就这样"傻"过的。我觉得他排列年表的结果很好，同时这也是讨论红楼作者年代的惟一合理办法。
>
> 我依平伯先生的办法，把小说的年表和历史的年表，配合起来，便得结果如下。

从这篇文章可以看出，当时周汝昌不仅看过俞平伯的《红楼梦辨》一书，而且还引为同道，认为俞平伯"排列年表的结果很好"，学习了其编排年表的方法。

半个多世纪后，周汝昌的看法完全改变，他在《我与胡适先生》一书中这样评价：

> 我所列之年表，与俞氏所作，形式类似，本身却是两回事。

《天津民国日报》图书副刊的编辑对曹雪芹生卒年的问题很感兴趣，也想把这一讨论深入下去。1948 年 6 月 11 日，该报发表俞平伯的文章《关于"曹雪芹的生年"致本刊编者书》，这篇文章显然是对编辑征询意见的一个回复，并非正式撰写的学术论文。据周汝昌的推测：

> 这大约是赵万里先生乘此新话题而向他征文之故。

但就是这篇文章，改变了周汝昌对俞平伯的看法和态度，而且还深深地影响到他的红学研究，即他所说的："俞平伯先生属于'反激'的另一异响，但这一反激的力量，实在是推动我的'能源'，作用甚大。"

在《红楼无限情——周汝昌自传》一书中，周汝昌对该文有如下的感受：

> 俞文的语调口吻很冷，还好像有些微词见讥之气味，令我（二十几岁的青年学生）感到一股异样的气质或性格在发言表态。
>
> 总的语气是冰冷带点儿讽刺。

他行文的口吻显得很特别，颇带酸气。

俞先生的心理活动，我始终理解不透。

在《我与胡适先生》一书中，周汝昌除将对俞平伯此文的感受概括为"微词含讽"、"酸味讽词"、"冷水当头"、"奇怪的逻辑"之外，还从两个方面谈论这一问题：

一是通过此文，他觉得俞平伯"从一开始就看不上我这一名晚辈学生"。

二是他将这一问题提到一个空前的高度，认为自己代表了当时的"历史潮流"、"学术潮流"，而"守旧者"俞平伯则阻拦了这一潮流：

> 在历史当中是看不清感不切历史潮流的起伏变化和历史车轮的驶行方向的，那时只以为是"个别"的"偶然"的，如若"碎片"散落在那里的，其实并不是那样的。

> 今兹再作回顾思量，方才悟知：一个学术潮流要往前行，其生命力是旺盛的，绝非一二守旧者所能"挥戈止日"，若有自以为是、故步自封者出而阻拦，势必成为昙花一现，海市之暂明，转头即被人遗忘！而时运注定应该继往开来的新形势、新因素，是不会因之而踯躅不前的，没有那么容易。

对俞平伯文章的分析

俞平伯写给《天津民国日报》编辑的一封短信竟然对周汝昌产生了如此大的影响，有如此神奇的效力，可谓中国现代学术史上的奇迹。好在该文不长，为探讨问题的方便，将其全文转录如下：

> 承询关于近来在贵刊讨论着的曹雪芹的生年问题，我没有新的材料，也不能有所发挥，却只有一些简单的话。

> 周汝昌先生于《答胡适之先生》一文中（见《图书》第九十二期）提起我《红楼梦辨》里的附表，那是毫无价值的东西，非常惭愧。我现

在这样想，把曹雪芹的事实和书中人贾宝玉相对照，恐怕没有什么意思，不知您以为如何？

其实，周君的最先一文《曹雪芹生卒年之新推定》(《图书》第七十一期）我已注意到。他据敦敏的《懋斋诗钞》，推定雪芹卒于乾隆癸未，而非壬申，甚为的确，虽较胡适先生之前说只差了一年，进出不算大，在考证的方面看还是很有价值的。

若再照敦诚挽诗"四十年华付杳冥"往上推算，则假定雪芹生于雍正二年甲辰，很觉得自然。我想没有必要，说四十年华不是整数而曹雪芹活了四十五岁，因为这并非四十年与五十年的折衷数。我更愿提出这事实的重要性，因为这生年如果不错，则曹家的富贵繁华，雪芹便赶不上了。雍正六年曹頫免职，以后他们家便没有人再做江宁织造了。雪芹其时只有五岁。即说卒于壬申，上推四十年为雍正纪元，其年雪芹才六岁，这差别并不大。

曹家的极盛时代，实当曹寅任上，若曹颙、曹頫居官不久，已渐衰微，故认雪芹为曹寅之子，那最合式；如其为寅孙非子，便差了一些；及其卒年愈考愈晚，由甲申而壬午，而癸未，落后了三年，而他的寿数，没理由说他超过四十，这个破绽便很显明了。

我能说的不过如此，其他问题纠缠太多，所以不想多谈。《红楼梦辨》一书，近来很有人要找，我想任其找不着也好，因这书可存的只有一部分，如考证八十回的回目非原有，后三十回的推测，其他多失之拘泥，讹谬传流，大非好事。

但我又想，《红楼梦》直到今天，还不失为中国顶好的一本小说，任何新著怕无法超过，其价值始终未经估定，这和"索隐"和"考证"俱无关，而属于批评欣赏的范围，王静安先生早年曾有论述，却还不够，更有何人发此弘愿乎？

三十七年六月五日于北平

这篇短文不到 800 字，从行文语气来看，平和恬淡，是俞平伯一贯的风格，与他的其他文章没有什么明显的区别。

笔者平心静气地读了数遍，又将俞平伯谈论《红楼梦》的文章及其他文章读了不少，但奇怪的是，始终感觉不到周汝昌所说的"微词含讽"，"酸味讽词"，"冷水当头"，"语调口吻很冷，还好像有些微词见讥之气味"，"总的语气是冰冷带点儿讽刺"，"口吻显得很特别，颇带酸气"之类特别之处。

好在《俞平伯全集》已经出版，里面收录了俞平伯的全部著述，读者诸君自可将全集中的其他文章与这篇文章进行对比，看其中是否有周汝昌所说的特别语气。

从情理上来说，俞平伯平日为人和善，在亲友师生中口碑甚好，并非好事生非、心胸狭窄之辈。他与周汝昌素不相识，似乎没有任何看不起周汝昌、当头泼凉水的动机和理由。何况在本文中，他对周汝昌的发现和考证评价挺高，认为"甚为的确"，"在考证的方面看还是很有价值的"。

不知周汝昌是怎样读出那些让他感到不愉快的语气的。如果真有这种想法，自然会觉得"俞先生的心理活动，我始终理解不透"。其实，周汝昌在对俞平伯的心理活动感到难以理解的时候，不妨换个角度想一想，是不是自己有先入之见，误读了这篇文章，错会了俞平伯的意思。

就这篇文章的学术观点而言，俞平伯表达的也是他一贯的思想。自然，他在年表、曹雪芹生卒年、《红楼梦》研究方法方面与周汝昌的观点存在着明显的不同，不过，这和看不起周汝昌，给周汝昌当头泼冷水不是一回事。

这里先看周汝昌的理解。

他在《红楼无限情——周汝昌自传》一书中，将俞平伯这篇文章的大意归纳为三点：

（1）读了周文，自己因未研究，并无新意。

（2）如照周文所考，则"自叙传"之说就不能成立了。

（3）据他看，"年表"是很难排成的。

并进而将该文的意思概括为：

《俞平伯全集》

对新发现不大感兴趣，周文"破坏"了胡、俞所主张的"自传说"；排"年表"是一种妄想，必然无法做到。

在《我与胡适先生》一书中，周汝昌将该文的大意归纳为两点：

一、本人没有新意可陈。二、若按周论，则"自传说"就不再成立了，云云。

周汝昌还指出：

（俞平伯）在当时一篇文章中微词含讽地说：看来，那"年表"不好作啊！云云。

笔者将俞平伯的这篇文章反复阅读数遍，感觉周汝昌的上述概括既不够准确，又有不少失实之处。为了便于弄清问题，这里对俞平伯的这篇文章逐段进行分析。

第一段，不过是开场白，说自己"没有新的材料，也不能有所发挥，却只有一些简单的话"，这既是实情，也包括自谦的成分，因为从后文来看，作者还是有自己的看法的。周汝昌将这段话概括为"读了周文，自己因未研究，并无新意"，"本人没有新意可陈"。并将其作为俞平伯此文的主要观点，这是不够准确的，因为俞平伯既没有说过这样的话，也没有表达类似的意思。

对此，周汝昌在《我与胡适先生》一书中还作了这样的发挥：

评胡、周可言孰是孰非，何以先说自己有无"新意"？若谓无新意是指"持旧见"，那他对此主题并无"旧见"可言——久之方悟：俞先生这是维护胡先生的观点，不同意拙见。

"新意"一词俞平伯文中根本就没有出现过，"无新意"也不能概括作者在第一段中所表达的意思，以俞文根本没有表达的意思为基础，再去推测其观点、动机，这恐怕是站不住脚的。显然，周汝昌求之过深了。

可以想象，俞平伯写这篇文章不过是对《天津民国日报》编辑征询意见的一个回应，此前，他与周汝昌素不相识，没有任何恩怨，写文章时是不会考虑得这样复杂的。

第二段是谈年表问题的。作者认为自己《红楼梦辨》一书里的年表"毫无价值"，并表示"非常惭愧"。他不同意"把曹雪芹的事实和书中人贾宝玉相对照"的做法，觉得这种做法"没有什么意思"。

之所以说自己所做的年表毫无价值，这与俞平伯红学思想的发展有关。《红楼梦辨》一书出版之后，俞平伯对自己的观点不断进行修正，为此他于1925年专门撰写《〈红楼梦辨〉的修正》一文，提出了自己的新看法，认为《红楼梦辨》一书存在着如下问题：

> 我从前写这书时，眼光不自觉地陷于拘泥。

> 我在那本书里有一点难辩解的糊涂，似乎不曾确定自叙传与自叙传的文学的区别；换句话说，无异不分析历史与历史的小说的界线。

俞平伯发现自己和胡适等人的研究方法与旧红学索隐派"实在用的是相似的方法"，而要想跳出旧红学的"樊笼"，必须"彻底地打破它，只有把一个人比附一个人、一件事比附一件事，这个窠臼完全抛弃"。

在写于1930年的《〈红楼梦讨论集〉序》一文中，俞平伯又提出考证派"过于认真"，《红楼梦》固然有"作者之平生寓焉"，但"不当处处以此求之，处处以此求之必不通，不通而勉强求其通，则凿矣"。

在《红楼梦研究》一书的自序中，他说得更为明确：

> 《红楼梦年表》曹雪芹底生卒年月必须改正不成问题，但原来的编制法根本就欠妥善，把曹雪芹底生平跟书中贾家的事情搅在一起，未免体例太差。《红楼梦》至多是自传性质的小说，不能把它径作为作者的传记行状看啊。

可见俞平伯在第二段中所表达的是其一贯的思想，他的重点在自我否定和修正，他不赞同将"把曹雪芹的事实和书中人贾宝玉相对照"的办法，但并不等于他反对别人做年表。虽然其观点与周汝昌迥然不同，但显然并非针对周汝昌而发，只是表达不同的意见而已，看不出有讽刺、嘲讽的成分。

全文就这一段谈到年表，但根本找不到周汝昌所说的"据他看，'年表'是很难排成的"，"排'年表'是一种妄想，必然无法做到"，"看来，那'年表'不好作啊"，"'年表'可不易作哩"这样的话，哪怕是类似的意思。是不是笔者与周汝昌阅读的文本不同呢？笔者依据的是《俞平伯全集》和《俞平伯论红楼梦》两书，不知周汝昌依据的是哪种文本。

周汝昌在《红楼无限情——周汝昌自传》一书中认为俞平伯提出的异议：

> 不是年表排的是非正误的问题，却变成了排年表根本不可能的表态。

这只能说是对俞平伯文章的误读。

周汝昌在《我与胡适先生》一书中还这样表态：

> 我至今还把年表列入拙著，自认这并不同于"坚持错误"，"顽固不化"。

但他并没有说明，虽然至今年表还在《红楼梦新证》一书中，但在增订本中的年表已和初版本中的有了本质的不同，已经放弃了"把曹雪芹的事实和书中人贾宝玉相对照"的方式，这实际上是认同了俞平伯的观点。因为俞平伯并没有说自己反对做年表，他只是不同意把历史与小说、把历史人物与小说人物混淆的做法。

第三段是对周汝昌新发现及考证的回应，俞平伯认为周汝昌的考证"甚为的确"，"很有价值"。这是全文的一个主要观点，也是对周汝昌红学研究的一个肯定。可以想象，如果俞平伯看不起周汝昌，要当头泼冷水的话，他是不会这样说的。

但奇怪的是，周汝昌在谈及这篇文章时，从来不提这一段的内容，反而在《我与胡适先生》一书中这样说：

> 《懋斋诗钞》的出现，引起了胡先生学术考证中断二十五六年后的新兴致，并予肯定乃为一份"贡献"；而到俞先生那里，对此不置一词，对曹雪芹之其人其事的新了解、新理解，丝毫不感兴趣，无动于衷——此点令我惊讶。
>
> 如有名家硕士，读了报端披露的六首题咏雪芹的重要诗文而无动于衷，反而另有一番议论，实令人费解。

不光周汝昌感到惊讶、费解，笔者同样也感到相当惊讶、费解，明明俞平伯在文章中称赞周汝昌的新发现及相关考证"甚为的确"，"很有价值"，但周汝昌却偏偏视而不见，硬说人家"对此不置一词"，"丝毫不感兴趣，无动于衷"。莫非俞平伯的这篇文章有两个迥然不同的版本？周汝昌看到的和我们看到的不一样？笔者不能不再次提出这个问题。

文章的第四、五两段，是谈曹雪芹的生卒年问题。俞平伯的观点与胡适致周汝昌第一封信中所说的观点比较接近，认为如果将曹雪芹的卒年往后推，则"曹家的富贵繁华，雪芹便赶不上了"，其中的"破绽便很显明了"。

这一观点显然是基于这样一种认识，即《红楼梦》是一部具有自传色彩的小说，作者应该经历过一段繁华的生活。这种观点显然与周汝昌对曹雪芹卒年的考证存在矛盾，胡适、俞平伯提出质疑，也是十分正常的。

但奇怪的是，周汝昌却将俞平伯的话理解为："如照周文所考，则'自叙传'之说就不能成立了"，"周文'破坏'了胡、俞所主张的'自传说'"。但找遍俞平伯的全文，既没有说过这样的话，也没有表达过类似的意思，不知周汝昌是依据什么理由这样理解的。在《我与胡适先生》一书中，周汝昌还提出这样的疑问：

> 稀奇的就在：拙年表怎么生卒两个年头儿各各只差了一年，竟然就使得"自传说"崩塌了？此理何在？直令我这初出"茅庐"之后辈，惶恐惊讶，如堕"五十"里雾中！

人家俞平伯根本就没有说过周汝昌的考证"破坏"了"自传说"，或使"自传说"不能成立、崩塌之类。拿人家根本就没有说过的观点做基础，再去质疑人家，自然会感到惊讶、不理解。显然，周汝昌对俞平伯的这篇文章求之过深，想得太多了，其中有很大的误读成分。

第六段是讲《红楼梦辨》一书的，俞平伯本人作了深刻的反思，认为该书"可存的只有一部分"，"其他多失之拘泥，讹谬流传，大非好事"。这基本与周汝昌无涉。

第七段也就是最后一段，俞平伯主要谈自己的一种愿望，希望有人能够延续王国维的思路，从艺术欣赏的角度去探讨《红楼梦》，这是他对新红学反思的结果。

由此也可看出俞、周二人治学兴趣与学术个性之不同，但这只是个人的选择，并无对错是非之分，而且俞平伯是就整个红学研究状况而言的，并非针对周汝昌本人。

从以上的分析可以看出，无论是语气上，还是观点上，俞平伯都没有表达出给周汝昌泼冷水、看不起周汝昌的意思，他只是应《天津民国日报》编辑的征询，说出自己的观点而已。他的观点确实与周汝昌存在着较大的不同，但并没有使用嘲讽、讥笑之类特别的口气，看不出有什么异常的地方。

周汝昌对该文求之过深，有不少误读之处，甚至将本不属于俞平伯的观点也算到他头上，并由此改变了对俞平伯的态度，直到半个多世纪后还念念不忘。

对周汝昌的这种解读以及由此生出的不满，俞平伯显然是不知道的。依他的为人和性格，如果知道自己的文章竟然产生了如此严重的后果，他肯定不会给那位编辑回信了。

一篇本来很平常的文章竟然很离奇地让两位红学家产生恩怨，看起来不可思议，却是真实发生的事情。

周汝昌对俞平伯的批驳和不满

尽管周汝昌的解读有很多误读、失实乃至想象的成分，但俞平伯的文章因此让他很是不满，并由此改变对俞平伯的看法和态度，这是一个无可回避的事实。

在看到俞平伯那篇文章的当天，周汝昌就写了一篇名为《从曹雪芹生年谈到〈红楼梦〉的考证方法》的文章进行反驳，文章发表在 1948 年 7 月 16 日的《天津民国日报》上。

在《我与胡适先生》一书中，周汝昌介绍了当时写作此文的情况：

> 俞文的"微词"笔调给一个青年人留下了印记。于是，我当天便又写了一篇拙文，题曰《从曹雪芹生年谈到〈红楼梦〉的考证方法》，开

门见山向俞先生请教，但也不敢将他大名放进标题里。

既然是"开门见山向俞先生请教"，但又"不敢将他大名放进标题里"。既然是探讨学术问题，为何又说"不敢"？这是一种什么样的奇怪心态？周汝昌没有明说，这里不作揣测。

在该书另一个地方，周汝昌又说：

拙文并不想与俞文直接讨论。

这与"开门见山向俞先生请教"的说法是前后矛盾的，明明该文通篇都是围绕着俞文进行讨论，怎么会是"不想与俞文直接讨论"呢？

周汝昌的《从曹雪芹生年谈到〈红楼梦〉的考证方法》一文专对俞平伯的文章进行反驳，其中直接谈及俞平伯的内容如下：

适之、平伯二位先生，同为当年"考红"专家。

平伯先生，显然与当年是两样心情了。俞先生在作《红楼梦辨》时，兴致之豪，可从自序中看出。听戏时不听戏，大谈红楼，以致惹得邻座加白眼。和顾颉刚先生通信讨论，来往如川流之不息，越谈越起劲，甚至要办一个专门研究"红学"的杂志，虽然以后未能如愿。他在作完《红楼梦年表》时，曾抱歉说太草率，以后还要更作一个较精详的表格。而现在俞先生忽然自己说《红楼梦辨》一书"无甚价值，讹谬流传"，把雪芹和宝玉对比认为没有什么意思。深悔既往，不讳昨非，足征学力见地，日进无已。我于俞先生此种精神，深致敬佩，但假如今昔必有一错的话，俞先生当初之错，错在那里呢？

虽然对俞平伯深为不满，但周汝昌表面上话还是说得很客气。显然，周汝昌对俞平伯在《红楼梦辨》出版之后红学思想的新发展、对新红学的修正并不了解，直到晚年也是如此，否则就会明白，俞平伯并非忽然改变自己的观点，专门和周汝昌唱反调，他不过是在谈自己修正后的观点而已。

除这篇文章外，周汝昌还在和胡适的通信中，多次提到俞平伯，言语之间流露出不满。

在 1948 年 7 月 25 日给胡适的信中，周汝昌这样写道：

先生是学术界权威，例如先生如不明白同意雪芹生年一说，方杰人先生必不敢采我说以入书！以此，雪芹生年问题，仍希先生续考论定，不然天下人是不会接受的（俞先生同意四十岁说）。

周汝昌希望胡适能明确同意自己关于曹雪芹生年的观点，以说服方杰人、俞平伯等人。周汝昌还将自己新写的《跋脂文》随这封信寄给胡适，"请求指正，并希设法介绍他报刊登"。

胡适看到《跋脂文》后，感到不满意，在 1948 年 8 月 7 日给周汝昌的信中，提出该文太长，且"古文工夫太浅"，劝周汝昌"作文必须多用一番剪裁之功"，"应当努力写白话文，力求洁净，力避拖沓"。

在 1948 年 9 月 12 日的信中，胡适又提到这篇文章，认为"此文若删去四分之三，或五分之四，当可成一篇可读的小品考据文字"。

对胡适的意见，周汝昌显然是"不服气"的，他不仅在胡适的批语后写了不少"反批"之语，而且还在 1948 年 9 月 19 日给胡适的信中进行辩解。

值得注意的是，周汝昌本来是和胡适谈论自己文章的，和俞平伯无关，但他却硬把俞平伯扯了进来：

我所以分节研讨异文，也就是剪裁的意思。如果乱糟糟一条条随便地写去，一定又会像俞先生的《梦辨》被人批评为"Chaotic Book"。……例如驳俞几处，又正是代表见解的主要部分，删去之后，我的意见如何被尊重呢？先生平心而论，俞跋见地，比我如何？俞跋文字，比我如何？他的表面篇幅虽小，但也并非简练精采，若再论文字，不但先生的严刻批评下，交代不下去，就是拿到作文班上，教员也不能"文不加点"。请先生恕我放肆，唐突先进。我只是秉公而论，我不因为俞先生是社会知名的名士与教授而势利地一眼看高一眼看低他，更不是传统的"文人相轻"的恶习。先生如知我发言为诚于中而形于外，也必不以我为狂诞而同意我。

先前还曾引俞平伯《红楼梦辨》为同道，现在则态度大变，认为该书是"乱糟糟一条条随便地写去"。同时明确提出自己的"见地"、"文字"并不比俞平伯差，让胡适"平心而论"，有着要和俞平伯比试高下的意思。

尽管周汝昌还特意强调自己"不因为俞先生是社会知名的名士与教授而势利地一眼看高一眼看低他，更不是传统的'文人相轻'的恶习"，但他对俞平伯的不满是非常明显的。

在1948年10月23日写给胡适的书信中，周汝昌再次提到了俞平伯：

> 俞平伯先生的书另是一路，他完全没有在史实上下任何工夫，只是闲扯天，因此丝毫不能有所加于先生之说！

这次是对俞平伯《红楼梦辨》一书的整体评价。且不说这样的评价是否符合客观事实，是否公允，仅从语气上来看，周汝昌对俞平伯的不满之情是可以分明感受到的。

周汝昌对俞平伯的这些不满，胡适显然是看得出来的，他是如何来看待和处理此事的呢？

从胡适与周汝昌的通信及其批改论文的过程来看，他没有直接谈及此事，但他也不是没有立场，而是以暗示的方式提醒周汝昌，不要意气用事。

还以年表的事情为例，周汝昌在1948年3月18日给胡适的书信中，公布了自己的年表。到1948年7月20日，胡适才在回信中谈到这个年表：

> 我劝你暂时把你的"年表"搁起。专力去做一件事，固然要紧；撇开一切成见，以"虚心"做出发点，也很重要。你说是吗？

劝周汝昌暂时搁起年表，胡适为什么会提到让其"撇开一切成见，以'虚心'做出发点"呢？在此之前，胡适并没有对年表发表过意见，这似乎显得有些突兀。对此，周汝昌在1948年7月25日给胡适的信中是这样为自己辩解的：

> 我一向追随先生以尊重证据、破除成见二事为大前题，岂敢不虚心。例如我说雪芹生于雍二，即纯以敦诚的"四十年华"为根据。至于"年表"，不过是借此以证四十岁之并无不合而已。我也绝不以年表为主要证据；且如除排《红楼》年表外，若尚有一个较好的办法能考订雪芹的年龄外，我亦将取此后者而舍年表！先生看，我此处可有成见与不虚心的错误吗？

显然，胡适所说的"成见"、"虚心"是有所指的，是针对周汝昌刚发表不久的《从曹雪芹生年谈到〈红楼梦〉的考证方法》一文而发的。在这篇文章中，周汝昌对俞平伯的《关于"曹雪芹的生年"致本刊编者书》进行反驳，为自己的年表辩护。从胡适对周汝昌的劝告不难看出他的态度，他并不赞同周汝昌对俞平伯的这些批评。

　　半个多世纪后，周汝昌本人也在《我与胡适先生》一书中承认：

　　　　这篇拙文，"斗胆"之"斗"，更膨胀了，居然提出了一个"考证方法"的大问题。正因为太年轻，不知天高地厚，不晓得世上的"方法论"是很多的，并非简单之事。

　　可见胡适是不希望俞、周二人之间发生不愉快的。

　　在送给胡适请求指正并推荐发表的《跋脂文》中，周汝昌又提到了俞平伯，对其为甲戌本所写的跋语进行批驳。

　　但胡适表示不同意，他将这篇文章中批驳俞平伯跋文的内容基本删去，并写有批语：

　　　　评俞跋一大段可全删。

　　胡适的态度由此可见。此外，胡适还在 1948 年 8 月 7 日写给周汝昌的信中这样写道：

　　　　此文中如驳俞平伯一段可全删。俞文并未发表，不必驳他。

　　胡适的理由也很充分，因为俞平伯的跋文还没有公开发表，拿人家没有公开发表的文章进行批驳，确实有些不合适。另外，他也不希望看到周汝昌老是这样和俞平伯"为难"。

　　不过周汝昌对此并不服气，他在胡适的批语后写了反批语：

　　　　俞氏看法，可代表一般人，破之即破一般人看法，非仅与俞氏为难也。

　　在另一处被胡适删除的地方，周汝昌写道：

　　　　保留。

　　在 1948 年 9 月 19 日写给胡适的书信中，周汝昌表示不愿意删去批驳俞平伯的内容：

> 驳俞几处，又正是代表见解的主要部分，删去之后，我的意见如何被尊重呢？

其后胡适并未再谈及此事，但他不同意周汝昌这样做的态度是很明显的，这并非仅仅学术问题，还涉及如何做人，只是他没能说服周汝昌。

周汝昌多次通过文章和书信，表达对俞平伯的批评和不满，相当情绪化，胡适虽然没有明确表态，但其立场还是可以看出来的。

这里还有一个问题，那就是俞平伯本人是否知道这些。就笔者目前所掌握的资料，还无法确知，只知道其间除那封给《天津民国日报》的书信外，俞平伯再没有提到过周汝昌。

依情理推测，他可能只看过周汝昌公开发表的《从曹雪芹生年谈到〈红楼梦〉的考证方法》一文，至于胡适、周汝昌之间的通信及《跋脂文》，他看到的可能性不大，除非胡适亲口或写信告诉他，但目前还没有资料能证明这一点。至于周汝昌，1949年以前他和俞平伯并没有直接的交往，自然更不可能去告诉俞平伯。

基本上可以这样说，俞平伯并不知道自己写给《天津民国日报》编辑的那封信给周汝昌带来如此大的影响，被周汝昌理解为泼冷水，看不起自己，直到半个多世纪后还念念不忘。稍后周汝昌在文章和书信中表达的批驳和不满，俞平伯同样不知道。

这是一场十分奇特的个人恩怨，奇就奇在恩怨的一方向别人诉说着不满，而另一方处在基本不知情的状态。就目前所掌握的材料来看，很可能俞平伯终生都不知道这场恩怨是怎么回事。

"当头一棒"

胡适离开北京后，和周汝昌的联系中断，两人也就不可能再谈论俞平伯。周汝昌此后的生活也发生了很大变化，完成燕京大学的学业后，被分配到华西大学、四川大学任教。

1953年，周汝昌的《红楼梦新证》出版。该书中有数处谈到俞平伯和他的《红楼梦辨》，如：

> 过去的考证，对于地点问题，也分成两派：一是辩论《红楼梦》所写是南抑是北，一是考察大观园是在某街和某坊。两派都被人认为是无聊的事情，本是徒劳无益。前派的代表，可推俞平伯的《红楼梦辨》，这本书里有专章讨论这一问题，极为详细，但结论是如下几句话：……这一段话似乎是给一切后来者下了"此路不通"的警告。……到今天，我们又来谈这个问题，公式当然不能再套用了，但也还不必就像《红楼梦辨》那样消极失望。

虽然不同意俞平伯的观点，但语气还比较平和。

其他涉及俞平伯的地方尚有如下一些：

> 大字本已难得，可参看俞平伯《红楼梦辨》中《高本戚本大体的比较》一章。

> 我于此处正好岔开话头，请诸君温一温俞平伯的《红楼梦辨》，他在所谓《旧时真本红楼梦》一章里先节引《上海晶报》所载《臞蜎笔记》里的《红学佚话》。

> 俞平伯《红楼梦辨》曾提到：他（指戚蓼生——笔者注）是乾隆三十四年己丑进士。

需要指出的是，在《红楼梦新证》一书的封三有一则俞平伯《红楼梦研究》的内容介绍：

> 本书在三十年前，即以《红楼梦辨》一书蜚誉学术界，该书主要是辨伪存真。作者以严谨的治经籍的考证方法和态度，施之于小说。惟当时为材料所限，所得尚少，自发现了脂砚斋评本石头记以来，曹雪芹的创作心理过程，逐渐明确了，而《红楼梦辨》若干大胆的假设，均已得到证明。由于《红楼梦辨》早经绝版，因而作者对该书加以修

订增删，校定重编，而成本书。全书共分十六篇。比较《红楼梦辨》浮词减少，内容增多，主旨是把辨伪存真的工作更推进一步。

这显然是出于编辑的安排。

1953年，作家出版社出版新整理本《红楼梦》。该书卷首的《关于本书的作者》一文在介绍曹雪芹的卒年时，采用了周汝昌的观点：

作家出版社整理本《红楼梦》

卒于一七六四年二月一日（清乾隆二十八年癸未除夕）。

一七六三年（乾隆二十八年癸未）秋冬之间，雪芹的唯一的儿子病死了。雪芹因感伤太甚，也生了病，在除夕的那一天逝世，大约只活了四十岁。

由于粗心大意，把一七六三年写成了乾隆二十八年癸未。为此，俞平伯写了《曹雪芹的卒年》一文，纠正这一错误，同时也对曹雪芹卒年癸未说提出反对意见。该文发表在1954年3月1日的《光明日报》副刊《文学遗产》第一期。

在该文中，他首先纠正了作家出版社的错误：

照他们上文这样说法，雪芹"卒于一七六四年二月一日"，与这里所说一七六三年文字上岂非矛盾呢。假如改作：

一七六三年（乾隆二十七年壬午）

即完全对了。

随后，文章重点对周汝昌所提出的曹雪芹卒年癸未说提出质疑，并举出三个理由，一是脂评第一回批语的"真确性无须怀疑"，二是周汝昌的"正面积极的理由原非常薄弱的"，三是敦诚《四松堂集》甲申年挽曹雪芹诗是一个反证，"证明曹雪芹即使说他死于癸未，亦决不能死于那年除夕"。

与1948年写给《天津民国日报》编辑的那封信相比，观点是否正确且不论，俞平伯对曹雪芹卒年问题的思考更为周密和深入，这是毫无疑问的。

在文中，俞平伯认为周汝昌的癸未说是错的，原因在于其"处理材料的态度也是很随便的"，"周君标新立异，欲成其说"。

此文发表后不久，周汝昌也从四川大学调回北京，到人民文学出版社工作。据周汝昌在《红楼无限情——周汝昌自传》一书中的回忆，他"1952年5月至1954年5月，入蜀在华西大学、四川大学外文系教授翻译"，"于1954年春夏之交，回到北京"。具体时间应该在5月或6月。

由于有1948年的那次不愉快，周汝昌看到《曹雪芹的卒年》一文，自然心里很不高兴，他认为这是俞平伯再次向他"发难"，将此比喻为"当头一棒"。

周汝昌在1976年版的《红楼梦新证》一书中这样回忆此事：

> 解放后，本书出版时，适逢作家出版社重订《红楼梦》，卷端介绍作者时，在生卒年上采用了拙说，俞先生对此似乎很不满，就在文学研究所主编的《文学遗产》创刊号上（一九五四年三月一日《光明日报》）发难，登出《曹雪芹的卒年》一文，批评"周君标新立异"。又隔半月，和俞先生紧密合作的王佩璋先生又在同刊第三期上发表《新版红楼梦校评》，在对作家出版社新版严厉批评时，再进一步，指责出版社采用拙说"发生了不良影响"（并无具体论证理由）。于是该出版社公开检讨版本时，连拙说也成为"错误"而被检讨在内。
>
> 我在此情况下，曾分头致函于《文学遗产》与作家出版社，对这种做法表示意见，并要求声辩，寄上了答文。都不获申理。文稿由《文学遗产》退回来。
>
> 但是，在我无法答辩的同时，文学研究所方面却继续对此问题不断寄予关注。例如，到一九五七年五月出版《文学研究集刊》第五册时，就又发表了王佩璋《曹雪芹的生卒年及其它》的专文。同时先后俞先生在撰文设注时，更时有涉及。何其芳先生《论红楼梦》（亦同时发表于上述《集刊》第五册）这样与考证全然无关的论文，在第二节注四中，也详说生卒问题，并推举王佩璋文章与观点，相为呼应。拙说出后，受到俞、王等多位专家这样多的重视，惠予指教，实感荣幸。

从这段叙述文字可见，周汝昌不仅对俞平伯不满，而且对王佩璋、何其芳、文学研究所、《文学遗产》和作家出版社都不满，因为他们不仅反对自己的观点，而且《文学遗产》、作家出版社还不给自己声辩的机会。周汝昌的叙述给人一种印象，即当时有不少人和单位联合起来跟他过不去，一起排挤他，反对他。

不过细读俞平伯、王佩璋、何其芳等人的文章，笔者得到的印象是，俞平伯等人确实不同意周汝昌的癸未说。但问题在于，表达不同的学术观点和发难、当头一棒并不是一回事。作家出版社采用周汝昌的观点，俞平伯撰文表示不同意，但是否就意味着"很不满"，则是值得商榷的，从《曹雪芹的卒年》一文中看不到有"很不满"的地方。

王佩璋、何其芳等人虽然和俞平伯都是同事，关系较为密切，但他们是否有意识地联合起来向周汝昌发难，也是值得考虑的。因为他们没有这个动机和必要，再说也没有确切的资料证明他们是在这样做。

周汝昌说作家出版社"公开检讨版本时，连拙说也成为'错误'而被检讨在内"，这话不准确，因为作家出版社在公开检讨中根本没有谈到周汝昌和他的癸未说。好在这份检讨并不长，这里全文转录如下：

"文学遗产"编辑同志：

承你转来王佩璋同志批评我社最近出版的《红楼梦》中错误的文章，我们已经对它加以仔细研究，并重新审查《红楼梦》新版本，证明王佩璋同志的批评是合于事实的，而且这些错误是严重的。我们除已经在编辑部内进行检讨外，并已经着手去改正这些错误，务使改正后才再版；同时更拟印一个《初版错误改正表》经由发行路线送给购得初版《红楼梦》的读者。

对于王佩璋同志，我们是无限地感激的。她辛苦地做了这一番检查工作，不仅使此书初版的这些错误得到改正的机会，并且对于我们纠正工作上粗疏的作风也有很大帮助。我们已经和王佩璋同志直接取得联系，已当面向她表示感谢，并请她协助我们的工作。

对于此书初版的读者，我们确实感到惭愧！因此，希望你能把此信和王佩璋的文章同时发表，让大家知道我们的态度和我们改正初版错误的办法。

此致

敬礼

作家出版社

三月四日

　　这份公开检讨发表在 1954 年 3 月 15 日的《光明日报》"文学遗产"第二期。从其内容来看，检讨的内容主要在版本文字方面，显然没有"连拙说也成为'错误'而被检讨在内"。

　　周汝昌要求声辩而被《文学遗产》、作家出版社拒绝的情况，因其叙述过于简略，没有提供更多的材料，这里无法发表意见。

　　不过，他后来还是对此事进行了声辩的。如其发表在 1962 年 5 月《文汇报》上的《曹雪芹卒年辩》一文就对壬午说进行了全面的批驳，并详细论证了癸未说。在该文中，他对俞平伯的《曹雪芹的卒年》一文进行了直接回应：

　　　　我们争论，不是为了争什么别的东西，只是为了客观真理。我这次再度申明"癸未说"，也就是本着这一精神而进行讨论，而并非俞平伯先生所指责的什么"周君标新立异，欲成其说……"之类。"标新立异"，我自始也没有过这种念头，实不敢当。

　　过了几十年后，周汝昌对此事又有了新的说法。在《〈红楼梦新证〉的前后左右》一文中，他是这样叙述这件事的：

　　　　大约我刚返京华，《文学遗产》创刊版在报上问世了，其第一篇是俞平伯的大文，对《新证》提出批评，记得其要点之一是说曹雪芹还是"汉军"，而拙考谓为"内务府包衣人"，皇家奴籍是"周君标新立异"，是"错"的，云云。……

　　　　以后《文学遗产》及其《增刊》还有其他鸿文续予批贬。我这部"走红"为时甚暂的"大著"由此逐步褪色——走向了"灰黑"。

　　到了《我与胡适先生》一书中，周汝昌对此问题谈得更详细：

　　　　正当《红楼梦新证》初出，海内外大红大紫之时，一瓢冷水又见泼

哪儿来的"恩恩怨怨"

来——还是俞平伯先生。

巧，恰值社科院文学研究所主办的《文学遗产》版在《光明日报》出创刊号，就登出了俞公之大文《曹雪芹的卒年》(《光明日报》1954年3月1日）……如今只说大意，以见俞先生之高论卓议大体如何。

他的最核心的一句，就是"周君标新立异"，说我考辨曹家为内务府上三旗"满洲包衣"是错误的，他以为内务府包衣是"汉军"，不是满洲旗云云，等等。

随后，周汝昌对俞平伯关于包衣的观点进行批驳，认为俞平伯"对清代史所知甚少"，并由此生发议论：

俞先生竟然以正为误，发文批评别人，岂不太疏然为世？反倒说我"错"了，是有心"标新立异"——等于"哗众取宠"呀！

周汝昌表示对俞平伯的行为感到"诧异"。确实如此，笔者读了周汝昌上述的叙述后同样感到诧异，因为周汝昌对俞平伯《曹雪芹卒年》一文的解读和反驳完全错了，错得离奇。

事实上，俞平伯在这篇文章中只是谈论曹雪芹的卒年，根本就没有用一个字去谈论包衣问题。这样的解读完全错误，对人家根本就没有说过的观点进行反驳，再以此为基础发表议论，说人家"对清代史所知甚少"等等，自然也就不能成立了。

《我与胡适先生》一书在"当头一棒"这一节还专门附上了俞平伯《曹雪芹的卒年》一文的影印件，文章很短，看明白并不难，何以出现如此离奇的错误，确实是让人感到"诧异"。

而且这个错误还不是偶然的，因为《红楼无限情——周汝昌自传》、《我与胡适先生》两书都认为俞平伯的这篇文章是谈包衣问题的。显然，《我与胡适先生》一书的"当头一棒"一节必须删去或重写，否则对俞平伯是不公平的。

这里顺带再纠正一个错误，《文学遗产》是1954年3月创刊的，周汝昌回到北京是在1954年5、6月间，因此他所说的"大约我刚返京华，《文学遗产》创刊版在报上问世了"是不正确的。

对于此事，俞平伯在 1964 年 11 月 20 日给毛国瑶的信中曾有简略的介绍：

> 周最初主张癸未说，其根据在郭（"郭"当作"敦"——笔者注）敏的《懋斋诗钞》，胡适初亦从之（最后改从壬午）。我主张壬午，有《曹雪芹的卒年》一文，其时约在一九五四年。其年秋有《红楼梦研究》的批判，于是诸人群起而主张癸未说，其故我亦不明，可能和批判有些关系。亦一时之风气也。
>
> 其实我对于曹氏卒年，壬午或癸未，毫无成见；对于癸未说者的曲解，亦不感任何兴味。若非承您示以新材料，本不想写文章的。我不欲加入是非争吵之场，因您尚不明了，故拉杂书之，以代一夕之话。

显然，俞平伯的说法与周汝昌明显不同，从他的上述文字来看，对周汝昌并没有"很不满"的意思，也没有"当头一棒"、泼"一瓢冷水"的动机和目的。

前文笔者已说过，周汝昌对俞平伯 1948 年写给《天津民国日报》编辑的书信求之过深，有误读之处。如今对俞平伯 1954 年的《曹雪芹的卒年》一文同样存在这样的问题，而且更为严重。本来就没有什么恩怨，却偏要去追问"哪儿来的'恩恩怨怨'"，确实会有"至今不解"之感。笔者觉得周汝昌的这句诗自己给出了答案：

> 三生素昧何恩怨，恐是胸怀别有思。

围绕靖本《红楼梦》进行的所谓"暗斗"

据严中在《俞平伯与周汝昌》一文中介绍，1954 年周汝昌从四川调到北京后，发生了这样一件事：

> 俞平伯的好友闻聂绀弩等调周到京，以为是为了"报复"，很紧张，遂由启功、吴小如等邀俞平伯、王佩璋（"文革"中自杀身亡）、周汝昌

宴会——当系寓有"打和"之意在。

对此，作为当事人之一的吴小如表示不认同，他认为：

> 这段话严中先生肯定是听周汝老讲的，但难免加入了严中先生个人的想象。

为此，他专门撰写《读严中〈俞平伯与周汝昌〉书后》一文进行澄清：

> 第一，我和启功先生并未详知聂调周回京的"动机"，根本不存在什么"紧张"情绪，更无所谓怕"报复"的顾虑，故这些都是悬揣之词。第二，那次聚餐，确由启老和我合伙作东道主（各出资一半），但动机和目的是一致的，即俞、周两位以前从未正式见过面，都是红学专家，恰好又是与我和启老相熟的人，便由我们出面邀饮，借以联络感情。至于"打和"云云，因既未"交恶"，自然也就用不着"打和"了。启功先生今健在，当可证实鄙言不谬。

这应该是 1954 年春夏之交的事情，具体时期有待查证。在启功、吴小如的邀请下，俞平伯和周汝昌这两位红学家正式见面。

此后，俞、周二人长期同处一城，相互间有不少直接的交往，或通信，或见面。通信情况，周汝昌在《俞平伯的遗札》一文中披露了三封俞平伯的书信，至于周汝昌的书信则未见刊布。具体的见面情况，周汝昌在《俞平伯的遗札》一文中有所介绍，比如"一次在文代会上同车"，在文代会期间，俞平伯、周汝昌、吴世昌、吴恩裕四人还曾合影。两人最后一次见面"是在北海御膳园，单位设宴招待日本红学家伊藤漱平时，俞先生竟特例莅临"。具体见面的次数则难以确知。

两人交往的情况也可以从俞平伯那里得到印证，尽管他没有撰文谈及此事，但在和别人的通信中还是透露了点滴消息，比如他在 1964 年 11 月 20 日给毛国瑶的信中介绍说，吴恩裕、吴世昌、周汝昌三人，"与我都有相当的熟识"。

交往归交往，两人在曹雪芹卒年问题上的分歧依然存在，但其后壬午说与癸未说的交锋主要在其他研究者之间进行，并在 20 世纪 60 年代初形成了一个学术热点。俞、周二人则未有直接的辩驳。

从 1954 年到"文革"结束，学术研究受政治因素的影响和干扰很大，两人的命运皆发生了相当大的变化。

就俞、周二人的交往而言，其间有三件事值得一记：一是 1954 年的批判俞平伯运动，二是 20 世纪 70 年代的曹雪芹佚诗真假论争，三是围绕靖本《红楼梦》进行的所谓"暗斗"。

前两事笔者将在本书其他篇章中进行介绍，这里谈谈围绕靖本《红楼梦》进行的所谓"暗斗"。"暗斗"一词是从严中的《俞平伯与周汝昌》一文借用的：

> 俞、周"曹雪芹生卒年"之"明争"，则由于毛国瑶的介入而转移到了"靖本石头记"的"暗斗"上去了。

俞、周二人围绕靖本是否存在"暗斗"，还需要根据材料进行辨析和验证。由于资料的缺乏，毛国瑶当时与几位红学家的往来书信直到今天仍大多没有公布，不少细节和疑点难以弄清，这里以《红楼》杂志 1998 年第 4 期公布的《俞平伯致毛国瑶信函辑录》为据，对相关情况进行介绍。

《俞平伯致毛国瑶信函辑录》一文收录俞平伯 1964 年至 1982 年间写给毛国瑶的书信 63 封，颇有史料价值，可惜整理不精，时见错别字。以下引录原文时，对一些明显的错别字进行纠正。

从俞平伯的书信来看，1964 年 3 月 4 日，毛国瑶第一次给俞平伯写信，告知靖本消息。随后，毛国瑶又将自己抄录的部分靖本批语及夕葵书屋脂批残叶寄给俞平伯。

俞平伯得到这些资料后，相当重视。严中《俞平伯与周汝昌》一文形容俞平伯的反应是"大喜过望"，"掩饰不住喜悦之情"，这不过是个人的虚构想象之辞，不符合俞平伯的一贯性格。从俞平伯的书信来看，他的反应是这样的：

> 承于本月四日远道惠书。详告以昔年所见旧抄本八十四（"四"当作"回"——笔者注）情形，盛意拳拳，非常感谢。据函中所述，此确是脂砚斋评本，在今存"甲戍"（"戍"当作"戌"——笔者注）、"己卯"、

哪儿来的『恩恩怨怨』

"庚辰"、"有正"诸本之外者，甚可珍贵。您在五九年见过，距现在不过四五年，时间不久，不知此书尚有法找到否？这是最重要之一点。深盼您热心帮助。如能找到，如何进行当再另商。就来书所抄看来，即已有许多特点和新发现。（1964 年 3 月 14 日）

承挂号寄来尊抄脂评小册子，感谢感谢。（1964 年 4 月 4 日）

昨又奉挂号二十五日手书并附靖君所赠脂评残纸一幅，感谢感谢。（1964 年 6 月 28 日）

靖藏残叶，虽只片纸，而关系不小，将写为专文，在此不及详谈。我认为可以解决一些问题。（1964 年 6 月 30 日）

请（"请"当作"靖"——笔者注）君觅得此叶，可谓吉光片羽矣。远道邮赠，情尤可感；而您之绍介，嘉惠爱读《石头记》者不浅，又不仅私幸而已。（1964 年 7 月 9 日）

可见俞平伯看到这些资料，心里是高兴的，至于是否达到"大喜过望"，"掩饰不住喜悦之情"的程度，从其书信中还看不出来。

俞平伯、毛国瑶从 1964 年 3 月开始通信，到该年 11 月，毛国瑶写信提到周汝昌及癸未说，俞平伯在 1964 年 11 月 20 日回信中谈了自己的看法：

知在途中阅读周汝昌书。今主癸未说者三人，吴恩裕、世昌、周汝昌。此三君皆好臆测，与我都有相当的熟识，故我对于癸未说不欲多加讥弹。你既看了怀疑，提起这重公案，不妨为您言之。但有些话亦不必为他人道也。

随后，俞平伯谈了反对癸未说的几个理由，仍然坚持自己的壬午说，观点大体和其《曹雪芹的卒年》一文一致。随后他又说：

其实我对于曹氏卒年，壬午或癸未，毫无成见；对于癸未说者的曲解，亦不感任何兴味。若非承您示以新材料，本不想写文章的。我不欲加入是非争吵之场，因您尚不明了，故拉杂书之，以代一夕之话。

从俞平伯的书信来看，此后毛国瑶开始了与周汝昌的通信，周汝昌想要靖本的相关材料。毛国瑶将此事告诉了俞平伯，并征求他的意见。对此，俞平伯在 1964 年 12 月 17 日的回信中是这样答复的：

周君他们坚持癸未说是当然的，其情形已见我前次信中（指1964年11月20日信——笔者注），关于所谓"红学"最易引起纠纷，而且容易走入牛角尖。烦冗的考证于近来文风颇不相宜。我意和他们通信以慎重为宜，尊意当亦谓然。

　　至于如何答复他确有些困难。承来询问极感厚意。因我的文章发表会很迟（即上所云近来文艺整风的关系），我不拟垄断材料，但在此文发刊前，外面已有些不很全面、不太正确的说法也不甚好。我以为您是否可以复他，以前抄过材料，因很零乱，已寄给我了，将由我加以整理。材料不在手边，即可以延宕一下。再说，这样说法也符合事实。因我的文章总要发表的，事实经过不必、也不可瞒他。若靖本迷失的经过则不妨告他。以上我的看法，请您参考。究竟怎样答复为妥，则仍请您斟酌。我和周并不熟，近来未晤，关于"夕葵本"等事未曾和他谈过。他如来问，我自会斟酌告知他的。

俞平伯的态度比较明确，"不拟垄断材料"，但为了避免外面"有些不很全面、不太正确的说法"，准备将自己整理过的资料给周汝昌看，但这要过一段时间，他建议毛国瑶将事情经过及靖本的情况也告诉周汝昌。从信中所述内容看，周汝昌似乎准备找俞平伯询问有关情况。

过了一段时间，周汝昌想通过毛国瑶介绍，找俞平伯了解情况。俞平伯在1965年1月9日的回信中这样答复：

　　周汝昌与我本相识，如要来，尽可自来，自无须您来函介绍也。

因未见周汝昌与毛国瑶之间的往来书信，不知他为何不直接找俞平伯，而要通过毛国瑶写信介绍。

后来，周汝昌没有到俞平伯那里。俞平伯在1965年2月12日的书信中告诉毛国瑶："周末（"末"当作"未"——笔者注）来过。"

周汝昌虽然没有去找俞平伯，但他屡屡向毛国瑶索要靖本相关材料，为此毛国瑶再次写信征求意见。俞平伯在1965年4月12日的书信中作了回复：

　　八日来书诵悉，周君屡函来索靖本材料，尊意拟给他，我很赞同。

我意最好照录原来的抄文，这样比较合乎科学。若我的校文难免杂有主观的看法在内，而且各人见仁见智，亦各各不同也，您谓然否？

在 1965 年 4 月 18 日的信中，俞平伯又谈及这一问题：

将原材料抄寄，这样办法很好，亦免他有误会也。

由上文可知，俞平伯赞成将靖本材料给周汝昌，但他同时也改变了主意，建议毛国瑶将"原材料"抄寄，而不是自己的校文，目的是担心自己的校文"难免杂有主观的看法在内"，且免得周汝昌"有误会"。

不过"误会"还是产生了。周汝昌在 1976 年版《红楼梦新证》中是这样回忆毛国瑶抄寄资料情况的：

毛国瑶先生最初见示此批材料时，也就是以指正拙说（同意俞平伯有关论点）的形式而投书赐教的。

在写于 1983 年至 1985 年间的《〈靖本石头记〉佚失之谜》一文中，周汝昌说得较为详细：

毛氏对我，起头是惠函指教的形式，向我透露了一二条《靖本》朱批的文字，并据以证明拙说是错了的。我十分重视他的意见，就写了谢函，并拜问此等批语文字见于何处？他这才将上述借书摘抄等情况见告。此后，有很多信件往还。

言语之间对毛国瑶颇有不满。但这与实际情况不尽符合，因为毛国瑶是在周汝昌"屡函来索靖本材料"的情况下才把这些材料抄寄给他的，而不是为了"指正拙说"才"见示此批材料"的，这是两种不同的因果关系。至于毛国瑶不同意癸未说，那又是另外一回事。这是俞平伯书信所显示的情况，如果周汝昌、毛国瑶之间的往来书信能公开，其中的细节自不难弄清楚。

从靖本藏主靖应鹍儿子靖宽荣、儿媳王惠萍的《靖本琐忆及其他》一文中也可得到证实。这里需要说明的是，《靖本琐忆及其他》有两个版本，分别发表在《文教资料简报》1980 年第 8 期和《红楼梦研究集刊》第十二期（上海古籍出版社 1985 年版）上。后一个版本是在前一个版本基础上修改的，故称《文教资料简报》上发表的版本为初稿，《红楼梦研究集刊》上发表者为改稿。后面在引述时均加以说明。

《靖本琐忆及其他》一文对当年靖家与周汝昌的交往是这样介绍的：

> 吴世昌、吴恩裕、周汝昌三位先生都不断来信，尤其周汝昌先生来信最多，索取有关材料。可惜我们连片纸只字也拿不出来了，实在感到抱歉！（初稿）

> 吴世昌、吴恩裕、周汝昌三位先生都不断来信，尤其周汝昌先生来信最多，索取有关材料，并在多次来信中肯定了我家这个抄本的研究价值及在红学研究上的贡献。（改稿）

对周汝昌所说"毛国瑶先生最初见示此批材料时，也就是以指正拙说（同意俞平伯有关论点）的形式而投书赐教的"，靖宽荣、王惠萍是这样理解的：

> 周先生特意注明毛国瑶同志"同意俞平伯有关论点"，这个注语大有弦外之音。大家知道俞平伯先生受过批判，在那时，他的名字是和资产阶级唯心论、胡适派新红学联系在一起的，作为学术讨论，而且还是通信研究，周先生这种加注的做法是没有必要的。（初稿）

总的来看，1964、1965 年，围绕靖本《红楼梦》，俞、周二人通过毛国瑶发生了间接的关系，但相互间在此问题上并没有什么争论或不愉快，因此用"暗斗"来形容他们的这种间接往来是不准确的，即便加上引号，也是不准确的。

由靖本《红楼梦》引发的风波

前文已经说过，1964、1965 年间，俞、周二人围绕靖本通过毛国瑶发生了间接的联系，并没有什么争论或不愉快。但需要说明的是，其间周汝昌与靖本藏主靖家却产生了不愉快。据《靖本琐忆及其他》一文介绍，靖家对周汝昌的不满主要有两个原因：

一是周汝昌未和靖家商量，抢先将靖本材料对外发表。对靖本发表情况，该文是这样介绍的：

由于原书不存，国瑶同志未将批语发表。（初稿、改稿）

当时俞平伯先生早已受到批判。对于发表《红楼梦》方面的资料我们很有戒心，所以毛国瑶同志曾告诉周汝昌先生等不要对外发表。一九六五年周先生来信索取"夕葵书屋"批语的照片，国瑶同志给他和两位吴先生每人寄去一张。不久周汝昌又来信说他的令兄祜昌先生也想要一份，不料这张照片寄去后却被他寄到香港大公报"艺林"，并且发表了谈这个抄本的文章。万想不到"文化大革命"期间，这竟成了我们的"罪状"。毛国瑶同志被诬指为"里通外国"，我父亲因此被连续批斗，而且抄了家，所有书籍全被抄光，至今仍没有归还。（初稿）

初稿"不料这张照片寄去后却被他寄到香港大公报'艺林'"，改稿作"不料这张照片寄去后，未曾通过我们就抢先在香港大公报'艺林'上发表"。"我父亲因此被连续批斗，而且抄了家，所有书籍全被抄光，至今仍没有归还"作"我父亲也受到株连，多次批斗，而且两次被抄家（主要是抄书），所有书籍全被抄光，有平装的，线装的，有石印的，木刻的……至今仍没有归还"。

对于此事，周汝昌在1976年版《红楼梦新证》一书中是这样解释的：

由于靖本批语中所提供的材料，时时关系到我旧日所主张的一些说法的是非问题，我也应该表示我的态度，换言之，这批新资料当中既然出现了一些反证拙说的地方，我更有责任把它发表，不然的话，便会发生"隐瞒反面证据"的问题，那是绝对不应该的，也很难为人原谅的。若专就我个人说，在回顾自己的旧论点时，要想重新加以检点讨论，如不将这批新资料摘要公开，那也就无法很方便地进行。

在《〈靖本石头记〉佚失之谜》一文中，他是这样解释的：

毛在60年代初，开始向北京的一些红学研究者提供有关《靖本》的情况和资料。后来也向我提供了若干情况和150条《靖本》所独有的朱批过录本。我因此项文献十分珍贵，对《红楼梦》研究工作至关重要，曾撰文加以介绍，发表于香港《大公报》副刊。后又有一文见于《文物》杂志。从此，国内外普遍知有《靖本》其书其名，海外的红学界人士对此更是非常重视。

作为一个局外人，魏绍昌在《靖本〈石头记〉的故事》一文中对于此事是这样介绍的：

> 这几位红学家中，周汝昌兴头最高，他给毛、靖写的信最多，第一篇介绍靖本的文章也是他写的，就是发表在一九六五年七月二十五日香港《大公报》艺林版的《红楼梦版本的新发现》，把这部抄本正式定名为"靖本"，也是从这篇文章开始的。

> ……不料周汝昌的文章发表之后，第二年还是给他们带来了一场灾难。在史无前例的十年动乱中，运动开始时靖应鹍和毛国瑶都被加以"里通外国"之罪，遭到连续批斗，而且把靖家所有书籍全部抄光，一九六九年又将靖家全家下放到江苏涟水农村。但靖本给他们带来的祸水并未就此完结。一九七三年在半个"红学家"遥领下，开展了所谓"群众性"的评红运动，北京、南京等地于一九七四至一九七五年间曾多次分批有人来追问此书，威胁利诱，无所不用其极。

靖家和毛国瑶在"文革"期间受到的苦难无疑是应该给予同情的，这是社会时代因素所造成的，责任当然不能由周汝昌来承担，但周汝昌没有接受毛国瑶的劝告，没有和靖家打个招呼就发表文章，则有些欠妥。

虽说学术为天下之公器，靖本资料不属于哪个人的，但毕竟是别人为自己提供了珍贵的资料，发表文章还是要尊重别人意见的，最起码要和材料提供人打个招呼。周汝昌是在俞平伯看到靖本批语一年后才得到这些材料的，按说由俞平伯或毛国瑶先行披露更为合适。这正如靖宽荣、王惠萍所说的：

> 为了对朋友负责，周先生如果事先把这一愿望告诉毛国瑶同志一声，是会得到国瑶同志和我们支持的！而他没有这样做，不能不使人感到遗憾！（初稿）

二是周汝昌对靖本的价值起先肯定，后来存疑。起初，周汝昌在和靖家通信，在《大公报》艺林、《文物》发表文章介绍时，对靖本主要是持肯定意见的。《靖本琐忆及其他》改稿引录了他在 1965 年元旦写给靖家的书信，其中曾这样评价靖本：

> 我愿意强调向你说明，您家收藏的这部《红楼梦》，恐怕是二百年来所发现的各种旧钞本中最宝贵的一部（《红楼梦》在乾隆五十几年才有版印本，以前都是钞本流传的）。目今统计现存乾隆旧钞本一共也不过十来部，但都各有缺陷。您家的这一部，据各种线索来推断，大约其时间最早，最接近曹雪芹的原稿本，所保存的批语也最全。因此，它的价值是非常高的。

到了 1976 年版的《红楼梦新证》一书中，他的态度有所改变，提出：

> 在我能够目验原件之前，暂应持以慎重态度。

随后，他举了几个困惑难解的例子加以说明。

按说随着研究的深入，观点发生改变也是很正常的事情。对此，靖家是这样理解的：

> 为什么此前说得那样肯定，这时却又要"持以慎重态度"了呢？不难看出：周先生当初只顾抢先发表资料，就把可疑之处暂且不提；后来一想，如承认了靖本批语，自己过去的一些论点便站不住脚。于是，便利用靖本不在这一点故作疑词，以示"慎重"了。
>
> 我们不是说"靖本"批语中绝无讹误窜乱之处，我们感到迷惑的是周先生前后语气发生了微妙的变化。（初稿）

因为上述两个原因，靖家对周汝昌很是不满。这种不满后来因另外一些人和事情的介入，逐渐演变成一场激烈的冲突，关系错综复杂，涉及不少人，将其称之为风波也不为过。这场风波将俞平伯也卷入其中，俞、周二人虽然没有直接进行对话，但可以说闹得相当不愉快。

风波当事人的几篇文章，严中都收录在其《红楼丛话》一书中，为了解真相提供了很大帮助，这里笔者是要表示感谢的。这里根据这组文章再参照相关资料，对这场风波进行还原和介绍。

这场风波说简单也简单，说复杂也复杂。事情要从 1982 年说起，这一年的 8 月 27—29 日，魏绍昌在香港《大公报》上连载《靖本〈石头记〉的故事》一文，介绍有关靖本的一些情况，该文稍后在 9 月出版的第 18 期《新观察》刊载。当时在《南京日报》任文摘版编辑的严中对此很感兴趣，于是将这篇文章摘发在 1982 年 10 月 25 日的《南京日报》上。

文章摘发第二天，时任南京浦镇南门中学教师的陈慕劬给报社打电话，告知自己知道靖本的下落。由此，严中开始了有关靖本下落的调查。

这里对靖本调查人严中稍作介绍。2004 年 3 月 26 日，严中在《南京日报》发表《我读〈红楼梦〉》一文，对自己阅读、研究《红楼梦》的情况进行介绍：

> 20 多年来，我拜在"解味道人"周汝昌门下，反复阅读《红楼梦》，潜心研究《红楼梦》，"道行"虽不算深，但我也逐渐解出一些味来。
>
> 我解《红楼梦》，主要是解《红楼梦》（即《石头记》）与南京（即石头城）的"剪不断，理还乱"的关系，因此人们谬奖我为《红楼梦》"主南说"的"领军人物"。

周汝昌在《红楼丛话》序言中对严中曾作过这样的评价：

> 严中的红学文字，一如其人，在清代有过"朴学"一词，我以为若将此语借来称呼他的红学是这一领域中的朴学，我看是很恰当的。

徐秀宜在《都云考者痴　谁解其中味——"红楼补白大王"严中》一文是这样评价严中的：

> 在红学领域中，开《红楼梦》考证之先河的是胡适和俞平伯，其代表作是胡适的《红楼梦考证》和俞平伯的《红楼梦辨》（解放后修订为《红楼梦研究》）。后来周汝昌著《红楼梦新证》，乃是对《红楼梦》及其作者曹雪芹的集大成的考证。而严中在报刊上发表的数以百计的"考红""研曹"小品（其中一部分已收入《红楼丛话》和即将出版的《红楼续话》中），乃是对前辈红学家《红楼梦》考证所作的补白，因此被人们誉为"红楼补白大王"。

或称其为"《红楼梦》'主南说'的'领军人物'"，或称其为红学研究领域的"朴学家"，或称其为与胡适、俞平伯、周汝昌并列的"红楼补白大王"，由此不难想见一些人心目中严中在红学界的地位和威望。

这里对有关靖本的各方说法稍作介绍。据陈慕洲、陈慕劢兄弟在《千里捎书到京华——为靖应鹍捎〈红楼梦〉给俞平伯的始末》一文中介绍：

> 1965 年 2 月间，我们度完探亲假即将由南京浦镇东门返回内蒙古呼和浩特前数日，靖应鹍先生找到慕洲说，有一套《红楼梦》想请你捎到北京交给俞平伯先生，靖并说这是祖传之书，甚珍贵不便邮寄，只好麻烦你带去了（靖对慕洲左一个"请"、右一个"麻烦"，是因为慕洲身体不佳，故作此语）。靖还说，这书上有些批语，俞先生可能用得着。当时慕洲想到俞先生是著名学者，能有此机会一睹其文采风流亦是幸事、快事，也就随即允诺了（当时的背景情况是，毛国瑶先生经常到靖家谈论《红楼梦》的评注批语，而靖、陈两家共一小院，隔窗相望，故慕洲时有所闻，因此对靖应鹍先生所说书中有批语一语记忆犹新）。后靖应鹍先生把书拿出来交给了慕洲。
>
> 当我们将靖应鹍先生所托之书带到北京后，由于我们的行李太多，且慕洲身体不佳，行动不便，同时因我们急着换车去呼和浩特，因此要亲谒俞府将书面交已觉困难，于是我们按靖应鹍先生预先告知的俞平伯先生家的电话号码，给俞家去了一个电话。对方接话的是一位女同志，自称是俞先生的女儿。我们向她通报了靖应鹍先生托我们带《红楼梦》给俞先生之事，问她如何处理？对方说，你们在车站稍候，我马上来取。当我们向她问及俞先生的起居时，告曰身体不好，现在家休养与工作。通话后不很久，即见一位个子不高、着深色装、操北京口音的中年女同志坐三轮车前来火车站，自称叫俞成。因所托之人靖应鹍先生未嘱要收据，所以我们将书交割完毕即乘车北去。

之所以引录这么长，是为了让读者诸君了解事情的背景和原委。对陈慕劢所提供的信息，严中自然是很感兴趣。于是他分别找人了解情况。

据严中给周汝昌的书信，他找毛国瑶了解到的情况是，毛国瑶告诉他：

> 1965 年，我通过靖应鹍委托陈慕劢、陈慕洲弟兄给某先生带去过一

部《红楼梦稿》，那是我在 1964 年到北京时向某先生借的。

　　事情是很清楚的，陈慕劭弟兄带书给某先生确有其事，但不是《靖本石头记》，而是《红楼梦稿》。

同时毛国瑶还出示了俞平伯当年写给他的两张明信片，并将抄件给了严中。

从严中给周汝昌的书信来看，他后来又找了一次毛国瑶，毛国瑶的说法和第一次一样：

　　托靖应鹍转托陈慕劭弟兄带往北京的书，系线装 12 册，12 开本，用两块木板夹装，扉页题"红楼梦稿"四字，共 120 回，有范宁的跋文，中华书局 1963 年 1 月影印出版云云。

据严中给周汝昌的书信，他找陈慕劭了解到的情况是：

　　问他关于带书到北京的时间究竟是 1963 年还是 1965 年，他一时回忆不清了；但他说带书是春节过后则是可以确定的（经查，1965 年 2 月 6 日即为正月初五）。关于带去的是什么书的问题，陈慕劭说："当时靖应鹍亲口对我们说是他家的祖传《红楼梦》抄本。"

至于严中调查靖应鹍儿子靖宽荣、儿媳王惠萍的情况，则比较复杂，因为双方事后的说法不一。

据严中给周汝昌的书信，他见到靖宽荣后，靖宽荣告诉他：

　　委托陈慕劭弟兄带到北京的是胡适藏的《甲戌本》影印本。

　　我当时和毛国瑶还抄录下来了，至今还保存在我这里。

此外，严中还在陈慕劭的陪同下找到王惠萍进行调查。王惠萍也于 1983 年全国《红楼梦》学术讨论会在南京召开前夕找过严中一次。具体情况，靖宽荣、王惠萍在《答周汝昌〈靖本石头记佚失之谜〉》一文中说：

　　严中只与家父和我俩每人各谈一次，每次一小时左右。

严中在给周汝昌的信中这样介绍：

　　此后，靖宽荣之妻王惠萍女士找我说："陈慕劭弟兄替我家带给北京某先生的不是《靖本石头记》。"我说，你的先生靖宽荣对我说是胡适藏《甲戌本》影印本，但这个本子只有16回，影印本简装只一册，线装的也只四册——其重量会到了"约有10斤"?! 王说："那可能还有其他什么书吧。"

在《我与〈靖本石头记〉》一文中，他的说法有所不同：

> 记得1983年全国《红楼梦》学术讨论会在南京召开的前夕，王惠萍女士到南京日报社来找我，向我谈到了她了解《靖本》的下落，只是现在还不愿说出罢了。

严中对靖应鹍也进行了调查，靖应鹍分析靖本找不到有两种可能，一是"被不识字的老伴当废纸卖掉了"，二是"可能被别人'顺'走了"。至于1965年陈家兄弟带给俞平伯的是什么书，据严中给周汝昌的书信所述来看，他似乎记不清了，因此对严中的质疑"竟没有作出明确的回答"。

1983年1月31日下午，陈慕勋找靖宽荣面谈。四天之后，两人再次面谈。至于两次面谈的情况陈幕洲、陈慕勋在《千里捎书到京华——为靖应鹍捎〈红楼梦〉给俞平伯的始末》一文中这样介绍：

> 1983年1月31日慕勋为《靖本》事第一次拜访靖君时，靖是开诚相见的。言谈之间他似有难色，说此事还需要他父亲改口承认才行。

> 四天之后，慕勋如约和宽荣第二次见面，谁知靖宽荣来了个180度大转弯，他一口咬定所带之书不是《靖本》，而是所谓《甲戌本》了。

靖宽荣、王惠萍在《答周汝昌〈靖本石头记佚失之谜〉》一文中对此事的说法是：

> 1983年1月31日（星期一）下午，陈慕勋第一次到靖宽荣办公室里，两人从二点半谈到三点钟。陈说：带给俞平伯的书就是《靖本》，时间是1963年春节后。……

> 又过四天（即2月4日）下午，陈慕勋再次到靖宽荣办公室，从一点半谈到两点。陈慕勋将严中从毛国瑶处要来的当年俞平伯先生收到《红楼梦稿》一书的明信片抄件拿给靖宽荣看，上面所署的发信日期是

1965 年 2 月 6 日。……当靖宽荣问陈所带书的新旧程度时，陈说比较新，无破损。靖宽荣当即指出：这就不对了，《靖本》这部书，旧得连拿在手上都不易翻阅，如横拿在手中，两头打软呈半圆形。平时只能平放而不能立放，也不可能不用夹板就包扎起来，并且书的纸张黄脆，多有虫蛀破损痕迹。陈当时已无话可答。

两次谈话，靖宽荣绝对没有讲过托陈家所带的是《靖本》之类的话，更谈不上"因故也改口变辞"。

至此，撇开一些琐碎的细节，可以归纳出每个当事人的基本立场：毛国瑶说当年带给俞平伯的是 120 回《红楼梦稿》，靖宽荣、王惠萍认为是甲戌本影印本或其他什么书，严中和陈慕劬则倾向于靖本《石头记》。

严中经过调查之后，写了一份调查报告。他在《我与〈靖本石头记〉》中介绍其调查结论：

在调查报告中，我只是提出：陈慕劬说，靖应鹍先生曾托他们兄弟二人带了一套当时他们说有批语的祖传《红楼梦》给俞先生。但是，我并没有因此就说，这套书就一定是《靖本石头记》，而只是分析它有可能是《靖本石头记》。

严中曾写信告知李希凡、周汝昌情况，但两人反应不同：李对此事不感兴趣，周则感到"十分高兴"，"对此极感兴趣"。据严中在《我与〈靖本石头记〉》一文中介绍：

我写信给周汝昌先生，告知上述情况，周先生当即将我调查的情况向中央有关领导作了汇报。

到了 1983 年的全国《红楼梦》学术研讨会期间，事情有了新的变化。周汝昌在接受严中采访时表示，靖本"可能还存在"，这个消息引起了与会者的兴趣，同时也引发了靖家对周汝昌、严中的强烈不满。

具体情况周汝昌在《〈靖本石头记〉佚失》一文中是这样介绍的：

迫到 1983 年的 11 月，全国性的《红楼梦》研究年会恰好在南京举行。我一到南京，就有新闻广播部门的人员向我采访，我在问答中偶然提及了《靖本》似乎还有可能寻索的一两句话。此语见于报端之后，马上引起一些人的严重不安。

"一些人"指的是靖宽荣、王惠萍、毛国瑶等人。从前面的介绍可知，此前严中找这些人专门做过调查，目的就是为了弄清当年陈家兄弟带给俞平伯的是不是靖本，而调查的结果只有陈家兄弟认为是，而靖家、毛国瑶则都说不是。

随后，严中将调查结果告诉了周汝昌。现在周汝昌说"似乎还有可能寻索"，在这种背景下，他的意思很明确，那就是当年陈家兄弟带给俞平伯的可能是靖本《石头记》，书可能在俞平伯手里。这样一来，涉及个人的名誉问题，靖家、毛国瑶等人肯定会感到"严重不安"，进行解释说明。

据靖宽荣、王惠萍在《答周汝昌〈靖本石头记佚失之谜〉》一文的介绍，当时的情况是这样的：

> 1983年11月23日—28日全国红学会在南京举行"纪念曹雪芹逝世220周年学术讨论会"期间，严中利用他记者的身份，在11月24日《南京日报》四版发表了他撰写的《周汝昌人物专访》。其中提到《靖本》，用周汝昌的话说："去年意外地了解到，它可能还存在。"参加大会的红学会会员都看到了这一消息，许多人要求周汝昌谈谈《靖本》的下落。周汝昌不敢正面回答，支支吾吾，非常窘迫地走下讲台。大家为了照顾他的面子，也不好意思再向他追问。
>
> 由于周、严的挑起，24日下午靖宽荣就回家拿了俞老和周汝昌的信件，要求在大会发言，以说明真相。由于大会主席团怕影响团结，劝我们顾全大局，不要发言了。……即使如此，我们也还是作了一些说明事实真相的工作，我们在各小组讨论时请大家传阅了有关信件，得到了越来越多的人的理解和支持；还复印了一些信件赠给有关同志。

靖家认为这是"制造流言来陷害别人"，话确实说得有些重，但他们对周汝昌、严中言行的不满则是可以肯定的，他们在会上进行"说明事实真相的工作"也是可以理解的，换成谁，谁都会这样做。至于方式如何，是否妥当则又是另外一回事。毕竟周汝昌说了靖本可能还存在的话，他要对自己的言论负责。

过了两年，周汝昌根据严中的调查所得及向陈幕洲了解的情况，写成《〈靖本石头记〉佚失之谜》一文，发表在香港《明报月刊》1986年1月号上。

在这篇文章中，周汝昌十分详细地介绍了严中调查靖本下落的情况后，并进行了发挥：

> 这20多年的前10多年，又是多事之秋，即或《靖本》落在某位手中，由于当时特定历史条件而不便明言，也未及公之于众，都是不足为异，可以理解的。今日神州大地，情况迥然不同了。因此，我相信有关人士总会把此事的真相说出来的。如是早年由藏主让赠，更属事所常有，书的所有权自应归属于受赠者，这是有法律保障的，任何人都不该也无意来多口多舌；我只不过是希望这部极其珍贵的祖国文物，至少能以影印的方式供诸学界研究，所关匪浅，贡献至重，而且也可以给传抄批语的毛国瑶先生作出最好的佐证。我们对于原藏主、现藏主的长期保存了此一珍宝，都表示同样深切的感激之情。我们衷心地期望着它重显于世的这一天早日到来。

有了前面的相关背景，再看这段话，语意非常明显，那就是直接向俞平伯喊话，希望他交出靖本。1983年还说靖本可能存在，暗示书可能在俞平伯手里，现在则语气相当肯定，已经认定书就在俞平伯手里。

在这篇文章中，虽然没直接用俞平伯的名字，但"×××先生的《〈红楼梦〉中关于"十二"钗的描写》"，毛国瑶"便将批语和《靖本》的情况写信告诉了×××先生"这样的语句不可能作其他理解，加上所引录的两张俞平伯的明信片，文中的"×××先生"、"某先生"指的只能是俞平伯。

这甚至连暗示都不是，还不如直接用俞平伯的名字来得爽快和磊落，周汝昌何以如此，到底是否想让读者知道自己文中所说的就是俞平伯，有些难以捉摸。

对此，严中在《我与〈靖本石头记〉》一文中是这样解释的：

> 周汝昌先生在《〈靖本石头记〉佚失之谜》一文中并没有点出俞先生的名字，这是出于这样的考虑——即让俞老见到他的文章后，有机会

选择适当的时间和方式发表自己的意见。

但这个解释没有说服力，周汝昌的这篇文章明显是在说俞平伯，读者很容易就能看出来，这和直接点出俞平伯名字的效果是一样的。

周汝昌在这篇文章里还做了两件奇怪的事情：

一是把严中第一次给他写信的时间从 1982 年 12 月 13 日向后推迟了两年：

> 1984 年 12 月 13 日，我收到尹先生的一封来信。

这样一来，就造成文章的前后矛盾，时间错乱。按周汝昌的文章所写，1984 年 12 月 13 日，尹先生才第一次给他写信反映靖本的下落问题，并着手进行调查。调查结束后，周汝昌感到尹先生的调查"有待补足"，于是又给陈幕洲写信了解情况，而陈幕洲回信的时间竟然是 1983 年 5 月 18 日，该文后的写作日期则是"1983.7.24 酷暑中初稿毕"，时光竟然发生了倒流。不仅如此，周汝昌还在文章中"把江苏省红学会召开的日期推迟了一年"。

二是周汝昌在文章中隐去严中的名字，用"尹延宗"这个假名替代。

本来是光明正大的事情，为了寻找靖本的下落，何以要如此遮遮掩掩，弄得文章破绽叠出呢？周汝昌本人没有直接说，严中在《我与〈靖本石头记〉》一文中是这样解释的：

> 我给周汝昌先生第一次写信是 1982 年 12 月 13 日，江苏省红学会召开是 1982 年，周汝昌先生考虑到我的处境（因为周先生估计王女士抱不住冬瓜，会抱瓢子，事实果然如此），而在文中将我写信的时期推延了二年整，并给我一个笔名"尹延宗"，同时把江苏省红学会召开的日期推迟了一年。

但这个解释仍然不能解决这一疑问。既然调查是公开进行的，又是为了学术，可以说都是可以公开的东西，为什么要在时间和人名上这样遮掩呢？这和王惠萍又有什么关系呢？这确实是个难以理解的问题。既然如此，说"想不到这一下倒给王女士钻了空子"并不妥当，因为这样明显的破绽一般读者都能看得出来。

后来，据严中《我与〈靖本石头记〉》一文介绍：

我最近曾去信周汝昌先生，希望由他本人在《明报月刊》上说明一下，无奈他因要去美国讲学一年，不及撰文了，他说由我在本文中说明就是了。

周汝昌的文章发表后，引起了连锁反应。

靖宽荣、王惠萍首先进行反驳，两人共同撰写《答周汝昌〈靖本石头记佚失之谜〉》一文，刊发于香港《明报月刊》1986 年 6 月号上。在这篇文章里，他们表明了自己的态度：

> 在《靖本》再现之前，我们应当尊重红学研究者或不明真象者持怀疑态度的权利，而且愿竭尽绵薄提供情况协助关心《靖本》的各方人士了解此书和追寻此书。但是，对于某些制造和散布流言蜚语、混淆视听、意在中伤诬陷好人的人，我们不能不给予必要的回答。

对于周汝昌的《〈靖本石头记〉佚失之谜》一文，他们的反应是：

> 仔细拜读后，我们不仅非常失望，而且感到气愤！明眼人一望而知，"周文"并未提供任何有价值的关于《靖本》的线索，而且是"项庄舞剑，意在沛公"。作者关心《靖本》是假，想中伤俞平伯先生（周文中称为"×××先生"）则是真。

> 周文还牵连到年近九旬的俞老，使他蒙受收受藏匿《靖本》的嫌疑，这使我们到感（"到感"当作"感到"——笔者注）格外痛心！

对严中的调查结果，他们也深为不满：

> "尹延宗"又是以陈幕洲的一面之词为根据，没有经过核实就下结论，这就使事情一开始就走入邪道。

> 严中的所谓"调查"发表之前没有让我们看过，其中有许多杜撰不实之词必须加以澄清。

> 严中等人的"调查"本来就带有某种偏见和不正当的目的，所以他们既未认真调查（严中只与家父和我俩每人各谈一次，每次一小时左右；陈幕劭找过靖宽荣两次，每次半小时左右），又未看到我们的有关信件，以致是非不分，制造混乱。

文章最后再次声明：

> 家父托陈慕洲带往北京给俞平伯先生的书，根本不是《靖本》，而是毛国瑶先生向俞老所借的百廿回《红楼梦稿》。

> 受法律保护的书的所有权仍然是我们的。我们全家人都从来没有出卖或馈赠这部书给任何人。

随后，俞平伯的外孙韦奈也写了《致周汝昌——替俞平伯伸冤》一文，刊发于香港《明报月刊》1987年1月号上。在这篇文章中，韦奈对周汝昌的《〈靖本石头记〉佚失之谜》一文作了这样的评价：

> 这篇文章已超出了"红学"研究范畴，是一篇诬蔑造谣、攻击人身的文章。……对这样一篇旨在恶意中伤我外祖父的文章，我不能保持沉默。

在对周汝昌文章进行批驳之后，韦奈表明了这样的态度：

> 诬告是要承担法律责任的。作为俞平伯的家属，我们保留对此事提出追究法律责任的权利。

> 我的外祖父一生为人耿直，对待学术问题，从来是虚怀若谷，不计个人恩怨。八十余年，堂堂正正地做人，老老实实地搞学问，"藏书"之罪，无论如何也加不到他的头上。

韦奈作为家属的声明显然是可以代表俞平伯的。

稍后，严中以尹延宗的名字发表《无以为"剑"、无以为"饭"——澄清我调查〈靖本石头记〉下落的几个问题》一文。该文刊载于《明报月刊》1987年6月号，后收入严中《红楼丛话》一书中，改名为《我与〈靖本石头记〉》。

在该文中，严中认为靖宽荣、王惠萍的文章：

> 涉及我的地方很多，且多与事实不合，我认为有必要澄清，使关心《靖本石头记》的朋友了解真相。

在文章中，严中对靖宽荣、王惠萍的文章进行了反驳。对那份调查报告，他是这样表态的：

> 我只是提出：陈慕劻说，靖应鹍先生曾托他们兄弟二人带了一套当

时他们说有批语的祖传《红楼梦》给俞先生。但是，我并没有因此就说，这套书就一定是《靖本石头记》，而只是分析它有可能是《靖本石头记》。

对于此事牵涉到俞平伯，严中是这样解释的：

> 既然有人提出了《靖本》下落问题，而且涉及到俞先生，我认为不论是否，把它讲出来比不讲出来好。是书如果确在俞老手中，我们只希望他能拿出来影印出版供大家研究，就是幸甚。人们是会感谢他的。如果是书确实不在俞老手中，他看了我的调查内容，尽管出来否定（俞平伯先生的外孙韦奈先生于今年一月号本刊的文章已明确否定俞老收藏《靖本石头记》的说法，编者按）。这样，也可以澄清对他的一种舆论，我看这对俞老并没有什么不好。

在文章的附记中，他又提出：

> 其实俞老自己表个态，说"靖本"在他手，还是不在他手，也就够了。我们会相信俞老的话的，因为俞老是会考虑他的话"一言九鼎"，是会经得起历史的检验的。

只要对俞平伯的性格和为人有所了解的话，就会知道，他是不可能按严中的这一要求出来表态的，何况此前其外孙韦奈已撰文明确进行否认。

1986年11月16日，《文汇报》发表署名郑重的《京华无梦说红楼——访"新红学派"的开拓者俞平伯》一文，披露了俞平伯对此事的反应及旁观者的看法。据该文介绍：

> 谈到这件事，红学界的人及俞平伯的家人都是很气愤的。这时他自己却淡淡地，"对这种人不要理他算了"。是的，他是有资格把这件事情看得淡淡的。

该文作者郑重亲自到俞家进行访问，他的这一记述应该是可信的。郑重本人对此事是这样来看的：

> 二十年后的今天，却有人撰文重提此事，又认为可能是俞平伯藏匿起来，这是否在欺负他没有还手之力呢？即使俞平伯不还手，但是"靖

本"的藏主还在，不应该无视这活的历史证人吧。

因事情涉及陈家兄弟，后来陈幕洲、陈慕劢兄弟又写了一篇题目为《千里捎书到京华——为靖应鹍捎〈红楼梦〉给俞平伯的始末》一文，刊发于香港《明报月刊》1988 年 7 月号。在该文中，陈氏兄弟介绍了当年带书给俞平伯的经过，并得出结论：

> 我们替靖应鹍捎给俞平伯先生的书，是一部《红楼梦》。……我们可以断言，它既不是胡适所藏的《甲戌本石头记》的影印本，也不是中华书局 1963 年 1 月影印出版的《乾隆抄百廿回红楼梦稿》。
>
> 尽管如此，我们并不能肯定我们受靖应鹍先生之托带给俞平伯先生的书就一定是红学界所关注的《靖本石头记》，因为我们当时毕竟没有打开来翻阅过。

当时"没有打开来翻阅过"，却能断言不是甲戌本，也不是 120 回的《红楼梦稿》。显然陈氏兄弟此话的效力远不如看过此书的毛国瑶。

事情基本上到此为止。据笔者掌握的资料，此后，几位当事人都没有再专门撰文进行辩驳。后来周汝昌在为严中《红楼丛话》一书所写的序言中，认为严中"翔实确凿的论证，义正词严的驳斥论争，终使某些人哑口无言"。

从当时几位当事人的辩驳文章来看，严中的文章还没有达到这个效果，比如无论是周汝昌还是严中，都没有对韦奈的文章进行正面回应。

1993 年，《文教资料》第 6 期刊载严中的《俞平伯与周汝昌》一文，专门探讨俞、周两人的关系，其中又谈到了此事，并作了这样的说明：

> 所谓"靖本"可能带给了俞平伯之说，纯属"偶然性"的"发现"，根本谈不上是什么"项庄舞剑，意在沛公"——针对俞平伯的。

周汝昌在为严中《红楼丛话》一书所写的序言中，对严中当年进行的调查是这样评价的：

> 主动为这部抄本的来龙去脉，作出了慎密周至的调查，证明了事实的真实经历，与所称"迷失"颇有出入。

今天重新审视这一公案，就会发现，严中的调查还称不上"慎密周至"，比如他没有调查俞平伯本人，而不调查俞平伯本人，就说靖本可能在他手里，这显然是不妥当的。

周汝昌在此基础上，也不和俞平伯联系询问，就直接发表文章向其喊话，让人家交出靖本，难怪俞家人很气愤。

再者，陈氏兄弟当时带书时并没有翻阅过，因此，他们的话带有很大的猜测成分，可信度不高，而毛国瑶则是看过此书的人，而且还有俞平伯当年的明信片为证，他的话自然可信度要高。

再说，他还保存着很多俞平伯的书信，仔细翻阅，是不难解决这一问题的。至于靖家，虽然说法前后有所变化，但其否定书为靖本则是一致的。

在没有调查俞平伯本人，毛国瑶、靖家又坚决否认的情况下，只采信没有翻阅过该书的陈氏兄弟的言辞，从逻辑上来说，是无法得出书可能在俞平伯手里的结论。退一步说，即使有这种可能，那也是微乎其微的。

在这种可能性极小的情况下，周汝昌撰文向俞平伯喊话，让其交出靖本，只会对俞平伯造成伤害。加上两人此前有些误解和过节，在此情况下，周汝昌更不应该写那篇文章。

在《〈靖本石头记〉佚失之谜》一文后的又记中，周汝昌还作了这样的交代：

> 我撰此文，只为有人居心搅乱学术研究，使不明真相者是非莫辨，而偷贩私伪之计。对于某先生，毫无他意，并向中央打过报告，陈明原委，曾言我们不宜再伤害他的声誉了。但某先生之亲属不谅，却在港刊声言要与我"打官司"云云。此点特加说明。

这段话相当难解，周汝昌说他写此文，"只为有人居心搅乱学术研究"，但从他的文章中却看不到这种情况。同时，也不知道他为什么要向中央打报告，中央是个笼统的说法，不知道到底是哪个部门？

既然向中央打报告，不如建议让中央派人调查此事，岂不比个人写文章要好得多。既然说"不宜再伤害他的声誉"，为什么又要公开写文章向俞平伯喊话呢？私下交流岂不是更好？所有这些，着实有些难以理解。

对事情真相的初步考察

在 1986 年的靖本风波中,当事者之间虽然争吵得很激烈,但并没有将这个问题说得很明白,相信还会有不少读者关心此事。这里结合俞平伯当年写给毛国瑶的 63 封信,对这一问题进行初步的考察。

从俞平伯写给毛国瑶的书信来看,当年陈家兄弟带到北京的是什么书有很明确的记述。1964 年 7 月 18 日,俞平伯在书信中说:

> 您要看"甲戌本"("戊"当作"戌"——笔者注),迟日当寄奉,又百二十回《红楼梦稿》,书品极笨重,不便寄递,您如来京,亦可借阅。

可见,毛国瑶向俞平伯不仅借了甲戌本,还借了《红楼梦稿》,而且这个《红楼梦稿》是 120 回本,极笨重,不便邮寄。由于毛国瑶曾告知"今秋有来京之说",所以他希望毛国瑶能亲自到北京来取,话说得很明确。

到了 7 月 23 日,甲戌本已经寄出,俞平伯这一天专门写信告知:

> 前昨寄奉拙作抽印本及中华影印之"甲戌本"("戊"当作"戌"——笔者注),想必次第收察,仍希是正。

可见俞平伯借给毛国瑶的是中华书局上海编辑所 1962 年的影印本,这是个线装本,共 4 册。在 7 月 31 日和 8 月 11 日、8 月 17 日、9 月 14 日的书信中,俞平伯多次提到这个甲戌本。其中 7 月 31 日的信中写道:

> 又"甲戌本"("戊"当作"戌"——笔者注)我不等用,仅可留在您处,从容阅览。如秋间来京,携来最好,以免寄递之烦。

在 8 月 11 日的书信中,俞平伯写道:

> 靖氏父子拟抄"甲戌本"("戊"当作"戌"——笔者注)来函相询可否,我当然同意。不过抄写颇费功夫,此本既已印行,抄写用处不大。您劝阻的办法我很赞同,不知他们是否已打销("销"当作"消"——笔者注)此意。

8 月 17 日的书信:

靖氏父子要抄"甲戌本"（"戌"当作"戌"——笔者注），我当然同意。此书请您于来京时携归即可，决不忙在一时。

到 9 月 14 日，俞平伯已收到毛国瑶或靖氏父子寄回的甲戌本影印本：

"甲戌本"（"戌"当作"戌"——笔者注）《石头记》已收到。

可见毛国瑶借到甲戌本影印本后，靖氏父子想抄录一部，俞平伯虽然同意，但认为该书已印行，抄写既费力，且意义不大。不过靖氏父子还是抄录了一部。这可以从靖宽荣、王惠萍的《答周汝昌〈靖本石头记佚失之谜〉》一文中得到印证：

至于说靖宽荣记错为《甲戌本》，是因为我们和毛国瑶先生曾据俞平伯先生的《甲戌本》各抄了一部，这两部《甲戌本》至今仍在我们家中。由于对此书印象较深，所以马上就会想到，脱口而出。

两相印证，这段话是可信的，毕竟时间已经经过去了近 20 年，靖氏父子也不是红学专家，而且当时确实往北京寄还过甲戌本影印本，日后回忆出现差错，也很正常。

不过即使回忆出现差错，对陈氏兄弟带到北京的到底是借人家的书还是自己家的书，应该不会记错。因为当时靖氏父子已经知道自己家所藏《红楼梦》的重要价值，送没送给俞平伯，印象肯定十分深刻。可见，靖家的话还是可信的。

从俞平伯的书信来看，1964 年秋，毛国瑶曾打算"偕靖君来京"，原来准备 10 月 30 日到，后来似乎又改变了主意，这可以从俞平伯 1964 年 10 月 30 日的书信中看出来：

知文驾缓行，为恨。俟明岁春和来游亦善。

过了不久，大概在 11 月上旬，毛国瑶又去了北京，见到了俞平伯，借走了《红楼梦稿》，这在俞平伯 11 月 20 日的书信中有记述：

携去之书均不忙还我，我如需要，自当函索。《红楼梦稿》甚重，寄递恐不便，是否可俟妥便带来。我若要用，亦在明春也。

从"均"字可见，毛国瑶借阅的不止《红楼梦稿》，当还有其他书。另外，毛国瑶借走的确实是120回的《红楼梦稿》，从俞平伯7月18日的书信来看，这个《红楼梦稿》不可能作其他理解，如果理解成靖本的话，就很离奇了，因为这就意味着毛国瑶到俞平伯家去借阅靖本。如果是这样，说明在1964年11月之前，靖本就已经到了俞平伯手里，那么靖本此前是如何到了俞平伯手里呢？这根本不可能，也没有任何根据。事情实际上很简单，毛国瑶向俞平伯借了一部120回《红楼梦稿》。

到了1965年1月25日，俞平伯因研究需要，写信让毛国瑶寄还《红楼梦稿》：

> 您前者携去之《红楼梦稿》盼于明年新年正寄回。又其他小书两种，拟即以奉赠，希哂纳，不须寄还也。

1965年2月6日，陈氏兄弟将《红楼梦稿》带到北京，当天下午俞平伯就写信告知毛国瑶：

> 今日上午得陈同志自车站来电话，带来《红楼梦稿》，同日下午由小女成前往洽取，已收到矣。此书颇重，约有十斤，捎致颇属不易也。知念奉闻。有一收据已付陈君。

捎书的事情到此为止。将俞平伯的书信前后连贯来看，陈氏兄弟带到北京的只能是120回的《红楼梦稿》，事实非常清楚，没有什么疑点。

如果要怀疑是靖本的话，就必须回答这样的问题：1964年11月，毛国瑶从俞平伯那里借的到底是什么书？如果是靖本，毛国瑶早在1964年3月就已经明确告诉俞平伯，"旧抄本《红楼梦》遍觅不得"。既然书已经遍觅不得，俞平伯又如何能得到靖本？

如果毛国瑶借到的是120回《红楼梦稿》的话，那么，毛国瑶为什么要借一部《红楼梦稿》，还一部靖本？书是靖家的，毛国瑶有这种权力吗？如果陈氏兄弟带给俞平伯的是靖本，那毛国瑶借走的120回《红楼梦稿》归还了没有？如果真是一部靖本的话，如此贵重的礼物，俞平伯1965年2月6日的书信中怎么连句感谢的话都不说？

显然，怀疑《红楼梦稿》是靖本者是没法回答这些问题的，因为他们的前提是错误的。至于在书的重量上做文章，更是大可不必，当时无论是靖家还是陈氏兄弟都没有去称书的重量，陈氏兄弟只是凭感觉，俞平伯凭的也是感觉，对重量的估测，别说是并不经常用秤的陈氏兄弟和俞平伯，即使是经常做生意的商贩，也不见得估计的就准。因此出现较大的误差是很正常的。验证这件事并不难，找来一样东西，让不同的人估计重量，看看和实际重量的差别就知道了。

　　另外还有一个十分过硬的证据，能证明当时陈氏兄弟带给俞平伯的确实不是靖本，那就是俞平伯后来曾写信询问毛国瑶靖本的下落。1973年10月20日，俞平伯致信毛国瑶，想验证一件传闻：

　　　　近来南京未知有抄本《石头记》发现否？又闻靖应鹍本在北京发现，却未知在何所，足下有所闻乎？希惠示一二。

　　如果靖本在俞平伯手里，他何以会如此发问？要知道当年是毛国瑶托靖应鹍带书到北京的，对内情十分熟悉。

　　10月27日，俞平伯写信告诉毛国瑶这一传闻的情况：

　　　　靖本下落终不甚明，据说已在北京了，亦不知然否。我久不问这类事了，只听了文学所同人谈说而已，您他日如晤应鹍，当可知其确讯也。

　　可见俞平伯也很关心靖本的下落。1973年12月24日，他给毛国瑶写信，又询问此事：

　　　　靖本究竟有否？如能发现，可免许多疑惑。

　　似乎俞平伯对靖本是否真存在过产生了一些怀疑。这就更能证明俞平伯根本就没见过靖本，更没有可能进行藏匿。除非证明上述书信是伪造的，否则，对这件事可以做出一个明确的结论，那就是当年陈氏兄弟带给俞平伯的是120回《红楼梦稿》，靖本的可能性基本不存在。如果再将毛国瑶致俞平伯书信及俞平伯与靖家人的往来通信全部公布的话，事情可以弄得更清楚。

　　据魏绍昌在《〈红楼梦〉之谜两问》一文中介绍：

1964 年 6 月俞平伯写过一篇《记毛国瑶所见靖应鹍藏本红楼梦》的文章，计三万字，原拟在《文史》季刊上发表，后因"文革"停刊，稿子也丢失了，幸喜毛国瑶曾录下副本，如今他拟将此文连同俞平伯当初写给他的六十四封信，还有周汝昌写给他的二十四封信、吴恩裕写给他的十六封信、吴世昌写给他的十八封信，一起汇编成册出版，以飨关心靖本的读者，可惜迟迟未能如愿。

直到目前为止，除了俞平伯写给毛国瑶的书信外，其他人的书信仍未公开刊布，否则对靖本的有关问题可以有更为全面、深入的认识。

如果当年严中能将调查进行得更慎密周至一些的话，是可以避免这场给多人带来不愉快的风波的。事情又已经过去了 30 多年，如今回过头再来看这件事，不免有些感慨。可见无论是做人还是做学问，都需要慎重、慎重、再慎重。

尾 声

靖本风波发生在 1986 年，就在这一年的 1 月 20 日，中国社会科学院文学研究所举行俞平伯从事学术活动六十五周年庆祝会。在会上，中国社会科学院院长胡绳作了重要发言，为俞平伯在 1954 年受到的不公正待遇平反。俞平伯也在会上宣读了两篇近作。

据严中《俞平伯与周汝昌》一文的附记介绍，周汝昌曾告诉他：

> 文学研究所召开庆祝俞平伯先生从事学术活动 65 周年会议时，周热情到会，并书面祝贺，还携有他人托代致的诗，亲手交给俞平伯先生。会后，满怀激情地写了《满庭芳》词纪念此会，寄予俞之高足吴小如（周之学友），吴为书家，用正楷书写此词，作为共同纪念的珍贵痕影。

对于此事，吴小如在《读严中〈俞平伯与周汝昌〉书后》一文中是这样记述的：

> 周汝昌先生在文研所召开的为俞平老平反的会后确写了《满庭芳》词，我记忆所及已发表在当时的《团结报》上。

1990 年 10 月 15 日中午，俞平伯在其寓所逝世。

2005 年 8 月，周汝昌在漓江出版社出版《我与胡适先生》一书，在该书中，他对自己和俞平伯的交往情况进行回顾，并赋诗曰：

> 以正为误岂堪师，嘲讽"华宗"也称奇。
>
> 三生素昧何恩怨，恐是胸怀别有思。

青史凭谁定是非

从学术史角度对 1954 年批判
俞平伯运动的重新考察

　　1954 年 10 月开始的那场狂风暴雨般的粗暴批判对本分、善良、讲究生活情调的俞平伯来说是一场无可逃避的梦魇，这话听起来颇有些宿命色彩，但在近半个世纪后将各种资料汇总在一起细细想来，一切皆在情理之中，可谓命中注定，只不过时间到来的迟早问题。

　　长时段的历史回望可以在种种喧闹表象的背后发现一些带有规律性的东西，但这些规律却是用高贵的生命和无助的血泪写成的。没有发现规律后的惊喜，反倒让人由此生出许多难言的沉重和苍凉来。历史是永远不能假设和改写的，它的冷面和残酷往往使人在感叹、涕泣之余，生出一丝人生无常的虚幻感。

　　由毛泽东亲自发起的对俞平伯的批判运动是新中国成立后学术文化领域的一个标志性事件，它是当时各种社会文化因素作用和影响的结果，有其深刻的社会根源。这一事件对其后 20 多年间的《红楼梦》研究乃至各个学科领域的研究均产生了十分深远的影响，不少研究者的命运由此而发生改变。

新中国成立初期忙碌、高产的俞平伯

1949 年是 20 世纪中国历史的一个重大转折点，对俞平伯本人而言，它意味着一种全新生活的开始。他是以期待和欣喜的心情来迎接这场历史巨变的，积极参加各类社会活动，比如参与北京各大学教授发起的全面和平宣言；不断地出席各种会议、座谈会，如中共领导对文教界人士的宴请、华北人民政府文化艺术工作者委员会和华北文艺界协会召开的座谈会、中华全国文学艺术工作者代表大会、北京市文学艺术工作者代表大会、全国人民代表大会等；担任各类新机构的职务，如北京大学校务委员会委员、中华全国文学艺术界联合会全国委员会委员、中华全国文学工作者协会全国委员会常务委员、中国作家协会理事、九三学社宣传委员会委员暨北京市分社理事等。

1953 年，俞平伯从北京大学调到中国社会科学院文学研究所古典文学研究室，专门从事学术研究工作。

新中国成立之初，百废待兴、蒸蒸日上的崭新气象深深地感染了俞平伯，这也在一定程度上影响到其《红楼梦》研究。

1949 年至 1954 年 10 月之前，在新中国诞生的大背景下，随着大大小小新型文化学术机构的产生、各级各类会议的召开，加上全国范围内高校系统院系间的大调整，诸事繁杂，千头万绪，大多研究者还没有真正安定下来，他们忙于参加各种社会文化活动，无暇撰写学术论文，《红楼梦》的研究较之先前反倒显得有些冷清。

据顾平旦主编的《〈红楼梦〉研究论文资料索引》(1874—1982)一书的相关资料统计，将1946年至1953年间国内报刊发表红学论文的数量情况列表显示如下：

年份	1946	1947	1948	1949	1950	1951	1952	1953
论文数	34	87	59	7	33	21	5	10

自1923年《红楼梦辨》出版之后，俞平伯的红学观点经不断修正和调整，已比较成熟，其间他还产生了很多新的想法，并零星地发表了一些红学文章，只不过不像《红楼梦辨》那么系统集中，因为他将更多的时间和精力放在词曲的研究上。

1949年标志着俞平伯学术研究第二个黄金时期的到来，短短几年间，俞平伯在各类报刊上频频发表论文、著述。

从这一年到1954年10月，俞平伯出版了一部专著《红楼梦研究》，在《文汇报》、《人民文学》、《光明日报》、《新民报晚刊》、《北京日报》、《大公报》、《东北文学》、《新建设》、《人民中国》等知名报刊发表红学文章15篇，其中刊于香港《大公报》和上海《新民报晚刊》的《读红楼梦随笔》是一个系列，包括近40篇红学文章。1953年，他还受邀到中国人民大学办了一场名为《红楼梦的现实性》的讲座。后来出版的《脂砚斋红楼梦辑评》和《红楼梦八十回校本》等著作也主要完成于这一时期。

俞平伯的活跃之举在新中国成立之初较为冷清的红学界自然是显得十分醒目，也很容易受到社会各个阶层的关注，何况他本来就是一位有着较大声望和影响的红学家。平心而论，在胡适缺席的大陆红学界，当时能和他名声相当者寥寥无几。

在1954年10月之前，其红学著述有着良好的社会反响，他的《红楼梦研究》1952年9月由棠棣出版社出版，到1953年11月，仅仅一年多一点的时间内就重印了6次，总印数高达2万5千册。这在当时是一个畅销书的印数。

俞平伯的红学论文发表时，天津《大公报》、上海《文汇报》、《东北文学》等报刊还特意加了编者按，郑重推荐。在文艺界有着较大影响的《文艺报》专门刊发署名静之的书评推介《红楼梦研究》，称赞该书：

> 做了细密的考证、校勘，扫除了过去"红学"的一切梦呓，这是很大的功绩。其他有价值的考证和研究也还有不少。

香港《大公报》也在 1954 年 6 月 24 日刊发署名沈烽的文章《俞平伯与红楼梦》，对俞平伯的红楼梦研究成果进行评介。仅此一端，不难看出俞平伯在新中国成立之初红学界的声望和影响。

俞平伯这批新发表的著述以《红楼梦研究》、《读红楼梦随笔》和《红楼梦简论》最有分量，也最具代表性，从中可以看出俞平伯学术思想的一些新变化，这里稍作介绍。

在这些著述中，俞平伯充分吸收了学界的研究成果，根据个人的心得体会，修正了原先著述中的一些错误，《红楼梦研究》一书的出版标志着他对自传说的修正已经完成，对小说的写实和虚构问题有了较为客观合理的看法，虽然人们还将其视作新红学的代表人物，但此时他的红学观点已经与胡适、周汝昌等人有了较大的不同。这可以从《红楼梦研究》、《红楼梦辨》二书的对比中看出来。

《红楼梦研究》是在《红楼梦辨》一书的基础上增删修改而成，其中有些观点没有大的改变，比如对《红楼梦》创作心态和全书风格的体认、对后四十回续书依据的梳理、对后四十回的整体评价、对戚本程本高下的比较等，基本上延续了其原先的立场。同时又视情况对原书做了不少修改和调整，改动的部分超过原书的三分之一。

这主要体现在两个方面：

一是依据新发现的红学文献修正原先的错误看法。比如他原先以为戚序本批注中所透露的八十回后的情节不过是一种《红楼梦》续书的内容，甲戌本和庚辰本的相继发现则证明：

> 戚本底评注也是"脂评"，所谓佚本乃是曹雪芹未完而迷失了的残稿，这可说是"意表之外"的喜悦了。

据此，俞平伯重新改写了《后三十回的红楼梦》一节。也正是为此，他将《辨原本回目只有八十》一节的标题改为《辨后四十回底回目非原有》。书中不少内容也根据新的红学文献进行了相应的修正，尤其是《八十回后的红楼梦》、《论秦可卿之死》等节。

观点的修正之外，又根据新的红学文献增写了《前八十回红楼梦原稿残缺的情形》、《红楼梦第一回校勘的一些材料》等节。

二是观念的修正，其中最为引人注目的是其对自传说的修正，他在《红楼梦研究》自序中指出：

> 《红楼梦》至多是自传性质的小说，不能把它径作为作者的传记行状看啊。

本着这一原则，他对原书中将自传说讲得较为极端、僵化的部分进行修改，比如删去原书《红楼梦年表》一节，原书中"我们有一个最主要的观念，《红楼梦》是作者底自传"，"《红楼梦》底目的是自传"等语句也被删去。

在《红楼梦的著作年代》一文中，俞平伯对自传说讲的更明白：

> 把《红楼梦》当作灯虎儿猜，固不对，但把它当作历史看，又何尝对呢。书中云云自不免借个人的经历、实事做根据，非完全架空之谈；不过若用这"胶刻"的方法来求它，便是另一种的附会，跟索隐派在伯仲之间了。

俞平伯对《红楼梦》的整体评价也有所改变，《红楼梦辨》中卷《红楼梦底风格》一节原有一段文字评价《红楼梦》在世界文学中的地位：

> 平心看来，《红楼梦》在世界文学中底位置是不很高的。这一类小说，和一切中国底文学——诗、词、曲，在一个平面上。……《红楼梦》

并非尽善尽美无可非议的书。

到《红楼梦研究》一书中，这一段内容被全部删去了。

对《红楼梦》所写地点问题，原来并未给出明确的结论，到《红楼梦研究》一书中，俞平伯有了新的认识：

> 我底结论：《红楼梦》所记的事应当在北京，却参杂了许多回忆想象的成分，所以有很多江南底风光。

原书的附录基本删去。此外，该书还删去了不少议论发挥之辞，经过一番整饬后，全书显得更为精练。

耐人寻味的是，《红楼梦辨》一书中有关胡适的内容也已被全部删去，此时大规模的批判胡适运动虽尚未展开，不过俞平伯显然已经认识到胡适属于哪个政治阵营以及这个问题的敏感性和严重性。但这不过是权宜之计，因为删去胡适的名字并不等于删去他与胡适之间曾经有过的密切交往，俞平伯自然想象不到这段曾经传为佳话的历史日后将会给他带来多少坎坷和磨难。

如果说《红楼梦研究》是俞平伯对旧日成果的修正和调整，那么《读红楼梦随笔》则代表着其红学研究的最新进展。这些文章是作者在进行《红楼梦》版本校勘过程中写成的札记，依然保持着考论结合的风格，大处着眼，小处入手，写得生趣盎然，具有较高的学术价值和较强的可读性。

其中对《红楼梦》与前代文学传承关系的挖掘、对《红楼梦》回目的探讨、对书中人物及故事细节的考辨可谓独具眼光。同时还对郑振铎藏旧钞《红楼梦》残本、吴晓铃藏旧钞《红楼梦》残本、曹雪芹画像、嘉庆刻本《红楼梦》评语等一些鲜为人知的红学文献进行了细心的梳理辨析，为红学研究提供了十分重要的学术信息。

从俞平伯在这一时期所发表的红学文章如《红楼梦简论》、《我们怎样读红楼梦》、《红楼梦的思想性与艺术性》、《红楼梦评介》等还可以看出，他在努力尝试用当时流行的马克思主义理论来研究《红楼梦》。

虽然这些文章多系其学术助手王佩璋所写，但经过他的删改润色和认可，并以他的名字发表，后来被收入《俞平伯论红楼梦》一书，显然这些文章可以代表他当时的红学见解，尽管它们在研究思路、行文风格、遣词造句方面与其以往的文章有着明显的差别。这些文章中的一些观点，严格说来与日后李希凡、蓝翎批判俞平伯的文章观点比较接近，比如对《红楼梦》思想主旨的认识：

> 它所描写的纷华靡丽的生活是建筑在残酷的剥削上。
>
> 它在另一方面着重描写出的封建大家庭的种种罪恶。
>
> 原来它里面写的是——封建大家庭的罪恶与婚姻不自由。
>
> 作者在这里提出了封建社会的基本问题——土地问题，和一系列的宗法问题、奴隶问题、家族问题……

在《我们怎样读〈红楼梦〉》一文中，俞平伯又提出：

> 它是以一个爱情悲剧为线索来写出一个封建大家庭的由盛而衰的经过的，从而真实的刻画了封建家庭、封建制度的黑暗和罪恶，成为反映封建社会的一面最忠实的镜子，成为中国古典文学中现实主义的巨著。

在《红楼梦的思想性与艺术性》一文中，他更是表明态度：

> 我们读古典文艺作品的时候就必须遵照毛主席的话，接受其精华，扬弃其糟粕，决不能毫无批判的去接受的。

不光是要"遵照毛主席的话"，有些文章中还颇为时髦地引用了恩格斯的话。令人遗憾的是，这些带有鲜明时代色彩的文章却没有怎么引起人们注意，学界更关注的是其《红楼梦研究》一书和《读红楼梦随笔》、《红楼梦简论》等文章。

平心而论，这种社会历史角度的研究并非俞平伯的长项，当时其他研究者也多有类似的观点和做法。不过从文章带有明显时代色彩的话语中，可以看到俞平伯为跟上时代所做的努力，他的真诚是无可怀疑的。

两个小人物的发难

··

不过，努力跟上时代只是俞平伯个人主观、善良的意图和愿望，当时大多数知识分子也都在进行这种尝试。但事实证明这是徒劳的，其教训也是极为惨痛的，因为他们的身份和阅历就决定了其只能成为被改造和被批判的对象，连当时文化学术部门的主政者及党员自身尚有来自解放区和来自国统区的区分，何况他们这些被目为资产阶级知识分子的党外人士。这正如陈晋在《文人毛泽东》一书中所概括的：

> 从大方向来说，经受过延安整风洗礼的文化人，无疑是更符合毛泽东文化建设思路的基本力量，从而具有更多的心理优势。随后出现的文化战线的"三大战役"（有人说是三大"公案"），批《武训传》、批"《红楼梦》研究"及冯雪峰、批胡风的结果，触动的都是国统区的文化人。到1957年反右以后，执掌文坛的就基本上是来自解放区的文化人，和在国统区文化界工作的党内文化要员了。

俞平伯他们尽管在文章中使用一些时髦流行的词语，但其基本思路、行文方式与主流的思想和文风还是存在着相当大的差异，毕竟他们没有受过像延安整风那样统一思想性质的训练。可以说，即使没有李希凡、蓝翎这两位年轻人来打头阵，率先发难，依当时的政治形势，肯定也会有别人来做这件事，这只是个时间迟早的问题。

李希凡、蓝翎对俞平伯的批判如果仅仅局限于学术研究领域，应该说还是有些意义的，而且这样的探讨也有其必要性。

但令人遗憾的是，本该属于学术争鸣的东西被政治领袖利用为政治工具，一下升级为意识形态领域的尖锐斗争，结果反而构成对学术研究的一种严重摧残和伤害。因此对这一问题就不能仅仅从学术史的角度来观照，必须考虑当时的政治形势与文化背景。

从红学研究自身发展演进的角度看，尽管以胡适、俞平伯等人为代表的新红学战胜了以王梦阮、蔡元培为代表的旧红学，将红学研究纳入现代学术的轨道，但必须看到，由于个人研究兴趣及特殊的历史际遇，新红学的研究多体现为实证研究，过分集中在《红楼梦》的作者、家世、版本等方面，对红楼梦文化艺术层面的东西关注不够，尽管俞平伯先生进行过修正和调整，尽管新红学之外也有其他类型的红学研究，但皆未能改变新红学一枝独秀的研究格局。而学术研究从来都应该是开放的、多元的。因此，从这个角度来说，引入其他角度的研究，打破新红学独霸红学研究的格局，确实有其积极意义在。

但这种打破必须以学术争鸣的方式进行，所预期的结果应该是各家并存的红火局面，而不能是你死我活的火并，或以学术外的政治手段取得。

不幸的是，政治权力的粗暴参与使这种本来很有意义的学术争鸣无法进行，其学术史上的意义也随之大打折扣。借用余英时在《近代红学的发展与红学革命》一文中的话说，这本来应该是个颠覆旧典范、创建新典范的学术良机，可是人为的政治干预蛮横地改变了学术演进的自然过程：

> 在摧破"自传说"方面，"斗争论"是有其积极意义的。但"斗争论"虽可称之为革命的红学，却不能构成红学的革命。

李希凡、蓝翎在红学界的出现并非偶然，依当时中国的政治形势，用马克思主义理论来研究《红楼梦》注定要成为红学研究的主流，这种主流地位的取得与当年胡适开创新红学时颇有相似之处，那就是先要推翻先前的红学研究，破而后立，因此与新红学的交锋也就是顺理成章的事了。

由于胡适的缺席，俞平伯就无可避免地成为批评的靶子。而且论争的发起者也只能是这两位涉世不深的年轻人，因为他们接受新生事物快，正如蓝翎在《四十年间半部书》一文中所说的：

> 我们正是接受共产党教育的马克思主义科班出身。我入学后，上级领导组织学习的第一篇文章是《论忠诚老实》，让学员"抖包袱"，写自传，把在旧社会的经历毫无隐瞒地向组织上交代，以便轻装前进，接受新事物。

年轻人没有历史包袱和复杂的人际关系，因而也就没有顾忌，而那些老一代的红学研究者大多曾受过胡适的影响，对马克思主义的理论了解不多，他们的认识水平与俞平伯差不多，看不出俞平伯研究的错误所在，加上很多人当时正忙于其他事务，也就不可能写出批判俞平伯的文章。

1954 年政协会议上，
毛主席与李希凡

李希凡，1927 年生。1953 年毕业于山东大学中文系，当时是中国人民大学教师研究班哲学班研究生。蓝翎，本名杨建中，1931 年生，在山东大学中文系学习时与李希凡为同班同学，当时在北京师范大学附属工农速成中学任教师。

1954 年春天，这两位 20 多岁的年轻人因不同意俞平伯的红学观点，合作撰写《关于〈红楼梦简论〉及其他》一文。文章写好后，因李希凡是《文艺报》的通讯员，所以就想到给编辑部写信，询问能不能用。

《文艺报》是中国文联的机关报，由中国作家协会管理，当时的主编是冯雪峰。据李希凡本人在《毛泽东与〈红楼梦〉》一文所述，他只是写了一封信，并没有正式投稿。由于《文艺报》没有回音，他们就把这篇文章寄给《文史哲》杂志，结果得以在该刊 1954 年第 9 期刊出。

1954 年暑假，两人感觉言犹未尽，又合作撰写了《评〈红楼梦研究〉》一文，投寄给《光明日报》"文学遗产"专刊。当时"文学遗产"专刊的主编是陈翔鹤。其后两人又合作撰写了一系列红学论文。

李希凡、蓝翎批判俞平伯的文章以《关于〈红楼梦简论〉及其他》、《评〈红楼梦研究〉》两文最具代表性，其主要红学观点基本体现在这两篇文章中，这里也主要依据这两篇文章来评析两人的红学观点。

这里从破和立两个方面来谈。

先说破的方面，大体说来，李希凡、蓝翎二人主要从《红楼梦》的创作意旨、倾向性、人物形象、艺术手法、《红楼梦》的传统性等方面对俞平伯的《红楼梦研究》和《红楼梦简论》进行了批判。他们认为俞平伯在思想上，"离开了现实主义的批评原则，离开了明确的阶级观点"，"是以反现实主义的唯心论的观点分析和批评了《红楼梦》"；在人物形象分析上，"是对现实主义文学形象的曲解"；在艺术手法的把握上，其"所理解的《红楼梦》的艺术方法，也就是记录事实的自然主义写生的方法"；在《红楼梦》的传统性方面，"并不了解什么是文学传统性的内容"；在研究方法上，"继承和发展了旧红学家们形式主义的考证方法，把考证方法运用到艺术形象的分析上来了"，"用它代替了文艺批评的原则，其结果，就是在反现实主义和形式主义的泥潭中愈陷愈深"。

再说立的方面。两人认为"要正确地评价《红楼梦》的现实意义，不能单纯地从书中所表现出的作者世界观的落后因素，以及他对某些问题的态度来作片面的论断，而应该从作者所表现的艺术形象的真实性的深度"来探讨作品创作主旨和倾向性问题，"曹雪芹之所以伟大，就在于现实主义的创作战胜了他世界观中的落后因素"；贾宝玉、林黛玉和薛宝钗分别为正面典型和反面典型，"从文学形象内涵的意义来讲，这是两个对立的形象"；"文学的传统性意味着人民性的继承与发挥，现实主义创作方法的继承与发扬，民族风格的继承、革新与创造"；"《红楼梦》在中国文学史上，是古典文学现实主义的一个高峰"，"所反映的是典型的社会的人的悲剧"。

大体说来，李希凡、蓝翎与俞平伯并未形成全面的交锋。比如《红楼梦》的作者、版本等考证问题，李、蓝二人基本上没有涉及，他们虽然批评胡适、俞平伯的红学研究，但实际上又是以新红学的考证成果作为立论基础的，而这恰恰是俞平伯的主要成就之一。在研究方法上，到底是采用马克思主义的理论还是采取考论结合的方式，这也是仁者见仁的问题，不可强求。

双方能形成交锋的主要集中在如下一些方面：

一是如何探求作品的意蕴和倾向，俞平伯注重作者的主观意图，而李、蓝二人则强调作品本身的表达效果；

二是对人物的评价，俞平伯主张钗黛合一，两者兼美，而李、蓝二人则强调两人的对立；

三是对文学传统性的认识，俞平伯注重文学发展的实际，李、蓝二人则只强调其中的人民性、现实主义创作等因素。

相比之下，李、蓝二人的论述较之俞平伯更富理论色彩，他们将一些问题上升到理论高度，可以促使人们进行深入、明确的思考，而且从思想背景、社会文化内涵的挖掘入手，也不失为一种解读作品的角度。但其缺陷也是很明显的，这主要表现为如下两个方面：

其一是在套用理论时，对作品自身的特性注意不够，牵强附会之处不少，给人以用具体作品机械图解理论的感觉，其结论除了《红楼梦》，套用在其他古代小说作品上也似无不可，显然这种探讨未能顾及作品自身及古代文学的特殊性。

比如在讲《红楼梦》的创作背景时，对资本主义萌芽强调过甚，对作者的思想意蕴及贾宝玉、林黛玉的评价人为拔高；再如"现实主义"、"自然主义"、"人民性"等文学术语皆系舶来品，有其产生、运用的社会文化背景和范围，在应用到中国古代小说的分析中时，要进行特别的界定与变通，不能随便拿来不加解释地套用。

其二是霸权话语的运用。两人的论述中经常使用一种居高临下的审判语气，对不同观点、方法的学术研究苛求过多，缺少宽容精神，比如在文章中动辄称俞平伯的研究是"反现实主义的唯心主义"、"纯粹的庸俗社会学的见解"、"主观的形式主义"、"显著的歪曲"、"新索隐派"等，动不动就扣帽子，应该说这是不够慎重的，要知道在当时这些词语带有明显的政治色彩和贬义色彩。三十多年后，就连李希凡本人也在《我和〈红楼梦〉》一文中承认：

> 这两篇文章，今天来看，是粗疏幼稚的，值不得文学史家们认真推敲。

这并非自谦之辞，从红学史的角度看，确实如此。

此外，还应该说明的是，李、蓝二位当时所见资料相当有限，在写《关于〈红楼梦简论〉及其他》、《评〈红楼梦研究〉》等文章时，他们对红学研究的发展演进过程并不了解。李希凡、蓝翎在1973年版《红楼梦评论集》一书《评〈红楼梦研究〉》一文的附记中对当时的写作情况曾有

这样的介绍:

> 当时手头材料很少,我们还没有看到过俞平伯的《红楼梦辨》,手边只有他的《红楼梦研究》《红楼梦简论》和别人文章中转引的胡适关于《红楼梦》的一些看法和材料。……等到批判胡适派主观唯心主义的斗争将要开展起来的时候,我们才有机会借到《红楼梦考证》和《红楼梦辨》。

如果按正常的学术要求,连《红楼梦辨》和《红楼梦考证》等基本文献都没有看过,是没有资格对俞平伯的红学研究及新红学进行评论的。也正是为此,李、蓝二人有很多说法不合历史事实,甚至曲解了俞平伯的观点。

比如俞平伯早在《红楼梦辨》出版后不久就已经撰文对自传说进行修正,对《红楼梦》的写实和虚构问题已经有了比较成熟的看法,但两人不顾这一事实(或许他们当时根本就不知道),仍说俞平伯对《红楼梦》写作手法的理解是记录事实的自然主义。

当然,两人当时还是学养有限、涉世未深的年轻人,而且在1957年版《红楼梦评论集》的后记中也承认自己是"业余的文艺爱好者",出现这类失误也是可以理解的。几十年后,李希凡在《"岂好辩哉? 予不得已也"》一文中戏称这些文章为"儿童团时代的文章"。不管怎样,他们在文章中的批评尽管语气显得不容置疑,但还属正常的学术讨论范畴。

韦君宜在《思痛录》一书中谈及她当时阅读李、蓝二人文章后的真实感受:

> 李希凡和蓝翎批评俞平伯的文章,我看见了。按我当时的"马列主义水平"来说,我不但是完全赞成的,而且也是完全讲得出、写得出来,那是极其平常的马列主义初学者对于一个老"红学家"的看法嘛! 我相信一般青年党员都会那么看……俞平伯的说法,那种烦琐的考证,完全不符我们当时的"马列主义"习惯,本是不言而喻的。可是,他的文章却颇给我们这些长期浸淫于自造的"马列主义"大潮中的人们一点新奇之感,至少可以娱耳目悦心性吧,害处也不会大。——说真格的,谁不会用那点简单的马列主义"批判"他? 我也会! ……我只觉得李、

蓝两位真是运气好。他们二位只是把这人人都能看到、人人都写得出的问题写了一下。……他两位年轻，不考虑这些因素，写篇文章一碰，一下子就成了名。真碰巧，运气好！

这也从一个侧面说明李、蓝二人的文章确实"是粗疏幼稚的，值不得文学史家们认真推敲"。1954年批判俞平伯运动虽然有其必然性，但由李、蓝二人点燃导火线，则有其偶然因素在。

按说学术问题本可通过学术讨论解决，不需要学术之外的政治、行政力量裁判，但事情并不以人的意志为转移，很快就起了巨大的变化，迅速升级，发展成全国规模的思想政治运动，这是两位年轻人乃至当时的学界诸人所万万想象不到的。

最高领袖毛泽东的介入

....

这场政治运动的直接策划者和发起者是毛泽东，此前他和夫人江青在一片对《武训传》和《清宫秘史》的叫好声中发起对这两部电影的批判，不过他对这些批判的效果并不满意。以正常的办事程序而言，像李希凡、蓝翎对俞平伯的批评，本属一般的学术问题，《文艺报》刊发或不刊发其文章，自有编辑自己的考虑和自由，正如时任中国作家协会副秘书长的张僖在《只言片语——中国作协前秘书长的回忆》一书中所说的：

> 按我们的想法，刊物发稿、退稿是常有的事情，即便退掉了一些好稿子也在所难免。但此事既然毛主席过问了，事情就重大了。

这也是当时很多人的正常想法。即使《文艺报》出现了什么问题，也可以由上级主管文化部门解决，毛泽东本人可以以个人身份表示关注，但根本不需要他运用国家领导人的权力越级出面过问和干预，何况连李希凡、蓝翎本人都没有觉得受压制、受歧视。李希凡在《毛泽东与〈红楼梦〉》一文中回忆当时的情景说：

可以说，我们的认识当时还没有到自觉的程度，没有感觉到《文艺报》压制我们，至于什么阶级、路线斗争问题，更不是我们当时所能认识到的。

在《"岂好辩哉？予不得已也"》一文中，他谈及自己对《文艺报》主编冯雪峰的印象：

冯雪峰同志在《文艺报》转载此文前接见我们时就曾说过："你们的文章有些地方还粗糙，没写好，有些地方我要给你们改一改，发表时还要加个编者按语。"我当时很同意这个批评。

蓝翎在《四十年间半部书》一文中也谈道：

冯雪峰将我们文章中的错别字和用词不当以及标点符号不妥之处一一指出，并随手加以改正，然后，拿出一份转载的"编者按"拟稿，征求我们的意见。当我看到有"用科学的观点……"的词句，感到评价过高，表示实在不敢当。

李、蓝有什么感受其实并不重要，他们不过是一盘棋局上的两个棋子，关键是毛泽东的感受如何。显然，醉翁之意不在酒，对这位执掌着国家最高权力的政治领袖来说，批判俞平伯不过是其远大政治策略中的一个步骤而已，他显然比一般主管宣传工作者甚至是高层领导干部想得更多更远。

此时，中国大陆境内军事上的战斗虽已基本结束，但巩固政权的种种工作特别是对思想领域的占领才刚刚开始。就新中国成立之初的文化学术界而言，虽然胡适等人远在台湾，但他们的影响依然存在，当时知识阶层的思想状态距离毛泽东所期望的境界还差很远，因此采用运动的方式在较大范围内对知识阶层的思想进行一次清洗和统一，对他来说就显得比较迫切了。

俞平伯在新中国成立之初的活跃表现以及他与胡适较为密切的关系就使得批判俞平伯成为进行这场统一思想、清除胡适影响运动的最佳切入点。李希凡、蓝翎两位年轻人的批判文章恰好为这场运动及时提供了导火线。

整个运动虽然由批判俞平伯开始，但很快矛头就转到批判胡适、指向冯雪峰等人，这说明批评俞平伯确实不过是毛泽东所策划的整个思想文化运动的一部分，否则就很难理解，为什么毛泽东在这场运动中很快就放过俞平伯，反而对与此关系并不太大的冯雪峰等人上纲上线，不依不饶，将《文艺报》没有发表李、蓝二人文章之举一下上升到其《对〈质问文艺报编者〉一文的批语和修改》中所说的"跟资产阶级唯心论和资产阶级名人有密切联系，跟马克思主义和宣扬马克思主义的新生力量却疏远得很"这一空前的政治高度。

显然，对毛泽东来讲，这是解放战争的延续，他决定以战争的手段和方式来解决意识形态领域的问题。陈晋《文人毛泽东》一书曾介绍了这样一件颇为值得回味的事情：

> 据李希凡回忆，他在怀仁堂参加 1955 年春节团拜会时，聂荣臻元帅握着他的手说："文武两条战线，现在仗已经打完了，要看你们文化战线的了。"可见，解决"文化战线"上的问题，不独毛泽东，在当时许多中央领导人的头脑里，都是一件重要而迫切的事情。

于此可见当时中央高层对 1954 年这场政治运动的认识，也可为解读毛泽东的行为动机作注脚。对今天的青年学人来说，了解这一点非常重要，否则会对这场运动中的许多人与事感到不可理解。

毛泽东是经其夫人江青推荐，读到《关于〈红楼梦简论〉及其他》一文并了解相关情况的。江青当时任中共中央宣传部电影处处长、电影指导委员会委员，此前已在批判电影《清宫秘史》、《武训传》的运动中初露峥嵘。显然，这一推荐是颇有效果的，毛泽东很敏锐地从这篇文章中找到了他所需要的东西。

在这场运动发起之前，毛泽东对俞平伯、李希凡、蓝翎等人的情况还是相当了解的。据陈晋《文人毛泽东》一书介绍，毛泽东曾仔细阅读过俞平伯的《红楼梦研究》：

> 在书上做了不少批画，不少地方，除批注、画道道外，还画上了问号。

其中对《作者底态度》和《红楼梦底风格》两节圈画最多，甚至一页上就有七八处。可以想象，以毛泽东对《红楼梦》一贯的社会历史角度的解读和阶级斗争反映论的观点，他与俞平伯的红学观无疑会格格不入。

毫无疑问，他更认同李、蓝二人的观点，因为李、蓝二人探讨《红楼梦》的角度和观点与他大体相同，而且李、蓝二人初生牛犊不怕虎、大胆向权威挑战的姿态也与他的性格契合。他对李、蓝二人《关于〈红楼梦简论〉及其他》《评〈红楼梦研究〉》两文也作过批注，认为是"很成熟的文章"，同时也指出文章有些问题"值得研究"或"讲得有缺点"。

显然，他还对这两位年轻人的情况做过了解，知道他们是"青年团员，一个二十三岁，一个廿六岁"。尤为值得注意的是，他为李、蓝二人批评俞平伯定了性，认为"不是更深刻周密的问题，而是批判错误思想的问题"，同时还嫌二人批判的力度不够，"不应该替俞平伯开脱"。

毛泽东通过江青向《人民日报》总编辑邓拓、胡乔木、林默涵等人传达指示，希望《人民日报》转载这篇文章。但大家经过讨论，认为"党报不是自由讨论的场所"，决定改由《文艺报》进行转载。邓拓、陈翔鹤、冯雪峰等人相继约见李希凡、蓝翎，商量转载、修改等事宜。

很快，《关于〈红楼梦简论〉及其他》一文经作者补充修改后在《文艺报》1954 年第 18 期刊出。10 月 10 日，《光明日报》"文学遗产"专刊刊载了李希凡、蓝翎的另一篇文章《评〈红楼梦研究〉》。

《文艺报》和《光明日报》在相继刊发这两篇文章时，为表示重视，还特意在前面加了编者按。其中《文艺报》的编者按为冯雪峰所写，据黎之《文坛风云录》一书介绍，这个编者按还是"送中宣部审阅"后才刊出的。

两则编者按的观点大体相同，一方面肯定李、蓝二人文章的重要价值，指出"他们试着从科学的观点对俞平伯先生在《红楼梦简论》一文中的论点提出批评，我们觉得这是值得引起大家注意的"，"他们这样地去认识《红楼梦》，在基本上是正确的"；另一方面又点出二人文章的不足："作者的意见显然还有不够周密和不够全面的地方。"最后，指出两人对《红楼梦》研究的意义：

> 只有大家来继续深入地研究，才能使我们的了解更深刻和周密，认

识也更全面，而且不仅关于《红楼梦》，同时也关于我国一切优秀的古典文学作品。

但是，毛泽东对周扬、邓拓等人的这一安排并不满意，对《文艺报》、《光明日报》的这两则编者按更是感到恼火，他对《文艺报》的编者按作了如下的批语：

> 对两青年的缺点则决不饶过。
>
> 很成熟的文章，妄加驳斥。
>
> 不应当承认俞平伯的观点是正确的。
>
> 不是更深刻周密的问题，而是批判错误思想的问题。

终于，毛泽东忍耐不住，从幕后的指挥直接走向前台的干预。1954年10月16日，他写了一封《关于红楼梦研究问题的信》，揭开了批判俞平伯的大幕，以政治运动的方式取代了原先的学术讨论。

在这封信中，毛泽东将李、蓝二人对俞平伯的批评定性为：

> 这是三十多年以来向所谓红楼梦研究权威作家的错误观的第一次认真的开火。
>
> 这个反对在古典文学领域毒害青年三十余年的胡适派资产阶级唯心论的斗争，也许可以开展起来了。

这样一来，本属平常的学术批评一下就升格成敌我分明的政治斗争了。书信的主体是对"拦阻"两个"小人物"的《文艺报》及"某些人"进行严厉批评：

> 事情是两个"小人物"做起来的，而"大人物"往往不注意，并且往往加以阻拦，他们同资产阶级作家在唯心论方面讲统一战线，甘心作资产阶级的俘虏。

在书信的最后，毛泽东还特别作了交代：

> 俞平伯这一类资产阶级知识分子，当然是应当对他们采取团结态度的，但应当批判他们的毒害青年的错误思想，不应当对他们投降。

从"这一类"、"他们"等词语中不难看出毛泽东对俞平伯这些知识分子的整体认识和评价。俞平伯不过是一个靶子而已，毛泽东着眼的是"这一类"、"他们"。

在书信中，毛泽东还专门提到此前批判《清宫秘史》和《武训传》的事，表达了自己的强烈不满：

> 被人称为爱国主义影片而实际是卖国主义影片的《清宫秘史》，在全国放映之后，至今没有被批判。《武训传》虽然批判了，却至今没有引出教训，又出现了容忍俞平伯唯心论和阻拦"小人物"的很有生气的批判文章的奇怪事情，这是值得我们注意的。

显然，毛泽东这一次是下了大决心的，他要老账新账一起算。

虽然从形式上看，这不过是一封书信，但在以个人意志代替国家政策的当时，它实际上起到了政府文件的效力，一场规模浩大的批判俞平伯的政治运动迅即展开。

从毛泽东的这封书信来看，似乎批判的主体是《文艺报》而不是俞平伯，从某种角度看，俞平伯从运动一开始就不是主角，更像是配角，至少在毛泽东的眼里是如此。而且信中已明确将俞平伯定性为"资产阶级知识分子"，指出"应当批判他们的毒害青年的错误思想，不应当对他们投降"。

这样，毛泽东就定下了整个运动的基调，而且不容商量讨论，运动的参与者并没有多少可以发挥的余地，不过是按官方规定好的程序公开表明个人的立场和态度而已。

毛泽东的书信是写给刘少奇、周恩来、陆定一、胡乔木、周扬、丁玲、何其芳等中央高层领导和主管宣传工作的负责人的，收信人共 28 人，其中也包括令毛泽东十分不满的冯雪峰。

最高领袖既然已经发话，下面自然就会立即行动起来：

10 月 18 日，中共中央宣传部、中国作家协会党组召开会议，传达、落实毛泽东书信中的这一重要指示。

10 月 23 日，《人民日报》发表署名钟洛的文章《应该重视〈红楼梦〉研究中的错误观点的批判》，向社会透露要发动政治运动的信息。

10月24日，李希凡、蓝翎的《走什么样的路？——再评俞平伯先生关于〈红楼梦〉研究的错误观点》一文在《人民日报》刊登。

10月27日，陆定一向毛泽东提交展开《红楼梦》研究问题的报告，得到批准。

10月28日，《人民日报》发表署名袁水拍的文章《质问〈文艺报〉编者》，将矛头直指《文艺报》，事态进一步扩大。这篇文章虽然署名袁水拍，但出于江青的授意，并经过毛泽东本人的修改。据当时在中共中央宣传部文艺处供职的黎之介绍：

> 正在文艺界开会批判《红楼梦》研究时，江青未同文艺界领导和中宣部打招呼，悄悄找袁水拍起草《质问〈文艺报〉编者》，把批判的矛头直接指向文艺界的领导人。从李、蓝文章发表到对《文艺报》作出改组决议前后不到两个月。这一切如果没有江青这个"流动哨兵"的积极插手是不可能的。

> 文中"《文艺报》在这里跟资产阶级名人有密切联系，跟马克思主义和宣扬马克思主义的新生力量却疏远得很，这难道不是显然的吗"一段是毛泽东加的。

由于事情发生得过快，过于突然，就连周扬这样的文艺界高层领导都摸不着头脑，在得知是毛泽东本人的旨意后，立即积极执行。在这场政治运动中，还夹杂着江青与周扬的矛盾、毛泽东对周扬的不满等因素，这也是需要说明的。

自10月31日开始，到12月8日，中国文联主席团、中国作家协会主席团连续召开8次批判会议。

很快，全国各地报刊及文化部门纷纷跟进，正常的学术活动骤然演变成一场波及全国的政治运动，成为周扬在《我们必须战斗》一文中所定性的"一次反对资产阶级思想的严重斗争，同时也是反对对资产阶级思想的可耻的投降主义的斗争"。俞平伯被当作"胡适派资产阶级唯心论在《红楼梦》研究方面的一个代表者"，在这场运动中受到铺天盖地的围攻和批判。

总的来看，这场政治运动有如下几个特点：

一是规模大，时间集中，来势迅猛。借助强大的宣传工具，批判俞平伯的运动如狂风暴雨般迅速展开。在短短的两年时间里，就出现了一大批批判文章，红学领域顿时变得热闹异常。这可以从 1949 年以后全国历年发表红学论文的数量上看出来，这里根据顾平旦主编的《〈红楼梦〉研究论文资料索引》（1874—1982）一书的相关内容将 1949 年至 1959 年的情况列表显示如下：

年份	1949	1950	1951	1954	1953	1954	1955	1956	1957	1958	1959
论文数	7	33	21	5	10	284	188	29	36	11	14

从上表可以看出，1954、1955 年是新中国成立后红学研究史上的异常年份。这些从 1954 年 10 月突然增多、铺天盖地的文章大多数专门为批判俞平伯而写。相比之下，这场运动较之先前对影片《清宫秘史》和《武训传》的批判在声势和规模上要大得多。

二是运动的参与者除主管文化、宣传工作的有关领导如周扬、郭沫若、茅盾等人外，主要为知识分子，他们是这场运动的主要参加者。

这与 1973 年开展的全民参与的评红运动在动机、方式和范围上皆有所不同，基本上没有工农兵的参与。从这些批判文章中，可以看到许多熟悉的名字：聂绀弩、严敦易、吴组缃、林庚、程千帆、余冠英、冯沅君、陆侃如、何其芳、魏建功、孙望、陈友琴、顾学颉、刘绶松、王瑶、童书业、褚斌杰、唐弢、周汝昌、李长之、范宁、刘永济、任访秋……这些知识分子大多并非红学专家，对《红楼梦》这部作品没有特别的研究，不少人在进行大批判之前还没看过李、蓝二人甚至是俞平伯的文章，就连郭沫若本人都在名为《三点建议》的发言中公开承认：

> 俞平伯先生的《红楼梦研究》，我一直到现在都还没有看过。李希凡、蓝翎两位同志的文章是引起了注意之后我才追看的。《文艺报》和《文学遗产》对于李、蓝文章的按语，也是在袁水拍同志发表了质问《文艺报》的文章之后我才追看的。

连俞平伯的著作都没有看过，连俞平伯说了什么都不知道，就对人家头头是道地进行批判，说起来很不严肃，甚至可以说是荒唐，但当时不光是郭沫若，相当多的人也都这么一本正经地做了。不少文章系应景而写，为违心之作，由此可见当时众多知识分子被改造时的复杂心态。

三是这些批判文章基本与官方立场一致，即批判俞平伯，肯定李、蓝二人。大多数文章仅具一种政治表态的意义，内容重复雷同，学术含量低，其中不乏乱扣帽子、捕风捉影之作，比如黄肃秋在《反对对古典文学珍贵资料垄断居奇的恶劣作风》一文中指责俞平伯有"把古典文学资料垄断起来、秘而不宣的恶劣作风"，后经调查，其指责与事实不符。

之所以出现这种现象，与不少知识分子明哲保身、不了解中央的政策和意图有关。时隔不久，中央主管宣传工作的陆定一就在《百花齐放，百家争鸣——1956 年 5 月 26 日在怀仁堂的讲话》一文中公开承认：

> 有一些文章则写得差一些，缺乏充分的说服力量，语调也过分激烈了一些。至于有人说他（指俞平伯——笔者注）把古籍垄断起来，则是并无根据的说法。

仅看当时一些批判文章的题目自不难想象其内容：《应该重视对〈红楼梦研究〉中的错误观点的批判》（钟洛）、《对表现在〈红楼梦〉研究中的胡适派资产阶级唯心论展开批判的重大意义》（力扬）、《俞平伯的〈红楼梦〉研究给予青年的毒害》（何家槐）、《俞平伯〈红楼梦研究〉是反爱国主义的》（范宁）、《论俞平伯底美学思想底腐朽性及其根源》（姚雪垠）、《俞平伯的错误文艺思想的一贯性》（萧山）、《向〈红楼梦〉研究中的颓废主义作斗争》（陈汝惠）。

批判文章之外，从 1954 年 10 月 24 日起，全国各地还陆续召开了各种层次的《红楼梦》研究问题座谈会、报告会。

据华东作家协会资料室编印《红楼梦研究资

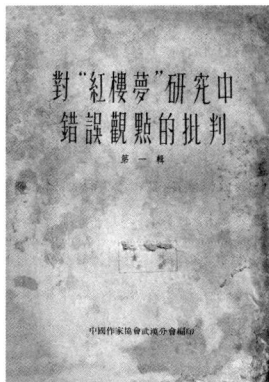

《对"红楼梦"研究中
错误观点的批判》

料集刊》(初、二编)所收《红楼梦研究问题座谈会日志》《红楼梦研究问题座谈会日志的补充及其他》两文的统计，这类座谈会至少开了110多次，由此可见这次运动之规模、声势。

政治运动中的众生相

在这场声势浩大的批判运动中，李、蓝二人的表现十分突出。可以相信他们起初研究《红楼梦》的真诚和热情，但当运动展开后，他们有意识地与宣传部门积极配合，实际上已经成为一种冲锋陷阵的政治工具，自愿扮演了马前卒的角色，比如他们随后所写的《走什么样的路？》一文就是在邓拓的布置下写出的。据李希凡《毛泽东与〈红楼梦〉》一文介绍：

> 邓拓同志又曾把我们找去，说你们还可以再写些文章，你们的《评〈红楼梦研究〉》不是讲到了胡适的观点吗？这篇文章可从批判胡适的角度写。这样，我们就写了那篇《走什么样的路》，发表在1954年10月24日的《人民日报》上。在这篇文章中，我们按照邓拓同志意见着重提了胡适的实用主义和资产阶级唯心论，只不过其中联系到过渡时期总路线问题，却不知是谁加上的，那时我们还没有"那么高的认识"。

从1954年10月到1956年6月，在不到两年的时间内，李、蓝二人先后撰写了《走什么样的路？》《"新红学派"的功过在哪里？》《评〈红楼梦新证〉》《评王国维的〈红楼梦评论〉》等文章，对其写作过程，蓝翎在《四十年间半部书》一文作了这样的介绍：

> 不少文章都是奉命而作，或经有关负责人大量修改，有一定的背景，自然也增加了文章的政治分量，使人感到有来头，非个人意见。

1957年，李、蓝二人将这些文章和此前所写的《关于〈红楼梦简论〉及其他》《评〈红楼梦研究〉》编成论文集《红楼梦评论集》，由作家出版社出版。

仅就对俞平伯的态度而言，两人的口气越来越严厉，开始往政治上靠，上纲上线，乱扣帽子，失去了应有的学术品格。

　　比如他们在《走什么样的路?》、《"新红学派"的功过在哪里?》、《评〈红楼梦新证〉》等文中说俞平伯"很明显地是反对那些作品对人民的歌颂和热爱"，是"片面的主观主义"，"以隐蔽的方式，向学术界和广大的青年读者公开地贩卖胡适之的实验主义，使它在中国学术界中间借尸还魂"，"直接地抵制了马克思列宁主义在古典文学研究领域中的传播和运用"，认为"清算'新红学家'尤其是俞平伯的反动观点，就是保护祖国的文学遗产"，并且对俞平伯研究成果的评价也越来越低，认为他"除了引申或说明胡适的结论，并附带一点'趣味'的'考证'外，自己更无任何独创性的考证成绩可言"。

《红楼梦评论集》

　　这样，两人走得越来越远，在某种程度上已经成为伤害俞平伯的帮凶。就连李希凡本人事后也在《毛泽东与〈红楼梦〉》一文中承认:

　　　　自然，也要承认这场运动对俞平伯先生有伤害，给他心理上造成的压力很大。后来运动升级，批判也升温了，有些文章也就不实事求是了，包括我们后来的一些文章，也有对俞先生不尊重的称谓和说法。

蓝翎在《四十年间半部书》一文中也有类似的说法:

　　　　如果说，在这以前，我们写文章的态度只是为了表明个人对《红楼梦》及有关问题的一些见解，对事不对人，即使言辞上有不够谦虚或失敬之处，也是"少年气盛"缺乏修养的表现。那么，在此以后，就是自觉地以战斗者的政治姿态出现，仿佛真理就在自己一边，当仁不让，片言必争。

　　在1973年版的《红楼梦评论集》中，他们对文章再加修订，并由李希凡撰写了相关的附记和三版后记。在该书中，再次对俞平伯进行了更为严厉的批判，用迫害一词来形容也并不为过，至于书中对何其芳的批判，则更是处处挑刺，大有置其于死地的架势，因不属本文讨论的范围，此不赘述。对这一版的《红楼梦评论集》，蓝翎在《四十年间半部书》一文中的评价是：

> 一九七三年经过大修大改后出版的第三版，在一定意义上说，已经是死的了，由作者把它弄成了"文革"的殉葬品。现在提起它，实在汗颜。

李希凡在《"岂好辩哉？予不得已也"》一文中的评价是：

> 我同意蓝翎的意见，它已"死去"，因为它是在极"左"思潮的严重影响下修改的。从我来说，是受批斗搞乱了思想，急于同所谓"文艺黑线"划清界限。……其中夹杂着我的"私愤"，主要是在"后记"和"附记"中对何其芳同志一些观点的批评，既不适时，也不应该，因为论战双方并不平等，何其芳同志当时无法答辩。

事实上，就连中央高层领导对他们两人后来所写的文章也不满意，如胡乔木在 1954 年 11 月 21 日给团中央的一封信中写道：

> 他们两人过去花一年写了一篇文章，现在接连写了许多，已有些粗制滥造，须提起他们警惕不要骄傲自满，并注意各方对他们的文章中缺点的意见。

据陈晋《文人毛泽东》一书介绍，在 1957 年 2 月 16 日中央召开的报刊编辑部、作家协会、科学院负责同志的会议上，毛泽东曾发表讲演，讲话的大意有如下内容：

> 李希凡这个人开始写的东西是好的，后来写的几篇就没有什么特色了，应该让他到生活实践中去，过去当小媳妇时就就业业，当了婆婆后就板起面孔了。用教条主义来批评人家的文章，是没有力量的。

可见，不光是胡乔木，就连毛泽东也对两人后来的表现有些不满意了。

在这场运动中，另一个人的表现也很值得关注，那就是周汝昌。此时他的《红楼梦新证》一书刚出版不久，与俞平伯一样为学界所注目。在红学研究中，他的观点较之俞平伯与胡适更为接近，因为该书不折不扣地贯彻了胡适的自传说，并将其推向极端，不像俞平伯那样，对自传说已经作了很大的修正。而且周汝昌与胡适曾经有过面谈和书信往来，在《红楼梦新证》的撰写过程中，得到过胡适的热心指点和帮助。

显然，对俞平伯与新红学的批判肯定会牵涉周汝昌本人。正如赵冈在《红楼梦再度被卷入大陆上的政争》一文中所说的：

> 当时攻击俞平伯的焦点是他承袭了胡适资产阶级新红学的自传说。然而事实上，把自传说发挥到极端的是周汝昌。在周汝昌的《红楼梦新证》一书中，不但把《红楼梦》说成是曹雪芹的自传，而且是一部年谱，书中人与曹家人氏都有一对一的关系，一个不多也一个不少。在那几年俞平伯的看法已经是逐渐远离"自传说"，而且时常为文指斥周汝昌那种自传说之不当。

赵冈的这段分析正好点明了一个事实，那就是在这次批判运动中，对人不对事，俞平伯说了什么并不重要，哪怕周汝昌自传说的观点比他更接近胡适，也仍然要批判他，因为他属于老一辈知识分子，因为他和胡适关系密切，曾一起创建新红学，具有较大的代表性。对毛泽东来说，要进行思想改造运动，选择俞平伯作为批判的靶子无疑更为合适，而不是较为年轻的周汝昌。

如此一来，就出现了赵冈《红楼梦再度被卷入大陆上的政争》一文中所说的"一件令局外人十分费解的事"：

> 奇怪的是，俞平伯遭到全国性的总攻击，而周汝昌连毛都没有人碰一碰。相反的，周汝昌竟然站了出来把俞平伯骂了一顿。

赵冈所说"没有人碰一碰"并不符合事实，因为当时还是有不少文章批评周汝昌的，不过这些文章大多将周汝昌与俞平伯分别对待，矛头主要指向俞平伯。

据蓝翎《四十年间半部书》一文介绍，当时周汝昌的情况是：

> 有一位著名的红学家，五十年代初出版了一部厚厚的红学专著。到一九五四年批判胡适了，作者很不安，躺在医院的病床上，仍然如临深渊，如履薄冰。
>
> 周汝昌的《红楼梦新证》，在运动初期，成了重点冲击的对象，似

乎排出了座次，胡适——俞平伯——周汝昌。周汝昌因病住进了医院，大概日子不怎么好过。

周汝昌本人后来也在《〈红楼梦新证〉的前后左右》一文中回忆道：

> 尔时我年方三十四岁，哪里经过（理解）这么复杂而严峻的"形势"，吓得惊魂不定，而另一方面，我怎么也想不通自己的纯学术著述到底具有何种大逆不道的"极端反动性"。

这里稍作说明，周汝昌对自己的年龄计算有误，因为他是 1918 年 4 月 14 日出生，到 1954 年应当是 36 岁。

正是在这种惊恐和困惑中，周汝昌做出了明哲保身的特别之举。

批判俞平伯的运动刚开始不久，1954 年 10 月 30 日，周汝昌就在《人民日报》发表《我对俞平伯研究红楼梦的错误观点的看法》一文。

据周汝昌在《邓拓与我论"红学"》一文中的回忆，是邓拓找他"写批俞（平伯）批胡（适）的'文章'"，"批判俞、胡，也作自我批评"。文章写好后，"由好意之人略为加工润色"。这篇文章后以《邓拓论我的"红学"》为名收入其《红楼无限情——周汝昌自传》一书中。

另据周汝昌《我与胡适先生》一书回忆：

> 正在彷徨，邓拓派人来了，第一是解脱我的担心忧惧，怕和胡适"同归于尽"；二是鼓舞我自批，自批方能立足于"不败之地"。
>
> 邓拓后来又亲自接见了我。
>
> 事后得悉，我写的"批人自批"的文章怎么也"上不去"，而又亟待报端发表，以利运动之推进，邓公无奈，只得倩人给拙稿作了加工，提高了水平。

与周汝昌本不相识的邓拓为何又是派人进行安慰，又是亲自接见，这其实是有原因的，后文还会谈到。令人遗憾的是，周汝昌在回忆时，没有说明那篇批判俞平伯的文章中哪些是其本人所写，哪些是别人代笔的。

显然，当时的一般读者是不了解这一内幕的，在他们看来，周汝昌的这一举动有着十分明确的明哲保身的意味，其思路基本上是批俞平伯以自保。比如在《我对俞平伯研究红楼梦的错误观点的看法》一文中，他批判俞平伯：

> 竭力抽掉其中任何社会政治意义，使《红楼梦》只变为一个"情场"的好把戏。

> 胡适之、俞平伯一派的"红学"家，却竭力企图把《红楼梦》化为一个小把戏，引导读者钻向琐碎趣味中去，模糊这一伟大古典现实主义名著的深刻意义。

> 假如俞平伯不是站在封建"主"子一边，如何欣赏赞叹这些知"恩"知"义"的奴才的"犹知慰主"呢？俞平伯的阶级立场在这里不是很清楚吗？

> 和俞平伯的阶级观点直接联系的就是他的资产阶级的文艺见解。

他同时也为自己开脱：

> 我在从前写书时，主要还是想强调证明鲁迅先生的"写实""自叙"说，借以摧破当时潜在势力还相当强的索隐说法。……我正是想在自己的学识理论的有限水平上，努力找寻《红楼梦》的社会政治意义，把《红楼梦》与社会政治更密切地结合起来看问题。

在政治风暴到来之时自我保护，这一想法和做法固然可以理解，但从学理上看，周汝昌在这篇文章中的说法是不能成立的，因为他实在是无法把自己与胡适、俞平伯新红学这一派区分开，他所批判的俞平伯的种种"错误"在自己身上表现得更为明显和突出。他为自己的开脱也是十分牵强的，就《红楼梦新证》一书的写作动机来讲，该书的初版本中交代得十分明确：

> 现在这一部考证，唯一目的即在以科学的方法运用历史材料证明写实自传说之不误。

周汝昌此举固然为针对他的批判起到了一定的缓冲作用，但他的红学观点依然受到关注，仍不断有人撰文批判他。于是，在官方的授意下，李、蓝二人撰写《评〈红楼梦新证〉》一文，名为批判，实际上是为了保护周汝昌过关。

李、蓝二人对周汝昌的批判与对俞平伯有着明显的不同，因为这篇文章系受邓拓之命而作，蓝翎在《四十年间半部书》一文中介绍了当时的情况：

> 邓拓找我们说，要写一篇文章，既严肃批评他的错误观点，也体现出热情帮助和保护的态度，指出他与胡适不同，是受了胡适的影响。这是上边的意思，我们按照这个精神，写了《评〈红楼梦新证〉》。

这个"上边"就是江青和毛泽东。据看过维特克采访笔记的赵冈在《红楼梦再度被卷入大陆上的政争》一文中介绍：

> 现在看到江青的会谈笔记，才知道幕后真相。她说："周汝昌书中采用了清宫档案，值得一读，很多人要攻击他，我都保护他过关。"江青并且表示，在这次会谈以前她从未向任何人透露这项秘密。

另据当时在中共中央宣传部科学卫生处工作的龚育之在《几番风雨忆周扬》一文中回忆：

> 这时，听到周扬和胡绳（胡当时任我们科学处处长，卫生和体育已经另外成立一个处了）讲，对周汝昌不要批评，要把他放在这场思想斗争的"友"的位置上，要让他一起来参加对胡适的批判。这对我们是一种政策和策略的教育，我们觉得从这里学到一种政治智慧，克服了"单纯学术观点"的书生之见。从他们那里知道，这也是毛泽东主席的意见。

这也正可解释为什么在这场政治运动中只针对俞平伯而放过周汝昌的原因所在。了解这一点就可以明白，李、蓝二人受命所写的《评〈红楼梦新证〉》一文是为了体现"政策和策略"，起到引领舆论导向的作用。

在这篇文章中，李、蓝二人将周汝昌的《红楼梦新证》与胡适的《红楼梦考证》、俞平伯的《红楼梦研究》严格区分开：

> 有些人在批评到《新证》时，却往往把它和胡适的《红楼梦考证》、俞平伯的《红楼梦研究》同等对待，以偏激的态度，草率地将《新证》一笔抹煞。我们认为，《新证》和后二者有所不同。

> 对作为一个年青的学术研究工作者的周汝昌先生，也绝不能把他和

胡适、俞平伯同等看待。

李、蓝的年龄还没有周汝昌大，文中竟然称周为"年青的学术研究工作者"，这显然是在代圣立言，用官方的口气说话。

在文中，李、蓝二人用较多的篇幅从三个方面肯定"作者在考证工作上确实付出了相当大的劳力，也作出了一些可贵的成绩"。在这个大前提下，才指出周汝昌"在观点和方法上，仍然存在着非常严重的错误，甚至发展了某些传统的错误"，产生这些错误的原因在于周汝昌"根本不了解现实主义的真正内容"。这主要表现为：

《新证》对于作家和作品的所谓"社会政治背景"的理解是不正确的，至少在某些方面是片面的。

在观点上继承并发展了胡、俞的"写实""自传"说。《新证》的全部考证工作，就是在这个观点的指导下进行的。

《新证》确实是以完备无遗的考证工作，实践了自己的错误观点，亦即是更加继承并发展了胡适的荒谬论点，实际上并没有跳出胡适的陷阱。

该文还称《红楼梦新证》一书所进行的考证是"烦琐无关的考证"和"极端的穿凿"。

如果纯粹从学理上来看，应该说李、蓝二人对周汝昌与胡适、俞平伯学术观点承继关系的判断是大体准确的，对周汝昌将自传说发展到极端的批判也有其合理成分，最起码是一家之言。但李、蓝二人的学术讨论包含着明显的政治目的，以这种完成上级布置政治任务的方式表达，学术讨论的味道完全变了。

蓝翎《四十年间半部书》一文介绍了周汝昌看到这篇文章后的反应：

及至看到《人民日报》发表的那两个作者奉命合写的评该书的文章，既有批评又含保护过关之意，才如释重负，一块石头落地，没有陪着胡适挨批，且写信表示感动得流下热泪云云。一九七三年该书拟增补再版时，作者又想起旧情，在他府上热诚相求，一定要把那篇评论当作序言印于新版之首。

　　周汝昌看到后，大出意料之外，来信表示感激得流泪云云。李希凡还奉命去医院看望他。应该说，这篇文章对周汝昌是起到了保护作用的，此后一些批评他的文章，也是只对研究观点立论，而不往政治立场上拉。但是，这功劳不能记在我们的名下。在政治运动中，要保护谁，如何保护，是由最有权威的人说了才能产生积极效果的。

　　此外，魏建功的《批判〈红楼梦〉研究中唯心观点的意义》、胡念贻的《评近年来关于红楼梦研究中的错误观点》、褚斌杰的《评〈红楼梦新证〉》、王知伊的《评〈红楼梦新证〉及其它》等文章也表达了与李、蓝二文大体类似的看法。可惜这种批判出现在这场政治运动中，意识形态成分过浓，学术色彩被大大冲淡，未能将学术研究引向深入。

　　学术观点的批判之外，还有一些人对周汝昌的批俞自保之举提出批评，比如宋云彬就在《展开思想斗争，提倡老实作风》一文中指出：

　　　　他怕人家从批评俞平伯牵连到他的《红楼梦新证》，先发制人，写文章批评了俞平伯。参加这个讨论当然是好的，然而像周汝昌那样，似乎应该先批评自己，至少对自己的批评应该老实一点。可是他对自己批评得很不够，责人重而责己轻。……还有极不老实的地方：他企图把责任推给鲁迅先生。

　　胡念贻在《评近年来关于红楼梦研究中的错误观点》一文中也持类似的观点：

　　　　他对于自己的错误观点，还是认识得很不够的。……他没有去深刻分析并且批判这些错误，却用鲁迅先生来替自己回护。

　　王知伊在《评〈红楼梦新证〉及其它》一文中更是向周汝昌提出质问：

　　　　既然认为自己是被俘掳中的一个，而且是曾经受了胡适派的毒害而转又把这些毒害传播给人家的人，难道仅仅只是把罪过卸在俞平伯的身上而自己就可转觉满身轻松了吗？在这里，我们就觉得宋云彬先生所指责周汝昌的"责人重而责己轻"是完全有理由的了。

以上只是这场政治运动中出现的一个小插曲，不过由此一端，也可见出大风暴到来时知识分子的复杂心态。

尽管在这场批判俞平伯的运动中有人如郭沫若在《三点建议》一文中提出"应该广泛地展开学术上的自由讨论，提倡建设性的批评"，但实际情况正如毛泽东在《文艺报》编者按批注上所说的，"不应当承认俞平伯的观点是正确的"，"不是更深刻周密的问题，而是批判错误思想的问题"。既然如此，也就谈不上什么"自由讨论"、"建设性的批评"，批判的基调已经确定，大家不过依照上面的精神和布置表态、附和就是。

值得一提的是，在这种一边倒的情况下，还是有人不合时宜地对这场运动发表了不同的意见，表现出可贵的学术勇气和独立思考精神。这些意见多是以与李希凡、蓝翎二人商榷的形式表达的。

大体说来，这些不同意见主要表现在如下几点：

一是不同意李、蓝二人对俞平伯的某些批评。据《中国作家协会古典文学部召开的红楼梦研究座谈会记录》，在1954年10月24日的座谈会上，吴组缃提出：

> 说俞先生的研究是自然主义观点，这我看不出来。也许我们所了解的"自然主义"这一概念有些不同。《评红楼梦研究》一文中有些地方引原文，只引了上半句，就未免误解。说贾府败落原因的那一段和注子，我也不很同意。

二是指出李、蓝在研究方法上存在的问题。比如王冰洋在《对〈红楼梦〉研究问题的意见》一文指出：

> 李、蓝二位同志在他们的论述中所表现的实际观点，实质上继承了作为资产阶级学派之一的庸俗社会学派的衣钵。
>
> 他们有着一个封建主义过去以后就是而且只能是资本主义这个空洞概念和死板教条，抓住这个教条，一点也不分析具体的历史情况。

佘树声也有着类似的看法，他在《关于贾家的典型性及其它——向李希凡、蓝翎两同志商榷》一文中指出，"在分析贾家衰败的社会原因及其典型意义上"，李、蓝二人的意见是错误的，因为他们"远远离开了中国历史的特点与产生《红楼梦》的历史条件的具体特点"，他们"将贾家的被抄仅仅当作'个别的偶然的原因'是错误的，在这一点上是违背了现实主义的原则的"。

三是认为李、蓝二人对作品过分抬高。据《中国作家协会古典文学部召开的红楼梦研究座谈会记录》，在座谈会上，人们或是指出二人对"曹雪芹的文艺观也未免评价过高"，或是指出二人对一些人物如贾宝玉、林黛玉过分抬高，指出"过分地忽视了这两个人物的作用固然不对，但过分地抬高了这两个人物的作用也是同样值得商榷的"。

应该说，这些意见确实指出了李、蓝二人文章存在的不足，所言还是很有道理的。不过，李、蓝二人不肯接受，还曾专门撰写《关于红楼梦的思想倾向问题——兼答几种不同的批评意见》一文进行反驳，但他们并未驳倒这些不同意见。

令人遗憾的是，这些反对和质疑的声音在这场声势浩大的政治运动中显得特别微弱。在当时那种众口一词的形势下，这种异样的声音尤为难得。

"隔岸观火"的胡适

正当中国大陆批判俞平伯的运动进行得如火如荼、热火朝天时，在大洋彼岸，有个人正悄悄地关注着这一切。此人就是新红学的创始人胡适。可以想象，如果他留在大陆的话，批判的靶子将会是他，而非他的学生俞平伯。

由于批判的对象是与自己关系密切的学生，且批判的核心是其开创的新红学，胡适对这场运动是十分关心的。他通过朋友搜集相关资料，并进行着自己的解读。

运动开展不久，胡适就通过沈怡看到了一些剪报。1954 年 12 月 17 日，胡适在给沈怡的信中写道：

> 上个月承你寄我剪报五件，都是关于俞平伯的《红楼梦研究》的。

我当时看了还不觉得这些讨论有什么可怕——我以为这不过是借我的一个学生做"清算胡适"的工具罢了。

显然，胡适对中国大陆的政治体制和运作情况不是很了解，起初不觉得有什么可怕。但看到运动的声势如此浩大、官方各文化机构如此郑重其事时，觉得事态比较严重。在给沈怡的信中，他表示：

这个消息使我重读你寄来的文件，才感觉特别的兴趣，才使我更明白这"清算俞平伯事件"的意义。我要特别谢谢你剪寄这些文章的厚意。此中的"周汝昌"一篇，特别使我注意。

新中国成立后出版的《红楼梦评论》和《红楼梦新证》两书，胡适显然都看到了，他还注意到俞平伯、周汝昌对自己态度的差异：

周君此书有几处骂胡适，所以他可以幸免。俞平伯的书，把"胡适之先生"字样都删去了，有时改称"某君"。他不忍骂我，所以他该受清算了！其实我的朋友们骂我，我从不介意。

在书信的最后，他希望沈怡继续帮自己搜集此类资料：

以后如有此类材料，仍乞赐寄，至感！

稍后，胡适又收到了沈怡帮他搜集的一些剪报，1954年12月21日，他又致信沈怡，谈到自己阅读这些材料的感受：

前函发出了两天，又收到你寄来的剪报八件，十分感谢。

《星岛日报》说，这是"中共再度清算胡适"，大概不错。十一月五日的《人民日报》上王若水文中最后一段说："胡适……的'学术思想'，他的实验主义哲学却还影响着学术界。他的幽灵还附在俞平伯和其他一部分文化界人士的身上。"我读了毛骨悚然！这几个字可以陷害多少人，可以清算多少人！

王若水所写不过是奉命文章，他还没有"陷害"、"清算"别人的权力，胡适对这些运动实际还没看明白。不过随着批判俞平伯运动扩大为对胡适的批判运动，他的心情已经变得十分沉重，有不少朋友学生将因他而受到牵连。

1955 年 1 月 3 日，胡适在给沈怡的书信中，表达了这种忧虑：

> 俞平伯之被清算，诚如尊函所论，"实际对象"是我——所谓"胡适的幽灵"！此间有一家报纸说，中共已组织了一个清除胡适思想委员会，有郭沫若等人主持，但未见详情。倘蒙吾兄继续剪寄十一月中旬以后的此案资料，不胜感祷！此事确使我为许多朋友、学生担忧，因为"胡适的幽灵"确不止附在俞平伯一个人身上，也不单留在《红楼梦》研究或"古典文学"研究的范围里。这"幽灵"是扫不清的，除不净的。所苦的是一些活着的人们要因我受罪受苦！

尽管心里很是不安，但远在大洋彼岸，爱莫能助，其实，即便是在大陆，又能怎么样呢？说不定情况更糟糕。胡适只能无奈地看着在中国大陆所发生的一切。他所能做的，就只有为朋友祈祷祝福了，此外就是写文章，表达个人的见解。

经过思考，胡适决定撰写文章，深入剖析这场运动的根源和特点。1955 年 12 月，他开始动笔写作《论中共清算胡适思想的历史意义》一文，但文章写得并不顺利，直到 1956 年 4 月还没写好。1956 年 4 月 1 日，在给雷震的书信中，他谈及此文的写作情况：

> 《清算胡适》一文，久搁下了。起初也只想写一万字，不料写下去我才明白这个问题很不简单，必须从"四十年来的中国文艺复兴运动"（The Chinese Renaissance）来看，才可以明白为什么俞平伯的《红楼梦研究》会成为此次大清算"胡适的幽灵"的导火线，为什么中间引出了胡风的一幕大惨剧，等等，所以我后来决定，这个问题得重写过，得重新估定"文艺复兴运动"在四十年中打出了几条路子，造出了什么较永久的成绩，留下了什么"抗毒""拒暴"的力量——这样写法，就很费力了。

通过新文化运动的分析来寻找 1954 年批判俞平伯及后来批判胡适运动的根源，倒不失为一个很好的思路和切入点。

令人遗憾的是，这篇文章始终未能完成，现存残稿的题目为《四十年来中国文艺复兴运动留下的抗暴消毒力量——中国共产党清算胡适思想的历史意义》。但面对残酷的政治运动，一篇文章即使完成又能解决什么问题呢？

对在这场运动中受到批判的俞平伯，胡适一直是十分关切的，1957年7月23日，他又翻看《红楼梦辨》一书，回忆当时和顾颉刚、俞平伯讨论《红楼梦》的往事，撰写《俞平伯的〈红楼梦辨〉》一文。在文章的最后，胡适还特别写下：

纪念颉刚、平伯两个《红楼梦》同志。

运动之后的余波

批判俞平伯运动展开不久，一场规模更大、范围更广、旨在清除文化学术界胡适影响的政治运动也随之启动。这场大批判同样在毛泽东的直接过问和指导下进行，为了组织这场批判，还专门成立了由郭沫若、茅盾、周扬、邓拓等人组成的委员会，召开中国科学院院部和作家协会主席团联席扩大会议，讨论通过批判计划草案，从九个方面对胡适进行批判，并发动全国各类宣传机构和媒体给予积极配合。

以冯雪峰为代表的《文艺报》编辑人员因当初未发表李、蓝二人的文章而成为批判的靶子。

在毛泽东的亲自过问下，对《文艺报》的批判不断升级，上纲上线，受到了比俞平伯远为严厉的批判和处理，因为他们的性质被毛泽东定性为"被资产阶级思想统治了的问题"、"具有反马克思主义的极锐敏的感觉"、"资产阶级反马克思的立场观点问题"。

至于冯雪峰本人，尽管他身为文化部门的高级领导干部，而且与毛泽东曾有过很好的私交，但也被毛泽东在对冯雪峰《检讨我在文艺

冯雪峰

报所犯的错误》一文所作的批注中定性为"浸入资产阶级泥潭里了"、"是反马克思主义的问题"、"用各种方法向马克思主义作坚决斗争",指令以"反马克思列宁主义的错误""为主题去批判冯雪峰"。

毛泽东对冯雪峰如此小题大做,不依不饶,显然有些不正常,至于具体原因,则有各种说法,因非本文探讨重点,这里不再赘述。

自然,其结果也是可以想见的,1954 年 12 月 8 日,中国文学艺术界联合会主席团、中国作家协会主席团扩大联席会议通过《关于〈文艺报〉的决议》,《文艺报》因"对于文艺上的资产阶级错误思想的容忍和投降;对于马克思主义新生力量的轻视和压制;在文艺批评上的粗暴、武断和压制自由讨论的恶劣作风"等性质严重的错误而受到处理。处理内容包括:编辑结构被改组,"重新成立编辑委员会,实施集体领导的原则";"责成《文艺报》新的编辑委员会提出办法,坚决克服本决议所指出的错误,端正刊物的编辑方针";"责成中国作家协会主席团改进对《文艺报》的领导工作",其他文艺报刊也都要"根据本决议的方针进行工作的检查并改进工作"。冯雪峰本人也被调到政治性不太敏感的人民文学出版社去,随后又被打成右派,在历次政治斗争中饱受折磨。

这场运动最终以俞平伯的公开自我检讨而告终。从运动一开始,俞平伯就在别人的帮助下,根据上级的精神检讨自己。据《中国作家协会古典文学部召开的红楼梦研究座谈会记录》,1954 年 10 月 24 日,俞平伯在中国作家协会古典文学部召开的《红楼梦》研究座谈会上,解释了《红楼梦简论》、《红楼梦的思想性和艺术性》两文写作、发表的情况,同时承认自己的研究工作存在错误:

> 我是从兴趣出发的,没有针对《红楼梦》的政治性和思想性,用历史唯物观点来研究,只注意些零零碎碎的问题。为了应付社会需要,敷衍搪塞,写了些不大负责任的文章,用不正确的意见去影响读者。现在报上发表的批评我的文章,我很感谢。我愿意通过这次会学习一些新的东西。我很虚心地听取大家的意见。

1955 年 2 月,俞平伯撰写《坚决与反动的胡适思想划清界限——关于有关个人〈红楼梦〉研究的初步检讨》一文，发表在《文艺报》当年的第五期。该文主要内容为个人自我批评，基本按照这场运动中所批判的那些方面一一承认，表明态度，在当时应该说表态比内容本身更为重要。

幸亏毛泽东在 1954 年 10 月 16 日的那封信中曾交代，"俞平伯这一类资产阶级知识分子，当然是应当对他们采取团结态度的"。否则，光靠态度好、做检讨，俞平伯是不会这么轻易过关的，冯雪峰和《文艺报》就是一个例子。

尽管俞平伯在这篇文章的结尾处表示：

> 我珍重这次学习的机会，我拥护这次由对《红楼梦》的研究所引起的反对资产阶级唯心论的斗争。我必须明确表示我的态度——我的心情是兴奋的。

但这话不过是应付上面的，并非俞平伯真实心态的表露，可以想象，这种骤然发起的围攻式的大批判给他带来的只能是惊诧、迷茫和苦痛，根本无法让人兴奋起来。据韦奈在《我的外祖父俞平伯》一书中介绍，俞平伯后来曾这样说：

> 我无论如何也想不到，就是这么一本小小的书，在三十年以后，竟然会引起如此一场轩然大波。

据俞平伯夫人事后的回忆，当时全家人的反应是：

> 都很慌，也很紧张，不知发生了什么事，连往日的朋友都很少走动。

据徐庆全《与露菲谈周扬》一文，时任周扬秘书的露菲曾这样描述当时的情景：

> "红楼梦研究"问题引起很大波动，红学专家、学者俞平伯老先生十分紧张。周扬约他到文化部来交谈，解除老先生的顾虑。当然，以那时的形势而言，这种顾虑是解除不了的。

对这场运动中的乱扣帽子、上纲上线之举，俞平伯本人也是很不满意的，尽管在当时无法也不敢声辩。据乐齐《休言老去诗情减——俞平伯访问记》一文介绍，俞平伯后来在接受记者采访时曾说过这样的话：

我的书写于 1922 年，确实是跟着胡适的"自传说"跑，但那时我还不知道共产党，不知道社会主义，怎么会反党反社会主义。

直到 1967 年 5 月 27 日《人民日报》发表毛泽东《关于〈红楼梦〉研究问题的信》之后，俞平伯才算真正弄清这场运动的来龙去脉。

运动的直接后果就是俞平伯学术研究黄金时期的过早结束，其后，除在运动开展前就已大体完成的《脂砚斋红楼梦辑评》和《红楼梦八十回校本》等著作陆续出版外，俞平伯再没有重要的红学成果面世。

事实上，无论是外界的文化学术氛围，还是他本人此时的心境，都不允许他再系统、完整地研究《红楼梦》了。从 1966 年到 1986 年，他更是在长达二十年的时间里不公开谈论《红楼梦》，彻底保持沉默。

这场运动的另外两位当事人李希凡、蓝翎也因此改变了命运。1954 年10 月，蓝翎被调到《人民日报》社工作。第二年，李希凡也调到《人民日报》社，并在那里工作了 32 年。

随着政治形势的变化，两人的际遇和归宿后来也各不相同。1994 年，两人因对当时合作问题的认识不同，分歧较大，还为此打了一场笔墨官司，公开反目。具体情况参见蓝翎的《四十年间半部书》（《黄河》1994 年第 5 期）、李希凡的《"岂好辩哉？予不得已也"——关于蓝翎〈四十年间半部书〉一文的辩正》（《红楼梦艺术世界》，文化艺术出版社 1997 年版）等文章。

就 20 世纪红学研究本身的发展演进过程而言，1954 年对俞平伯的大批判无疑是一个划时代的标志性事件。虽然到 60 年代初还曾进行过关于曹雪芹生卒年的热烈争论，红学研究也因此热闹了一阵子，但它已不能改变红学研究高度政治化的基本局面。

这场运动之后，红学被赋予更为浓厚的政治色彩，受到官方的严格控制，表面上看似乎一直热闹非凡，但喧闹的背后是萧条。对不少红学研究者乃至整个古代文学的研究者来说，他们从俞平伯身上得到的是十分惨痛的教训，不能不考虑自己的处境和出路，他们要么保持沉默，明哲保身，要么转向毫无政治色彩的文献梳理与考证。

这样，继新红学之后，实证式研究独霸红坛的局面不仅未能得到扭转，反而有不断加剧的趋势，与毛泽东等人的预期正好相反，那种意识形态色彩极浓的红学文章倒是连篇累牍地出现了不少，但皆不能构成良性的学术积累。

几十年后再回过头来梳理这一时期的红学研究就会发现，其间能够在红学史上立足的东西仍然是那些实证式研究，其他那些在当时极为时髦、走红的东西则早已封存于历史的深处，仅具有一种化石或标本的意义了。历史终究是公平的，也是残酷的，不以人的意志为转移，尽管不少人曾相信自己能够改变它。

至于对这场运动的评价，由于一些当事人还在，他们的事后评价无疑是值得回味的。李希凡在《毛泽东与〈红楼梦〉》一文中是这样评价的：

> 通过这件事，在那么大的范围，有那么多的人说《红楼梦》、评《红楼梦》，的确拓宽了《红楼梦》研究的视野，推动了红学在新的历史阶段中的发展。

在《艺文絮语》一书中，他又表达了类似的看法：

> 对这部杰作的深刻的社会内容，伟大的时代意义，高度的思想艺术成就，可以说都是从此时起，才得到了广泛而深入的探讨。而且正是由于毛泽东同志对《红楼梦》有很高的评价，在他后半生中多次谈论《红楼梦》的政治历史价值、思想艺术成就，才引起了广大群众的阅读兴趣，造成了《红楼梦》研究历久不衰的所谓"显学"地位。

针对李希凡的类似言论，邵燕祥1990年写了一篇名为《纪念俞平伯老人》的文章进行评述，在文章的结尾，作者意味深长地写道：

> 连1927年12月出生的李希凡先生，都已将届六四高龄，接近一九六四年俞平伯老人写作最后一篇评《红》文章时的年纪了。——逝者如斯夫！

李希凡的这一看法显然与胡绳《在庆贺俞平伯先生从事学术活动六十五周年大会上的讲话》存在着很大的差异，因为胡绳在讲话中明确指出：

> 1954年下半年因《红楼梦》研究而对他进行政治性的围攻，是不正确的。这种做法不符合党对学术艺术所应采取的"双百方针"。……党对这类属于人民民主范围内的学术问题不需要，也不应该作出任何"裁

决"。1954年的那种做法既在精神上伤害了俞平伯先生，也不利于学术与艺术的发展。

胡绳是代表官方讲这番话的，尽管这样的讲话对俞平伯太迟了些，好在上面终于认识到自己的错误，还表示要"接受这一类历史教训"。

李希凡在《毛泽东与〈红楼梦〉》一文中曾将林则徐赠邓廷桢的诗句"青史凭谁定是非"改为"青史终能定是非"，因为他"没林则徐这样悲观"，"相信这是真理"，而且其本人也在自觉不自觉地进行"定是非"的工作。

是非定出，尚需时日，但有一点是可以肯定的，那就是这个是非与李希凡本人的预期可能要差很远。

且把显学作清谈

....

漫说俞平伯晚年的红学研究

在 20 世纪红学史上，俞平伯与胡适、顾颉刚等人一起，为新红学的开创做出了重大贡献。其红学研究自成一家，有着相当的实绩。与其他红学家相比，俞平伯的红学研究还有一个十分鲜明的特点，那就是随着研究的不断深入，其学术观点也在不断调整修正之中。

这种"善变"并非像有些批评者所说的不可捉摸、立场游移之类，它恰恰体现了一位学者健全、良好的学术品格和严谨、认真的治学态度，毕竟否定自己先前的学术观点是需要勇气和决心的。

随着阅历、学养、识见的丰富深厚，学术观点的变化调整自在情理中，如果意识到自己早年的错误，但为保全脸面而曲为辩护，以显示自己的一贯正确，那才是最不可取的态度。在这方面，俞平伯先生确可称为后学者的典范和楷模。

暮年上娱

正是因为俞平伯先生治学的"善变"特点，其晚年的红学见解便具有一种反省和总结的性质，这无论是对其个人的学术历程还是对 20 世纪红学研究史来说都是十分重要的。进入晚年以后，饱经世间沧桑，惯看人情寒暖，无论是接人待物还是谈文论艺，在态度上，自与先前有所不同，此时其研治红学也有了新的视角和心得。

但令人遗憾的是，由于历次政治运动带来的心灵创伤、兴趣的改变以及个人精力不济等种种原因，俞平伯晚年很少公开发表有关红学的言论，据韦奈的《我的外祖父俞平伯》一书介绍：

> 有很长很长一段时间，他几乎是绝口不谈《红楼》，显然这是有意回避。……这种状况，直到 1986 年才略有改变。

> 1966 年到 1986 年这 20 年中，他从不公开谈论《红楼梦》。

当然，在特殊情况下，他也不得不讲一点，比如"文革"期间的批判会上。1971 年 5 月 19 日，在给儿子俞润民的信中，他讲述了自己被迫谈红学的事情：

> 五月十四日我谈了《红楼梦》的"自传说"，作为自我批判谈的，但也讲了一般性的批判，约一个半小时。

> 关于《红》的研究，始终是那么一种"红学"的气味，虽经过运动，大加批判，而读者们的兴味犹如故也。我实不愿再谈这个，但有

时亦不能不谈，如上言星期五讨论事，关于文学方面，班上拟了这个题目，我亦责无旁贷，得讲一点，好在着重在自我批判，不会出什么毛病的。

可以想象，在这种情况下谈红，除了表明态度，以求在政治上过关外，毫无乐趣可言。

"文革"结束后，俞平伯谈红依然较少，这还有其他方面的原因。1983年7月6日，他在给许晴野的书信中，谈到了这一点：

> 弟于《红楼梦》，自六六年后未写文，瞬及廿载，其间红学著作汗牛充栋，竟无从谈起。欲排众议抒己见，而实无所见，固非其人也。

进入新时期后，俞平伯公开发表的红学文章只有寥寥数篇，其中一些还是多年前所撰的旧文。一些访谈文章要么说法不一，要么发挥太多，难以为据。对俞平伯晚年红学研究思路的变化及新见解，学界的了解并不充分，也不够深入。

让人感到欣慰的是，俞平伯去世后，不断有新的资料披露出来，如《乐知儿语说〈红楼〉》等文章的刊布，《俞平伯书信集》、《俞平伯日记选》、《俞平伯周颖南通信集》、《俞平伯家书》等书籍的出版，特别是《俞平伯全集》一书的出版，披露了不少新的资料，为相关研究提供了很大方便。

俞平伯晚年谈红文字除已刊、未刊的那些专文外，还主要见于与亲友间的书信中，特别是在与叶圣陶的书信中，屡屡谈及红学。两人是过从甚密的故交，彼此间极为了解，谈学论艺，不拘一格，长言片语，皆出肺腑。其情景正如许宝骙在《暮年上娱——叶圣陶、俞平伯通信集》序言中所描述的：

> 平伯兄与圣陶兄青年时代即在上海共办刊物。后均移居北京，相交甚密，友情至厚，晚年因居住相隔较远，虽仍可常见面，但终不如通信更及时、畅快，写信如面谈，数日即有一信往复，甚

俞平伯、叶圣陶合影

或一日二书，彼此以书翰进行思想交流，文辞切磋，兴之所至，辄奋笔疾书，或赏析，或质疑，一无矫饰，内容丰富；国运家事，典籍字画，新撰旧作，砌草庭花，以至宇宙观、人生观，无所不臻，尔来吾往，有书必复。

两人往来书信已由叶至善、俞润民、陈煦编成《暮年上娱——叶圣陶、俞平伯通信集》一书，由花山文艺出版社于2002年1月出版。该书共收录两人1974—1985年间往来通信800多通，内容十分丰富，藉此可以了解两位老人晚年的思想和心态。

据笔者粗略统计，两人书信中有关红学的内容有八千多字。对俞平伯而言，这些书信中的谈红内容比他公开发表的那些文章更为丰富，也更为重要。

本章即以俞平伯与叶圣陶晚年通信为主要依据，参考其他资料，对俞平伯晚年的红学思想进行梳理和分析。其中所引俞平伯致叶圣陶书信文字均出自《暮年上娱——叶圣陶、俞平伯通信集》一书，这是需要加以说明的。

尽管俞平伯先生曾因红学研究在1954年及以后遭受过政治上的围攻和批判，在很长一段时间里对外闭口不谈红学。但他对《红楼梦》的感情则一直未变。在与老朋友叶圣陶通信时，谈论这部小说的兴致还是颇高的，即使是谈论其他话题，也会不时随手征引，以作谈资。比如他1976年3月19日致叶圣陶的书信，本为谈哲学人生，但话题不知不觉就转到《红楼梦》上：

> 又如"欲除烦恼须无我"，名言也。然所谓"无我"或"忘我"者，非真不知有我也。人人皆有个"我"，岂能无我？果真如此，便是冥顽不灵，而木石为最高境界矣（又像谈《红楼梦》，一笑）。

在1979年3月17日给叶圣陶的书信中，又由谈禅说到了《红楼梦》：

> 《坛经》云，思量即化身。化一为多，盖示不执，亦忘我之趣也。此与近日通行之名号合一正相反，绝非自我欣赏之比。道家谓之"无名强名"。既强而名之，一固非实，多亦无妨也。《石头记》开篇列诸异名，至今引起迷惑者，殆亦此意耶？一笑。

言谈之间时时提及《红楼梦》，由此不难想见俞平伯对该书的熟悉和喜爱程度，同时从其谈佛论禅时涉《红楼梦》之举亦可见出其晚年思想的一些重要变化。因佛说文，以禅论红，这是一个颇为独特的切入角度，其中有许多个人的体验和感悟在。可惜俞先生更多的时候只是点到为止，未能加以发挥。

千秋功罪，难于辞达

大体说来，俞平伯晚年的红学思想可以用反思与关注这两个词来概括。反思指向以往的红学，其中既有对个人研究的回顾，也包含对整个红学发展演进历程的反思；关注则指向当时不断升温的红学界，可谓红学观潮。以下分别加以介绍。

正如笔者前面所讲的，以"善变"形式表现出的反思是俞平伯治学的一大特点。早在《红楼梦辨》出版不久，他就在《修正〈红楼梦辨〉的一个楔子》、《〈红楼梦辨〉的修正》等文中表示要对自己的观点进行调整和修正。

这种调整和修正主要有两次：一次是新中国成立之初，以《红楼梦研究》、《读红楼梦随笔》及一系列论文为标志；一次是其晚年，时间大体在"文革"后期至1990年间，这可以从其与叶圣陶等人的通信，其间所发表的《"旧时月色"》、《索隐与自传说闲评》及未刊稿《乐知儿说〈红楼〉》等文中看出来。

其晚年的红学思想基本上延续了新中国成立之初的思路，并不断加以补充、深化，其中有不少值得注意的新变化。归纳起来，主要体现在如下几个方面：

一是对自传说的反思。自传说早在清代即有人提出，1921年胡适撰《红楼梦考证》一文加以证明确认，并在与以蔡元培为代表的索隐派的交锋中取得上风，为研究者广泛接受，新红学也因此获得了主流地位。

俞平伯早年的《红楼梦辨》等著述即是以此为基本立论前提。不过，他很快便觉察出这一说法拘泥僵化、有违艺术规律的一面，随后进行修正。在《〈红楼梦辨〉的修正》一文中，他明确表示：

> 我在那本书里有一点难辩解的糊涂，似乎不曾确定自叙传与自叙传的文学的区别；换句话说，无异不分析历史与历史的小说的界线。……说《红楼梦》是自叙传的文学或小说则可，说就是作者的自叙传或小史则不可。

此后，他不断重申自己的这一看法，充分吸收自传说的合理成分，并根据艺术创作规律加以适当变通，这样的自传说较之新红学开创之初，更富有包容性和灵活性。

正是因为深知新红学派的缺陷所在，俞平伯晚年对索隐派的认识也有所变化，表现出一种十分可贵的气度和宽容。在 1978 年所写的《漫谈"红学"》一文中，他集中对此问题进行辨析，检讨自己中了考证派自传说的毒：

> 又屡发为文章，推波助澜，迷误后人。

他还结合作品内容及学术思潮的变迁探讨考证、索隐两派的渊源与特性。他在和叶圣陶谈及蔡元培时，对当年的蔡、胡之争重新进行了评价：

> 前信见告，三月将纪念蔡公，未知将实现否？弟以为昔年蔡胡之辩"红楼"，楚则失之，而齐亦未为得也。以考证笑索隐，亦五十步笑百步之类耳。（1980 年 2 月 15 日致叶圣陶书）

应该说这一见解在当时还是颇为大胆的。后来，俞平伯又公开在《索隐与自传说闲评》一文中披露了自己的这一看法，并从研究之方向相反、所用方法之不同、对作者问题看法之异等三个方面加以较为详细的剖析。

自然，这并不是那种各打五十大板的简单做法，也不是思想认识上的所谓倒退，毕竟认识到索隐派观点、方法上的某些合理性并不就等于赞成索隐式研究法，这与他赞成考证派的自传说，同时也点出其存在的严重缺陷一样，但态度更为客观公正，观点更为深入妥帖。

作为新红学的始创者，俞平伯能如此坦然、开明地评述索隐派，确实是难能可贵的。相比之下，胡适在自传说这一问题上就不如俞平伯考虑得这样深入，他晚年的立场同开始新红学时一致，基本上没有改变。

二是对《红楼梦》后四十回及续作者高鹗的理解和宽容。在早年的《红楼梦辨》等著述中，俞平伯对后四十回及高鹗颇多苛求之词。后来他的立场有所变化，对高鹗、程伟元等人刊刻、保全《红楼梦》之功给予肯定，表现出一定程度的宽容和理解。

据俞润民、陈煦在《德清俞氏——俞樾 俞陛云 俞平伯》一书中介绍，俞平伯晚年谈及《红楼梦》，曾表示了如下的一些想法：

> 他曾和儿子润民谈《红楼梦》。他觉得自己过去对高鹗续书多贬无褒，曹雪芹的前八十回《红楼梦》当然是不朽之作，但也有缺点，缺点就是没有作完。高鹗续的后四十回也很有功劳，不然《红楼梦》就不是一部完整的小说了。他很想再写一些论后四十回《红楼梦》的文章。可是那时他已年过九十，身体日衰，力不从心了。但他还是念念不忘对《红楼梦》后四十回的研究。

在《回忆我的父亲——俞平伯》一文中，俞润民亦介绍了俞平伯晚年的这一看法：

> 过去将曹雪芹著的前八十回《红楼梦》和高鹗续的后四十回分开，这当然是对的，但这也是腰斩《红楼梦》。前八十回当然是不朽之作，但高鹗续的后四十回也很有功劳，不然《红楼梦》就不是一部完整的小说了。

据韦奈《我的外祖父俞平伯》一书记载，1990 年，在临去世前几个月，俞平伯用颤抖的手在纸上艰难地写下如下两句话：

> 胡适、俞平伯是腰斩《红楼梦》的，有罪。程伟元、高鹗是保全《红楼梦》的，有功。大是大非！

> 千秋功罪，难于辞达！

由此可见俞平伯晚年对这一问题的重视程度，而确定后四十回的作者是高鹗，对后四十回的评述是新红学的重要组成部分。俞平伯的这一态度与新中国成立后几十年间对高鹗异口同声的近乎谩骂式的批判形成鲜明对比。时至今日，学界对高鹗的评价仍然存在着很大的差异。俞平伯的反思无疑可为后人提供十分有益的启发和思考。

同时也需要指出的是，俞平伯对高鹗、程伟元等人一定程度的宽容并不意味着对《红楼梦》后四十回的肯定，对这一问题要辩证地看。事实上，他一直对这部分文字不甚满意。

1980 年 4 月 17 日，俞平伯致信叶圣陶，在评述舒芜《"谁解其中味"》一文时曾明确地表达了自己的这一看法：

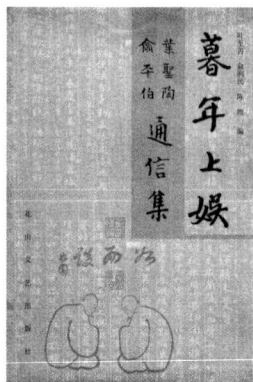

> 引后四十回与八十回之文相混。弟并非坚持己见，但曹作高续既内外证据明确，似不能置之不顾。具体一例，黛玉临终时说"宝玉你好"，我一向觉得很拙劣，决非雪芹笔墨，比写晴雯之死差得太多。舒文引此亦觉未善。

宽容与批评，看似矛盾，实则可以并行不悖，俞平伯的这种态度合情合理，它代表着俞平伯对后四十回续书的完整见解。

俞平伯本系红学中人，红学研究对其一生有绝大影响，因此他的反思含有个人的人生体验和感悟，具有浓厚的情感色彩，这与当下进行的学术史研究有着明显的不同。

不过，这种个人色彩并未影响其反思的深度，他所提出的一些命题是十分有价值的，其自我批评解剖精神更为可贵，对今天的红学研究仍有可资借鉴处，可惜一直未能得到红学家们的充分重视。

在进行深刻反思的同时，俞平伯还提出一些新的见解。1986 年 5 月 13日他在致俞润民的书信中曾表示：

> 关《红》事我总不谈，其实可谈者很多，并有新看法。

可见他晚年对红学研究还是颇用心力的。比如对《红楼梦》的作者问题，他提出了一个颇为大胆的看法：

> 八十回殆非出一手，曹是最后的整编人而非惟一之作者。其义甚繁，非此能尽。（1979 年 2 月 17 日致叶圣陶书）

> 此书作者问题，固非数言能尽，然亦可简答。看开篇一段，备列无名氏（空空道人等）、假名（孔梅溪）、真名（曹雪芹），即为非出一手之证；若果真独创，则这许许多多之子虚乌有，胡为乎来哉！曹氏于《红楼梦》原有绝大关系，却限于"披阅十载，增删五次，纂成目录，分出章回"这十六个字，不多不少也。昔人谈禅有"依文解意，三世佛冤；离经一字，便同魔说"，尝窃于斯记有同感焉。（1979 年 2 月 28 日致叶圣陶书）

其《索隐与自传说闲评》一文有文言、白话两种版本，在白话本中有这样的话：

> 到底谁写《红楼梦》？依我个人之见，《红楼梦》的完成，不是一个人的力量，它凝聚着许多人的心血。

1986 年，俞平伯到香港讲学时，公开披露了这一观点，引起学界的极大兴趣。据王湜华《国庆四十周年访俞老》一文介绍，在回答记者的提问时，俞平伯曾有如下的回答：

> 我认为《红楼梦》本来就不是一个整个的东西，不是一个人从头到尾写完八十回，这不可能，写的时候断断续续，其中有旧稿子，有新稿子；而"红楼二尤"恐怕是另外一种笔墨。……

> 曹雪芹和《红楼梦》都是很伟大的，但是曹雪芹没有作《红楼梦》。用我们现在的话说，《红楼梦》是"集体创作"，不是一个人作的，怎么可能是曹雪芹一个人写出这八十回书的呢？他一个人是写不出来的。但曹雪芹和《红楼梦》都是好的，这点是可以肯定的。

这一看法如要得到学界的认可，还需要更为严密坚实的论据和论证。不过，如果从作品自身的交代看，这一看法还是有其道理的。不过，笔者认为更值得关注的是其对材料的取舍和研究的思路，显然，俞平伯先生在思考这一问题时没有采用脂砚斋的批语，他对脂批是有看法的，在《索隐与自传说闲评》一文中曾表示：

> 脂批非不可用也，然不可尽信。

此外，还曾在一首诗中写道："脂研芹溪难并论。"

俞平伯坚持从作品出发，所引"依文解意，三世佛冤；离经一字，便同魔说"之语确实值得深思。他关于作者问题的见解或可商榷，但其出发点及方法则是极具启发意义的。

就在俞平伯以书信形式将自己的红学新见解告诉老友叶圣陶的同时，戴不凡也在这一问题上提出一系列新看法，随即红学界展开了一场论战。戴不凡的观点自然受到俞平伯的特别关注。对戴的观点，他有赞成的地方，也有不赞成处。对这场论争的意义，俞平伯看得十分清楚：

> 戴君之文有新见解。弟方在研读，亦觉其稍冗，未脱自传说与脂批之笼罩。其说若行：一、摇动曹雪芹之著作权，二、降低《红楼梦》之声价，影响非浅，想红学家当众起而咻之，争鸣结局如何，良不可知也。其说之后半（即曹雪芹整理）易成立，而其前半（石头玉兄创作）则否。岂贾宝玉自作《红楼梦》欤？殆非常情所许也。（1979 年 3 月 11 日致叶圣陶书）

令人遗憾的是，这场《红楼梦》作者之争以戴不凡的病逝草草结束，俞平伯对这一问题后来也未再作进一步的阐释。

对大观园的虚实及原型问题，俞平伯仍坚持早年的观点，不过，他更多地从艺术虚构这一角度来看问题，对当时一些研究者确认大观园原型之举持保留态度。他在给叶圣陶的书信中对此说得很是明确：

> 省亲园墅，赐名大观，旧境重逢，疑真疑梦（指宝玉事），烟云缥缈，妙在于虚；含英咀华，必胎乎实。荟萃南北名园，遂成千秋之胜。譬如《扬州画舫录》中即有两条：一言开门翠嶂如屏，一言结构迷楼，画开户见，有若怡红院。即此可知京邸朱门，作者偶曾游历，固宜在网罗摄取之中。若质言之，某处熙凤曾游，某处潇湘曾往，言者娓娓而听者茫茫，不仅穿凿，且伤庸俗矣。（1979 年 1 月 25 日致叶圣陶书）

后来，他在《索隐与自传说闲评》一文中结合文学创作的实际，再次表明自己的这一看法：

> 大观园者，小说中花园，不必实有其地。即或构思结想，多少凭依，亦属前尘影事，起作者于九原，恐亦不能遽对。全然摹实，不逾尺寸，又何贵于小说耶。

应该说这一说法更为辩证，也更符合艺术创作的实际，因而比那些将大观园硬性派为某处的简单、粗暴做法也更为可取。

在研究方法上，他主张从思想艺术角度着手，反对那种求之过深、钻牛角尖的做法。对别人要求如此，对自己也是如此。

1985 年 1 月 28 日，俞平伯致信孙玉蓉，让其帮助寻找一篇旧文：

> 我有一篇关于《红楼梦》的论文，以书中所述"芒种"节气作考证，大约载在报纸上，题目我也记不清了。你看见此项资料否？亦希便示，并感。

不久他又改变了看法。1985 年 2 月 5 日，他在给孙玉蓉的书信中表示：

> 谈《红楼》文不忙于查。因上海古籍出版社近要出版关于我谈《红》的文字，偶然想到，没有也无妨。这种考证都是钻牛角尖，与我近意不合。

可见俞平伯的"近意"在较为通达地理解作品，想改变过去那种钻牛角尖式的研究方式。

事实上，俞平伯晚年的红学观是稳中有变，除上述所讲的一些看法的变化外，有些地方他的观点则是一贯的，一再坚持的。

比如对《红楼梦》主旨的理解及钗黛合一说，尽管在 1954 年曾受到过十分严厉的批判，但俞平伯并未因之而改变看法。他在《空空道人十六字闲评释》一文中这样写道：

> 余以"色空"之说为世人所诃旧矣。（笔者注："旧"当作"文"。）虽然，此十六字固未必综括全书，而在思想上仍是点睛之笔。

他还将这层意思告诉了自己的老友叶圣陶：

书中大义，弟之妄解，总是陈言，无非诸幻生灭色色空空耳。钗黛合一之说，见于脂评，非弟之见。二人如何合为一人？本是险语、荒唐言，然知境幻情亦幻，则离合无伤也。薅潇假借，破三角恋爱之俗套；兼美虚名，成色欲升华之洁本，按书中绘钗黛形象，纤秾南北迥异，则兼美又当如何？却不道"万紫千红总是春"乎？昔人云，《法华经》是譬喻因缘，《红楼梦》殆亦然也。（1979年2月17日致叶圣陶书）

据牟小东《经过历史的筛选之后——悼念俞平伯先生》一文介绍，他曾向俞平伯请教，能否说《红楼梦》是一部阶级斗争的书时，俞平伯明确给予否定，指出：

不能！《红楼梦》里有些内容是反映了阶级斗争，比如乌进孝的交租单、凤姐放高利贷，是贾府剥削的表现，不然宁荣二府何以维持？！但不能说全部是反映阶级斗争的作品。

狂风暴雨式的批判运动和政治高压固然可以剥夺研究者的发言权，榨出些许违心之言，但它并不能改变一个人内心深处的东西。1954年批判俞平伯运动的荒谬性由此可见。

对作品中一些词句、掌故的理解以及校勘整理等问题，俞平伯也提出了个人的独特见解。对"享强寿"一语，他是这样为老朋友解惑的：

《石头记》之记秦氏颇多特笔，如"享强寿"三字即非一般铭旌之体，殆有意点醒。其年决不逾卅。此书写诸人年龄每多惝恍，特出例如宝玉忽大忽小，而黛玉入府时有一段描写，亦决非幼女情态也。（1976年5月26日致叶圣陶书）

看似一个词语的解释，实则关涉到对小说人物形象和艺术手法的理解。这与俞平伯考论结合的研究方法是一致的。

对《红楼梦》的校勘标点，俞平伯也是曾下过大功夫的，对此他有很深的体会：

标点于古书，今已成为不可离之拄杖，其间颇有得失。正确之断句，读者或忽之；而错误句读却会引起误解。又前人下笔时本不准备有标点。（1978年1月18日致叶圣陶书）

其实不光是《红楼梦》，在整理其他古籍时也都会遇到类似的问题，它具有一定的普遍性，因此一定要小心谨慎。整理作品如此，研究作品何尝又不是如此。1975 年 2 月 27 日，俞平伯给吴小如书信中的如下一段话说得颇为精辟：

> 真事隐去，原为《石头记》之开宗明义，惟所隐何事，事在何世，议者纷纷，遂成红学。愚亦未有灼见，立说总须矜慎。

有关学术之风气，故不惮言之

对以往红学观点进行反思之余，俞平伯先生对当时红学研究的现状也是十分关心的，尽管他很少公开发表个人意见。

总的来看，对 70 年代末 80 年代初逐渐升温的红学，俞平伯表现出一种审慎乐观的态度。出于各种因素的考虑，他很少参与当时的红学活动，谢绝了当时一些学会、期刊让他担任顾问、编委的邀请：

> 湜华晨来，传达要我任新红楼集刊的编委事，我谢却了，因既不能负责，挂名就不大好；又于所谓"红学"抛荒已久，一切新材料都不曾看，如有人来问询，将无法应付之。（1979 年 4 月 5 日致叶圣陶书）

不过，对一些重要的红学会议或学术活动，他还是尽量支持的。比如 1978 年 5 月 23 日他在致陈次园的书信中说：

> 廿日"红楼梦学刊大会"见昨日《光明日报》，空前团结颇极一时之盛。

1979 年，俞平伯应邀出席了《红楼梦学刊》编委会成立大会，4 月 23 日，他在给俞润民的书信中讲述了相关情况：

> 文化部办的《红楼梦学刊》要我作编委，谢却之，付以旧作关于红楼梦的长歌（吴世昌介绍）。文学所办一个叫《红楼梦研究集刊》亦来

要稿，付以一九六四年旧作一篇，长二万余字。以后不拟再给。不再作，亦无可给者。

稍后，他又向叶圣陶谈及对这一盛会的较高评价：

> 廿日会殊适，不做编委尤惬意，一如兄言。是团结之会前所未有者，而此"学"甚难得成绩，胜利未易言也。吃饭时，我坐在李、蓝之间盖有意安排，亦颇融洽。蓝翎并倩我写字，亦漫诺之。（1979年6月24日致叶圣陶书）

1980年在美国召开的《红楼梦》国际研讨会，他虽然受到邀请，但因身体不适，未能与会。不过他对这次会议十分关心，从其为大会题字的认真谨慎态度可见一斑。1980年1月1日，他在给周颖南的书信中写道：

> 红楼梦谈论会将于六月中旬在美国威斯康辛开会，策纵来书意甚恳切，我自因衰病未能去，负此佳约。但总需写些诗歌文章以酬远人之望，亦不能草率，故颇费心。

为此，他还特地向叶圣陶请教：

> 今夏美国要开《红楼梦》的会，周策纵要我写些字，现拟两种：（一）诗笺两张裱一框心，单款，（二）横幅写《红楼缥缈歌》（即前发表者），如何写款，尚须考虑。亦用单款最为简净。如写上款，是否可用"写赠威斯康辛大学红楼梦研讨会"字样。弟拿不定主意，亦无人可商。若询之周君，往返邮程月余。他上次来信未提及此点。吾兄看法如何，祈明示，至感至感！（1980年2月1日致叶圣陶书）

70年代末80年代初，随着红学研究的升温，出现了不少学术热点和争论，不可否认，其中也存在着某种程度的混乱。面对这种乱象，俞平伯极少参与或公开发表个人意见，比如在曹雪芹佚诗问题的争论中，他就拒绝了吴世昌先生拉其为援的要求：

> 昨别寄吴文印本（不须见还），以事颇有趣，聊供消遣。传者云伪而读者认真，似与常情相反，且难得证明。世昌要拉我为援，不得已谢之，文中遂未列贱名。（1979年3月17日俞平伯致叶圣陶）

他采取的是冷静观察的方式，只是在私下和好友聊天时，点评一二。

面对赫然成为显学的红学，俞平伯的感觉是颇为复杂的。在与老友的通信中，他多次流露出这种复杂的感觉，其中有对红学成为显学的感叹：

> 颇有海外来鸿，云将编有关《红楼梦》书目，列二千七百余种，洋洋大观，不几汗牛充栋哉。是欲作一"红学"家亦须皓首穷经，若弟者诚无能为役矣。（1979年1月12日致叶圣陶书）

红学发展的迅猛态势令他有力不从心之感，并生出一种忧虑，他在《"旧时月色"》一文中曾表示：

> 今之红学五花八门，算亟盛矣，自可增进读者对本书之理解，却亦有相妨之处，以其过多，每不易辨别是非。

在《漫谈"红学"》一文，他也表示了同样的想法：

> 追求无妨，患在钻入牛角尖。深求固佳，患在求深反惑。

1984年7月22日，在给俞润民的书信中，他还说过这样的话：

> 《红楼》亦可看，但太复杂，又未写全，不宜初学，尤忌看一切红学书，包括我所写在内！

应该说，他对当时红学研究存在的局限看得还是很清楚的，如其在《甲戌本与脂砚斋》一文中所言：

> 《红楼》今成显学矣，然非脂学即曹学也，下笔愈多，去题愈远，而本书之湮晦如故。

这番话即便是在今天听起来，仍不失其现实意义。进入21世纪后，红学研究热度不减，喧闹非凡，相关著作，成批出版，到底取得了多少成就和进展，细究起来，令人汗颜。

不管红学研究变得如何繁杂，俞平伯的立场则是不变的，那就是从文本出发，坚守文学本位，就像他在《"旧时月色"》一文中所说的：

> 《红楼梦》可从历史、政治、社会各个角度来看，但它本身属于文艺的范畴，毕竟是小说。

在《索隐与自传说闲评》一文中，他将这一看法表达得更为充分：

> 《红楼梦》之为小说，虽大家都不怀疑，事实上并不尽然。总想把它当作一种史料来研究，敲敲打打，好像不如是便不过瘾，就要贬损《红楼》的声价，其实出于根本的误会，所谓钻牛角尖，求深反惑也。……它毕竟是小说，这一点并不因之而变更、动摇。

道理很简单，但未必人人做得到，正所谓当局者迷，旁观者清。也正是为此，他反对将《红楼梦》无限拔高。在《"旧时月色"》一文中，他说：

> 数十年来，对《红楼梦》与曹雪芹多有褒无贬，推崇备至，中外同声，且估价愈来愈高，像这般一边倒的赞美，并无助于正确的理解。……既已无一不佳了，就或误把缺点看作优点；明明是漏洞，却说中有微言。

在《关于治学问和做文章》一文中，他再次谈到自己的这一看法：

> 《红楼梦》说到天边，还不是一部小说？它究竟好到什么程度，不从小说的角度去理解它，是说不到点子上的。

这些话显然是有感而发的，切中时弊。近些年，索隐之风盛行，论著叠出，读者热捧，上电视，登报纸，传网络，声势之大，早已掩盖了其他方式的研究。较之胡适、俞平伯、顾颉刚等人当年创建新红学时，更有市场和人缘。如果这些老先生今日健在，看到这一现象，不知当作何感想。

言语之间，俞平伯流露出对当时一些红学研究乱象的不满，并在和老朋友的书信中时时谈及：

> 此道今成显学而鄙感颇异时贤。（1979 年 2 月 28 日致叶圣陶书）

> 窃谓今之谈红学者，其病正在过繁，遂堕入魔境，恐矫枉亦不免过正耳。（1979 年 3 月 15 日致叶圣陶书）

在《从"开宗明义"来看〈红楼梦〉的二元论》一文中，他甚至提出这样的观点：

> 人人皆知红学出于《红楼梦》，然红学实是反《红楼梦》的，红学愈昌，红楼愈隐。

基于此，本来就不愿多说话的他选择了沉默：

> "红楼"已成显学，实是难题，以能不作文为佳。（1980年4月17日致叶圣陶书）

1978年至1979年间，他写有《乐知儿说〈红楼〉》系列十多篇，但生前一直不愿意拿出来公开发表，只是在与家人的书信中偶尔提及。在1979年4月23日给俞润民的书信中他写道：

> 我写关于《红楼梦》文，已有十篇不以示人，即圣陶与君坦亦只各看过一篇而已。此信笔所书，不宜公开。……近来"红学"已成魔障，即我近作如上所述，亦可不必写。

让他不满并保持沉默的还有当时屡屡出现的造假作伪现象。私下多次表达过这层意思：

> 红楼已成显学，作伪者多，自以缄默为佳耳。（1979年1月12日致叶圣陶书）

> "红楼"已成显学，而愈讲愈坏，以其不向明处走，而向暗里去。如伪制文物从而瞎说之，又不仅争争吵吵也。（1980年1月26日致叶圣陶书）

对那些披着学术外衣的乱象，他的话说得还是很重的。在《漫谈"红学"》一文中他表示：

> 有关学术之风气，故不惮言之。

言语之间不无忧虑。70年代末80年代初，正常的学术研究刚刚恢复，人们大多还是抱着较为严肃、神圣的心态来研究红学的，其间虽然出现了一些乱象，但对整个红学研究并无大的妨碍，那一时期的红学研究还是向前发展，取得了不少成就的。进入90年代之后，受商业、媒体炒作等因素的影响，这种乱象则呈泛滥之势，真正严肃的红学研究反倒显得声音微弱。回过头来看，俞平伯当年的忧虑还是颇有预见性的。

对当时不断涌现的一些学界争议较多的红学新材料，他大体持谨慎的怀疑态度。比如对当时流传甚广的所谓曹雪芹佚诗，他一直持否定态度，早在

1975 年 12 月 20 日致叶圣陶的书信中，他就明确指出：

> 近闻前者人传关于曹氏风筝歌等不可靠，则六句之诗想亦相同，以来历不明也。

两年后，他仍然坚持自己的这一看法：

> 吴世昌来书仍积极肯定所传之诗为曹作，弟以其来历不明，谓宜审慎，似亦未能采纳也。（1978 年 2 月 1 日致叶圣陶书）

既然这六句诗来历不明，判断真伪时自然要格外小心。1979 年当吴世昌拉俞平伯为援时，遭到他的拒绝，也在情理之中。对这一谜案究竟应该如何解决，他是有自己的想法的：

> 吴文言亦有理，而意气盛，虽引重言，终难证实，证据如有，亦在周汝昌处也。此件何来，周言亦特恍惚。（1979 年 3 月 23 日俞平伯致叶圣陶）

最后的谜底果然被他说中了：

> 另寄《中报》一本，谅未寓目者，其中周汝昌述其拟补曹诗当是事实，说得有些扭捏。（1980 年 7 月 8 日俞平伯致叶圣陶）

话虽不多，颇能击中要害。从简单的语句和遣词中不难体会到俞平伯先生对这件事的态度。

对其他有争议的红学新材料，他基本上持否定态度：

> 雪芹遗物，传者纷纷，殆皆不甚可靠也。（1980 年 7 月 19 日俞平伯致叶圣陶）

1982 年 11 月 10 日，在给黄裳的书信中，他又重申了这一看法：

> 近年所传悼红文物，大都以赝品牟名利，而诸贤评论无休，亦可异也。

这一时期吴恩裕搜罗红学文献用力甚勤，有不少新发现，但也有一些真伪难辨。俞平伯的看法是：

> 昔恩裕的材料若云雪芹会糊风筝、烧鱼之类，于红楼本属闲文，

无关宏旨，弟向来不信，后又听说是假的。（1979 年 1 月 16 日致叶圣陶书）

对当时争论颇多的曹雪芹画像，他也有自己的看法：

俞楚江像问题，本是册页，不知为何弄成单篇。河南博物馆官方亦作伪，可异也。吾宗为两江幕府，与尹督唱和相当显要，岂《石头记》之作者耶。本无其事而论之不休，其幻甚于梦中蕉鹿。（1982 年 12 月 11 日俞平伯致叶圣陶）

在 1982 年 10 月 29 日给邓云乡的书信中亦云：

京沪各报均载陆厚信绘俞楚江像，与曹雪芹无关，妄人牟利题曰曹雪芹，而居然有人信之，纷纷讨论，诚属可笑。

言语之间，他对学界围绕这些假材料进行的争论也是有看法的。

在与老友叶圣陶通信谈论红学时，俞平伯还谈到阅读一些红学家论文后的感受，于此可见他对当时红学研究的关心程度。其评语虽短，三言两语，但多能抓住要害，意见中肯，而且这种评价在外间一般是很难看到的。如其评吴世昌之文：

吴君两文至善君评价如何？窃以为论高本者较好；其"钩沉"棠村序，虽颇费心力犹未为定论。然否？（1978 年 1 月 18 日致叶圣陶书）

如其评戴不凡之文：

所言《红楼歌》，即见于《寒涧诗存》中，非新传篇什，谅早邀察矣。戴君之文有新见解。弟方在研读，亦觉其稍冗，未脱自传说与脂批之笼罩。（1979 年 3 月 11 日俞平伯致叶圣陶）

如其评舒芜之文：

舒芜之文承尊旨始读。意思自较妥当，惟用问答体似过长。首辨"四大家族"说之非，末似有翻一九五四年来一案之意，却说得含糊。其引鲁翁语为依据，亦近时风尚也。（1980 年 4 月 17 日俞平伯致叶圣陶）

他对曾轰动一时的《红楼梦新补》一书有如下评价：

闻有《红楼梦新补》，却未见。承惠剪报谢谢。此人不仅不能补《红》，即文理亦不甚通，观其回目可知。比程高续书还差得多。（1985年1月致陈雪怡）

这样的评述用现在的话可以说是酷评。其他还有一些，这里不再一一列举。

从上述的介绍可以看出，俞平伯晚年虽然专门撰文不多，但他依然是红学中人，未能忘情于红学，不仅密切关注着学术动态，而且以特殊的方式参与了红学研究，面对众声喧哗的红学界，他显得异常冷静和清醒，提出许多有价值的见解。

其见解也许在当时显得不合时宜，声音也很微弱，惟其如此，才显得十分可贵，日后红学研究中所发生的种种荒唐可笑的事实证明他的忧虑和担心并非多余，拥挤嘈杂的红学界太需要这种不同的声音了，可惜直到目前为止，这些见解仍未受到研究者的足够重视。无论如何，这是一笔十分珍贵的学术财富，值得后学者深入思考。

参考文献

一、红学专书

俞平伯《红楼梦研究》，棠棣出版社 1952 年版。

周汝昌《红楼梦新证》，棠棣出版社 1953 年版。

华东作家协会资料室编印《红楼梦研究资料集刊》（初、二编），1954、1955 年内部印刷。

作家出版社编辑部编《红楼梦问题讨论集》，作家出版社 1955 年版。

李希凡、蓝翎《红楼梦评论集》，作家出版社 1957 年版。

一粟《古典文学研究资料汇编·红楼梦卷》，中华书局 1963 年版。

人民文学出版社编辑部编《红楼梦研究参考资料选辑》，人民文学出版社 1973—1978 年版。

李希凡、蓝翎《红楼梦评论集》，人民文学出版社 1973 年版。

周汝昌《红楼梦新证（增订本）》，人民文学出版社 1976 年版。

南京师范学院中文系资料室编《红楼梦版本论丛》，1976 年内部印刷。

巴金等《我读红楼梦》，天津人民出版社 1982 年版。

魏绍昌《红楼梦版本小考》，中国社会科学出版社 1982 年版。

顾平旦主编《红楼梦研究论文资料索引》（1874—1982），书目文献出版社 1982 年版。

赵冈《花香铜臭读红楼》，台湾时报出版公司 1983 年版。

周汝昌《献芹集》，山西人民出版社 1985 年版。

周祜昌、周汝昌《石头记鉴真》，书目文献出版社 1985 年版。

《胡适红楼梦研究论述全编》，上海古籍出版社 1988 年版。

《俞平伯论红楼梦》，上海古籍出版社 1988 年版。

冯其庸、李希凡主编《红楼梦大辞典》，文化艺术出版社 1990 年版。

赵冈、陈钟毅《红楼梦新探》，文化艺术出版社 1991 年版。

严中《红楼丛话》，南京大学出版社 1991 年版。

周汝昌《红楼梦的真故事》，华艺出版社 1995 年版。

周汝昌《红楼艺术》，人民文学出版社 1995 年版。

李希凡《红楼梦艺术世界》，文化艺术出版社 1997 年版。

周祜昌、周汝昌《红楼真本——蒙府·戚序·南图三本〈石头记〉之特色》，北京图书馆出版社 1998 年版。

严中《红楼续话》，中国文联出版公司 1998 年版。

吕启祥、林东海主编《红楼梦研究稀见资料汇编》，人民文学出版社 2001 年版。

余英时《红楼梦的两个世界》，上海社会科学院出版社 2002 年版。

宋广波《胡适红学年谱》，黑龙江教育出版社 2003 年版。

孙玉明《红学：1954》，北京图书馆出版社 2003 年版。

周祜昌、周汝昌、周伦玲校订《石头记会真》，海燕出版社 2004 年版。

林语堂《平心论高鹗》，陕西师范大学出版社 2004 年版。

二、相关书籍

鲁迅《中国小说史略》，北新书局 1925 年版。

盐谷温著，孙俍工译《中国文学概论讲话》，开明书店 1929 年版。

许寿裳《亡友鲁迅印象记》，人民文学出版社 1953 年版。

阿英《晚清文学丛钞·小说戏曲研究卷》，中华书局 1960 年版。

鲁迅《中国小说史略》，人民文学出版社 1973 年版。

厦门大学中文系编《鲁迅论中国古典文学》，福建人民出版社 1979 年版。

中国社会科学院近代史研究所中华民国史组编《胡适来往书信选》，中华书局 1979 年版。

德龄原著，秦瘦鸥译述《御香缥缈录》，云南人民出版社 1980 年版。

《鲁迅全集》，人民文学出版社 1981 年版。

《鲁迅小说史大略》，陕西人民出版社 1981 年版。

强重华等编《陈独秀被捕资料汇编》，河南人民出版社 1982 年版。

顾颉刚《古史辨》，上海古籍出版社 1982 年版。

汪原放《回忆亚东图书馆》，学林出版社 1983 年版。

徐珂《清稗类钞》，中华书局 1984—1986 年版。

胡颂平《胡适之先生年谱长编初稿》，台湾联经出版事业公司 1984 年版。

魏绍昌《牡丹传奇》，福建人民出版社 1984 年版。

陈独秀《独秀文存》，安徽人民出版社 1987 年版。

赵景深《〈中国小说史略〉旁证》，陕西人民出版社 1987 年版。

高平叔编《蔡元培全集》，中华书局 1989 年版。

陈平原、夏晓虹编《二十世纪中国小说理论资料》第一卷（1897—1916），北京大学出版社 1989 年版。

《建国以来毛泽东文稿》，中央文献出版社 1990 年版。

唐德刚译注《胡适口述自传》，华东师范大学出版社 1993 年版。

姜义华主编《胡适学术文集》，中华书局 1993 年版。

韦奈《我的外祖父俞平伯》，上海书店 1993 年版。

黎漓编著《最后的自白——江青接受外国记者采访实录》，北京燕山出版社 1993 年版。

叶永烈《江青传》，作家出版社 1993 年版。

耿云志主编《胡适遗稿及秘藏书信》，黄山书社 1994 年版。

蓝翎《龙卷风》，上海远东出版社 1995 年版。

邓之诚《骨董琐记全编》，北京出版社 1996 年版。

耿云志、欧阳哲生编《胡适书信集》，北京大学出版社 1996 年版。

王国维《静庵文集》，辽宁教育出版社 1997 年版。

叶嘉莹《王国维及其文学批评》，河北教育出版社 1997 年版。

鲁迅《小说旧闻钞》，齐鲁书社 1997 年版。

周作人《关于鲁迅》，新疆人民出版社 1997 年版。

郜元宝编《胡适印象》，学林出版社 1997 年版。

顾潮《历劫终教志不灰——我的父亲顾颉刚》，华东师范大学出版社 1997 年版。

陈晋《文人毛泽东》，上海人民出版社 1997 年版。

张树年、张人凤编《张元济书札（增订本）》，商务印书馆 1997 年版。

《俞平伯全集》，花山文艺出版社 1997 年版。

孙玉蓉编《古槐树下的俞平伯》，四川文艺出版社 1997 年版。

周汝昌《岁华晴影——周汝昌随笔》，东方出版中心 1997 年版。

中国蔡元培研究会编《蔡元培全集》，浙江教育出版社 1998 年版。

王世儒《蔡元培先生年谱》，北京大学出版社 1998 年版。

欧阳哲生编《胡适文集》，北京大学出版社 1998 年版。

杜春和、韩荣芳、耿来金编《胡适论学往来书信选》，河北人民出版社 1998 年版。

沈至宝编《钱玄同五四时期言论集》，东方出版中心 1998 年版。

魏绍昌《逝者如斯》，山东画报出版社 1998 年版。

黎之《文坛风云录》，河南人民出版社 1998 年版。

韦君宜《思痛录》，北京十月文艺出版社 1998 年版。

耿云志编《胡适评传》，上海古籍出版社 1999 年版。

刘俐娜《顾颉刚学术思想评传》，北京图书馆出版社 1999 年版。

俞润民、陈煦《德清俞氏——俞樾 俞陛云 俞平伯》，中国人民大学出版社 1999 年版。

《东方赤子·大家丛书·周汝昌卷》，华文出版社 1999 年版。

朱家溍《故宫退食录》，北京出版社 1999 年版。

欧阳哲生选编《解析胡适》，社会科学文献出版社 2000 年版。

孙郁《鲁迅与胡适》，辽宁人民出版社 2000 年版。

刘运峰编《鲁迅佚文全集》，群言出版社 2001 年版。

曹伯言整理《胡适日记全编》，安徽教育出版社 2001 年版。

胡不归等著《胡适传记三种》，安徽教育出版社 2002 年版。

周质平《胡适与中国现代思潮》，南京大学出版社 2002 年版。

《胡乔木传》编写组编《胡乔木书信集》，人民出版社 2002 年版。

张僖《只言片语——中国作协前秘书长的回忆》，北京十月文艺出版社 2002 年版。

徐庆全《知情者眼中的周扬》，经济日报出版社 2003 年版。

吴谷平主编《都是媒体惹的祸》，文汇出版社 2004 年版。

石钟扬《文人陈独秀》，陕西人民出版社 2005 年版。

周汝昌《红楼无限情——周汝昌自传》，北京十月文艺出版社 2005 年版。

周汝昌《我与胡适先生》，漓江出版社 2005 年版。

三、报刊文章

周汝昌《"半个红学家"的悲哀》，《天津师院学报》1977 年第 1 期。

濮清泉《我所知道的陈独秀》，《文史资料选辑》第 71 辑，文史资料出版社 1980 年版。

靖宽荣、王惠萍《靖本琐忆及其他》，初稿载《文教资料简报》1980 年第 8 期，改稿载《红楼梦研究集刊》第十二期，上海古籍出版社 1985 年版。

吴小如《读严中〈俞平伯与周汝昌〉书后》，《文教资料》1996 年第 2 期。

张硕人《研究红学错综复杂，俞周两人七世冤家》，《红楼》1996 年第 4 期。

《俞平伯致毛国瑶信函辑录》，《红楼》1998 年第 4 期。

张者《访周汝昌》,《英才》2000 年第 9 期。

周汝昌《邓拓与我论"红学"》,《文汇报》2000 年 11 月 11 日。

严中《我读〈红楼梦〉》,《南京日报》2004 年 3 月 26 日。

写在后面的话

　　平常看书，向来不喜欢没头没尾的那种，每买到一本新书，总要先看看前言、后记及目录，然后才开始阅读正文。有了这个爱好，自然也就不想把自己写的这本小书弄得来历不明，这一方面是为了满足也有同样爱好的读者诸君的心愿，另一方面也是因为确实有些话要说。

　　这本小书最初的形态是一部讲稿。自 2002 年开始，我每年都为中文系三年级的学生讲一门名为"红楼梦研究"的课程。起初考虑到三年级的同学已有一定的专业基础，从红学史入手介绍相关知识，可能入门快些，于是就把课开成了 20 世纪红学史。

　　每位老师都有自己讲课、备课的方式，我的习惯是把教学和科研结合起来，讲什么课就研究什么。这样一来，实际上是把讲义当作论著来写的。虽然备课异常辛苦，但收获也是蛮大的，一门课讲下来，讲义就写了厚厚一大摞。

　　讲了两轮之后，觉得讲红学史对本科生并不很合适，于是重起炉灶，从作者家世、生平讲到版本、评点，再讲到思想、叙事，采取了另外一种讲法。

本来准备将讲稿认真打磨一下，出版一本名为《二十世纪红学史论》的小册子，也曾联系了两家出版社，其中一家差点就要谈成，但后来都没成功。后来，中华书局的编辑刘胜利女士知道我有这样一部书稿，很感兴趣，但又不喜欢那种高头讲章、一板一眼式的写法，建议我以人为中心，用感性的方式来讲述 20 世纪有关红学的人与事。

这种想法倒也不错，于是开始动笔，保留原稿中有关人物的部分，以此为基础，或增写新篇，或改订原稿，经过几个月十分紧张的写作，终于完成全书。不过其面貌已与原先的讲义迥然不同了。

其间，刘胜利女士不断打电话，发邮件，询问进展情况，给人一种"催命"的感觉。如果没有她的督促，以我闲散的性格，起码还得半年左右才能完成。当然，如果再有半年时间的打磨，这本小书也许会更耐看一些。前后算来，这部书稿差不多用了我两年多的时间。

把这样一本小册子呈现在读者面前，大家的反应如何，心里是有些不安的。尽管自问写得相当用心，尽可能广泛地搜集资料，力求做到客观公允，但由于个人的学识、能力有限，能否做得到，实际效果如何，还得由读者诸君进行评价。特别是书中涉及的不少人物或去世未久，或至今健在，稍有不慎，可能会受到人身攻击、用心不良、借名人炒作、受人指使之类的严厉指责，甚至会招致一些意想不到的麻烦。

为此，笔者在写作时十分小心，不妄下结论，让事实和材料说话。有些章节写完后，还送呈多名同行资深专家审阅、把关，以求稳妥。但本书毕竟不是资料汇编，对涉及的人物、事件，还是要谈出自己的看法和认识的，立论或有未妥，分寸或有不准，如果因此冒犯了哪位先贤同仁，还请谅解。

对在红学史上做出贡献的诸位学人，笔者都是怀着敬意，抱着学习的态度对待的。这本小书可能存在材料遗漏、对材料解读不准确等问题，这都是要请读者诸君批评指正的。若说歪曲事实、捕风捉影、造谣污蔑之类，则自问既没有这个动机，也没这个必要，这一点笔者还是有把握的，也是需要声明的。

限于编辑设定的体例，正文没有注释，为此笔者尽量在行文中将所引书名、文章名及作者交代清楚，并在文后的参考文献中注明。

书中所涉及的人物一概不称先生，但并无不敬之意，这也是需要加以说明的。

书中的部分章节此前曾公开刊布过，主要有如下一些：

《青史凭谁定是非——从学术史角度对 1954 年批判俞平伯运动的重新考察》，《二十一世纪》网络版第 13 期（2003 年 4 月 30 日）、《明清小说研究》2004 年第 1 期。

《红学史上的蔡、胡之争新探——兼说两人的友谊》，《南都学坛》2005 年第 3 期。

《师生之谊还是论证对手》，《新京报》2005 年 7 月 13 日。

《〈胡适与周汝昌往来信札〉校读感言》，《博览群书》2005 年第 9 期。

这里要向那些为自己提供发表言论机会的编辑表示感谢。

本书的写作得到了许多师友的帮助：

沈卫威教授多次慨然提供珍贵资料和学术信息；程

章灿教授、徐兴无教授帮助辨认一些资料中的手写文字；萧相恺先生不仅帮助笔者审阅稿件，还帮助向出版社推荐；我的导师张俊先生非常关心本书的写作，仍像当年为笔者批改作业那样审阅稿件，提供许多资料和信息。此外还有一些同行资深专家，为笔者审读稿件，并提出了许多宝贵意见，由于他们不愿署名，这里尊重其意见，但还是要向他们表示真诚的感谢。没有这些师友的支持和帮助，这本小书是无法顺利完成的。

感谢读者诸君愿意抽出宝贵的时间来浏览这本小书，如有意提供资料，或有什么建议，请来函告知。书中还有不少缺憾，希望将来还有修订再版以进行弥补的机会。

2005 年 11 月 27 日

增订本后记

时间过得真快，《风起红楼》这本小书从 2006 年出版到现在，转眼已经十三年过去，笔者也从血气方刚的青壮年变成有些世故的中年猥琐男了。

这本书对我来说，有着特别的意义，它是我出版的第一本红学专书。此后一发而不可收，十多年间，或撰写或整理，陆续出版了七八本红学方面的专书。一入红门深似海，从此人生不太平。这到底是福是祸，目前还看不清楚。

有位朋友曾问我：在你所出的书里，自己最喜欢哪一本？我不假思索地回答：《风起红楼》。

为什么喜欢这本书？就原因而言，主要有三个：

一是这本书里有新的材料、新的话题和新的见解，其中有一些到现在也没有过时。比如胡适早年研究红学的材料，胡适与汪原放、周汝昌等人的书札，我是比较早使用的，虽不敢说最早的一个，但说之一应该是没有问题的。由此带来的一些新话题，也是当时学界未曾关注或关注不够的，比如胡适撰写《红楼梦考证》的缘由、汪原放整理出版《红楼梦》的经过等等。对红学史上的一些公案，比如鲁迅是否抄袭盐谷温、鲁迅是否骂陈独秀为焦大等，我也重新梳理材料，提出自己的看法。

二是这本书有锐气。所谓锐气，说白了就是说真话。红学界的复杂和麻烦人所共知，有人用一潭浑水来形容并不为过，一部红学史就是一部吵架史乃至一部混战史，直到当下也未有丝毫改变。这本书并不回避那些说不清理更乱的人际关系，明知山有虎，偏向虎山行，结合大量文献材料，用自己的眼睛去观察，将那些复杂的人与事放在20世纪红学史乃至学术史上去观照，做出自己的判断，得出自己的结论。至于这些观点读者是否同意，那是另一回事，但至少说的都是我自己想说的话，不管有些人爱听不爱听，我是对事不对人。红学史上这些繁难问题早晚都要有人来梳理，一味回避是不行的。

三是这本书的写法，没有采用高头讲章的学术专著路数，而是采用较为轻松的随笔体。这种写法有比较大的发挥空间，自己写得比较惬意，读者读起来也会比较轻松。当然，随意不等于随便，毕竟本书所涉及的都是学界关注较多的人与事，不能草率。笔者虽然有时会比较情绪化，但对这一点头脑还是比较清醒的。

小书出版后，有叫好的，也有拍砖的。人家花钱买了你的书，自然有评论的权利，说点难听话，即便是苛求和指责，也都很正常，毕竟只要一涉及红学，就不可能有完全一致的意见，你说什么都有人反对，包括为反对而反对。

说起来很庆幸自己能涉足红学，虽然为此挨了不少骂，打开百度搜索笔者的名字，第一页就有几条谩骂的信息，但这也锻炼了自己的应对能力，培养了胸襟。至于为何不去回应，一方面是太忙没有时间，另一方面是因为这些谩骂文章写得实在太烂，没法回应，除非自己也做泼妇状，满口污言秽语。

转眼十多年过去，小书早已售完，不时还有朋友想读，却不容易看到，因此决定修订再版。

小书当初出版的时候，因出版社限制篇幅，删去了如下四篇：《新红学的总结与发扬——周汝昌和他的〈红楼梦新证〉》、《且把显学作清谈——漫说俞平伯晚年的红学研究》、《红学史上别一家——对毛泽东红学观的解读》、《半个红学家的闹剧——说说江青的红学活动及言论》，这次修订，将前两篇恢复，至于后两篇，只能等合适的机会了。

为增加可读性，本书采用了随笔的写法，参考文献统一放在书后，文中摘引相关言论，虽然不出注释，但大多在引文前说明作者和出处，便于复核。这次修订仍延用原来的体例，不再改动。

此外还对一些内容做了修改，改正了一些错别字，增加了一些插图。

书中想必还存在一些疏误，恳请广大读者批评指正。

2019 年 8 月 1 日

增订本后记